DER WUNSCH DES PIRATEN

S.E. SMITH

MONTANA PUBLISHING

DANKSAGUNG

Ich danke meinem Mann Steve dafür, dass er an mich geglaubt hat und so stolz auf mich war, dass ich den Mut hatte, meinem Traum zu folgen. Ein besonderer Dank gilt außerdem meiner Schwester und besten Freundin Linda, die mich nicht nur zum Schreiben ermutigt, sondern auch das Manuskript gelesen hat; und auch meinen anderen Freundinnen, die an mich glauben: Maria, Jennifer, Jasmin, Rebecca, Julie, Jackie, Lisa, Sally, Elizabeth (Beth), Laurelle, und Narelle. Diese Mädels geben mir Kraft!

Und ein ganz besonderes Dankeschön an Paul Heitsch, David Brenin, Samantha Cook, Suzanne Elise Freeman, Laura Sophie, Vincent Fallow, Amandine Vincent, und PJ Ochlan – die wunderbaren Stimmen meiner Hörbücher!

—S.E. Smith

Zusammenfassung: Eine Reporterin erlebt die Geschichte ihres Lebens.
Dabei entdeckt sie mehr, als sie sich erhofft hatte, als sie die
Aufmerksamkeit des mysteriösen Piratenkönigs auf sich zieht, der ihr
nach Hause folgt.

ISBN: 9781956052503 (Taschenbuch)
ISBN: 9781956052497 (eBook)

Romantik I Fantasy I Zeitgenössisch I Action Abenteuer I
Paranormal

Veröffentlicht von Montana Publishing, LLC
und SE Smith von Florida Inc. www.sesmithfl.com

INHALTSVERZEICHNIS

DIE SIEBEN KÖNIGREICHE
ÜBERSICHT

Insel der Elementargeister – als erste geschaffen
König Ruger und Königin Adrina
- Beherrschen Erde, Wind, Feuer, Wasser und Luft. Außerhalb ihrer Insel ist ihre Macht etwas schwächer.
- Geschenk der Göttin: Das Juwel der Macht.

Insel der Drachen – als zweite geschaffen
König Drago
- Herrscht über die Drachen
- Geschenk der Göttin: Drachenherz.

Insel der Meeresschlange – als dritte geschaffen
König Orion
- Herrscht über die Ozeane und Meeresgeschöpfe
- Geschenk der Göttin: Die Augen der Meeresschlange.

Zauberinsel – als vierte geschaffen
König Oray und Königin Magika
- Ihre Zauberkräfte sind extrem mächtig, werden jedoch etwas schwächer, wenn sie nicht auf ihrer Insel sind.
- Geschenk der Göttin: Der Reichsapfel des ewigen Lichts.

Insel der Monster – als fünfte geschaffen, für alle, die zu gefährlich oder selten sind, um auf den anderen Inseln zu leben.
Kaiserin Nali kann die Zukunft sehen.
- Geschenk der Göttin: Der Spiegel der Göttin

Insel der Riesen – als sechste geschaffen
König Koorgan
- Riesen können gigantische Ausmaße annehmen, wenn sie bedroht werden – allerdings nur, wenn sie sich nicht auf ihrer Insel befinden

- Geschenk der Göttin: Der Baum des Lebens.

<u>Pirateninsel</u> – als letzte geschaffen, für alle, die von den anderen Inseln verstoßen wurden.

Der Piratenkönig Ashure Waves, Hüter der verlorenen Seelen

- Sammler der schönen Dinge. Die wilden und cleveren Piraten durchstreifen die Inseln, handeln, feilschen und bedienen sich gelegentlich an interessanten Gegenständen.
- Geschenk der Göttin: Der Geisterkessel.

Berühmtes Zitat

„Die Art und Weise, wie wir mit dem umgehen, was uns gegeben wurde, bestimmt, wer wir sind und wer wir werden sollen."

~König Ashure Waves~

Die Legende

Die Sieben Königreiche entstanden, nachdem ein Streit zwischen der Göttin und ihrem Gefährten die Welt in zwei Reiche geteilt hatte. Jetzt herrscht sie über das eine und ihr Gefährte über das andere.

Zunächst erschuf die Göttin die Elemente Erde, Wind, Feuer, Wasser und Himmel. Dann schuf sie die Elementargeister, um diese Urgewalten zu kontrollieren, und die Insel der Elementargeister als ihre Heimat und Festung. Der ersten Rasse schenkte die Göttin das Juwel der Macht, eine physische Verkörperung der Schöpfung selbst.

Dann kamen die Drachen, geboren aus ihrer feurigen Liebe zu all ihren Geschöpfen. Ihnen schenkte sie das Drachenherz, einen roten Diamanten, der ein Stück ihres Herzens enthielt. Der Diamant besteht aus der dualen Essenz der Drachen, die es ihnen ermöglicht, sich zu verwandeln.

Danach erschuf sie die Meermenschen, denen sie die Augen der Meeresschlange gab, damit ein einziger Herrscher den gesamten Ozean des Reiches regieren konnte.

Die Zauberinsel erhielt den Reichsapfel des Ewigen Lichts, die Riesen den Baum des Lebens und die Piraten den Geisterkessel. Der Piratenkönig wurde zum Hüter der verlorenen Seelen. Die Monster bekamen den Spiegel der Göttin.

Jedes Geschenk enthält einen Teil der Göttin. Derjenige, der alle Geschenke besitzt, erlangt Kontrolle über die Göttin. Wenn ein Teil zerstört wird, wäre dies eine tödliche Wunde für die Göttin und würde den Untergang ihrer Welt bedeuten.

Die Königreiche werden in Frieden und Harmonie fortbestehen, solange die Gaben der Göttin nicht gegeneinander eingesetzt werden. Sollte das jemals geschehen, werden die Sieben Königreiche aufhören zu existieren.

ÜBERSICHT

Die Augen eines Menschen sind das Fenster zu seiner Seele ...

Tonya Maitland hat früh gelernt, dass das Leben entweder ein Abenteuer oder eine Tragödie sein kann. Den tragischen Teil ihres Lebens hat sie schon vor langer Zeit hinter sich gelassen und konzentriert sich nun auf das Abenteuer! Ihr Versuch, eine der besten Enthüllungsjournalistinnen aller Zeiten zu werden, dauert etwas länger als geplant. Das ändert sich jedoch, als sie in die verschlafene Kleinstadt Yachats, Oregon, reist.

Ashure Waves, der König der Piraten, ist der Hüter der verlorenen Seelen. Trotz all der Seelen, die er in sich trägt, verspürt er eine erdrückende Leere. Die „Gabe", die an ihn weitergegeben wurde, fühlt sich eher wie ein Fluch an. Als er sich betrunken etwas von einem Zauberspiegel wünscht und der Spiegel ihm zeigt, was sein Herz wirklich begehrt, ist er hin- und hergerissen und fest entschlossen, die Frau zu finden, die ihm der Spiegel offenbart – auch wenn das bedeutet, dass er die Sieben Königreiche verlassen muss.

Tonyas wachsame Augen erkennen weit mehr in Ashure, als er von sich preisgeben will, und er befürchtet, dass dies schlimme Folgen haben könnte. Als der Piratenkönig der aufgeweckten, willensstarken Reporterin näherkommt, ist Spaß vorprogrammiert! Doch wird Ashure Tonya davor bewahren können, eine weitere verlorene Seele zu werden? Oder wird er seinen Herzenswunsch aufgeben müssen, um sie vor sich selbst zu retten?

Die weltberühmte Autorin S.E. Smith präsentiert ein neues aufregendes Buch voller Leidenschaft und Abenteuer. Durch ihren einzigartigen Humor, die lebhaften Landschaften und die beliebten Charaktere wird dieses Buch garantiert ein weiterer Fan-Favorit!

PROLOG

Vor einigen Jahrhunderten

Die Sieben Königreiche

Ashure Waves steckte die Gegenstände, die er gerade erbeutet hatte, in seine Tasche und lächelte einigen Passanten auf der überfüllten Kopfsteinpflasterstraße zu. Auf dem Marktplatz der Insel der Riesen tummelten sich zahlreiche Kaufinteressenten, was ihm reichlich Gelegenheit bot, seine Fingerfertigkeit zu trainieren.

Er berührte eines seiner wertvollsten Besitztümer, einen goldenen Ring mit einer wunderschön polierten Bernsteineinlage. Im Inneren des Bernsteins befand sich ein Staubkorn, das angeblich bei der Erschaffung der Sieben Königreiche eingefangen worden war. Er glaubte zwar nicht daran, aber es war eine gute Geschichte, die er erzählen konnte, wenn er den Ring irgendwann verkaufte.

Leicht beschwipst, summte er vor sich hin, als er sich auf den Weg zurück zum Flaggschiff der Piraten, der Meerwespe, machte. Sein Kapitän, der König der Piraten, Simon Black, hatte ihn in einem Schreiben aufgefordert, früher zurückzukehren. Ashure hoffte, dass dies nicht bedeutete, dass sie bald abreisen würden. Er hatte eine Verabredung mit einer üppigen Riesin, die über der Zyklopenschänke wohnte.

„Dämlicher Name für eine Taverne", kicherte Ashure, als er den Steg entlangtaumelte. „Sie könnte auch ‚Zum einäugigen Zyklopen' heißen oder so!", verkündete er laut, als er vor der Meerwespe stehen blieb. „Oh, aber alle Zyklopen haben nur ein Auge, oder? Das ist nicht gut."

Er hielt sich am Seilgeländer der Laufplanke fest und war froh über den zusätzlichen Halt, vor allem, als er mit dem Fuß an einer der hervorstehenden Holzleisten hängen blieb, die verhindern sollten, dass man ausrutschte, und sich bedrohlich über das Seil lehnte. Er blinzelte mehrmals in das dunkle Wasser unter ihm und fluchte, als er einen von Nalis fiesen kleinen Meeraffen sah, der ihn von dem Pfahl unter ihm angrinste. Er schauderte. Vielleicht hätte er letzte Woche doch lieber keine Flasche von Nalis bestem Brandy von ihrem Schiff stehlen sollen. Man hatte ihn gewarnt, dass die Kaiserin der Monster einen niederträchtigen Sinn für Humor hatte, aber, na ja, wenn sich eine Gelegenheit bot …

„Ich werde ihn ihr zurückgeben, wenn ich sie das nächste Mal sehe", versprach er. „Außerdem habe ich ihr dafür eine schöne Muschelhalskette dagelassen."

„Ashure! Der Piratenkönig erwartet dich in seiner Kajüte", rief Bleu LaBluff ihm von oben zu.

Ashure runzelte die Stirn und fragte sich zum hundertsten Mal, warum der Piratenkönig ihn sehen wollte. Er war kein Offizier. Zum Teufel, er war nicht einmal ein guter Pirat! Er schüttelte den Kopf, in der Hoffnung, einen klaren Gedanken fassen zu können. Selbst in der Mannschaft war er ein Sonderling, und von den nicht diebisch Veranlagten verstoßen worden, seit er alt genug war, eine Tasche zu erreichen.

Ashure sah Bleu mit einem breiten, hämischen Grinsen an. „Natürlich will der Piratenkönig mich sehen. Jeder will den berühmten, ruhmeichen – ruhmreich berühmten – Ashure Waves sehen", erklärte

Ashure mit einer unbeholfenen Verbeugung und einer unkoordinierten Armbewegung.

Bleu ging die Planke hinunter und packte ihn am Arm, als er durch die Bewegung fast durch eine Lücke im Seilgeländer fiel. Unbeholfen klopfte er Bleu auf die Schulter, als der Mann einen Fluch murmelte, Ashure herumdrehte und ihn in die richtige Richtung schubste. Ashure salutierte schwankend und stolperte über das Deck. Um sich herum hörte er das Gekicher der wenigen Männer, die noch Dienst hatten.

„Der Erste Offizier wird ihn morgen früh die Decks schrubben lassen, wenn der Piratenkönig sich seine Seele heute Nacht nicht holt", murmelte einer der Männer.

Ashure blickte finster drein, drehte sich aber nicht zu ihnen um. Er hatte Gerüchte über den Piratenkönig gehört, seit er alt genug war, sich selbst die Nase zu putzen. Sein Vater – von dem er *annahm*, dass er sein Erzeuger war – hatte ihm immer damit gedroht, ihn zum gefürchteten Piratenkönig zu schicken, dem Mann, der ihm die Seele aussaugen und ihn für immer gefangen halten würde. Seine Mutter hatte gelacht und gesagt, der Piratenkönig würde seine Zeit nicht mit jemandem verschwenden, der so schwach und wertlos sei wie die dürre Hafenratte, die sie nur selten „Sohn" nannte.

Im Alter von sieben Jahren hatte Ashure beide Eltern verloren und sich schließlich aus freien Stücken dazu entschlossen, an Bord eines Piratenschiffs zu leben. Doch immer, wenn das Leben so schrecklich wurde, dass er dachte, er würde sterben, floh er auf eine der vielen Inseln. Einen Teil seines Lebensunterhalts verdiente er mit harter Arbeit, doch auch vor Diebstahl und Betrug schreckte er nicht zurück, um über die Runden zu kommen. Oft klaute er aber auch einfach aus Spaß. Deshalb blieb er nie sehr lange an einem Ort. Ob an Land oder auf See, sein Leben war schon immer das eines Piraten gewesen.

Ashure riss eine Tür auf und stieg eine Treppe hinunter. Er war fast unten angekommen, als er ausrutschte und sich gerade noch vor einem bösen Sturz bewahren konnte. Er richtete sich am Geländer auf und zog die Hemdsärmel unter seinem dunkelroten Mantel zurecht. Er fasste sich an den Kopf, um sich zu vergewissern, dass er seinen neuen Hut nicht verloren hatte, der mit einer leuchtend blauen, grünen und violetten Feder von einem der Donnervögel der Kaiserin Nali geschmückt war. Er zischte, als ein elektrischer Funke von der Feder seine Fingerspitzen traf. Ja, der Hut war noch da, mit Feder und allem Drum und Dran.

Ashure fuhr sich mit den Händen über das Gesicht, räusperte sich und fokussierte mit seinem verschwommenen Blick die Tür am Ende des Korridors. Dies würde sein zweites persönliches Treffen mit dem Piratenkönig sein. Er bezweifelte, dass der Mann sich an ihr erstes Treffen erinnern würde. Ashure hatte sich seither ein wenig verändert. Er schüttelte sich und klatschte seine Handflächen gegen die Wangen, um ein wenig nüchterner zu werden, bevor er dem Anführer der Piraten gegenübertrat.

„Bitte, Göttin, lass ihn mir nur dafür danken, dass ich die Decks so gut geschrubbt habe", murmelte Ashure.

Er blieb vor der Tür stehen und hob die Hand, um zu klopfen. Bevor er es tun konnte, öffnete sich die Tür. Ashure blieb draußen stehen und wusste nicht, was er als Nächstes tun sollte.

„Komm rein, Ashure", befahl Simon Black mit tiefer, rauer Stimme.

Ashure betrat den Raum. Als sich die Tür hinter ihm schloss, warf er einen Blick über seine Schulter. Während er seinen Blick durch das prunkvolle Quartier des Kapitäns schweifen ließ, juckte es ihn in den Fingern, alles zu erkunden. Er drehte sich um, als er Simons tiefes, raues Glucksen hörte.

„Du bist ein ungewöhnlicher Pirat, Ashure", sagte Simon zur Begrüßung und erhob sich hinter dem massiven dunklen Mahagonischreibtisch.

„Das ist besser, als ein gewöhnlicher Pirat zu sein, Sir – Eure Majestät", erwiderte Ashure und zuckte zusammen.

Simon lachte, bis er anfing zu husten. Ashure beobachtete, wie der alte Pirat einen zittrigen Atemzug nahm und sich gegen den Schreibtisch lehnte. Dann musterte ihn der Piratenkönig von oben bis unten, während Ashure steif dastand. Er machte sich auf eine harsche Erwiderung von Simon gefasst.

„Du hast ein gutes Herz. Das braucht die Piratenwelt", meinte Simon.

„Sir?", fragte Ashure verwirrt.

Simon deutete auf den Stuhl vor einem kleinen Kamin. Ashure ging darauf zu, setzte sich und beobachtete wachsam, wie Simon aus einer Kristallkaraffe zwei Gläser halbvoll mit Bourbon einschenkte. Er nahm das angebotene Glas an, trank aber nicht. Sein Geist klärte sich langsam, und seine Intuition warnte ihn, dass gleich etwas Schreckliches passieren würde.

Mit dem Glas in der Hand setzte sich Simon auf den Stuhl ihm gegenüber. Ashure sah zu, wie der Piratenkönig die Hälfte des Getränks trank, bevor er missmutig in das magische Feuer im Kamin starrte. Die Zeit verging, während der Piratenkönig in Gedanken versunken war, und Ashure saß still da und wartete.

„Erinnerst du dich noch an unsere erste Begegnung, Ashure?", fragte Simon schließlich.

„Ich hatte gehofft, Ihr hättet sie vergessen, Majestät." Ashure verzog das Gesicht. Er hob sein Getränk und nahm einen Schluck, weil er dachte, dass dies wie der Beginn eines Abschieds klang, und ein Schluck Bourbon das, was kommen würde, vielleicht etwas angenehmer machen würde. „Oh! Der ist fast so gut wie der von der Kaiserin", hauchte er. „Genauso gut – ich wollte sagen ‚genauso gut'", korrigierte er sich schnell.

Simon lehnte sich in seinem Stuhl zurück und lachte wieder. „Und genau das macht dich zu einem ungewöhnlichen Piraten, Ashure Waves. Du hast dir nicht nur deine Güte bewahrt, sondern sprichst auch die Wahrheit."

„Nicht immer", erwiderte Ashure hastig. „Manchmal ist eine Lüge freundlicher und weiser."

Simon spielte mit dem Glas in seiner Hand und schwieg noch einige Minuten lang. Die Uhr auf dem Kaminsims tickte und Ashure spürte, dass ihm der Schweiß ausbrach.

„Du warst ein Junge von sechs oder sieben Jahren, als wir uns zum ersten Mal begegneten", murmelte Simon.

„Neun, ich war neun, Eure Majestät. Ich war ziemlich klein für mein Alter, doch wie Ihr sehen könnt, bin ich inzwischen gewachsen", fügte er hinzu.

Simon sah ihm einen Moment lang in die Augen, bevor er seinen Blick rasch wieder abwandte und nickte. Ashure runzelte die Stirn. Es schien fast so, als ob der Piratenkönig ihn nicht direkt ansehen wollte, während sie sich unterhielten.

„Dann eben neun. Du hast auf den Docks gearbeitet und Kisten transportiert, die doppelt so groß waren wie du. Für dein junges Alter warst du sehr erfinderisch. Anstatt die Kisten zu schieben oder zu schleppen, hast du dir Hilfe von Nalis Monstern geholt – und sie haben die Arbeit gemacht, was erstaunlich war. Ich habe dich einen halben Tag lang beobachtet. Du hast in der Menschenmenge Taschendiebstähle begangen, dabei aber immer auch etwas Wertvolles in die Taschen derer gesteckt, die du beklaut hast. Du hast die Händler überredet, dir Arbeit zu geben, die du mit Freude erledigt hast, egal wie schwer oder unbedeutend sie war. Und du hast deinen mageren Verdienst mit den Monstern geteilt, die dir geholfen haben, indem du ihnen Essen gegeben hast, obwohl du es offensichtlich nötiger brauchtest als sie", erzählte Simon mit einem Seufzer.

„Woher wusstet Ihr, dass ich denjenigen, die ich bestohlen habe, etwas gegeben habe?", erkundigte sich Ashure neugierig.

Simon griff in seine Vordertasche und zog ein Armband aus dem goldenen Haar der Mähne eines Einhorns heraus. Er strich mit seinen Fingern über die feinen Strähnen. Ashure verfolgte die Bewegung gebannt. Er erinnerte sich. Da war eine Frau gewesen. Sie hatte krank ausgesehen, ihr Gesicht war blass und ihre Glieder zittrig gewesen. In ihrem Korb hatte sie lauter farbenprächtige Blumen gehabt, deren

Blüten im Kontrast zu dem trüben Tag besonders schillernd geleuchtet hatten. Er hatte einfach nicht widerstehen können, ein paar davon zu stibitzen.

„Du hast ein paar Blumen aus dem Korb genommen, die meine Frau für mich gepflückt hatte, und mir dafür das dagelassen", sagte Simon.

Ashure räusperte sich, hin- und hergerissen zwischen Bestürzung darüber, dass der große Simon Black wusste, dass er von Anfang an ein schrecklicher Pirat gewesen war, und Erleichterung darüber, dass er der Geliebten des Piratenkönigs keinen Schaden zugefügt hatte.

„Es schien ein fairer Tausch zu sein. Ich hoffe, Ihr berücksichtigt die Tatsache, dass ich damals erst neun Jahre alt war. Wenn ich gewusst hätte, dass sie Eure Frau ist, hätte ich es mir zweimal überlegt, die Blumen zu klauen", antwortete er.

„Du wusstest, dass sie krank war, nicht wahr?", fragte Simon leise.

„Ich habe es vermutet, ja", gab Ashure zu und fragte sich, worauf dieses Gespräch hinauslief. Warum sprach der Piratenkönig diese Begebenheit nach so vielen Jahren an?

„Wusstest du, dass das Einhornhaar sie heilen würde?", erkundigte sich Simon.

Ashure lächelte zögernd. „Ich hatte von einer Hexe auf dem Markt Geschichten über die Heilkräfte von Einhornhaar gehört. Die Hexe behauptete, sie hätte ein paar Locken. Später fand ich jedoch heraus, dass sie die gefärbte Mähne eines Riesenrosses als ‚Einhornhaar' verkaufte", verriet er, immer noch erschüttert über die Erkenntnis, dass es die Frau des Piratenkönigs gewesen war, die er geheilt hatte!

Er wusste, dass sie noch viele Jahre an Simons Seite gelebt hatte und erst vor kurzem verstorben war. Die Flaggen aller Piratenschiffe wehten seit drei Monaten auf Halbmast.

„Wo hattest du es her?", fragte Simon.

„Ich weiß es nicht mehr", log er. Er hatte sich geschworen, niemandem zu sagen, woher er das Einhornhaar hatte. Er hatte sogar einen Blutschwur geleistet.

„Eine Lüge, aber eine Lüge, um ein Versprechen zu halten. Weißt du, wer ich bin, Ashure?", fragte Simon.

Angst machte sich in Ashures Magen breit, und Fragmente all der Gerüchte, die er über den Mann gehört hatte, stiegen an die Oberfläche seines Geistes. *Er wird dir die Seele aussaugen ... und sie für immer behalten.*

„Natürlich. Der Piratenkönig, Herrscher über alle Piraten in den Sieben Königreichen. Ihr haltet den Ehrenkodex der Piraten aufrecht und helft, das Gleichgewicht zwischen den Piraten und den anderen Königreichen zu wahren", zitierte er den Eid, den alle Piraten schworen.

Simon stand auf. Ashure, der nicht wusste, was er tun sollte, erhob sich ebenfalls und hielt abwesend das halbvolle Glas Bourbon in der Hand, als Simon seine Aufmerksamkeit mit der Kraft seines Blickes auf sich zog.

„Ich bin mehr als nur der König der Piraten, Ashure. Ich bin der Hüter der verlorenen Seelen. Meine Zeit neigt sich dem Ende zu. Die Seelen in mir sind zu viele, um sie ohne die beruhigende Berührung meiner reizenden Amadeen zu bewältigen. Es ist an der Zeit, die Gabe der Göttin weiterzugeben. So wurde es schon immer gemacht, Ashure, von einem Piratenkönig zum nächsten", sagte Simon.

Ashure schüttelte den Kopf. „Ich verstehe nicht. Ihr könnt doch nicht mich meinen? Ich bin ein Niemand! Ich bin der Sohn eines in Ungnade gefallenen Piraten und einer hasserfüllten Elfe, die den Anblick ihres eigenen Kindes nicht ertragen konnten", protestierte er, fassungslos, dass Simon ihn als nächsten Piratenkönig in Betracht zog.

„Du bist mehr als das, Ashure. Du bist ein Pirat, der andere schätzt. Du hast Einfühlungsvermögen, Stärke und besitzt die Fähigkeit, Dinge auf eine Weise zu sehen, wie sie andere nicht sehen", antwortete Simon, und seine Stimme wurde tiefer und sanfter als noch vor einem Moment.

Ashure schwankte, als sich der hypnotisierende Klang von Simons Stimme mit seinem Blut vermischte. Er schüttelte den Kopf, um die hypnotische Wirkung zu vertreiben.

„Nein, ich meine, wirklich nein. Ich weiß es zu schätzen, dass Ihr denkt, ich könnte ein guter König sein, allerdings habe ich ehrlich gesagt nicht das Verlangen, jemand anderen als mich selbst zu regieren. Und denkt nur an die Insel der Piraten! Glaubt Ihr wirklich, sie würden auf jemanden wie mich hören, einen einfachen Matrosen? Es gibt eine Menge Offiziere, die sicher die Chance ergreifen würden, der nächste König zu werden", beharrte Ashure.

Simon trat näher an ihn heran und nickte. „In der Tat, das würden sie. Und deshalb bist du perfekt. Du hast kein Verlangen nach Macht. Du stiehlst eher aus einer Laune heraus als aus Böswilligkeit. Du würdest dich nicht auf Kosten der dir anvertrauten Piraten bereichern, weil du denen hilfst, die es nötig haben. Du, Ashure Waves, wurdest vor langer Zeit auserwählt, als du einer kranken Frau ein einfaches, aber sehr wertvolles Geschenk gemacht hast", erklärte Simon mit leiser, eindringlicher Stimme.

Ashure versuchte, seinen Blick von Simon abzuwenden, und wiegte unwillkürlich den Kopf hin und her, als es ihm nicht gelang, seine Augen von dem hypnotisierenden Blick zu lösen. Simons Augen wirbelten in allen Farben. Ashure spitzte die Lippen, um zu protestieren, als er sah, dass die Schatten inmitten der bunten Strudel nach ihm griffen.

„Nein", krächzte er, doch tief im Inneren wusste er, dass es bereits zu spät war.

„Du wirst ein großer König sein, Ashure. Zweifle nie daran, denn ich tue es nicht", sagte Simon leise.

Ashure fragte sich, warum Simons Stimme so klang, als käme sie vom Ende eines langen Tunnels. Plötzlich wurde er von einer gleißenden

Farbe umhüllt. Sein Kopf fiel zurück, und die Magie, die in ihn eindrang, hob ihn in die Luft.

Simon und er sahen einander immer noch in die Augen. Im Blick des anderen Mannes konnte Ashure sehen, wie die Göttin vor langer Zeit erschienen war und die verlorenen Seelen in die Obhut des ersten Piratenkönigs gegeben hatte. Er spürte, wie die Kraft ihn durchströmte und neigte den Kopf nach vorne, sodass seine Stirn fast die von Simon Black berührte, während er tief durchatmete. Er hatte jetzt die Fähigkeit, Seelen zu holen, und die Macht, sie freizugeben. Er ballte seine Hände zu Fäusten und schnappte nach Luft.

Dann konnte er die Anweisungen der Göttin hören, die sie dem ersten Piratenkönig erteilt hatte. „Du musst die Eine finden, die über die Fähigkeit verfügt, Seelen in dir zu besänftigen. Ohne diesen Frieden werden sie lauter werden, bis du sie nicht mehr zurückhalten kannst. Wenn die Seelen entkommen, wird sich das Böse in den Sieben Königreichen und darüber hinaus ausbreiten. Jemand wird dir tief in die Augen schauen, erkennen, wer du wirklich bist, und dich genau dafür lieben."

Die Farben wirbelten um ihn herum, bevor alles schwarz wurde. Ashures Kopf ruckte wieder zurück, als Simon die Seelen, die tief in ihm eingeschlossen waren, auf ihn übertrug. Ein heiserer Schrei des Entsetzens stieg in Ashures Kehle auf, kam jedoch nicht heraus.

So schnell, wie die Sache begonnen hatte, endete sie auch wieder. Ashure stand wie erstarrt in der Mitte der leeren Kabine, das Glas Bourbon noch immer in beiden Händen haltend. Langsam drehte er sich im Kreis. Alles war klarer, schärfer, selbst in der Dunkelheit.

Ein scharfes Klopfen an der Tür erregte seine Aufmerksamkeit. Er drehte sich um, als sie sich öffnete und der Erste Offizier eintrat und die Stirn runzelte, als er Ashure allein im Raum stehen sah.

„Waves, was machst du in …?", knurrte der Erste Offizier, bevor er Ashure in die Augen sah, blass wurde und den Kopf senkte. „Mein König."

In diesem Moment wurde Ashure klar, dass sein Schicksal besiegelt war. Er war jetzt der König der Piraten – und der Hüter der verlorenen Seelen, der Seelen, die ihn lautstark um Gnade anflehten, während er den Durst nach Rache spürte, den sie nicht verbergen konnten.

Zehn Jahre zuvor

Portland, Oregon

Tonya Maitland stöhnte auf, als sie im Schaufenster des Ladens, an dem sie vorbeiging, die blinkenden Lichter eines Streifenwagens sah. Sie zog die Kapuze ihres dunkelblauen Sweatshirts hoch, rückte den Rucksack auf ihren Schultern zurecht und vergrub die Hände in den Taschen ihres Pullis. Mit etwas Glück war die Polizei hinter jemand anderem her.

„Warte mal, Kleine", rief ein Mann aus dem Fenster der Fahrerseite.

Tonya warf einen Blick über die Schulter, erkannte, dass sie das Glück verlassen hatte, und begann zu rennen. Sie hörte den Polizisten laut fluchen, bevor er am Bordstein anhielt und in den Parkmodus schaltete. Sie hatte die schmutzige Gasse schon halb durchquert, als er aus seinem Fahrzeug stieg.

Die Gasse ging in eine andere Straße über. Sie befand sich in dem weniger schönen Teil von Portland, der an das Stadtzentrum grenzte, wo sie heute Morgen an einem Projekt gearbeitet hatte. Hinter ihr schrie der Beamte, sie solle stehenbleiben. Sie hob ihre rechte Hand und zeigte ihm den Mittelfinger.

Dann verschwand sie um die Ecke und überquerte die Straße, ohne sich umzusehen. Ein Taxifahrer hupte sie an. Sie zeigte auch ihm den Mittelfinger und versetzte dem Wagen zur Sicherheit einen Tritt gegen die Stoßstange. Sie grinste, als er ihre Geste erwiderte.

Ein weiterer Blick über ihre Schulter verriet ihr, dass der Beamte schnaubend und schnaufend auf den Verkehr wartete. Sie lief eine weitere Gasse entlang. Am Ende befand sich ein Maschendrahtzaun mit einem Tor. Das Tor war mit einer Kette umwickelt, an der ein robustes Schloss hing. Zum Glück standen mehrere große Mülltonnen an der Mauer, die bis zum Zaun reichten. Sie benutzte die Holzpalette, die an der ersten Mülltonne lehnte, als behelfsmäßige Leiter und kletterte auf die erste Tonne. Dann lief sie über die Tonnen dahinter und hängte den Griff ihres Rucksacks an einen Draht, bevor sie über den Zaun kletterte. Mit ihren abgetragenen Turnschuhen stieg sie in die Löcher des Zauns, nahm ihren Rucksack von dem Draht und kletterte auf der anderen Seite hinunter.

Sie hob eine Hand und salutierte mit zwei Fingern vor dem atemlosen Polizisten, bevor sie sich umdrehte und schnell die Gasse entlanglief. Sie war fast am Ende angelangt, als ein weiterer Streifenwagen anhielt und ihr den Ausgang versperrte. Sie stöhnte erneut auf, als sie Officer Max Bennett erkannte, der aus dem Wagen stieg. Sie kam einige Meter von ihm entfernt zum Stehen.

„Wieder mal auf der Flucht, Maitland", bemerkte Officer Max trocken, als er die hintere Tür seines Wagens öffnete.

Tonya zuckte mit den Schultern. „Hey, Max. Ich versuche nur, euch auf Trab zu halten. Officer Donut da hinten sah aus, als könnte er ein bisschen Bewegung gebrauchen", murmelte sie, während sie mit einem resignierten Seufzer zur offenen Tür ging.

„Das habe ich gehört, Kleine", rief der Beamte hinter ihr.

„Ich übernehme das, Joe", sagte Max.

Tonya setzte sich auf den Rücksitz und lehnte ihren Kopf zurück. Sie hörte zu, wie Joe sich mit Max stritt, bevor der korpulente Polizist sich verärgert umdrehte und den Weg zurückstapfte, den er gekommen war. Ehrlich gesagt, wusste sie nicht, wie der Kerl den Fitnesstest für Streifenpolizisten bestanden hatte. Er würde keinen Bösewicht fangen können, es sei denn, er benutzte eine Gehhilfe.

Sie schaute durch das Gitter zwischen Vorder- und Rücksitz, als Max ins Auto stieg und die Tür schloss. Er sprach in sein Funkgerät und teilte der Zentrale mit, dass er die mutmaßliche Ausreißerin geschnappt hatte. Sie verdrehte die Augen und zog ihren Rucksack auf ihren Schoß.

„Anschnallen, Tonya", wies Max sie an.

„Anschnallen, Max", murmelte sie.

Beide legten ihre Sicherheitsgurte an. Tonya wusste aus Erfahrung, dass es einfacher war, Max in dem Glauben zu lassen, sie würde sich ihm fügen. Andernfalls würde sie sich seine Vorträge anhören müssen. Sie lehnte sich zurück und schlang ihre Arme um den Rucksack, in dem sich ihr ganzes Hab und Gut befand.

„Also, was stimmt diesmal nicht mit den Leuten?", fragte Max und blickte in die Spiegel, bevor er auf die Straße hinausfuhr.

„Nichts", murmelte sie.

Max schaute sie im Rückspiegel an. „Haben sie dich geschlagen?", fragte er.

Sie schnaubte und verdrehte die Augen.

„Haben sie dir nichts zu essen gegeben?", fragte Max.

Sie schürzte die Lippen und schüttelte den Kopf.

„Hat Mr. Rollings etwas Unangemessenes gesagt oder getan?", fragte Max weiter und musterte sie aufmerksam im Rückspiegel.

„Nein, nein, nein und nochmals nein. Die Rollings sind nett, okay?", antwortete sie mit einem bissigen Unterton.

„Warum bist du dann weggelaufen? Das ist das achte Mal in zwei Jahren, Tonya. Erinnerst du dich an das letzte Mal, als du vor dem Richter gestanden hast? Er sagte, das war's – die letzte Chance. Wenn du nicht bei den Rollings bleibst, schickt er dich in die Jugendstrafanstalt. Wenn du hinter Gittern bist, kannst du nicht mehr fliehen", erklärte Max.

Tonya sah Max an. Für einen Polizisten war er ganz in Ordnung. Sein dunkelbraunes Gesicht war von Sorge zerfurcht. Er erweckte den

Anschein, als würde es ihn wirklich interessieren, was mit ihr passiert war. Sie beugte sich vor, als sie sah, wie er seine Hand hob und einen Fußgänger über die Straße winkte.

„Hat Angela endlich ja gesagt?", fragte sie.

Max gluckste und tippte auf den Ehering an seiner Hand. Er hatte ihr vor sechs Monaten erzählt, dass er Angela einen Heiratsantrag machen wollte. Angela war eine der Anwältinnen des Portland Department of Child Services. Angela hatte zwei der Fälle bearbeitet, in denen es um Tonyas Unterbringung in einer Pflegefamilie gegangen war.

„Wir haben letztes Wochenende geheiratet", gestand er.

„Danke für die Einladung", erwiderte sie, lehnte sich gegen den Sitz und schaute aus dem Fenster.

Max schaute sie wieder an. Sie tat so, als würde sie es nicht bemerken. Er stieß einen tiefen Seufzer aus und fuhr auf den Parkplatz eines Fast-Food-Restaurants. Sie sah ihn fragend an, als er parkte und die Zündung ausschaltete.

„Ich bin hungrig. Willst du einen Happen essen?", fragte er.

Sie musterte das Gebäude, bevor sie wieder ihn ansah. „Ich habe kein Geld. Ich hatte gehofft –", begann sie.

„Ich habe genug", beruhigte er sie.

Tonya beobachtete, wie Max die Tür öffnete und aus dem Wagen stieg. Er sprach in das Mikrofon an seiner Schulter und teilte der Zentrale mit, dass er Mittagspause machen würde. Sie stieg aus, als er ihre Tür öffnete, wobei sie versuchte, so zu tun, als würde sie ihm einen Gefallen tun und nicht umgekehrt.

Sie liefen über den Parkplatz und betraten das Restaurant. Sie setzte sich an einen Tisch mit Blick auf die Straße. Eine Frau mit einem strahlenden Lächeln kam auf sie zu und nahm ihre Bestellung auf, dann waren sie allein.

„Was geht nur in deinem Kopf vor, Tonya? Du bist doch ein kluges Mädchen. Viele Leute versuchen, dir zu helfen. Du weißt, was von dir erwartet wird: dass du zur Schule gehst und bei deiner neuen Familie bleibst. Warum willst du das nicht?", fragte Max.

Tonya schürzte ihre Lippen und warf Max einen hitzigen Blick zu. Sie hatte keine schlechten Entscheidungen getroffen – okay, sie hatte ein paar schlechte Entscheidungen getroffen, aber aus den richtigen Gründen. Mit ihren vierzehn Jahren kam sie verdammt gut zurecht. Vor allem im Vergleich zu einigen der anderen Mädchen an der neuen Schule, die sie nicht oft besuchte.

„Schule ist langweilig, okay? Ich habe ein halbes Jahr Arbeit in zwei Wochen erledigt. Ich habe Besseres zu tun, als mit einem Haufen versnobter Kinder herumzusitzen, die sich für etwas Besseres halten und keine Ahnung haben, was in der Welt wirklich los ist. Das Essen kommt", schnauzte sie.

Sie lehnten sich beide zurück, als die Kellnerin ihre Hamburger vor sie hinstellte. Sie griff nach der Ketchupflasche, öffnete sie und versuchte, etwas davon auf ihre Pommes zu schütten.

Nichts. Warum hat eine Firma eine Ketchupflasche hergestellt, aus der man den Ketchup nie herausbekommt?, stöhnte sie innerlich und schlug auf den Boden der Flasche.

„Lass mich mal", sagte Max mit einem Hauch von Belustigung in der Stimme.

Sie sah, wie er sein sauberes Messer nahm und damit in der Glasflasche herumstocherte. Nachdem er es herausgezogen hatte, hielt er ihr die Flasche hin. Sie nahm sie und schüttete mehr Ketchup als beabsichtigt auf ihren Teller.

„Heute ist wirklich nicht mein Tag", murmelte sie.

„Also, was machst du den ganzen Tag auf der Straße?", fragte Max beiläufig und nahm ihr die Ketchupflasche ab.

Tonya sah zu Max auf, eine Pommes auf halbem Weg zu ihrem Mund. Sie kniff die Augen misstrauisch zusammen, doch anstatt Missbilligung sah sie nur Neugierde in seinem Blick. Sie stopfte sich die Fritten mit Ketchup in den Mund und griff in ihren Rucksack, um ihr Notizbuch herauszuholen. Das war ihr Lebenswerk – oder zumindest die letzten zwei Jahre davon.

„Ich habe recherchiert", sagte sie mit gedämpfter Stimme.

Sie sah sich im Restaurant um, bevor sie sich nach vorne beugte und Max das Notizbuch über den Tisch zuschob. Er hob eine Augenbraue, bevor er auf den zerfledderten Spiralblock hinunterblickte. Sie nickte.

„Recherchiert?", wiederholte er.

„Du wirst schon sehen. Ich brauche nur noch ein paar Tage", sagte sie.

Sie hob ihren Hamburger an den Mund und begann zu essen. Max klappte mit einer Hand das Notizbuch auf, während er sich mit der anderen abwesend seine Pommes in den Mund stopfte. Er warf ihr einen schockierten Blick zu, bevor er wieder ihre akribischen Notizen betrachtete.

„Woher hast du diese Informationen?", fragte er.

Sie grinste ihn an. „Erwachsene halten Kinder für dumm. Du kennst doch das alte Sprichwort, das Erwachsene so gerne sagen. Dass Kinder gesehen, aber nicht gehört werden sollen. Das ist natürlich absoluter Mist. Die Realität ist, dass Kinder oft weder gesehen noch gehört werden. Dafür hören *wir* sehr gut, wenn sie etwas sagen, von dem sie glauben, dass wir es nicht verstehen. Ich bin zufällig verdammt gut darin, weder gesehen noch gehört zu werden", verkündete sie und wedelte mit einer Pommes herum.

Max warf ihr einen missbilligenden Blick zu. „Kannst du das auch sagen, ohne zu fluchen?", erwiderte er trocken.

„Wie auch immer. Hast du ein Problem damit? Pech gehabt. Schimpfwörter haben eine gewisse Kraft, wenn man sie im richtigen Moment und in der richtigen Situation benutzt", antwortete sie.

Max schüttelte den Kopf, während er die Seiten umblätterte und weiterlas. „Worte sind mächtig, Schimpfwörter sind vulgär, da gibt es einen Unterschied, Tonya. Was ist dir widerfahren, dass du in so jungen Jahren so zynisch geworden bist?", fragte er.

Tonya lehnte sich gegen den leuchtend roten Vinylsitz. „Hast du meine Akte nicht gelesen? Woher weißt du dann, was der Richter gesagt hat? Ach, Angela, stimmt ja", antwortete Tonya. „Isst du deinen Hamburger noch auf? Ich habe seit zwei Tagen nichts mehr gegessen und bin am Verhungern!"

Max sah sie wieder an und schob seinen Teller über den Tisch. Ohne zu zögern, griff sie nach dem Hamburger und biss hinein.

„Hast du eine Ahnung, wie gefährlich das ist, was du getan hast? Wenn sie dich erwischt hätten – wenn die Männer die Informationen gesehen hätten – Tonya, ich habe schon mitbekommen, dass Leute für weniger getötet wurden", warnte Max und klappte das Notizbuch zu.

„Aber – es ist gut, oder? Ich meine, die Informationen, die Details? Ich habe alles dokumentiert. Ich habe sogar Bilder. Ich habe nur kein Geld, um sie auszudrucken. Das ist doch gut, oder, Max?", fragte sie mit ernster Stimme.

„Ja, das ist wirklich gut, Kleine. Was willst du mit deinem Leben anfangen, wenn du mit der Highschool fertig bist? Du bist viel zu klug, um nicht aufs College zu gehen. Willst du zur Polizei gehen und Kommissarin werden?", fragte er.

Sie schüttelte den Kopf und betrachtete ihr Notizbuch. „Nein. Ich will Enthüllungsjournalistin werden – die beste der Welt – genau wie meine Eltern, bevor sie ermordet wurden", gestand sie leise.

Max seufzte. „Das wirst du ganz sicherlich, Tonya. Vorausgesetzt du stirbst nicht, bevor du die Chance dazu bekommst", antwortete er.

KAPITEL 1

Yachats State Park, Oregon

Heute

Tonya ging am Strand entlang, die Arme um die Taille geschlungen. Ihr schwirrte der Kopf, und Übelkeit stieg in ihr auf. Man hatte sie gewarnt, dass sie sich nach ihrer Rückkehr aufgrund der Restmagie von ihrer letzten Reise so fühlen könnte.

Sie geriet ins Taumeln und wäre fast auf einen mit Algen bedeckten Sandhügel gefallen. Als sie den Schrei eines Mannes hörte, sah sie auf. Mit einer leicht zitternden Hand strich sie sich ihr langes, dunkelbraunes Haar aus dem Gesicht, das der Wind ihr in die Augen wehte. Kühler Nebel kroch durch ihre Jacke, und sie fröstelte.

„Tut mir leid, aber der Park ist seit Sonnenuntergang geschlossen. Hey – alles in Ordnung?", fragte der Ranger besorgt.

Tonya sah ihn benommenen an. Sie nickte, zunächst unfähig zu sprechen. Das Schwindelgefühl machte sie langsam wütend. Sie hatte

Achterbahnen noch nie gemocht, und im Moment fühlte sie sich, als wäre sie gerade aus der größten Achterbahn der Welt gestiegen.

„Mir geht's gut. Welcher Tag ist heute? Wie lange war ich weg?", fragte sie.

„Ich fasse es nicht! Sind Sie nicht eine von denen, die verschwunden sind?", rief der Ranger überrascht aus.

„Sind die anderen zurückgekommen?", fragte sie, und ihre Stimme wurde fester, als das flaue Gefühl in ihrem Magen langsam nachließ.

„Mein Name ist Marty. Sind Sie Tonya Maitland?", fragte Marty.

„Ja. Sind die anderen −", sie schüttelte den Kopf und begann erneut. „Sind Agent Tanaka und Ruth Hallbrook auch zurückgekommen?", wiederholte sie und ihre Stimme wurde in ihrer Verzweiflung lauter.

„Ich habe keine anderen Leute gesehen. Ich glaube, ich rufe besser in der Klinik an und frage, ob Dr. Field da ist", meinte Marty und hielt ihr besorgt eine Hand hin, als sie schwankte.

Der Name ließ sie sofort aufhorchen − Dr. Kane Field. Er würde es wissen, oder zumindest seine Geliebte, Magna, würde wissen, wovon sie sprach. Sie nickte vorsichtig, aus Angst, das Schwindelgefühl und die Übelkeit, die endlich nachzulassen begannen, könnten dadurch wieder stärker werden.

„Ja, ich würde gerne zu Dr. Field", stimmte sie zu.

„Kane, nicht so schnell!", rief Anne Wright.

Kane zog eine Grimasse und schaute auf die Uhr an der Wand. Verdammt, er und Gabe wollten mit Magna in einen neuen Film gehen und aus dem Ausflug einen Mini-Urlaub machen. Sie sollten jede Minute hier sein, um ihn abzuholen.

Mit einem resignierten Seufzer griff er nach dem strahlend weißen Kittel, der an der Stange neben seiner Bürotür hing. Den Kittel, den er den ganzen Tag über getragen hatte, hatte er in den Wäschekorb im Hinterzimmer geworfen, und diesen hier hatte er vor nicht einmal dreißig Sekunden an die Stange gehängt.

Hoffentlich dauert es nicht lange, dachte er mit einem weiteren Blick auf die Uhr, während er pflichtbewusst in den weißen Kittel schlüpfte.

„Was ist es diesmal – ein Knochenbruch, eine Verstauchung, eine Schnittwunde oder eine Halsentzündung?", rief er, während er den Flur entlang zur Rezeption schritt, wo Anne saß.

„Nichts von alledem. Marty vom Yachats State Park hat gerade angerufen und gesagt, dass er eine Frau herbringt, die er am Strand gefunden hat. Sie scheint durcheinander und verstört zu sein", sagte sie mit einem Blick auf die Notiz, die sie gekritzelt hatte.

Die beiden sahen auf, als Scheinwerfer durch die Frontscheibe blitzten. Wenigstens musste er nicht lange auf die Patientin warten.

Marty stieg auf der Fahrerseite des weißen Pick-ups mit dem Yachats State Park-Emblem auf der Tür und eilte zur Beifahrerseite. Bevor er die Tür jedoch erreichte, wurde sie bereits geöffnet und eine junge Frau stieg aus. Sie lehnte sich einen Moment lang gegen den Wagen, und ihre Körpersprache verriet, dass sie gestützt werden musste, vermutlich aufgrund von Schwindel, Schmerzen oder Übelkeit.

Kane konnte ihr Gesicht noch nicht erkennen, aber sie trug eine dunkelgrüne Rangerjacke. Sie war mittelgroß, ihre Haut war blass, und ihr Haar war lang und dunkel. Marty fasste sie am Ellbogen, obwohl es so aussah, als sei sie jetzt stabiler auf den Beinen.

„Was meinst du? Drogen oder Alkohol?", fragte Anne trocken.

„Es könnte ein Schädelhirntrauma sein, Unterkühlung oder schlimmer noch – ein Überfall", murmelte Kane abwesend.

Marty öffnete der Frau die Tür zur Klinik, und sie murmelte ein Dankeschön, als sie durch die Tür trat. Sie schaute Kane in die Augen, und er fühlte sich plötzlich unwohl. Sie ging langsam auf ihn zu.

Marty war nicht weit hinter ihr. „Ich habe sie am Strand gefunden. Ihr Name ist Tonya Maitland", teilte er Anne mit, als sie den Tresen erreichten.

„Maitland? Ist sie nicht …?", begann Anne zu fragen, bevor sie Tonya neugierig ansah.

„Ich muss mit dir sprechen", sagte Tonya und ignorierte Marty und Anne.

„Anne wird Ihnen einige Unterlagen zum Auszufüllen geben", begann Kane zu erklären.

Tonya schüttelte den Kopf. „Was wissen Sie über die Meerhexe?", fragte sie leise.

Kane verkrampfte sich. Er sah sie einen Moment lang an, während er im Kopf verschiedene Möglichkeiten durchging. Dann nickte er und öffnete eine Tür, die in sein Büro führte. Er nickte Marty höflich zu.

„Marty, ich kümmere mich darum. Anne, musstest du heute Abend nicht Bobby von deiner Mutter abholen?", fragte Kane.

Anne schaute ihn überrascht an. „Ja, aber –" Sie zögerte und sah Tonya an.

„Ich kümmere mich darum. Du willst doch nicht zu spät kommen", sagte er.

„Okay, wenn du meinst." Anne klang unsicher.

„Ja, kein Problem. Magna und Gabe sind hier, falls ich Hilfe brauche", antwortete er, als ein weiteres Scheinwerferpaar durch das Fenster blitzte und Kane erkannte, dass es Gabes Pick-up war, der auf den Parkplatz einbog.

„Okay, dann fühle ich mich nicht so schlecht dabei, dich allein zu lassen", antwortete Anne.

Kane und Tonya beäugten sich misstrauisch, als Anne ihre Handtasche aus der Schublade neben dem Schreibtisch holte und aufstand. Marty war zur Tür geschlendert und öffnete sie für Magna und Gabe, als die beiden darauf zugingen.

In dem Moment, als Magna die Klinik betrat, begann alles in Kane zu strahlen. Sie lächelte ihn an, und seine Lippen zuckten unwillkürlich. Dann riss er seinen Blick von ihr los und sah Gabe an. Jetzt, wo sein bester Freund hier war, fühlte er sich schon viel eher in der Lage, diese Situation zu bewältigen.

Kane lächelte Anne, die ihm einen fragenden Blick zuwarf, beruhigend zu, als sie sich von Tonya und ihm verabschiedete. Sie erwiderte das Lächeln und ging in Richtung Ausgang.

„Hi, Magna. Hallo, Gabe", begrüßte Anne sie.

„Hallo, Anne. Wie war dein Tag?", antwortete Magna erfreut.

„Das Übliche. Erkältungen, Wunden zunähen, Husten, Asthma", meinte Anne.

„Ja, da fragt man sich, warum er so lange studiert hat, um Dinge zu tun, die jede Mutter tun könnte ", stichelte Gabe.

„Ich werde dich daran erinnern, wenn du das nächste Mal genäht werden musst und ich die Stelle nicht vorher betäube", erwiderte Kane.

„Der war gut, Gabe. Kommst du nächste Woche trotzdem vorbei?", erkundigte sich Marty.

„Ja, nächsten Donnerstag, wenn dir das passt. Das Wetter war in letzter Zeit ziemlich gut. Ich möchte so viele Tests machen, wie ich kann, bevor es wieder schlechter wird", antwortete Gabe.

„Bis dann", sagte Marty. Er nickte Kane zu und schenkte Magna ein kurzes Lächeln. „Einen schönen Abend noch."

„Den werden wir haben. Der neue Film, von dem alle reden, ist jetzt im Kino. Wir fahren nach Portland oder vielleicht sogar nach Seattle, um ihn zu sehen. Wir haben uns noch nicht entschieden", meinte Gabe.

„Ich hoffe, ihr wollt in die Spätvorstellung. Ihr müsst mir erzählen, wie er ist. Ich war schon ewig nicht mehr im Kino", sagte Marty.

„Machen wir", antwortete Gabe.

Kane wartete, bis die Tür ganz geschlossen war, bevor er einen tiefen Seufzer ausstieß. Tonya sah Magna mit einer Mischung aus Ehrfurcht, Neugierde und einer großen Portion Misstrauen an. Er räusperte sich, als Gabe sich ihm mit einer hochgezogenen Augenbraue zuwandte.

„Ich denke, wir sollten alle in mein Büro gehen", schlug er vor. „Gabe, kannst du die Tür abschließen und das Licht im Wartezimmer ausmachen?"

„Klar", antwortete Gabe und warf Tonya einen misstrauischen Blick zu.

Kane bedeutete Tonya voranzugehen. Er streckte die Hand aus und berührte Magna, als sie an ihm vorbeiging. Sie sah ihn besorgt an.

„Es wird schon gut gehen", murmelte er.

Tonya drehte sich um und trat einen Schritt zur Seite. Er merkte, dass sie nicht wusste, wohin sie gehen sollte, und zeigte auf die Tür am Ende des Flurs.

„Geradeaus", wies er sie an.

Sie nickte und ging den Flur entlang. Er folgte Magna und legte eine Hand auf ihren Rücken. Argwöhnisch beobachtete Tonya, wie er einen der beiden Stühle vor seinem Schreibtisch für Magna herauszog. Er deutete auf den zweiten Stuhl für sie, aber sie schüttelte den Kopf. Er seufzte und setzte sich auf seinen Stuhl auf der anderen Seite des Schreibtischs. Sie blieb stehen und lehnte sich mit dem Rücken an die Wand. Auf diese Weise fühlte sie sich weniger verletzlich und so als hätte sie die Situation besser unter Kontrolle.

„Okay, was ist hier los?", fragte Gabe.

Kane holte tief Luft. „Miss Maitland ist eine der vermissten Personen, die in den Nachrichten aufgetaucht sind. Sie hat eine Frage über die Meerhexe", erklärte er mit trügerisch ruhiger Stimme.

„Verdammt", flüsterte Gabe, die Augen sauf Tonyas blasses Gesicht gerichtet.

～

Tonya musterte die beiden Männer neben der Meerhexe. Jeder Mann war auf seine Weise einzigartig. Gabe war groß und muskulös, hatte kurze schwarze Haare, leicht gebräunte Haut und dunkelbraune Augen, in denen ein distanzierter Blick lag. Mit seinem schlankeren Körperbau, dem hellen Haar und dem blassen Teint war Kane war das genaue Gegenteil von ihm. Der Ausdruck in seinen strahlend blauen Augen war freundlich, zugleich aber auch besorgt.

Auch wenn die beiden Männer der Meerhexe umwerfend waren, war Tonya von Magna am meisten fasziniert. Ihr langes schwarzes Haar war wild, und ihre schlanke Statur stand im Widerspruch zu der Stärke in ihren Augen. Ihre dunkelgrünen Augen schimmerten, und aus einem bestimmten Winkel sah es so aus, als würde Tonya sie durch einen beschlagenen Spiegel betrachten.

„Ich war in deiner Welt", begann Tonya, und die Worte kamen ihr unerwartet schwer über die Lippen. „Ich weiß nicht, wie, aber ich war nicht mehr hier auf der Erde", stieß sie hervor.

„Du warst bei Ruth Hallbrook, als sie sich etwas gewünscht hat", erklärte Magna.

„Ein Wunsch – ja", wiederholte Tonya leise und rieb sich abwesend die Stirn.

„Ruth hat den Zauberspruch falsch ausgesprochen. Sie sagte, sie sei durch einen Schrei abgelenkt worden", erklärte Magna.

Tonya nickte. „Ich habe Ruth nachspioniert, um mehr über das Verschwinden ihres Bruders und der anderen herauszufinden. Ich wusste, dass sie mir nicht die Wahrheit sagte. Dann, auf der Toilette im

Restaurant ..." Sie errötete, als sie daran dachte, wie sie versucht hatte, Magna zu täuschen, um an Informationen heranzukommen.

„Ich erinnere mich an dich. Du hast mir Fragen über Orte gestellt, von denen ich nichts wusste", antwortete Magna leise.

„Ja. Als du gegangen bist, habe ich dein Spiegelbild gesehen. Deine Haut war irgendwie anders", murmelte Tonya.

Tonya fasste sich unwillkürlich an den Hals und fuhr mit den Fingern darüber, als sie sich daran erinnerte, was sie an diesem Tag gesehen hatte. Sie warf einen Blick auf Magnas Hals und stieß einen leisen Atemzug aus, als die Hexe kurz schimmerte, als ob eine Folie zwischen ihnen entfernt worden wäre.

„Du hast –", begann Tonya zu sagen.

Magna nickte und lächelte. „Schuppen. Es sind keine echten Schuppen, aber sie funktionieren genauso", erklärte sie.

„Wie hast du das gemacht?", fragte Tonya.

„Es ist ein Verschleierungszauber. So falle ich unter euch Menschen nicht auf", erklärte Magna.

„So etwas hätte ich im Laufe der Jahre schon öfter gebrauchen können", antwortete Tonya mit einem erstickten Lachen.

„Okay, also wem hast du es erzählt und was hast du erzählt?", fragte Gabe.

Tonyas Blick wanderte von Magna zu Gabe. Seine Wut und Sorge waren deutlich zu spüren, als er seine Hand auf Magnas Schulter legte. Magna legte ihre Hand sanft auf seine. Tonya warf einen Blick auf Kane. Er hatte sie während des gesamten Gesprächs schweigend beobachtet, sein Gesichtsausdruck war reserviert.

„Niemandem außer dir." Sie drehte sich zu Gabe um. „Ich muss wissen, was mit Ruth Hallbrook und Agent Tanaka passiert ist? Geht es ihnen gut?", fragte sie.

„Es gab ein kleines Problem, doch ich kann dir versichern, dass es Ruth gut geht. Sie ist sehr glücklich auf der Insel der Riesen", sagte sie.

„Riesen – okay. Das ist gut – dass sie glücklich ist. Ich glaube, ich wusste, dass sie bei den Riesen ist. Mike sagte … ähm, es ist eine Menge passiert, während ich dort war, und der Zauber, der mich zurückgebracht hat, hat mir das Hirn ein wenig vernebelt. Ehrlich gesagt ist es aber viel besser, als ich mich während der ersten paar Wochen in den Sieben Königreichen gefühlt habe. Cornelia Fae sagte, das läge daran, dass der Zauber, der mich dorthin gebracht hat, schiefgegangen ist. Ich habe mich gefühlt, als hätte ich eine höllische Grippe", murmelte Tonya und rieb sich die Schläfe.

Magnas Gesichtsausdruck war wohlwollend. „Keine Ahnung, was man dir erzählt hat, also wiederholt sich vielleicht einiges. Falls das der Fall ist, tut es mir leid. Wie du wahrscheinlich weißt, befindet sich meine Welt in einer anderen Dimension. Sie besteht aus den Sieben Königreichen. Jedes davon wird von einem anderen Herrscher regiert, und jedes hat eine einzigartige Gabe von der Göttin erhalten, die unsere Welt geschaffen hat. Meine Mutter stammt von der Zauberinsel und mein Vater von der Insel der Meeresschlange. Deswegen habe ich Zauberkräfte und die Fähigkeit, unter Wasser zu leben", erklärte Magna.

Tonya nickte und rutschte nach vorne. „Deshalb wirst du auch die Meerhexe genannt", fügte sie hinzu.

Magnas Miene wurde besorgt, und in ihren Augen lag ein gequälter Ausdruck, der in Tonya den Wunsch hervorrief, ihre Hand zu nehmen. Sie legte ihre Hand auf die von Magna.

„Das stimmt zwar, aber mein Name hat eigentlich weniger mit meinen Fähigkeiten als viel mehr mit den schrecklichen Dingen zu tun, die ich den Königreichen angetan habe", antwortete Magna leise.

„Schatz, du musst Tonja nichts erzählen. Je weniger sie weiß, desto besser", sagte Gabe und setzte sich neben Magna.

„Sie weiß bereits genug, um uns Schaden zuzufügen, wenn sie es wollte, und ich glaube nicht, dass sie das will. Also können wir ihre Fragen genauso gut beantworten", erwiderte Magna sanft.

„*Sie* hört euch zufällig zu, das ist euch bewusst, oder?", bemerkte Tonya, bevor sie fortfuhr, „und die Antwort ist nein, ich will niemandem von euch Schaden zufügen, und ich werde nichts verraten. Und selbst wenn, würde mir sowieso niemand glauben, verdammt. Ich will, beziehungsweise *muss*, einfach alles wissen, was ihr mir erzählen könnt."

Magna nickte zustimmend. „Ich werde dir zeigen, was am Anfang passiert ist. Hier. Wenn du bereit bist, dann drehe die Muschel um. Ich werde bei dir sein", sagte Magna, während sie ihre Halskette abnahm.

Tonya nahm die Muschel und hielt sie in ihrer Handfläche. Stirnrunzelnd betrachtete sie die schillernden Farben auf der elfenbeinfarbenen Oberfläche. Sie drehte die Muschel um. Ihr ersticktes Keuchen mischte sich mit dem Plätschern der Wellen und dem Rauschen des Windes, der durch die Palmen wehte.

„Dein Körper ist noch in Kanes Büro, aber dein Geist befindet sich in meinen Erinnerungen", erklärte Magna, während sie über den Sand ging und sich neben Tonya stellte. Magna machte eine ausladende Handbewegung. „Diese Bucht war ein besonderer Ort für meinen Cousin Orion, unseren Freund Kapian und mich. Wir kamen gerne hierher."

Tonya sah und hörte zu, während Magna berichtete, was ihr widerfahren war. Es juckte sie in den Fingern, alles aufzuschreiben, doch sie tat es nicht, auch wenn ihr Geist gierig jedes Detail aufsog. Sie hatte Mitleid mit der jungen, unschuldigen Frau, die gezwungen worden war, furchtbare, unvorstellbar grausame Dinge zu tun.

Tonya hob eine zitternde Hand an ihre Stirn, als die Szene um sie herum verblasste und sie sich in Kanes Büro wiederfand. Drei Augenpaare starrten sie an und warteten darauf, dass sie etwas sagte. Sie holte tief Luft und atmete langsam wieder aus.

Magna lächelte schief. „Hast du sonst noch Fragen?"

„Du hast gesagt, dass es Ruth gut geht, dass sie glücklich ist. Woher weißt du das?", fragte sie.

„Weil irgendein dämlicher Riese uns dreien goldene Halsbänder angelegt und gedroht hat, uns umzubringen, uns in die Sieben Königreiche geschleift hat und Magna gezwungen hat, ihre Magie zu benutzen, um die Dinge wieder in Ordnung zu bringen", knurrte Gabe.

„Gabe", sagte Kane mit einem kurzen Kopfschütteln.

Magna gluckste und warf Kane einen amüsierten Blick zu. „Das war eine ziemlich gute Zusammenfassung", antwortete sie.

„Oh. Ich nehme an, dann hatte ich Glück, dass ich nach dir zurückgekommen bin. Mike sagte, ich müsse zurückkehren, bevor etwas anderes passiert, aber gut, dass du nicht mehr in den Sieben Königreichen warst, und … wir hätten uns einfach verpassen können! Weil *wir alle* … zwischen den Welten gereist sind", murmelte Tonya.

„Wenn Portale im Spiel sind, kann es zu Veränderungen in der Zeit kommen. Es können Abweichungen von einigen Tagen bis zu einigen Monaten, vielleicht sogar Jahren auftreten, wenn der Zauberspruch die Tagesunterschiede zwischen unseren Welten nicht ausgleicht. Möglicherweise bist du zurückgekehrt, bevor Mike und Marina zur Insel der Riesen gereist sind, um Ruth zu sehen", erklärte Magna.

„Moment, also weiß er jetzt, dass es ihr gut geht, aber er wusste es nicht, als ich ihn vor einer Stunde gesehen habe, weil die Zeit unterschiedlich vergeht – manchmal – je nach Portal?"

Magna nickte, und Tonya lachte. „Langsam bekomme ich wirklich Migräne", gestand sie und rieb sich die Schläfen.

„Gut, dass du in einer Klinik bist. Ich habe ein paar Medikamente hier, die helfen sollten", antwortete Kane und öffnete die Schreibtischschublade neben sich.

„Ich kann auch helfen", sagte Magna. Sie beugte sich vor und hob ihre Hand.

Tonya zischte, als der Schmerz aus ihrem Kopf gezogen wurde. Sie blinzelte Magna an. Als Gabe kicherte und sich erhob, merkte sie, dass ihr der Mund offenstand.

„Sieht so aus, als hättest du Konkurrenz, Kane", scherzte Gabe.

„Meinst du? Zum Glück nicht, denn Magna hat zugestimmt, dass sie ihre magischen Fähigkeiten nach Möglichkeit nicht außerhalb des Hauses einsetzt", erwiderte Kane.

Magna sah Kane mit einem Hauch von Belustigung in ihren Augen an. „Ich hielt es nicht, für nötig, Tonya leiden zu lassen, bis deine Medikamente gewirkt hätten, da sie sowieso über mich, die Magie und die Sieben Königreiche Bescheid weiß", erklärte sie.

„Da hat sie recht, Kane", stimmte Gabe zu.

Tonya schüttelte den Kopf, verwundert darüber, dass die Hexe, die mit ihrer Magie fast die Sieben Königreiche zerstört hatte, nun dafür getadelt wurde, dass sie ihre Zauberkraft gegen Kopfschmerzen einsetzte.

Das Leben ist so viel seltsamer als die Fiktion, dachte sie.

„Ruth ist also auf der Insel der Riesen."

„Ja, sie hat den König der Riesen, Koorgan, geheiratet. Sie sind sehr verliebt."

„Sie hat *geheiratet* …?! Ach so. Richtig, weil dort mehr Zeit vergangen ist als hier, oder sie kam früher an, oder so, und jetzt ist sie verliebt und bleibt dort. Okay. Was ist mit Agent Tanaka? Er war auch mit uns am Strand", fragte sie.

„Ich habe nichts von ihm gehört", sagte Gabe und sah Kane und Magna an. „Die Einzigen, die als vermisst gemeldet wurden, waren Sie, Ross Galloway und Ruth Hallbrook. Ross ist vor ein paar Tagen wieder aufgetaucht, doch dann …"

„Ross kam zu mir und bat mich, ihm bei seiner Rückkehr in die Sieben Königreiche zu helfen", unterbrach Magna ihn.

„Er wollte zurück?", fragte Tonya verblüfft.

„Er hat sich dort verliebt", sagte Kane, erhob sich von seinem Platz und ging um den Schreibtisch herum, um sich neben Magna an die Schreibtischkante zu lehnen.

Tonya musterte die drei. „Ihr könnt also zwischen eurer Welt und dieser Welt hin- und herreisen, wann immer ihr wollt?", fragte sie.

Kane schüttelte den Kopf und griff nach Magnas Hand. „Nein. Es ist sehr gefährlich für Magna, in ihre Welt zurückzukehren. Viele geben ihr noch immer die Schuld an dem, was passiert ist, obwohl sie nur wenig Einfluss auf die Situation hatte. Ihr Leben wäre in Gefahr, wenn sie zurückkehren würde", sagte er.

Das konnte Tonya verstehen. Sie hatte nur mit wenigen Leuten gesprochen – vor allem mit Ariness und Cornelia Fae, den Eltern der Frau, in die sich der vermisste Kommissar aus Yachats verliebt hatte –, doch die Angst und der Hass gegenüber der Meerhexe, die sie von anderen im Dorf gehört hatte, hatten Eindruck hinterlassen. Sie umklammerte den Riemen ihres Rucksacks. Sie brauchte Zeit, um über alles nachzudenken, was geschehen war. Laut Marty war sie nur ein paar Tage weg gewesen, doch sie wusste, dass sie mindestens einen Monat auf der Zauberinsel gewesen war. Jetzt verstand sie, warum Ariness und Cornelia Fae sie so ausführlich über den Tag befragt hatten, an dem sie die Erde verlassen hatte – oder genauer gesagt, über das Datum und die Uhrzeit.

Da sie in der Nacht, in der sie Ruth nachspioniert hatte, in ihrem Auto geschlafen hatte, hatte sie die Tage jedoch durcheinandergebracht. Sie hob eine Hand und fuhr sich durch ihr verfilztes Haar. Sie brauchte etwas zu Essen, eine Dusche und etwas Schlaf.

„Ich muss herausfinden, was mit meinem Auto passiert ist", sagte sie und sah zu ihnen auf.

„Es ist auf dem Parkplatz hinter der Polizeiwache geparkt. Es gibt keinen Zaun, also sollte es nicht schwer sein, es zu finden. Ich rufe Patty an und sage ihr, dass Sie es haben. Sie werden allerdings wahrscheinlich trotzdem mit Dan sprechen müssen. Er ist der neue Deputy. Er wird wissen wollen, wo Sie gewesen sind", sagte Kane.

„Ja, aber nicht heute Abend. Ich brauche etwas Zeit, um alles zu verarbeiten", murmelte sie.

„Apropos, was werden Sie der Polizei sagen?", fragte Gabe leise.

Tonya schaute zu ihm auf, bevor sie ihren Blick wieder auf Magna richtete. In den Augen der Frau lag ein niedergeschlagener, resignierter Blick.

„Ich weiß es noch nicht, aber bis zur Befragung werde ich mir etwas einfallen lassen", antwortete sie mit leiser Stimme.

„Warum? Diese Story könnte dein großer Durchbruch sein", meinte Magna zögernd.

Tonya zuckte die Achseln. „Man sagt, alle Märchen haben einen wahren Kern. Wer bin ich, die Träume von Kindern und Erwachsenen auf der ganzen Welt zu zerstört? Die Leute wollen wissen, ob es da draußen im Universum Wesen mit magischen Kräften gibt, trotzdem glaube ich, dass es sie zu Tode erschrecken würde, wenn sie die Wahrheit wüssten", seufzte sie.

Sie stand auf. Im Moment konnte sie ohnehin keinen klaren Gedanken fassen. Sie warf einen Blick auf Magna. Der Verschleierungszauber war wieder aktiv und Magna sah wie eine normale Frau aus.

„Ich habe vielleicht noch ein paar weitere Fragen. Hättet ihr etwas dagegen, wenn wir in Kontakt bleiben?", fragte Tonya.

Magna lächelte und nickte. „Sehr gerne. Es wäre schön, etwas weibliche Gesellschaft zu haben, bei der ich nicht verbergen muss, wer ich bin", gab sie zu.

„Wir fahren Sie zu Ihrem Auto. Haben Sie Ihre Schlüssel?", erkundigte sich Kane.

Tonya nickte. „Ja", antwortete sie.

Zehn Minuten später winkte sie Magna, Gabe und Kane zum Abschied
zu. Sie warteten, bis sie ihren Wagen aufgeschlossen hatte,
eingestiegen war und den Motor gestartet hatte. Sie strich kurz über
das Lenkrad, bevor sie den Kopf schüttelte und den Rückwärtsgang
einlegte.

Sie warf einen Blick auf ihren Rucksack. Darin befand sich die Kopie
eines Briefes, in dem der vermisste Kommissar Mike ihr die Erlaubnis
erteilte, so lange in seinem Haus zu wohnen, wie sie wollte. Zudem
war da eine Notiz, in der stand, wo sein Schlüssel versteckt war und
wie die Kombination für einen Safe lautete, in dem sich etwas Geld
und Dokumente befanden, die sie vielleicht brauchen würde.

Sie hielt an einem Fast-Food-Restaurant an und holte sich etwas zu
essen. Glücklicherweise hatte sie einen Zehn-Dollar-Schein zwischen
zwei Visitenkarten gefunden. Da sie am Verhungern war, verschlang
sie die Pommes und den Burger, bevor sie die Hälfte des Weges zu
Mikes Haus zurückgelegt hatte. Als sie in die Einfahrt einbog, hatte sie
ein Déjà-vu. Doch da war auch noch etwas anderes – ein Gefühl, das
sie seit langer Zeit nicht mehr verspürt hatte.

Seufzend parkte sie den Wagen und schaltete die Zündung aus.
„Irgendetwas sagt mir, dass dein Leben nie wieder dasselbe sein wird,
Tonya. Wie könnte es auch, nachdem du über den Regenbogen gereist
bist und eine vollkommen andere, fantastische Welt entdeckt hast?",
flüsterte sie.

Sie lehnte ihre Stirn gegen das Lenkrad, schniefte und ließ die Tränen
fließen. Eigentlich hatte sie bleiben wollen, doch sie hatte
zurückkommen müssen. Sie hätte es für immer bereut, sich nicht von
dem einen Menschen verabschiedet zu haben, der immer an sie
geglaubt hatte.

KAPITEL 2

An Bord der Meerwespe – Die Sieben Königreiche

Vor der Küste der Insel der Elementargeister

„Hisst die Segel, Dapier, ich will den Wind im Gesicht spüren", befahl Ashure.

„Mit Vergnügen, Käpt'n. In welche Richtung soll es gehen?", fragte Dapier.

Ashure schwieg einen Moment lang, bevor er sein Gesicht nach Westen wandte. „Nach Westen, Dapier", wies er ihn an.

Dapiers Augen leuchteten auf. „Fahren wir nach Hause, Käpt'n?", fragte er.

„Aye, Dapier, wir fahren nach Hause", antwortete er.

„Zur Pirateninsel also, Leute! Mal sehen, wie schnell wir den Käpt'n dorthin bringen können", rief Dapier.

Freudige Schreie erfüllten die Luft. Ashure stand auf dem Achterdeck und sah zu, wie seine Mannschaft gemeinsam die drei großen Segel hisste. Mit der stetigen Brise strafften sich die riesigen Segeltuchbahnen. Er spürte, wie die Meerwespe an Geschwindigkeit gewann und Fahrt aufnahm.

„Bis zum Morgen sind wir da, Käpt'n", versprach Dapier.

Ashure drehte sich zu seinem Steuermann um. Dapier hatte ein gutes Herz. Er war so alt wie die Berge, hatte mehr Falten im Gesicht als ihre beiden Monde Krater hatten, und er liebte die Besatzung der Meerwespe und das Meer. Nach Bleus Verrat und dessen Tod war er eine gute Wahl für die Beförderung gewesen.

„Ich werde in meiner Kabine sein. Ruf mich, wenn du mich brauchst", wies Ashure ihn an.

„Aye, Käpt'n. Ruht Euch gut aus. Ich kann spüren, dass das Meer heute nach mir ruft", antwortete Dapier.

Ashure kicherte und machte sich auf den Weg zu seiner Kabine. Die Mannschaft begann während der Arbeit leise zu singen und rief die Magie des Schiffes, des Wassers und des Windes herbei, damit sie sie schnell und sicher zum nächsten Hafen brachte.

Er nickte einem seiner Männer zu, der sich beeilte, ihm die Tür zum Unterdeck zu öffnen. Seine Stiefel machten kein Geräusch auf den Holzstufen. Einer der Vorteile, die das Dasein als König der Piraten mit sich brachte: Er war praktisch ein Geist, wenn er sich bewegte.

Mit einer Handbewegung öffnete er die Flügeltür seiner Kabine. Er schritt den Korridor entlang und durch die offenen Türen. Mit einem Fingerschnippen schloss und verriegelte er die Türen hinter sich.

Er nahm seinen großen violetten Hut ab und legte ihn auf den Tisch, während er zur Bar in der Kabine ging. Er zog den Stöpsel aus der Karaffe und schenkte sich ein halbes Glas Bourbon ein. Nachdem er den Stöpsel wieder aufgesetzt hatte, ließ er sich auf einem der Polstersessel vor dem Kamin nieder.

Als er sich daran erinnerte, dass er vor langer Zeit in demselben Sessel gesessen hatte, runzelte er die Stirn. An diesen Tag hatte er seit mindestens hundert Jahren nicht mehr gedacht. Er deutete auf den Kamin und entfachte ein kleines, flackerndes Feuer. Dann lehnte er sich zurück, schwenkte den bernsteinfarbenen Likör und blickte gedankenverloren in die tanzenden Flammen.

Er lächelte, als er zwei Gestalten in den Flammen auftauchen sah – Prinzessin Gem LaBreeze und Ross Galloway, die Hand in Hand über das weitläufige Palastgelände schritten. Das Feuerwerk war noch schwach zu hören. Die Feierlichkeiten würden sicherlich noch bis spät in die Nacht und in die frühen Morgenstunden andauern.

„Die beiden haben eine Liebe gefunden, die nicht einmal der Tod zerstören kann", murmelte er.

Ashure nahm einen Schluck von dem gehaltvollen Bourbon. Er war nicht so gut wie Nalis Brandy, aber nahe dran. Er verzog das Gesicht, als er in die Innentasche seiner Jacke griff und den Zauberspiegel herauszog. Der Griff hatte in seine Rippen gedrückt, als wollte er ihn daran erinnern, dass er noch immer in seinem Besitz war. Glücklicherweise hatte Gant vergessen, ihn noch einmal danach zu fragen, weil er es so eilig gehabt hatte, die Insel der Elementargeister mit Koorgans Eltern zu verlassen.

Er drehte den barocken Silberspiegel um. Auf der verschnörkelten Rückseite umringten Rosenfeen einen alten Weidenbaum. Er vermutete, dass der Spiegel entweder von Feen gefertigt worden oder ein Geschenk des Königs der Zauberinsel an seine Frau gewesen war. Woher er auch stammen mochte, er war auf jeden Fall alt und magisch.

„Zauberspiegel", begann er zu sagen, bevor er innehielt. Wollte er wirklich seine einzige wahre Liebe sehen? Die Sehnsucht nach jemandem, der die Stimmen zum Schweigen bringen konnte, die ihn ständig zu überwältigen drohten, war eine Qual. Das Gesicht seiner Erlösung zu sehen, würde es nur noch schlimmer machen.

„Verdammt!", fluchte er.

Er legte den Spiegel auf dem Beistelltisch ab und stand auf. Das Geflüster in seinem Kopf wurde lauter. Sie spürten, dass er schwächer wurde – und fast bereit war, alles zu tun, um ihr quälendes Flehen um Freiheit zum Schweigen zu bringen. Zu ihrem Pech kannte er die Wahrheit hinter ihren Gesuchen. Die jahrhundertelangen Qualen hatten in ihren Herzen kein Mitgefühl geweckt. Sie waren immer noch auf Rache aus.

Er hob sein Getränk an seine Lippen und leerte es in einem Zug, bevor er das leere Glas ins Feuer warf. Heute Nacht würde er nicht schlafen können. Er drehte sich auf dem Absatz um, griff nach seinem Hut und setzte ihn auf seinen Kopf, während er zur Tür ging.

Kurz davor hielt er inne, drehte sich um und ging wieder zurück. Er griff nach dem Zauberspiegel und fluchte, als eine scharfe Kante der dekorativen Rückseite des Spiegels seinen Finger durchbohrte und sich ein Blutstropfen bildete.

„Jetzt hat es also sogar schon der Zauberspiegel auf mich abgesehen", sagte er kopfschüttelnd. „Wenn er mir doch nur den Wunsch erfüllen könnte, diejenige zu *finden*, die die Stimmen in meinem Kopf zum Schweigen bringen kann, anstatt sie mir nur zu zeigen", murmelte er.

Kaum hatte er die Worte ausgesprochen, erschien ein Strudel aus Energie unter seinen Füßen. Er hatte gerade noch genug Zeit, ihn fassungslos anzustarren, bevor er hineingezogen wurde. Er ließ den Spiegel fallen und griff instinktiv nach oben, um seinen Hut festzuhalten, als er von der Kraft des Strudels umhergewirbelt wurde.

Während er die Kontrolle über seinen Körper verlor, tauchten Visionen derer auf, die sich einst etwas von dem Spiegel gewünscht hatten – Corgan, der alte Mann, dem er den Spiegel abgenommen hatte, und Dutzende andere. Er blinzelte, als er die Rosenfeen um die leuchtenden Äste eines Weidenbaums flattern sah und das Gesicht einer alten Frau, die sie anlächelte. Seine Lippen verzogen sich zu einem Wort des Protests, als er an der himmlischen Gestalt einer goldenen Göttin vorbeiflog, die ihn heiter anlächelte.

Er versuchte, sich umzudrehen, um einen weiteren Blick auf sie zu erhaschen, doch in diesem Moment erblickte er die Öffnung des

Strudels und fiel durch die Dunkelheit, bis er mit den Füßen voran in einem ihm völlig unbekannten Raum landete. Er richtete sich auf und fluchte, als er mit dem Fuß gegen etwas stieß, das daraufhin über den Boden kullerte. Er runzelte die Stirn, als er sah, dass es eine kleine silberne Schale war.

„Was zum Teufel …?", murmelte Ashure, bevor er ein rauschendes Geräusch hörte.

Als er sich umdrehte, traf ihn ein feuchtes Bündel am Kopf, und etwas Hartes schlug gegen seine Wange, sodass sein Kopf zurückschnellte und sein Hut herunterfiel. Er hob schützend die Hände, als er begriff, dass er angegriffen wurde. Der Schaft eines dünnen, aber äußerst stabilen Holzpfahls traf ihn in die Leiste und verursachte einen so starken Schmerz, dass er Sterne sah. Seine Knie waren der nächste Teil seines Körpers, der in Mitleidenschaft gezogen wurde, als sie auf den harten Fliesenboden trafen. Er kippte zur Seite, und das nasse Bündel tauchte wieder in seinem Blickfeld auf.

Er spürte, wie kaltes Metall durch die feuchten Fäden eines Mopps gegen seinen Hals drückte und schloss die Augen. Er machte sich keine Sorgen, dass er seinen Kopf verlieren könnte, denn das Metall fühlte sich nicht scharf genug an, um ihn von dem Schmerz seiner verletzten Männlichkeit zu erlösen.

„Eine Bewegung und es wird deine letzte sein", drohte eine weibliche, sehr wütende Stimme.

„Mylady, ich habe nicht die Absicht, mich zu bewegen. Mein armer Körper hat zu große Schmerzen, und ich wage zu behaupten, dass es ein Segen wäre, wenn Ihr mein Leben jetzt beenden würdet", antwortete er zwischen zusammengebissenen Zähnen.

„Mylady? Warum redest du so komisch? Warum bist du hier und was willst du?", fragte sie.

„Im Moment weiß ich nicht, wo ich bin, also kann ich das Warum nicht beantworten. Was ich will, ist vor allem, dass diese Schmerzen gelindert werden", gestand er heiser.

„Keine Bewegung", befahl sie.

Er warf den Kopf zurück, als sie den Metallschaft fester gegen seine Kehle drückte. Als plötzlich helles Licht den Raum erfüllte, schloss er die Augen. Er schluckte schwer. Das Metall drückte jetzt gegen seinen Adamsapfel und erschwerte ihm das Atmen.

„Wer zum Teufel bist du, und was machst du in einem Halloween-Kostüm in meiner Küche? Bist du betrunken?", fragte sie.

Ashure öffnete langsam die Augen, um einen ersten Blick auf seine Angreiferin zu werfen. Ihr Haar stand ihr wild und zerzaust vom Kopf ab. Ihre Augenfarbe war eine Mischung aus Blau, Grün und Braun. Im Moment waren sie warnend zusammengekniffen.

Er kannte jedes Detail ihres Gesichts. Er hatte sich ihre Züge schon vor Monaten eingeprägt, als er ihr Bild zum ersten Mal im Spiegel gesehen hatte. Die schlanke Nase, die vollen Lippen, die den Wunsch in ihm weckten, sie zu schmecken, und das herzförmige Gesicht, das er streicheln wollte, ließen ihn fast vergessen, dass er auf dem Rücken lag und er mit seinen Händen immer noch schützend seine schmerzenden Hoden umfasste.

Sie warf ihm einen weiteren stechenden, warnenden Blick zu, bevor sie den Druck auf seinen Hals lockerte. Er hob eine Hand, um ein paar der feuchten Mopp-Fäden von seinem Mund zu wischen. Ein angewiderter Ausdruck huschte über sein Gesicht, als er an die Keime dachte, die wahrscheinlich an dem Mopp klebten.

„Nein, ich bin nicht betrunken, aber ich wünschte, ich wäre es. Wäre es möglich, dass ich Eure Fragen auf eine würdigere Weise beantworte?", fragte er.

Auf seine Bitte hin hob sie eine Augenbraue. „Wenn du Würde willst, bist du hier an der falschen Adresse. Die Alarmanlage ist losgegangen, als du eingebrochen bist, und die Polizei ist bereits unterwegs. Außerdem beherrsche ich zehn verschiedene Kampfsportarten. Eine falsche Bewegung und ich schwöre dir, dass ich dir diesen Mopp so weit in den Hals schiebe, dass er dir aus dem Hintern wieder rauskommt", knurrte sie.

Ashure konnte sich ein amüsiertes Schnauben nicht verkneifen. Er versuchte, sein Lachen zu verbergen, indem er sich räusperte. Vorsichtig setzte er sich auf, als sie zurücktrat. Seine Augen folgten der Bewegung des Mopps, als sie damit auf einen Stuhl deutete.

Er senkte den Kopf und stand auf. Ein leises Zischen entwich ihm, und er schloss die Augen, als sich der Raum kurz drehte. Er berührte seinen Wangenknochen, wo er getroffen worden war.

„Ihr habt einen sehr kräftigen Arm, Mylady", sagte er, zog den Stuhl neben dem Tisch hervor und ließ sich vorsichtig darauf sinken.

„Softball – ich war die beste Schlagfrau in meinem ersten und zweiten Schuljahr", erklärte sie.

Er hatte keine Ahnung, was Softball war, aber er konnte sich vorstellen, was das Wort „Schlagfrau" bedeutete. Er beobachtete sie, als sie ein paar Schritt zurückwich. Vorsichtig untersuchte er die Schwellung an seiner Wange, während seine Augen anerkennend über das glitten, was er von ihrem Körper sehen konnte. Sie trug ein übergroßes Shirt, auf dem ein weißes Tigerbaby mit schwarzen Streifen und blauen Augen zu sehen war, das eine bunte kurze Hose im Maul hatte. Das Shirt reichte ihr bis zur Mitte ihrer Oberschenkel und entblößte ihre langen Beine und ihre zarten Zehen mit den rosa lackierten Zehennägeln.

„Woher kommst du, von einem Maskenball?", fragte sie mit einer Handbewegung.

„Nein, Mylady, ich war in meiner Kabine an Bord der Meerwespe auf dem Rückweg zur Pirateninsel, als ich durch ein magisches Portal in Eure reizende Behausung gestürzt bin", erklärte er.

Sie erbleichte, schwankte und ließ den Mopp fallen, um sich an der Wand abzustützen. Sie starrte ihn mit großen, schockierten Augen an. Er machte Anstalten, sich zu erheben, hielt jedoch inne, als sie einen Schritt zurückwich.

„Du bist einer von ihnen! Aus den Sieben Königreichen", hauchte sie.

Ashure nickte. „Ja, Mylady. Ich bin Ashure Waves, König der Piraten", stellte er sich vor und senkte leicht den Kopf.

KAPITEL 3

Nachdenklich tippte Tonya mit den Fingern auf den Tresen, während sie den Mann betrachtete, der auf dem Küchenstuhl saß. Sie versuchte, die Tatsache zu begreifen, dass ein mystischer, magischer Kerl aus einer anderen Welt einfach aus dem Nichts in Mike Hallbrooks Küche aufgetaucht war.

Eben noch war sie auf dem Weg in den Flur gewesen, um sich einen Schluck Wasser zu holen, und im nächsten Moment hatte sie ein unheimliches Leuchten in der Küche gesehen, gefolgt von dem Klirren des metallenen Hundenapfes, den sie noch nicht weggeräumt hatte.

Aus Angst, jemand könnte in das Haus eingebrochen sein, hatte sie sich den Mopp geschnappt, der noch von ihrer früheren Putzaktion an der Wand neben dem Gästebad gelehnt hatte. Nachdem sie die Bewegung einer schattenhaften Gestalt gesehen hatte, die sich im Kreis drehte, hatte sie zuerst zugeschlagen und beschlossen, dass sie später immer noch Fragen stellen konnte.

Natürlich hatte sie gelogen, als sie behauptet hatte, die Sicherheitsfirma hätte die Polizei gerufen. Im Haus gab es gar keine Alarmanlage. Auch ihr vermeintliches Kampfsporttraining war eine

Lüge gewesen. Max hatte ihr ein paar Selbstverteidigungstechniken beigebracht, allerdings nichts, womit sie sich gegen Magie verteidigen könnte. Es gab jedoch keinen Grund, ihre kleinen Schwindeleien zu offenbaren. Wenn Ashure wirklich der war, für den er sich ausgab – und sie glaubte nicht, dass er log – würden weder die Polizei noch ihre nicht vorhandenen Kampfkünste hilfreich sein.

Das einzig Wahre an ihrer kleinen Tirade war, dass sie in den letzten zwei Jahren der Highschool Softball gespielt hatte.

Aufmerksam betrachtete sie den Mann, der ihr gegenübersaß. Er war groß, etwa einen Meter neunzig, und gutaussehend. Sein kurzes, aber volles dunkelbraunes Haar war leicht gewellt.

Ein Anflug des Erkennens zusammen mit einem seltsamen Déjà-vu-Gefühl – als ob sie sich schon einmal begegnet wären – durchfuhr sie, als seine silbernen Augen jede ihrer Bewegungen verfolgten. Es war unmöglich, zu ignorieren, *wie* er sie anstarrte. Sie war oft genug gemustert worden, um zu wissen, wann ein Mann interessiert war, und ihr war das Leuchten nicht entgangen, das in seinen Augen aufblitzte, wenn er sie ansah.

Sie schürzte die Lippen, damit ihr kein Fluch herausrutschte, als sie die Schwellung an seinem Wangenknochen bemerkte, die er vorsichtig betastete. Mit einem resignierten Seufzer trat sie zur Seite, ohne ihn jedoch aus den Augen zu lassen, als sie den Gefrierschrank öffnete. Sie tastete nach der Tüte mit den gefrorenen Erbsen, die sie vorhin entdeckt hatte, als sie ihre Einkaufsliste geschrieben hatte. Sie holte sie heraus und warf ihm die Tüte zu.

„Halt dir das auf deine Wange. Das hilft gegen die Schwellung", wies sie ihn an.

Er fing die Tüte auf und begutachtete sie mit einem leicht angewiderten Gesichtsausdruck, bevor er das kalte Plastik an seine Wange drückte. Er beobachtete sie weiterhin, während sie überlegte, was sie tun sollte. Sie biss sich auf die Lippe und seufzte. Das Wichtigste zuerst – sie brauchte ein paar Antworten.

„Warum bist du hier?", fragte sie unverblümt.

Er schenkte ihr ein breites Grinsen. „Ich habe ehrlich gesagt keine Ahnung. Eben noch war ich in meiner Kabine und auf dem Weg zurück zum Hauptdeck, und im nächsten Moment bin ich durch ein magisches Portal gefallen", erklärte er mit einer königlichen Geste mit der Hand, in der er die Tüte mit den Erbsen hielt.

Sie runzelte die Stirn. „Okay, aber warum hier? Ist dir so etwas schon einmal passiert?", drängte sie und versuchte herauszufinden, warum er hier war und, was noch wichtiger war, ob es etwas mit ihr zu tun hatte, denn das sagte ihr ihr Bauchgefühl.

Er hielt die gefrorenen Erbsen wieder an seine Wange und schüttelte den Kopf. „Nein, das ist das erste Mal und völlig unerwartet", antwortete er und sah sich mit neugieriger Miene um. „Ihr habt ein schönes Haus."

„Es ist nicht meins", erwiderte sie automatisch.

Er sah sie überrascht an, bevor er den Blick abwandte. Die Alarmglocken in ihrem Inneren begannen zu schrillen. Ihr war aufgefallen, dass er das oft tat: sie ansah, ohne sie wirklich anzuschauen, zumindest sah er ihr nicht in die Augen. Aufgrund dieses Verhaltens schloss sie auf zwei Dinge: Entweder hatte er eine psychische Störung oder er log.

„Darf ich fragen, wem es gehört?", fragte er. Sein Tonfall erweckte den Anschein, als wäre die Antwort auf diese Frage sehr wichtig für ihn.

„Das Haus gehört Mike Hallbrook. Er ...", antwortete sie, bevor sie die Lippen zusammenpresste, um nicht zuzugeben, dass sie allein war.

„Ich kenne Mike Hallbrook! Er ist ein wunderbarer Mensch. Außerdem hat er sich als überaus einfallsreicher Kämpfer erwiesen. Er hat mit uns gegen Magna, die Meerhexe, gekämpft, als sie von einem außerirdischen Wesen besessen war. Seine Schwester Ruth ist ebenfalls unglaublich beeindruckend. Selten habe ich mich bei einem Tauschhandel so schwergetan wie bei ihr. Selbst als Ruth die Größe einer Kinderpuppe hatte, war sie eine beeindruckende Verhandlungspartnerin. Sie hat sich die Verträge tatsächlich durchgelesen und sie auseinandergenommen, egal wie langweilig sie waren! Koorgan ist wirklich ein glücklicher Riese. Ohne sie wäre er immer noch auf dem Grund des Brunnens", sinnierte er.

Bei dieser Erinnerung kicherte er und lächelte sie breit an, wobei er ihr zum ersten Mal länger als eine kurze Sekunde in die Augen sah. Tonya sog die Luft ein, als sie die Schatten in seiner silbernen Iris sah. Sie spürte einen leichten Anflug von Bedauern, als er seine Augen von ihrem neugierigen Blick abwandte. Es war, als hätte er Angst, sie zu erschrecken.

Was auch immer sein Problem war, irgendetwas ging hier vor, und er schien ein besonderes Gen in ihr anzusprechen, das sie entschlossen machte, herauszufinden, was es war. Sie musste sich zusammenreißen, um sein Gesicht nicht zu umfassen, um ihn dazu zu *zwingen*, sie anzusehen. Natürlich erinnerte ihre rationale Seite sie an all die Male, in denen Max und ihre ehemaligen Professoren sie gewarnt hatten, vorsichtig zu sein mit dem, was sie sich wünschte!

Nein, du solltest dich besser auf wichtigere Dinge konzentrieren, sagte sie sich selbst.

„Okay, nächste Frage: Wie kommst du nach Hause?", fragte sie.

Ashures verblüffter Blick begegnete kurz dem ihren und er runzelte die Stirn. „Aber ich bin doch gerade erst angekommen. Warum sollte ich abreisen wollen, bevor ich überhaupt die Gelegenheit hatte, Eure Welt kennenzulernen?", protestierte er.

„Meine Welt kennenlernen …? Oh, nein! Nein, nein, nein, nein!", erwiderte sie vehement. „Du kannst nicht hierbleiben und hier herumlaufen, schon gar nicht in diesem Aufzug", fügte sie entsetzt hinzu.

„Was stimmt nicht mit meiner Kleidung? Ich kann Euch versichern, dass sie aus den feinsten Stoffen ist und von den besten Schneidern auf der Insel der Monster gefertigt wurde. Zyklopenschneider sind einfach unschlagbar! Sie haben *ein* unglaublich gutes Auge für Mode", verteidigte er sich.

Sie schnaubte über sein unfreiwilliges Wortspiel und beobachtete, wie er die Tüte mit den aufgetauten Erbsen auf den Tisch legte. Mit einem Ausdruck der Verachtung strich er ein paar Fussel, die der Wischmopp hinterlassen hatte, von seinem dunkelbraunen Mantel. Sie wusste, dass er keine Ahnung hatte, dass er wie eine Figur aus einem alten englischen Film aussah. Seine Unwissenheit verlieh ihm einen Hauch von Naivität, der ziemlich liebenswert war.

Sie stöhnte, da ihr klar war, dass der Kampf angesichts seiner schmollenden Miene und ihrer angeborenen Neugierde aussichtslos sein würde. Leise murmelte sie einen Fluch, der Max' Zorn auf sich gezogen hätte, und stellte den Mopp beiseite. Sie öffnete den Kühlschrank und holte zwei Biere heraus. Nachdem sie die Verschlüsse abgeschraubt hatte, warf sie sie in den Müll und trug die Flaschen zum Tisch. Eine stellte sie mit einem leichten Knall vor ihm ab, die andere behielt sie selbst. Sie trank nicht oft, doch heute Abend würde eine der seltenen Gelegenheiten sein. Sie zog den Küchenstuhl ihm gegenüber heran, setzte sich und hob die Flasche, um einen Toast auszusprechen.

„Auf all die seltsamen Dinge, die in meinem Leben passieren und über die ich kein Wort schreiben kann", sagte sie, bevor sie einen tiefen Schluck aus der Flasche nahm.

Er musterte sie argwöhnisch, bevor er die Flasche an seine Nase hielt, daran schnupperte, bevor er sie an seine Lippen führte. Sie starrte ihn schweigend an, während sie ihre Biere tranken. Er war niedlich, auf eine raue, altmodische Art und Weise. Seine Augen waren seltsam. Sie würde sie sich gerne genauer ansehen. Einer ihrer Professoren hatte ihr gesagt, dass die Augen eines Menschen das Fenster zu seiner Seele waren, und er hatte damit schon mehr als einmal recht behalten.

Ashure ließ die Flasche sinken und strich mit dem Daumen über das Kondenswasser, das sich an der Außenseite gebildet hatte. Ihre Augen folgten dieser kleinen, unbewussten Bewegung wie gebannt, und ihre

Gedanken begannen, einen anderen unerwünschten Weg einzuschlagen, den sie lieber meiden sollte.

„Ihr habt mir nicht das Privileg gegeben, Euren Namen zu erfahren. Ich kann Euch wohl kaum weiterhin ‚Mylady‘ nennen", sagte er und holte sie in die Gegenwart zurück.

Sie schüttelte leicht den Kopf und runzelte die Stirn. „Mein Name? Oh, ich bin Tonya … Maitland. Hör mal, ich weiß nicht, wie spät es war, als du aus deiner Welt verschwunden bist, aber hier ist es fast zwei Uhr morgens, und ich bin erschöpft. Da es nicht so aussieht, als würdest du nach Hause gehen, und ich keine Lust habe, mitten in der Nacht nach einem Hotelzimmer zu suchen, kannst du im Gästezimmer am Ende des Flurs übernachten. Morgen, oder besser gesagt heute, können wir dir etwas zum Anziehen besorgen, bis du wieder dahin zurückkehrst, wo du hergekommen bist", bot sie an und stand auf.

„Es war spät, als ich hierhergereist bin. Eine gute Nachtruhe wäre sehr willkommen", stimmte er zu.

Tonya nickte und trank ihr Bier aus. Dann ging sie zum Waschbecken und spülte die Flasche aus, bevor sie sie in den Recyclingbehälter warf. Sie drehte sich um, um nachzusehen, ob er sein Bier ausgetrunken hatte, als sie ihn dabei ertappte, wie er ihre nackten Beine anstarrte. Sie verspürte den Wunsch, nach dem Mopp zu greifen und ihn noch einmal zu benutzen. Er musste die drohende Gefahr gespürt haben, denn er trank hastig den Rest seines Bieres aus und hielt ihr die leere Flasche zusammen mit der Tüte aufgetauter Erbsen hin.

„Komm mit, ich zeige dir, wo das Bad und das Schlafzimmer sind", sagte sie.

Tonya verstaute die Tüte mit den Erbsen wieder im Gefrierschrank und warf die leere Flasche in den Mülleimer, bevor sie die Küche verließ und durch das Wohnzimmer und den Flur ging. Es war schon eine Woche her, dass sie auf die Erde zurückgekehrt war, und ihr Leben fing gerade an, sich wieder einigermaßen normal anzufühlen.

So viel zum Thema Beständigkeit!, dachte sie düster.

Der Polizeibeamte, der Mikes Stelle übernommen hatte, war gekommen, um ihr einige Fragen zu stellen. Dank ihrer langjährigen Erfahrung mit der Polizei war es ein Leichtes gewesen, sich eine einigermaßen glaubwürdige Geschichte auszudenken, zumal der Kerl jung und relativ unerfahren war – oder zumindest so aussah. Sie fragte sich, was Deputy Dan Bradley wohl gesagt hätte, wenn sie ihm die Wahrheit erzählt hätte. Sie lachte leise bei dem Gedanken.

„Habe ich dich irgendwie amüsiert?", fragte Ashure von hinten.

Tonya schüttelte den Kopf und warf ihm einen Blick über ihre Schulter zu. „Nein, ich habe nur an eine Geschichte gedacht, die ich mir neulich für die Bullen – ich meine, für die Polizei – ausgedacht habe. Entschuldigung, alte Gewohnheiten lassen sich nur schwer ablegen", erklärte sie abwesend.

„Polizei – Mike war einer von ihnen, oder?", fragte Ashure.

„Ja. Ein neuer hat seinen Platz eingenommen. Dan wollte wissen, was vor ein paar Wochen mit mir passiert ist, und ich hatte keine Lust, ihm die Wahrheit zu erzählen", antwortete sie mit einem amüsierten Lächeln.

„Was hat er getan?", fragte Ashure mit einer hochgezogenen Augenbraue.

„Er hat herumgedruckst", antwortete sie. „Hier ist das Badezimmer. Ich denke, du wirst zurechtkommen. In der Schublade sind zusätzliche Toilettenartikel, Handtücher sind im Schrank. Du kannst im Schlafzimmer auf der anderen Seite des Flurs schlafen. Wir sehen uns dann morgen früh – es sei denn, du verschwindest wieder. In diesem Fall wünsche ich dir viel Glück und eine gute Heimreise."

Sie wandte sich von ihm ab, da sie das Gefühl hatte, etwas Abstand zwischen sich und ihn bringen zu müssen, um klar denken zu können. Sie hatte die ganze letzte Woche versucht, sich mit der Tatsache abzufinden, dass das Universum viel komplizierter war, als sie ursprünglich gedacht hatte. Dennoch konnte es kein Zufall sein, dass kurz nachdem sie die Sieben Königreiche verlassen hatte, einer der Bewohner bei ihr auftauchte.

Sie keuchte leise auf, als Ashure sie sanft am Arm berührte, und bekam einen unerwarteten elektrischen Schlag. Ihre Blicke begegneten sich erneut, und diesmal konnte sie die ungewöhnlichen dunklen, wirbelnden Formen in seiner Iris besser erkennen. Doch wieder senkte er den Blick und sah weg.

„Danke und gute Nacht", sagte er.

„Gute Nacht, Ashure", murmelte sie.

Sie ging zu der Tür neben dem Badezimmer und trat in das große Schlafzimmer. Nachdem sie die Tür hinter sich geschlossen hatte, lehnte sie sich dagegen. Sie betrachtete den kleinen Nachttisch. Er war aus Eichenholz gefertigt. Sie drehte sich zur Tür um, schloss sie ab und schob den Nachttisch davor. Mit einem zufriedenen Lächeln rieb sie die Hände aneinander.

„Das wird wahrscheinlich nicht funktionieren, wenn er zaubern kann, aber immerhin besser als nichts", murmelte sie.

Sie stieg ins Bett und zog sich die Decke bis unters Kinn. Dann starrte sie an die Decke und dachte über ihren unerwarteten Besucher nach. Sie zuckte zusammen, als ihr ein lauter Seufzer entwich, und rollte sich auf die Seite, mit dem Gesicht zur Tür, die Hände unter ihrer Wange gefaltet.

Okay, er ist süß, na und. Du hast schon eine Menge süßer Typen kennengelernt. Vergiss nicht, dass er ein Pirat ist. Piraten sind wie böse Jungs, nett anzusehen, aber gefährlich. Er ist definitiv nicht die Art von Kerl, die ich Max vorstellen würde, dachte sie.

Sie konnte sich schon vorstellen, dass Max ihr einen Vortrag halten würde. *Was hast du dir dabei gedacht, Tonya? Hast du in all den Jahren denn gar nichts gelernt? Mensch, Mädchen, was soll ich nur mit dir machen?* Ja, das wären die Fragen, die er ihr in den ersten dreißig Sekunden nach dem Kennenlernen stellen würde.

„Er wird weg sein, wenn du aufwachst, und dann wird alles wieder normal", flüsterte sie in der Dunkelheit.

Doch tief in ihrem Inneren hatte sie gewusst, dass ihr Leben nach ihrer Rückkehr nie wieder normal sein würde – nicht so wie vorher. Sie wusste jetzt Dinge, von denen die Leute glaubten, dass sie nur in Büchern oder Filmen existierten, und jetzt hatte sie einen sexy Piraten im Gästezimmer.

Sie rollte sich auf den Rücken und drückte sich das Kissen aufs Gesicht, um ihr frustriertes Stöhnen zu unterdrücken, bevor sie es beiseite warf und an die Decke starrte.

„Max hat mich immer gewarnt, dass ich mir mit meiner Neugier eines Tages einen Haufen Ärger einhandeln würde, aus dem er mich nicht mehr herausholen könnte", flüsterte sie. „Sieht so aus, als wäre dieser Tag gekommen."

Ashure ging leise den Flur entlang in das Schlafzimmer, das Tonya ihm gezeigt hatte. Er strich die Donnervogel-Feder an seinem Hut glatt und genoss das Kribbeln, das von der feinen Feder ausging. Es war nicht dieselbe Feder, die er vor all den Jahren gestohlen hatte. Diese Feder war ein Geschenk gewesen. Nali hatte ihm die Feder geschenkt, weil er die andere beim Überqueren des Feuerfeldes verloren hatte.

Er legte den Hut auf die Kommode und zog seinen Mantel aus. Als er eine Tür öffnete, stellte er fest, dass sich dahinter ein Kleiderschrank verbarg. Er hängte seinen Mantel neben die Klamotten, die darin hingen. Aufgrund der Größe und der Farben vermutete er, dass sie Mike gehörten. Außerdem befand sich zwischen den Klamotten eine Militäruniform in einer durchsichtigen Kleiderhülle.

Er trat zurück, schloss die Tür und drehte sich um, um sich in dem Raum umzusehen. Er war klein, etwa ein Viertel so groß wie seine Kabine auf der Meerwespe. Die Möbel waren schlicht, aber gemütlich und aus stabilem Holz gefertigt. Es gab ein Bett mit einem Nachttisch auf jeder Seite, einen Stuhl in der Ecke, eine hohe Kommode und einen kleinen Schreibtisch. Über dem Bett hing ein Gemälde, auf dem ein Strand zu sehen war und hinter dem Bett befand sich eine Reihe großer Fenster, von denen aus man die Dünen überblicken konnte.

Er trat ans Fenster und blickte hinaus, während er sein Hemd aufknöpfte. Seine Gedanken waren jedoch nicht bei der Landschaft draußen, sondern bei der Frau im anderen Zimmer. Sie war alles, wovon er je geträumt hatte, und völlig anders als alles, was er gewohnt war.

Er berührte seine geprellte Wange und flüsterte einen Heilzauber, den er vor langer Zeit im Tausch gegen ein Schmuckstück erhalten hatte. Die verletzte Haut kribbelte unter seinen Fingern, als sie heilte. Er ließ die Hand zu seiner Leiste sinken und verzog das Gesicht, als er den Zauber wiederholte.

„Meine wahre Liebe hätte mit einem Warnhinweis versehen werden sollen", murmelte er.

Er wusste nicht genau, was die Öffnung des Portals ausgelöst hatte. Er hatte den Spiegel in der Hand gehalten und sich etwas gewünscht, ohne den Wunsch wirklich auszusprechen. Falls der Spiegel ihn hierhergebracht hatte, war das definitiv eine Premiere. Bisher hatte ihm der Spiegel immer nur Bilder gezeigt. Es hatte nie ein Anzeichen dafür gegeben, dass der Spiegel die Macht hatte, ein Portal zu erschaffen. Dennoch war die Tatsache, dass er hier war, ein Beweis dafür, dass eine mächtige Magie freigesetzt worden war.

„Tonya", murmelte er.

Ihr Name kam ihm mühelos über die Lippen. Von dem Moment an, als der Spiegel ihm zum ersten Mal ihr Gesicht gezeigt hatte, hatte sie ihn Tag und Nacht verfolgt. Und jetzt war er hier, nur wenige Meter von ihr entfernt.

Er erstarrte, als ihm eine weitere überraschende Tatsache bewusstwurde – zum ersten Mal seit Jahrhunderten waren die Stimmen in seinem Inneren verstummt. Er schloss die Augen, atmete tief ein und konzentrierte sich auf die Seelen, die er in seinem Inneren festhielt. Sie waren immer noch da, doch sie waren ruhig – als hätten sie ihr Schicksal endlich akzeptiert. Er öffnete die Augen und blickte sein Spiegelbild im Fenster an.

„Ich weiß nicht, was dieses Abenteuer für uns bereithält, meine schöne Tonya, aber eines ist sicher – du bist dazu bestimmt, meine Frau zu werden", schwor er.

KAPITEL 4

Am nächsten Morgen wurde Tony von dem vertrauten Klingelton von ‚Don't worry, be happy' geweckt. Stöhnend streckte sie die Hand aus und schlug auf den Nachttisch, da sie nicht mit dem nervtötend fröhlichen Weckruf gerechnet hatte. Sie hob den Kopf, warf einen verschwommenen Blick auf die Uhr neben dem Bett und wischte mit dem Finger über die glatte Oberfläche ihres Telefons.

„Sechs Uhr fünfundvierzig? Ernsthaft, Max? Hat Angela dir nicht beigebracht, dass manche Menschen um diese Zeit nicht funktionieren können?", knurrte sie in ihr Handy.

„Ich schaue gerade in dein Ohr, Tonya", gluckste Max.

Tonya stöhnte und drehte sich um. Sie hielt das Telefon auf Armeslänge vor ihr Gesicht. „Bist du völlig verrückt? Wenn du mich noch mal in aller Herrgottsfrühe per FaceTime anrufst, bekommst du vielleicht mehr als nur das Innere meines Ohrs zu sehen", schnauzte sie.

Max lachte. „Du warst noch nie eine Frühaufsteherin. Wie ich sehe, hat sich das nicht geändert", sagte er.

„Ist alles in Ordnung?", brummte sie.

„Ich bin die Vermisstenanzeigen durchgegangen, und du kannst dir bestimmt vorstellen, wie schockiert ich war, als ich deinen Namen dort gelesen habe", sagte er.

Sie unterdrückte einen Fluch und atmete stattdessen tief ein. Sie hatte völlig vergessen, dass er sie sehen konnte, bis sie auf den Bildschirm schaute und seine hochgezogene Augenbraue bemerkte.

„Ach ja das. Ich wollte es dir erzählen", begann sie.

„Aber …", fügte er hinzu, als sie nicht weitersprach.

Sie öffnete den Mund, um ihm eine Lüge zu erzählen, presste dann jedoch die Lippen zusammen. Sie konnte Max nicht anlügen – ganz gleich, um was es ging. Sie hatten schon vor langer Zeit eine Abmachung getroffen. Egal, wie schlimm etwas sein mochte, sie waren immer ehrlich zueinander.

„Das muss ich dir persönlich sagen", gestand sie leise.

Die Belustigung verschwand aus Max' Gesicht. „Wann kannst du nach Hause kommen?", fragte er sofort.

„Die Situation ist momentan etwas kompliziert, Max", antwortete sie.

„Komm mir nicht so, Tonya. Entweder du kommst nach Hause, oder ich komme dorthin, wo du bist", warnte er.

Sie schüttelte den Kopf und stöhnte. „Ich werde dich nächstes Wochenende besuchen", versprach sie.

„Das hoffe ich. Ich hab dich lieb. Oh, Angela sagt, sie hat dich auch lieb, du kleine Schnüfflerin", sagte er.

„Ich weiß, Max. Viele Grüße an euch beide – und natürlich an MJ und den Schreihals. Ich habe ganz vergessen zu fragen, wie es ihnen geht", murmelte sie und unterdrückte ein Gähnen.

„Angela geht es gut. Sie ist in San Francisco auf einer Konferenz. Sie kommt heute Abend zurück. Ich habe ein paar Minuten mit ihr gesprochen, bevor ich dich angerufen habe. Ich weiß jetzt übrigens, woher du deine Morgenlaune hast, und zwar nicht von mir. MJ macht sich gut für einen Fast-Teenager. Er spielt in der Jazzband und ist gar nicht so schlecht, wenn du mich fragst. Der Junge liebt das Schlagzeug. Angie wird dich umbringen, wenn sie hört, dass du sie immer noch Schreihals nennst", antwortete Max.

„Sie wird darüber hinwegkommen", meinte Tonya lachend.

„Falls das Wetter schön ist, kann ich den Grill anwerfen. Und wenn nicht, gibt es Spaghetti", sagte er mit einer Grimasse.

Sie lachte wieder. „Mir schmeckt beides, das weißt du doch. Dann bis nächstes Wochenende, wenn nicht früher", verabschiedete sie sich.

„Okay, bis dann, kleine Schnüfflerin", sagte Max, bevor er auflegte.

Das Handy noch immer umklammert, ließ Tonya die Hand sinken und starrte an die Decke. Sie drehte ihren Kopf zur Tür, als sie das Wasser auf der anderen Seite der Wand laufen hörte. So viel zu der Hoffnung, dass ihr unerwarteter Besucher verschwunden war.

Der heutige Tag würde richtig ätzend werden. Was sollte sie mit einem Piraten aus einer anderen Welt anfangen? Sie setzte sich auf, als ihr plötzlich ein Gedanke in den Sinn kam.

„Magna! Sie kann ihn nach Hause schicken", flüsterte sie erleichtert.

Sie schob die Decke beiseite, machte schnell das Bett und schnappte sich ein paar Klamotten, während sie zum Badezimmer ging, das an ihr Zimmer angeschlossen war. Sie duschte schnell und zog sich an. Zwanzig Minuten später schob sie den Nachttisch zurück an seinen Platz, damit sie die Tür öffnen konnte.

Sie war gerade dabei, ihr Haar zu einem Pferdeschwanz zusammenzubinden, als sie aus ihrem Schlafzimmer trat und ruckartig stehenblieb. Ashure kam im selben Moment aus dem Gästebad und hatte nur ein Handtuch um die Hüften geschlungen. Sie zog ihr Haar durch das Gummiband und ließ die Arme sinken.

„Kannst du das Handtuch vielleicht noch ein wenig tiefer um deine Hüfte wickeln?", fragte sie sarkastisch, ohne nachzudenken.

Er ließ seine Hände zu dem Handtuch gleiten, hob die Augenbrauen und lächelte sie an. Es fiel ihr schwer, ihren Blick auf sein Gesicht zu richten.

„Ich kann es jederzeit entfernen, wenn Ihr Euch dann besser fühlt", stichelte er.

Tonya wurde rot. „Was immer du willst. Ich habe vielleicht einen Weg gefunden, wie du nach Hause zurückkehren kannst, aber zuerst werde ich etwas Kaffee kochen. Deine Nacktheit und Max am frühen Morgen sind etwas zu viel, wenn ich kein Koffein bekomme", erklärte sie.

„Ich bin eigentlich gar nicht nackt und wer ist dieser Max?", rief Ashure ihr hinterher, als sie an ihm vorbeiging und in Richtung Küche schritt.

„Später. Regel Nummer eins: Sprich mich nicht vor meinem Kaffee an, wenn du ein zivilisiertes – und vernünftiges – Gespräch führen willst", antwortete sie.

„Regeln? Euch ist doch klar, dass Regeln dafür da sind, gebrochen zu werden, oder?", sagte er.

Tonya drehte sich um und starrte ihn schockiert an. Seine unbedachte Bemerkung löste schon wieder das Gefühl bei ihr aus, ein Déjà-vu zu haben. Sie überlegte, ob sie ihn bitten sollte, zu wiederholen, was er gerade gesagt hatte, schüttelte dann jedoch den Kopf und wandte sich wieder der Kaffeekanne zu.

Das ist verrückt. Ich habe mehr mit jemandem gemeinsam, der gerade durch ein Portal gekommen ist, als mit … so ziemlich jedem anderen. Max würde sich freuen, wenn er wüsste, dass ich jemanden getroffen habe, der genauso über Regeln denkt wie ich – ausnahmsweise einmal, dachte sie mit einem reumütigen Lächeln, als sie den Einschaltknopf an der Kaffeekanne drückte.

Ashure beobachtete Tonya schweigend von der Küchentür aus. Sie stand neben dem Tisch, nippte an einer dampfenden Tasse Kaffee und blickte aus dem Fenster. Ihr schulterlanges dunkelbraunes Haar war hochgesteckt und enthüllte eine lange, dünne Narbe, die sich um ihren schlanken Hals schlängelte. Er hatte genug Wunden gesehen, die von scharfen Klingen verursacht worden waren, um eine solche zu erkennen.

„Wer hat Euch angegriffen?", fragte er, bevor er sich zurückhalten konnte.

Sie drehte sich zu ihm um. „Was?", fragte sie verwirrt.

„Die Schnittwunde … an Eurem Hals", sagte er und ging auf sie zu, während er sprach, bis er direkt vor ihr stand. Sanft strich er über die Narbe. Sie zitterte bei seiner Berührung, und er spürte ein leichtes Kribbeln in seinen Fingerspitzen. Es erinnerte ihn an die Funken seiner Donnervögel-Feder.

„Morris Decker. Offenbar hat ihm der Artikel nicht gefallen, den ich über seine illegalen Preisabsprachen geschrieben habe. Hast du Hunger? Ich kann dir ein paar Eier und Toast machen", bot sie an und sah zu ihm auf.

Er betrachtete noch immer ihre Narbe und strich mit der Daumenkuppe darüber. Wäre der Schnitt einen halben Zentimeter weiter rechts gewesen, wäre eine Hauptschlagader durchtrennt worden. Sie hatte Glück, dass sie noch lebte.

„Ist dieser Morris Decker noch am Leben?", fragte er mit trügerisch ruhiger Stimme.

„Ja. Er genießt seit zehn Jahren die Gastfreundschaft des Bundesgefängnisses", antwortete sie.

„Ich wüsste da einen viel besseren Ort für ihn", sagte er und begegnete ihrem Blick.

Er hörte ihr leises Keuchen, wandte seinen Blick aber nicht ab. Sie starrte ihn an, und in ihren Augen lag sowohl Neugier als auch Misstrauen. Er wusste, dass sie die Schatten sehen konnte – die verlorenen Seelen. Sie wichen vor ihr zurück, als würden sie sich schämen.

„Eine Zeit lang ging es mir auch so, aber Hass ist ein nutzloses Gefühl. Er zehrt einen aus. Ich verwende meine Energie lieber für wichtigere Dinge. Zum Beispiel dafür, mehr Bösewichte zur Strecke zu bringen und die Welt zu einem besseren Ort zu machen", murmelte sie.

Ashure nickte, während er fortfuhr, ihren Hals zu streicheln. „Wer ist Max?", fragte er.

„Max ist – Max. Ich bin froh, dass dir Mikes Klamotten passen. Also, hast du jetzt Hunger oder nicht? Ich bin nicht die beste Köchin der Welt, aber Eier bekomme ich hin – sofern du Rührei magst. Und auch Toast schaffe ich, ohne ihn anbrennen zu lassen", sagte sie und trat von ihm weg.

„Rühreier und Toast klingt vorzüglich. Kann ich Euch irgendwie behilflich sein?", fragte er.

Sie schüttelte den Kopf. „Nein, ich bin immer noch dabei, herauszufinden, wo alles ist, und du wärst nur im Weg. Warum gehst du nicht auf Erkundungstour oder so? Ich rufe dich, wenn alles fertig ist", sagte sie mit einer winkenden Handbewegung.

„Genießt Ihr meine Gesellschaft denn nicht, Mylady?", erkundigte er sich neugierig.

„Hör mal, das Letzte, was ich brauche, ist Ablenkung in der Küche. Ich bin auch so gefährlich genug, glaub mir", erwiderte sie mit einem Hauch von Panik in der Stimme.

Er strich mit dem Rücken seiner Finger über ihre Wange. „Dann werde ich verschwinden, bis Ihr mich ruft", raunte er.

„Geh nicht zu weit weg", warnte sie ihn abwesend.

„Das werde ich nicht", versprach er.

Er sah sie ein letztes Mal an, bevor er sich zwang, wegzugehen. Der Drang, sie in seine Arme zu ziehen und zu küssen, war überwältigend, doch die zärtliche Berührung musste vorerst genügen. Zweifellos hätte sie ihm wieder Schmerzen zugefügt, wenn er seinem Wunsch nachgekommen wäre, sie besinnungslos zu küssen.

Zunächst erkundete er das Haus. Er machte sich mit den Ein- und Ausgängen vertraut, bevor er die Tür öffnete und auf die Veranda hinaustrat. Vor dem Haus stand ein Fahrzeug, das schon älter zu sein schien, wie an der verblassten Farbe, den trüben Glasabdeckungen über den Lichtern und einer kleinen Delle am Heck zu erkennen war.

Er runzelte die Stirn, als ein Fahrzeug in die Einfahrt einbog. Durch das klare Glas konnte er einen Mann in Uniform sehen. Eine Minute später kam das Fahrzeug zum Stehen. Der Mann sah ihn stirnrunzelnd an, bevor er etwas vom Beifahrersitz aufhob. Er spannte sich an, als der Mann die Tür aufstieß und ausstieg. Ashure entspannte sich erst, als er sah, dass es sich bei dem Gegenstand, den der Mann aufgehoben hatte, um eine Kappe handelte.

„Guten Morgen", grüßte der Mann.

„Guten Tag", erwiderte Ashure.

Der Mann schritt auf das Haus zu, bevor er am Fuß der Stufe innehielt. „Ist Tonya da?", fragte der Deputy.

„Sie bereitet uns gerade etwas zu Essen zu", antwortete er.

„Oh. Sind Sie mit ihr befreundet?", fuhr der Mann fort.

„Wir haben uns gestern Abend kennengelernt", antwortete Ashure.

„Ashure, Frühstück – oh, hallo Dan, ich wusste nicht, dass du vorbeikommen würdest. Ich habe gerade Frühstück gemacht, möchtest du auch etwas?", fragte Tonya höflich.

„Das klingt großartig", antwortete Dan, stieg die Stufen hinauf und ging an Ashure vorbei.

Tonya trat beiseite, um Dan Platz zu machen. Ashure hob eine Augenbraue, als sie ihm einen grimmigen Blick zuwarf, als wäre es seine Schuld, dass der andere Mann ihre frühmorgendliche Mahlzeit gestört hatte. Sie verdrehte die Augen, als er mit den Schultern zuckte und Dan ins Haus folgte.

„Ich hoffe, du magst Rührei", sagte sie.

„Ja, natürlich", erwiderte Dan, der seine Kappe noch immer festhielt und mit dem Schirm zwischen seinen Fingern spielte.

„Das ist alles, was sie kochen kann, ohne es anbrennen zu lassen", fügte Ashure hinzu.

„Wirklich?", fragte Dan.

Mit finsterer Miene nahm Tonya Dan die Kappe ab. „Nein, nicht wirklich", schnauzte sie. „Kommt schon, bevor es kalt wird."

Sie hängte Dans Mütze an den Haken neben der Eingangstür und führte ihn in die Küche. Ashure schnupperte und lächelte anerkennend, sein Magen knurrte erwartungsvoll. Er ging auf einen Stuhl zu, als sie mit einer Hand in Richtung Tisch wies.

Dans Augen folgten Tonya, als sie ein weiteres Gedeck für ihn holte. Ashure verzog verärgert das Gesicht, als der Blick des Mannes einen Moment länger als nötig auf Tonyas reizvollem Hintern verweilte. Er hob die Hand, als wollte er sich den Kiefer reiben, und sprach einen einfachen Schockzauber. Dan zuckte überrascht zusammen, rieb sich den Arm und sah Ashure verwirrt an. Ashure lächelte den Mann freundlich an.

Tonya kehrte an den Tisch zurück und platzierte einen Teller, Besteck, eine Tasse Kaffee und ein Glas Saft vor Dan. Ashure erhob sich und griff im selben Moment wie Dan nach ihrem Stuhl. Sie schaute zwischen den beiden hin und her, bevor sie den Kopf schüttelte, nach der Stuhllehne griff und ihn selbst herauszog.

„Bon Appétit", murmelte sie, bevor sie einen Löffel Eier auf ihren Teller schaufelte.

„Ein Festmahl, wie es sich für einen König gehört", bemerkte Ashure, der ebenfalls seinen Teller füllte.

Tonya, die gerade ihre Gabel zum Mund führen wollte, hielt inne. Er schenkte ihr ein unschuldiges Lächeln, als sie ihm einen warnenden Blick zuwarf. Er hob seine Gabel mit den fluffigen Eiern in ihre Richtung.

„Also, ich glaube, ich habe Ihren Namen nicht verstanden", sagte Dan.

„Vielleicht, weil ich ihn nicht gesagt habe", antwortete Ashure.

„Ashure Waves, Deputy Dan Bradley", stellte Tonya die beiden Männer einander vor.

„Ashure, was für ein ungewöhnlicher Name", meinte Dan.

„Für einen sehr ungewöhnlichen Mann", scherzte Ashure.

„O-kay, ich denke, das mit den Namen haben wir geklärt. Was führt dich heute Morgen hierher, Dan?", fragte Tonya.

Dan lächelte sie an. „Außer diesem fantastischen Frühstück? Ich hatte heute Morgen ein interessantes Gespräch mit Max Bennett", sagte er.

Tonya stöhnte. „Der scheint ja heute Morgen wirklich einen Lauf gehabt zu haben. Was wollte er?", grummelte sie.

„Er hat mich gebeten, auf dich aufzupassen. Ich habe ihm versichert, dass das kein Problem ist", erzählte Dan.

„Das wird nicht nötig sein, jetzt wo ich hier bin", erklärte Ashure.

Dan sah ihn verärgert an. Tonyas Blick bewies, dass sie ebenso sauer war. Er griff nach seinem Saft und nahm einen Schluck.

„Sie bleiben hier?", fragte Dan.

Tonya schüttelte den Kopf. „Nein, das tut er nicht. Ashure ist ein alter Freund, der unerwartet vorbeigekommen ist. Er wird bald wieder abreisen – sehr bald", fügte sie hinzu.

„Was für eine Art alter Freund?", erkundigte sich Dan und versuchte, lässig zu wirken.

„Nicht *diese* Art! Ich brauche mehr Kaffee. Braucht sonst noch jemand mehr Kaffee?", fragte sie ungehalten, schob ihren Stuhl zurück und stand auf.

„Und wie habt ihr euch kennengelernt?", fragte Dan.

„Sie hat mir mit einem Mopp auf den Kopf geschlagen, bevor sie mich in die –", begann Ashure.

„Er hat mich erschreckt, und ich habe reagiert. Wie läuft's denn so mit dem neuen Job?", warf Tonya ein und stellte ihre Kaffeetasse so schwungvoll ab, dass ein wenig davon auf den Tisch schwappte.

Dan sah zwischen den beiden hin und her. „Gut, alles bestens. Keine seltsamen Vermisstenfälle mehr", murmelte er.

„Das ist in der Tat gut", stimmte Ashure mit einem Grinsen zu.

Er konnte kaum verbergen, dass er zusammenzuckte, als er einen scharfen Tritt gegen sein Schienbein spürte. Das würde ein langes und – wenn er nicht aufpasste – schmerzhaftes Frühstück werden. Er beschloss, dass es das Beste wäre, seine Eifersucht zu kontrollieren. Auch wenn das eine kleine Herausforderung werden könnte, wenn dieser Mann nicht aufhörte, Tonya wie einen kostbaren Edelstein zu beäugen, der nur darauf wartete, in die Tasche gesteckt zu werden.

KAPITEL 5

„Also du und er, seid ihr …?", fragte Dan fast eine Stunde später, als Tonya und er auf die Veranda hinausgingen.

Tonya sah Dan schockiert an. „Wer? Ashure und ich? Nein, nein, es ist nichts dergleichen. Ich kenne ihn kaum. Eigentlich ist er eher der Freund eines Freundes. Er ist gestern Abend einfach unerwartet vorbeigekommen und brauchte einen Platz zum Schlafen. Ich vermute, er wird heute noch abreisen. Er ist ein viel beschäftigter Mann", sagte sie hastig.

„Oh, das ist gut", meinte Dan.

Auf der letzten Stufe drehte er sich um und befingerte seine Kappe, bevor er sie aufsetzte. Es war eine unangenehme Situation, die Tonya versuchte, so gut wie möglich zu ignorieren. Zwischen Ashures spöttischen Anspielungen während des Frühstücks und Dans ständigem Drängen auf mehr Informationen sehnte sie sich nach einem starken Drink, und es war noch nicht einmal neun Uhr morgens.

„Nun, ich hoffe, wir sehen uns später. Wenn du nichts vorhast, können wir vielleicht mal in einem der Restaurants in der Innenstadt essen gehen", sagte Dan.

„Das wäre schön", antwortete sie abwesend, bevor sie darüber nachdachte, was er gerade gesagt hatte.

„Toll! Ich rufe dich später an", sagte er mit einem breiten Grinsen.

„Bis dahin sollte ich mehr darüber wissen, was mit Ashure los ist", murmelte sie.

„Noch besser. Bis später. Wenn du etwas brauchst, kannst du mich gerne jederzeit anrufen", antwortete er mit einem Nicken.

„Klar, danke", erwiderte sie.

Sie sah zu, wie Dan zu seinem Streifenwagen ging und einstieg. Immer noch lächelnd, hob sie zum Abschied die Hand, bis er den Wagen wendete. Dann ließ sie die Hand sinken, und Wut stieg in ihr auf, bis Tonya sich wie ein kochender Teekessel fühlte, der kurz davor war, Dampf auszustoßen. Sie drehte sich auf dem Absatz um und ging durch die Eingangstür. Sie konnte Ashure vor sich hin summen hören, während er die Küche aufräumte.

Bei dem Anblick, der sich ihr bot, verwandelte sich ihre miese Laune in sprachlose Fassungslosigkeit. Ihre – oder besser gesagt Mikes – Küche sah aus wie eine Szene aus „Fantasia" oder „Die Hexe und der Zauberer". Bürsten reinigten schmutzige Teller, Tassen und Silberbesteck in schaumigem Wasser, ein Besen tanzte über den Boden und eine Kehrschaufel jagte ihm hinterher, ein Geschirrtuch trocknete das frisch gespülte Geschirr ab, und Schranktüren öffneten sich wie verzauberte Münder, um jeden Gegenstand zu verschlucken. All das geschah, während Ashure am Tisch saß, Kaffee trank und mit seiner Hand im Takt eines seltsamen Liedes wedelte.

„Oh, mein Gott, was machst du da?", zischte sie mit kaum hörbarer Stimme.

Er sah sie mit einer hochgezogenen Augenbraue an. „Ihr habt mir doch aufgetragen, die Küche aufzuräumen", antwortete er selbstgefällig.

Das war zu viel für ihr überanstrengtes Gehirn. Sie hatte im letzten Monat zu wenig Schlaf und zu viel Verrücktheit gehabt, um sich damit zu beschäftigen. Sie presste die Lippen aufeinander, machte auf dem Absatz kehrt und ging zurück zur Haustür. Sie riss ihre Jacke vom Haken, als sie die Tür aufzog und wieder nach draußen trat. Luft – was sie brauchte, war frische Meeresluft – und keine Männer.

Ashure wedelte mit der Hand, und Besen und Kehrblech zogen sich in den kleinen Wandschrank zurück. Auch wenn seine Fähigkeiten nicht so vielseitig waren wie die einer Hexe, hatte er seine Zauberkraft von den Feen erhalten, und als Hüter der verlorenen Seelen verfügte er über eine gewaltige Kraft, die einzigartig war.

Er erhob sich von seinem Stuhl, als er hörte, wie die Eingangstür geöffnet und wieder geschlossen wurde. Besorgnis durchströmte ihn, als er an Tonyas schockierten Gesichtsausdruck dachte, als sie den Raum betreten hatte. Vielleicht war er etwas zu weit gegangen.

Eine Bewegung vor dem Fenster erregte seine Aufmerksamkeit, und er sah Tonya, die den Sandweg zwischen den Haferfeldern entlangging. Sie hatte den Kopf gesenkt und ging mit langsamen, bedächtigen Schritten. Wieder einmal überkam ihn ein überwältigendes Gefühl der Sehnsucht, sie in seinen Armen zu halten.

Er verließ das Haus durch die Hintertür und trat auf die weitläufige Terrasse hinter dem Haus. Die Sonne schien, und es wehte eine leichte Brise. Der dicke schwarze Pullover, den er trug, würde ihn warmhalten. Sie war oben auf der Düne stehen geblieben und blickte einen Moment auf das Meer hinaus, bevor sie zum Strand hinunterging.

Ashure trat von der Veranda herunter und folgte Tonya langsam, um ihr ihren Freiraum zu geben. Er folgte ihren Fußabdrücken im Sand bis zur Spitze der Düne. Auf dem Kamm der Düne blieb er stehen und steckte die Hände in die Taschen. Die Sorge in ihm schmolz dahin, als sie sich umdrehte und ihm ein kleines, wehmütiges Lächeln schenkte. Er erwiderte ihr Lächeln und folgte ihren Schritten, bis er an ihrer Seite stand.

Tonya hielt inne und wartete darauf, dass Ashure neben sie trat, als sie ihn auf der Spitze der Düne stehen sah. Er musste seine magische Aufräumaktion in Rekordzeit beendet haben, denn sie war noch nicht einmal zehn Minuten am Strand. Ihre steinerne Miene wurde weicher, als sie sah, wie der besorgte Ausdruck auf seinem Gesicht in Erleichterung und Freude umschlug, als er sie sah.

Es fiel ihr schwer, auf ihn sauer zu sein. Während sie auf den Ozean hinausblickte, war sie die Interaktion zwischen Dan und ihm beim Frühstück noch einmal in Gedanken durchgegangen. Im Nachhinein nahm sie die Situation mit Humor. Schließlich hatten noch nie zwei Männer auf diese Weise um ihre Aufmerksamkeit gewetteifert. Es war wie ein Boxkampf, bei dem sie versuchten, die Schläge des anderen mit Worten, statt mit Fäusten zu übertreffen.

„Die Küche ist sauber, wie gewünscht, Mylady", verkündete er mit einer königlichen Verbeugung und einem Grinsen.

Sie gluckste und schüttelte den Kopf. „Und keine Spülhände – ich bin beeindruckt", erwiderte sie hochmütig.

Er streckte seine Hände vor sich aus. „Nein, ich würde Euer zartes Fleisch niemals einer solchen Misshandlung aussetzen", neckte er, bevor er seine Hände sinken ließ und ernüchterte. „Ich schulde Euch eine Entschuldigung für mein Verhalten beim Frühstück. Ich war vielleicht etwas …", er hielt inne, während er nach dem richtigen Wort suchte.

„Arrogant, besitzergreifend, ein bisschen eifersüchtig?", schlug sie vor.

Ashure nahm ihre Hand in seine und drückte einen zärtlichen Kuss auf ihren Handrücken. Ihr verletzt mich mit Eurem Scharfsinn, aber ich muss zugeben, dass alle diese Eigenschaften zutreffen", gab er zu.

Tonya schlang ihre Finger um seine und seufzte. „Warum habe ich das Gefühl, dass du absolut keine Reue empfindest?", fragte sie, als sie sich umdrehten und den Strand entlanggingen.

„Immerhin habe ich mein Verhalten zugegeben und mich entschuldigt. Deputy Dan auch?", fragte er.

Sie schüttelte den Kopf. „Nein, das hat er nicht." Sie schwieg einen Moment lang, bevor sie wieder sprach. „Jetzt, da ich von den Sieben Königreichen, dir und den anderen, die ich getroffen habe, weiß, glaube ich nicht, dass ich die Welt jemals wieder auf dieselbe Weise betrachten kann", gab sie mit kaum hörbarer Stimme zu.

Tonyas leise gesprochene Worte hallten in Ashures Kopf nach. Er erinnerte sich an die Gefühle, die ihn übermannt hatten, kurz nachdem Simon ihm das Königtum geschenkt – oder aufgebürdet – hatte, je nach Tagesform. Wieder blieb sie stehen, um auf das Wasser hinauszublicken. Er blieb neben ihr stehen und drückte sanft ihre Hand.

„Mir ging es auch einmal so", gab er zu.

Überrascht blickte sie zu ihm auf. Dann löste sie ihre Hand aus seiner und strich sich das Haar aus der Stirn, als es ihr ins Gesicht wehte und ihr vorübergehend die Sicht versperrte. Er spürte, wie sie ihn musterte.

„Was ist passiert, und wie bist du damit umgegangen?", fragte sie.

Er schob seine Hände in die Taschen der schwarzen Baumwollhose, die er heute Morgen gefunden hatte. „Ach, das ist eine lange Geschichte, denn was passiert ist, ergibt keinen Sinn, wenn man nicht weiß, warum ich auserwählt wurde und was das bedeutet. Mein Vater war ein Pirat. Er war ein unzufriedener Mann, der an allem etwas auszusetzen hatte. Meine Mutter war eine rachsüchtige Elfe, die es genoss, jedem, der dumm genug war, ihr nahe zu kommen, so viel Schmerz wie möglich zuzufügen. Als ich sieben Jahre alt war, fanden die beiden ein schreckliches Ende. Es war eine Erleichterung, endlich frei von ihnen zu sein", erinnerte er sich.

„Wie furchtbar! Was hast du getan?", fragte Tonya voller Mitgefühl für den Jungen, der er einmal gewesen war.

Ashure lächelte. „Ich habe gelernt, mich durchzuschlagen. Bald konnte ich Münzen oder Brot von ahnungslosen Händlern stehlen und mit meiner Beute abhauen, bevor jemand merkte, dass etwas fehlte. Ich hielt Augen und Ohren offen und lernte von anderen. Die Welt war mein Spielplatz, und ich war fest entschlossen, jeden Augenblick zu genießen. Ich lernte, dass ich durch Tauschhandel schneller an wertvollere Gegenstände kam, als ich stehlen konnte, und …" Er schwieg einen Moment lang.

„Und", drängte sie.

Er sah sie kurz an, bevor er tief einatmete und fortfuhr. „Ich lernte, dass Freundlichkeit keine Schwäche ist, wie mir meine Eltern gesagt hatten. Irgendwann fand ich mich auf einem der Schiffe des Piratenkönigs wieder. Leider eilten mir mein Ruf als Schwächling und der meines Vaters als unfähige Ratte voraus. Der Steuermann wies mir eine furchtbare Aufgabe nach der anderen zu, und ich ging jede davon mit sturer Zielstrebigkeit an. Ich war fest entschlossen, ihm und allen anderen Piraten zu beweisen, dass sie im Unrecht waren. Ich war nicht das Produkt der Fehler meiner Eltern, sondern meiner eigenen Ehre und Stärke", sagte er kopfschüttelnd.

„Wie alt warst du, als du dort angefangen hast?", fragte sie.

„Elf. Ich war sehr von mir selbst überzeugt, und habe das auch jeden wissen lassen", kicherte er.

„Elf! Du warst noch ein Kind …", zischte Tonya bestürzt, bevor sie verstummte.

„Ich wusste nicht, dass ich eins war. Aber mir war klar, dass ich schneller war und an Stellen kam, die größere Männer nicht erreichen konnten. Ich beklagte mich nicht. Wie ich schon sagte, war ich frei, und das war alles, was für mich zählte. Die Schiffe fuhren von Hafen zu Hafen, und auf jedem lernte ich mehr, bis ich mich schließlich an Bord der Meerwespe wiederfand", erzählte er und seine Stimme klang ehrfurchtsvoll, als er den Namen des Schiffs aussprach.

„Die Meerwespe?", wiederholte sie.

Ashure sah sie wieder an und lächelte. „Das war die ultimative Errungenschaft für einen Niemand wie mich. Ich war an Bord des persönlichen Schiffes des Piratenkönigs. Es war das größte, schnellste und luxuriöseste aller Schiffe, die von der Pirateninsel aus segelten, und nur die Besten bekamen dort einen Platz", prahlte er.

„Wow, das muss ein gutes Gefühl gewesen sein, allen das Gegenteil bewiesen zu haben", meinte sie, fasziniert von seiner Erzählung.

„Das wäre es gewesen, hätte ich nicht gewusst, dass es ein Irrtum war. Auf dem Schreibtisch meines ehemaligen Kapitäns hatten zwei Briefe gelegen, offensichtlich für neugierige Blicke. Der eine war ein Disziplinarbescheid, der andere ein Schreiben bezüglich einer Versetzung auf die Meerwespe. Der Kapitän hatte eine kleine Sehschwäche und hatte die Formulare falsch herum ausgefüllt. Anstatt in eine Arrestzelle wurde ich also auf die Meerwespe geschickt. Wie auch immer, mein ehemaliger Kapitän war froh, mich los zu sein", fügte er mit einem Augenzwinkern hinzu.

Sie warf ihm einen bestürzten Blick zu. „Was hast du denn getan, um ihn so sehr zu verärgern?", fragte sie.

„Er hatte zwei sehr hübsche Töchter, denen ich vielleicht etwas nähergekommen bin", gestand er.

„Oh!", schnaubte sie.

„Ich war damals ein junger Bursche von zwanzig Jahren. Leider hatte mein ehemaliger Kapitän Freunde in hohen Positionen, und ich wurde wieder einmal mit den schlimmsten Aufgaben betraut. Ich hatte im Laufe der Jahre genug Magie gelernt, um die Aufgaben unterhaltsam zu gestalten. Ich hatte mir vorgenommen, das Prestige auf dem Schiff des Piratenkönigs zu genießen, ohne mich um die Pflichten zu scheren, und eine Zeit lang tat ich das auch. Ganze zwanzig Jahre lang", sagte er, wobei seine Stimme bei den letzten Worten leiser wurde.

„Hatte der Piratenkönig eine schöne Tochter, die du verführt hast?", fragte sie sardonisch.

„Nein, er hatte eine reizende Frau, die ebenso schön wie zart war. Sie stammte von der Insel der Monster – eine Elfe wie meine Mutter, aber mit einem sanftmütigen Wesen. Lady Amadeen wusste, dass es für ihre Gesundheit gefährlich war, von ihresgleichen getrennt zu sein. Doch im Gegensatz zu meiner Mutter, der es nichts ausmachte, meinen Vater und mich zu verlassen, um zurückzukehren, wann immer es ihr Zustand verlangte, liebte Lady Amadeen Simon Black mehr als alles andere auf der Welt und wollte nicht von ihm getrennt sein. Ich gab ihr ein Geschenk, das ihr half, wieder gesund zu werden, als ich neun Jahre alt war. Ich arbeitete auf den Docks auf der Insel der Riesen, und die Seewespe war in den Hafen eingelaufen. Ich wusste sofort, dass sie eine Elfe war, als ich sie sah. Ich wusste auch, dass sie sehr krank war." Er blickte Tonya mit einem schwachen Lächeln an und fuhr fort. „Sie hatte einen Korb mit Blumen in den Händen. Ich war neun Jahre alt und wollte eine gewisse junge Dame, die mir aufgefallen war, beeindrucken. Also stibitzte ich ein paar Blumen und überließ ihr stattdessen ein Armband aus Einhornhaar, das ich auf meinen Reisen erbeutet hatte", erklärte er.

„Einhornhaar! Es gibt Einhörner in den Sieben Königreichen?", rief sie erstaunt aus.

Er nickte kichernd und strich ihr eine verirrte dunkle Haarsträhne hinters Ohr.

„Ja, es gibt Einhörner. Sie sind von Natur aus scheu und schwer zu finden. Aber sie sind außerordentlich mächtige und intelligente Geschöpfe. Sie haben die Fähigkeit, andere zu heilen. Das Armband war ein Geschenk von einem Einhorn, mit dem ich mich angefreundet hatte. Xyrie hat mich geheilt, als ich krank war, und hat mir das Haar geschenkt, als ich ging. Ich machte ein Armband daraus. Dann sah ich Lady Amadeen, die es offensichtlich viel dringender brauchte als ich.

Ohne dass ich es mitbekam, beobachtete jemand meine bescheidene Tauschaktion", sagte er, während er sich umdrehte und wieder auf den Ozean hinausschaute.

„Wer hat dich gesehen?", erkundigte sie sich leise.

„Simon Black, der Piratenkönig und Lady Amadeens Ehemann", antwortete er.

Er begann wieder zu gehen. Die meisten ihrer Fragen hatte er beantwortet, doch er war noch nicht bereit, alles zu erzählen. Die Reaktionen derer, die sein Geheimnis kannten, ließen ihn zögern. Wie konnte er erwarten, dass Tonya, eine Menschenfrau ohne magische Fähigkeiten, die Macht, die er jetzt besaß, akzeptieren würde?

Sie schritt neben ihm her. Es herrschte Ebbe, und im Moment war der Himmel klar. Er konnte spüren, wie sich vor der Küste ein Sturm zusammenbraute. Er würde später am Abend hier sein.

Als er nicht weitersprach, sagte Tonya: „Als ich zwölf war, kamen meine Eltern bei einer Bombenexplosion ums Leben, als sie über einen Bürgerkrieg in Übersee berichteten."

„Waren sie dir gute Eltern?", fragte er.

Tonya lächelte und nickte. „Die besten. Schon seit ich denken kann, haben sie mich mitgenommen. Die Welt war mein Klassenzimmer. Sie berichteten über humanitäre Themen – die Auswirkungen von Klimawandel, Krieg, Dürre, Überschwemmungen und vielem mehr auf verschiedene Gesellschaften. Doch sie berichteten auch über die guten Dinge, die Menschen füreinander tun können. An dem Tag, an dem wir wieder einmal abfliegen sollten, erkrankte ich an einer Grippe. Eine Nachbarin bot mir an, mich bei sich aufzunehmen. Sie sollten nur für ein paar Wochen weg sein", sagte sie.

Ashure hielt inne, als sie sich bückte, um eine schöne Muschel aufzuheben. Vorsichtig befreite sie sie vom Sand. Sie schwieg, als sie weitergingen.

„Was ist passiert, als sie nicht zurückkamen? Seid Ihr zu einem anderen Familienmitglied gezogen?", drängte er, weil er alles über sie erfahren wollte.

Sie schüttelte den Kopf. „Es gab keine anderen Familienmitglieder. Meine Eltern waren Einzelkinder. Mein Vater war bei Pflegeeltern aufgewachsen und mit sechzehn ausgezogen. Der Vater meiner Mutter war schon tot und ihre Mutter war dement und lebte in einem Pflegeheim", erklärte sie.

Er runzelte die Stirn. „Was ist mit der Nachbarin, bei der Ihr gewohnt habt? Hat sie sich um Euch gekümmert?", erkundigte er sich.

Sie stieß ein kurzes Lachen aus. „Pricely war nicht gerade der mütterliche Typ. Am Tag nach der Beerdigung meiner Eltern tauchte das Jugendamt auf. Meine Eltern hatten mir kaum Geld hinterlassen, und wie Pricely es so wortgewandt ausdrückte – war sie kein Wohlfahrtsverband", antwortete sie.

„Wer hat Euch aufgenommen?", fragte er.

„Die Robinsons, die Ramseys, die Adams, die Parsleys, zwei verschiedene Williams, dann die Peters, Lances und noch ein paar andere, die man am getrost vergessen kann, bis ich schließlich bei den Rollings landete. Irgendwann hörte ich auf zu zählen, in welchen Schlafzimmern ich geschlafen und welche Schulen ich besucht hatte. Es ist schwer, normal zu sein, wenn man noch nie normal gelebt hat. Ich habe nirgendwo reingepasst, doch dann bin ich Max begegnet", gestand sie.

„Max – das ist der Mann, von dem Ihr vorhin gesprochen habt. Der, der Euch geweckt hat", sagte er.

Sie nickte. „Max war bei der Polizei. Das ist er immer noch, aber jetzt ist er Kommissar. Er hat mich nie aufgegeben. Max hat mich überredet, den Rollings eine Chance zu geben. Also tat ich es – ihm zuliebe. Als Mr. Rollings in der Nacht, in der Decker mich fast umgebracht hätte, einen Herzinfarkt erlitt, sah es so aus, als würde ich in den Jugendknast kommen. Also nahmen Max und Angela mich bei sich auf. Zum ersten Mal in meinem Leben hatte ich eine normale Familie.

Obwohl sie den kleinen Max und Angie hatten, haben sie mich nie anders behandelt als ihre eigenen Kinder. Es war schön", erzählte sie und warf die Muschel, die sie gefunden hatte, zurück auf den Sand.

Ashure verschränkte seine Finger mit Tonyas. Wärme und Frieden durchströmten ihn, als sie ihre Finger um die seinen schlang. Sie liefen fast eine Meile schweigend dahin, jeder in seine eigenen Gedanken versunken, doch er fühlte sich nie allein. Zum ersten Mal in seinem Leben fühlte er sich normal.

KAPITEL 6

Möwen flogen kreischend über sie hinweg. Tonyas Augen folgten den Vögeln, als sie in die Luft stiegen und in der Nähe des Wassers landeten. Widerstrebend befreite sie ihre Hand aus Ashures Griff und strich sich eine lose Haarsträhne aus dem Gesicht.

„Ich werde dich zu jemandem bringen, der dir helfen kann, nach Hause zu kommen", platzte sie heraus.

„Aber ich bin doch gerade erst angekommen! Kein Grund zur Eile", protestierte er.

Sie blickte auf den Sand hinunter. „Macht sich denn niemand in deiner Welt Sorgen, wenn du einfach so verschwindest? Ich bin ein Niemand hier, und trotzdem haben Leute nach mir gesucht", erklärte sie.

Ashure zuckte mit den Schultern. „Meine Leute sind es gewohnt, dass ich verschwinde und irgendwann wieder zurückkomme", antwortete er.

„Und machen sie sich keine Sorgen um dich? Was ist, wenn du verletzt wärst oder in Gefahr oder – ich weiß nicht – krank oder so?", fragte sie.

„Ich bin auf mich allein gestellt, seit ich sieben Jahre alt bin. Ich glaube, ich komme mit so ziemlich allem zurecht", antwortete er trocken.

„Ja, heute Nacht, als du auf dem Boden gelegen und einen Mopp im Gesicht hattest, sah es nicht so aus, als würdest du hervorragend zurechtkommen", erwiderte sie.

„Das war eine kleine Überraschung", gab er grinsend zu.

Sie schüttelte den Kopf. „Trotzdem ist das hier kein guter Ort für dich. Unsere Welt ist nicht wie deine, Ashure. Hier kannst du nicht mit dem Finger wackeln, damit sich das Geschirr von selbst abwäscht. Die Leute in Kleinstädten wie dieser sind neugierig. Sie wollen wissen, was die anderen machen. Es ist das Beste für uns alle, wenn du so schnell wie möglich in deine Welt zurückkehrst", betonte sie.

„Woher weißt du von meiner Welt?", fragte er.

Sie warf ihm einen Blick zu, bevor sie stehenblieb und sich dem Meer zuwandte. Sie schlang die Arme um ihre Taille und starrte hinaus auf die Wellen. Er blieb ebenfalls stehen und sah sie an.

„Ich bin Journalistin. Falls du nicht weißt, was das ist: Das ist eine Person, die recherchiert, was in der Region und in der Welt vor sich geht. Heutzutage ist es viel schwieriger, in der Nachrichtenbranche Fuß zu fassen. Ich schreibe seit drei Jahren freiberuflich. Ich verdiene damit zwar nicht viel Geld, aber ich komme über die Runden – meistens jedenfalls. Eines Tages habe ich zufällig mitbekommen, wie Max mit Angela über ein paar seltsame Fälle von verschwundenen Personen in Yachats gesprochen hat, und dachte, das könnte mein großer Durchbruch sein, auf den ich so lange gewartet hatte. Ein Bericht über einen solchen Fall könnte mir viele Türen öffnen. Es war frustrierend, weil sich alles von Anfang an seltsam anfühlte, doch ich konnte mir keinen Reim darauf machen. Ross Galloway, ein Fischer aus dem Ort, war der Hauptverdächtige im Fall der beiden verschwundenen Frauen Carly Tate und Jenny Ackerly, doch es gab keinen Beweis dafür, dass er jemanden ermordet hatte. Es gab keinen Beweis dafür, dass überhaupt jemand ermordet worden war, sie waren einfach verschwunden", sagte sie und holte tief Luft, als sie sich an ihre Verzweiflung erinnerte.

„Ross hat Carly und Jenny nichts angetan. Carly ist glücklich mit Drago, dem Drachenkönig, verheiratet, Jenny ist mit Orion, dem Meereskönig, zusammen und Ross ist mit Prinzessin Gem zusammen. Er hat ihr geholfen, die Insel der Elementargeister vor einer außerirdischen Kreatur zu retten. Es geht ihnen gut, und sie wollen nicht hierher zurückkehren", erklärte er ihr.

Sie sah ihn an. „Das von Carly und Jenny habe ich mitbekommen. Oh, und Mike habe ich kurz getroffen, als er und Marina in das Dorf kamen, in dem ich gelandet bin. Ich habe mich immer noch ziemlich mies gefühlt, deshalb konnte ich nicht viel mit ihm reden. Das mit Ruth wusste ich nicht, ebenso wenig wie das mit Ross. Ich bin mir allerdings immer noch nicht sicher, was mit Asahi Tanaka passiert ist", meinte sie.

„Ich habe noch nie etwas von diesem Asahi Tanaka gehört", antwortete er stirnrunzelnd.

„Er ist ein CIA-Agent, das bedeutet, dass er für die Regierung arbeitet. Ich fand es seltsam, dass er sich für den Fall einer vermissten Person interessiert. Normalerweise kümmert sich das FBI um solche Fälle. Ich habe ein wenig nachgeforscht und herausgefunden, dass die CIA auch UFO-Phänomene und Außerirdische untersucht. Er war mit Ruth am Strand, als wir alle verschwanden", erklärte sie.

„Vielleicht können wir nach unserer Rückkehr nach ihm suchen", schlug er vor.

Sie drehte sich um. „Moment mal, nicht *wir* werden zurückkehren, sondern nur *du*! Ich gebe zu, dass ich kurz nachdem ich wieder hier war, dachte, es wäre toll, zurückzukehren. Aber mittlerweile hatte ich Zeit, darüber nachzudenken. Ich meine, es war unglaublich, all die Dinge zu sehen, die die Leute im Dorf tun konnten, aber es wäre völlig lächerlich, zu denken, dass ich jemals dort leben könnte", sagte sie und schüttelte den Kopf.

Er runzelte die Stirn. „Ihr habt nur einen kleinen Teil der Sieben

Königreiche gesehen. Stellt Euch vor, Ihr wärt an Bord der Meerwespe. Wir könnten zu allen Inseln segeln und Ihr würdet Wunder sehen, die Ihr Euch nicht einmal in Euren wildesten Träumen vorstellen könnt. Nalis Donnervögel sind eine Augenweide, und das Unterwasserreich des Meerkönigs ist ebenso prächtig wie das darüber liegende. Die Drachen sind ein wenig brutal, aber das Essen dort ist fantastisch. Und auf dem Marktplatz der Insel der Riesen gibt es alles, was man sich vorstellen kann, und jetzt, da Koorgan die Insel wieder für den Handel geöffnet hat, hoffe ich, mehr Geschäfte mit ihnen machen zu können", sagte er mit einer schwungvollen Bewegung seiner Arme.

„Hörst du dir eigentlich selbst zu? Ich bin ein Mensch. Ich gehöre nicht in eine magische Welt. Wovon sollte ich leben? Ich glaube nicht, dass die örtliche Zeitung viel Interesse daran hätte, mich auf die Jagd nach einer heißen Story zu schicken, wenn ich nicht weiß, worüber ich überhaupt berichte!", erwiderte sie.

Ihr werdet nicht für Euren Lebensunterhalt sorgen müssen. Als meine Gemahlin werde ich mich um Euch kümmern", erklärte er.

Tonya starrte ihn einige Sekunden lang an und wiederholte, was er gerade gesagt hatte, um sich zu vergewissern, dass es sich nicht um ein Missverständnis aufgrund der Sprachunterschiede handelte. Nachdem sie seinen letzten Satz zum fünften Mal wiederholt hatte, kam sie zu dem Schluss, dass sie ihn richtig verstanden hatte.

„Deine Gemahlin", wiederholte sie. „Du denkst, ich soll mein Leben hier aufgeben, um in eine Märchenwelt zu gehen und deine Gemahlin, deine Geliebte zu werden? Habe ich das richtig verstanden?", fasste sie zusammen.

Er dachte einen Moment lang nach, bevor er nickte und lächelte. „Ja", sagte er mit zufriedener Miene.

Sie schüttelte ungläubig den Kopf. „Du bist unglaublich. Komm jetzt", befahl sie abrupt und drehte sich in Richtung des Hauses um.

„Wohin gehen wir?", fragte er.

Sie warf ihm einen Blick über ihre Schulter zu. „Zu Magna, damit sie dich nach Hause schicken kann. Und zwar *allein*", erklärte sie, wobei sie das letzte Wort betonte.

~

„Ich will nicht zur Meerhexe", brummte er und verschränkte die Arme vor der Brust.

„Anschnallen, bitte. Wenn du dich nicht anschnallst, piepst der nervige Alarm die ganze Zeit", antwortete Tonya und ignorierte seine Bemerkung.

„Ich bin noch nicht bereit, wieder zurückzukehren. Ich möchte Eure Welt sehen. Sie ist neu und interessant", fügte er hinzu.

„Du wirst mir einfach vertrauen müssen, wenn ich sage, dass du das meiste davon nicht sehen willst. Sie ist laut, ekelhaft, gefährlich und schmutzig", antwortete sie.

„Für mich sieht sie sehr schön aus", sagte er hartnäckig.

Sie starrte ihn an. „Wir sind noch nicht einmal aus der Einfahrt herausgefahren. Außerdem merkt man in Yachats nicht, wie verkorkst der Rest der Welt ist", teilte sie ihm mit.

„Ich kenne die unangenehmen Seiten des Lebens", erwiderte er, bevor er die Lippen aufeinander presste.

Sie war extrem stur. Er hatte es mit vernünftigen Argumenten versucht. Er hatte es mit seinem verführerischen, sexy Blick versucht. Ja sogar mit Bestechung. Nichts hatte funktioniert!

Sie weigerte sich zu glauben, dass es gut wäre, mehr Menschen in seine Welt zu bringen. Nachdem er ihr seinen verführerischen Blick zugeworfen hatte, dachte sie, er hätte Verdauungsprobleme, und wie sich herausstellte, machte das Anbieten von Juwelen und Kleidung alles nur noch schlimmer. Der eiskalte Ton ihrer Antwort ‚Ich bin nicht *käuflich!'* hallte ihm noch immer durch den Kopf.

Er trommelte mit den Fingern auf die Armlehne des Fahrzeugs. Er musste sich etwas einfallen lassen, um sie davon zu überzeugen, dass er und seine Welt perfekt für sie sein würden. Offensichtlich würde das etwas komplizierter werden, als er erwartet hatte.

Er starrte aus dem Fenster und nahm abwesend war, wie Häuser und Gebäude vorbeizogen, bevor sie eine Stadt erreichten. Sie ähnelte in vielerlei Hinsicht einem Dorf in seiner Heimat. Abgesehen von der Kleidung, den Verkehrsmitteln, der Gebäude und der Tatsache, dass alle Menschen gleich aussahen. Okay, es gab eine Menge Unterschiede, aber nichts, wobei er Tonya bei der Eingewöhnung nicht helfen konnte.

„Ich verstehe nicht, warum Ihr darauf besteht, dass wir Magnas Hilfe brauchen. Ich bin ohne die Hilfe einer Hexe hergekommen, und ich bin sicher, dass ich sie auch nicht brauche, um zurückzukehren", sagte er und drehte sich in seinem Sitz um, sodass er sie ansehen konnte.

Auch ihr Drängen, zu Magna zu fahren, gefiel ihm nicht. Es lag nicht daran, dass er Angst hatte, der Meerhexe allein gegenüberzutreten, sondern vielmehr an den Erinnerungen an die Gräueltaten, die Magna begangen hatte – ob freiwillig oder nicht – die ihn noch immer belasteten. Ihm gefiel die Vorstellung nicht, dass Tonya gegen solch mächtige Magie völlig wehrlos wäre.

„Ich will lieber keine Risiken eingehen. Je eher du nach Hause zurückkehrst, desto geringer ist die Wahrscheinlichkeit, dass etwas schiefgeht. Außerdem habe ich Pläne für das Wochenende, die dich nicht miteinschließen. Ich würde dich auf keinen Fall allein hierlassen und ich werde dich auf keinen Fall mitnehmen. Ich kann mir nicht einmal vorstellen, wie ich Max das alles erklären soll", sagte sie.

„Ich würde Max gerne kennenlernen. Es ist offensichtlich, dass er Euch sehr wichtig ist, und ich würde gerne den Mann kennenlernen, der Euch bei sich aufgenommen hat", erwiderte er.

Er stöhnte überrascht auf, als er plötzlich nach vorne geschleudert wurde. Er wäre gegen das Armaturenbrett geprallt, wenn er nicht den

Sicherheitsgurt angelegt hätte, auf den Tonya bestanden hatte. Als er sich zurücklehnte, sah er sie verwirrt an.

Sie starrte ihn an. „Du willst Max *nicht* kennenlernen. *Ich* will *nicht*, dass du Max kennenlernst. Er wird eine Unmenge von Fragen stellen und die Antwort auf jede einzelne davon wissen wollen. Er hat diese merkwürdige Art, einem Dinge zu entlocken, von denen man nicht will, dass er sie erfährt. Doch er hat einen Blick, unter dem man sich sofort zu winden beginnt und nicht einmal auf die *Idee* kommt, ihn anzulügen. Ich werde dich auf keinen Fall zu Max mitnehmen. Du musst nach Hause. Ende der Diskussion", erklärte sie mit einem Schaudern.

„Ihr werft mich fast gegen das Fenster, um mir zu sagen, dass Ihr Angst habt, dass ich – Ashure Waves, König der Piraten – Max kennenlerne, weil er Fragen stellen könnte?", erwiderte er mit amüsierter Miene.

Sie runzelte die Stirn und schüttelte den Kopf. „Nein, ich bin auf die Bremse getreten, weil ich fast eine rote Ampel überfahren hätte", sagte sie und deutete auf einen seltsamen rechteckigen Kasten, der an einem Draht über der Straße hing und ein rotes Licht zeigte.

„Oh, rot bedeutet also anhalten", überlegte er.

„Ja, grün bedeutet fahren und gelb bedeutet, dass man sich beeilen sollte", antwortete sie trocken und erinnerte sich an eine Szene aus einem ihrer Lieblings-Alien-Filme.

„Ah, genial", murmelte er.

Er beobachtete, wie der untere Kreis grün aufleuchtete. Sofort trat Tonya auf das Gaspedal und das Fahrzeug setzte sich wieder in Bewegung. Es juckte ihn in den Fingern, das Fahrzeug selbst auszuprobieren. Er vermutete, dass es fast so viel Spaß machen würde, dieses Fahrzeug zu steuern, wie damals, als er seine Kutsche von Nalis feuerspeienden Hengsten ziehen lassen hatte.

„Max stellt nicht nur Fragen, er bekommt auch Antworten. Es ist mir egal, für wie schlau du dich hältst; er wird wissen, dass etwas an dir anders ist. Du musst mir einfach vertrauen, wenn ich sage, dass es das Beste ist, wenn du in deine Welt zurückkehrst", erklärte sie.

„Trotzdem würde ich ihn gerne kennenlernen", entgegnete er ruhig.

„Grrrr", knurrte sie leise.

Er beobachtete, wie sie einen Hebel seitlich des Lenkrads betätigte. Ein grünes Licht blinkte auf der Konsole vor ihr auf, und sie bog auf die Straße ein. Er prägte sich ihre Bewegungen ein, für den Fall, dass er sie mal brauchen würde.

Fünf Minuten später fuhren sie eine lange, gewundene Einfahrt entlang. Dann hielt Tonya den Wagen an und betrachtete das Haus. Sie atmete tief durch und schaltete die Zündung aus.

„Na dann wollen wir mal", sagte sie, öffnete ihre Tür und stieg aus.

Tonya läutete und wartete ungeduldig an der Tür. Sie konnte die Hunde im Inneren bellen hören. Eine Minute später hörte sie eine Stimme, die die Hunde zurückrief. Sie runzelte die Stirn, als ein Junge im Teenageralter durch das Fenster spähte, bevor er die Tür aufriss.

„Ist Magna hier?", fragte sie.

„Nein. Sie sind für eine Woche nach Seattle oder so gefahren. Sie kommen am Montag zurück. Ich passe so lange auf das Haus und die Hunde auf", sagte der Teenager.

„Und sie vertrauen dir?", fragte sie ungläubig.

Der Junge warf ihr einen verärgerten Blick zu. „Ich bin verantwortungsbewusst und über achtzehn. Außerdem würde Gabe mich umbringen, wenn ich Mist baue und Dummheiten mache", entgegnete er gereizt.

„Ja, das kann ich mir vorstellen. Okay, trotzdem danke", sagte sie mit einem schweren Seufzer.

„Soll ich ihnen etwas ausrichten, wenn sie anrufen, um sich nach den Hunden zu erkundigen?", fragte der Junge.

Tonya schüttelte den Kopf. „Nein. Ich denke, wir müssen wohl bis Montag warten. Trotzdem danke", antwortete sie.

„Kein Problem", sagte der Junge, bevor er die Tür schloss.

Sie warf Ashure einen genervten Blick zu, als sie sein Grinsen sah. Die Lippen geschürzt, drängte sie sich an ihm vorbei und ging auf das Auto zu.

„Kann ich fahren?", fragte er mit hoffnungsvoller Stimme hinter ihr.

„Nein", schnauzte sie und öffnete die Fahrertür.

Sie ignorierte seinen Schmollmund, doch das Funkeln in seinen Augen entging ihr nicht. Typisch Mann! Sobald man ihnen ein glänzendes neues Spielzeug gab – okay, ihr altes Auto war weder neu noch glänzend, aber es hatte einen Motor – und ihnen sagte, sie sollten die Finger davon lassen, betrachteten sie es als Herausforderung.

„Bitte", flehte er mit zuckersüßer Stimme.

„Nein", wiederholte sie und versuchte, nicht zu lachen, als sein Schmollmund immer größer wurde. „Steig ein."

„Ich schätze, das bedeutet, dass ich Max kennenlerne, ja?", sagte er mit einem zufriedenen Gesichtsausdruck.

„Nicht, wenn ich es verhindern kann", murmelte sie.

KAPITEL 7

„Wohin fahren wir?", fragte Ashure, als Tonya in die entgegengesetzte Richtung des Weges abbog, den sie gekommen waren.

„Da Magna im Moment nicht da ist, dachte ich, wir fahren zum State Park. Das scheint der gemeinsame Nenner bei den Verschwundenen zu sein. Carly ist dort auf einer Wanderung verschwunden. Wir werden es zuerst dort versuchen. Mike ist am Strand verschwunden. Jenny ist auch im Park verschwunden, aber ich weiß nicht genau, wo", erklärte sie.

„Findet Ihr es wirklich so schlimm, Zeit mit mir verbringen, dass Ihr es nicht erwarten könnt, mich loszuwerden?", fragte er leise.

Sie warf ihm einen Blick zu, bevor sie sich auf die kurvenreiche Straße konzentrierte. „Nein, ich finde es überhaupt nicht schlimm. Du weißt nur nicht, wie gefährlich es sein kann, wenn jemand herausfindet, wer du wirklich bist und woher du kommst. Die Regierung wäre da noch das geringste Problem", sagte sie.

Der besorgte Klang ihrer Stimme erwärmte sein Herz. Wenn sie sich Sorgen um ihn machte, bedeutete das, dass er ihr nicht egal war. Und wenn er ihr nicht egal war, hatte er eine Chance.

„Ich bin froh, dass Ihr mich attraktiv findet", antwortete er.

„Ist das alles, was dich interessiert? Hast du nicht verstanden, dass du hier in Gefahr bist – in schrecklicher, furchtbarer, tödlicher Gefahr?", fragte sie.

„Ja, ich habe verstanden. Ihr sorgt Euch um mein Wohlergehen. Ein Pirat ist an Gefahr gewöhnt. Wir leben für die Gefahr", sagte er mit einem dramatischen Unterton.

„Nun, weißt du was?", unterbrach sie ihn.

Er hielt inne und hielt mit seinen Händen in der Luft inne. „Was?", fragte er.

„Tote Piraten haben kein langes Leben. Ich habe so das Gefühl, dass das eine lange Woche werden wird", murmelte sie.

„Alles wird gut. Ich bin sehr widerstandsfähig", versprach er.

Der verärgerte Ausdruck auf ihrem Gesicht, das Zucken ihrer Lippen und der amüsierte Blick, den sie ihm zuwarf, entlockten ihm ein Lachen. Er ergriff ihre Hand, zog sie an seine Lippen und drückte ihr einen leichten Kuss auf den Handrücken. Das Lächeln auf ihren Lippen wurde breiter, und sie schüttelte den Kopf.

„Machst du in deiner Welt auch so viel Ärger?", erkundigte sie sich neugierig.

„Ärger? Ich? Natürlich nicht", log er unverblümt.

Sie warf ihm einen skeptischen Blick zu. „Das glaube ich *keine* Sekunde lang", erwiderte sie.

Tonya hielt an einem Ranger-Häuschen an. Sie ließ ihr Fenster herunter und griff nach ihrer Handtasche. Als sie darin herumwühlte, fand sie ihr Portemonnaie ganz unten und zog es heraus. Sie öffnete es, holte ihren Parkausweis heraus und hielt ihn dem Ranger hin.

„Hallo, wie geht es Ihnen? Tonya, richtig?", grüßte der Ranger.

Sie blickte in Martys lächelndes Gesicht. „Ja, alles bestens, Marty. Ich hatte noch gar keine Gelegenheit, mich bei Ihnen zu bedanken. Haben Sie Ihre Jacke zurückbekommen? Dr. Field sagte, er würde dafür sorgen, dass Sie sie bekommen", antwortete sie.

„Ja, Anne hat mich angerufen, um mir mitzuteilen, dass Sie sie abgegeben haben. Ich bin am nächsten Morgen auf dem Weg zur Arbeit vorbeigefahren. Es freut mich, dass es Ihnen gut geht. Ich bin überrascht, dass Sie nach allem, was passiert ist, immer noch hier sind. Nachdem so viele hier verschwunden sind, meine ich. Einige Leute hier denken immer noch, dass Ross Galloway dafür verantwortlich ist, vor allem jetzt, wo er auch vermisst wird", antwortete Marty und lehnte sich gegen die Fensterbank des Häuschens.

„Ross Galloway ist sehr glücklich, vor allem, weil er nicht mehr tot ist. Er und Prinzessin Gem werden heiraten. Auch die anderen aus eurer Welt sind sehr zufrieden. Carly und Drago haben mehrere Drachenbabys, und Orion und Jenny haben ebenfalls Familienzuwachs bekommen. Mike und Marina erwarten ihr erstes Kind, und Ruth ist wieder normal groß, nachdem der Zauber der Meerhexe aufgehoben wurde. Darüber ist natürlich auch Koorgan sehr erfreut", erzählte Ashure munter.

Marty blickte verwirrt drein und versuchte verzweifelt, einen besseren Blick auf Ashure zu erhaschen. Tonyas Kiefer begann zu schmerzen, weil sie die Zähne zusammenbiss und versuchte, das Lächeln auf ihren Lippen zu behalten. Sie bewegte sich immer wieder vor und zurück, um Marty die Sicht zu versperren. Wenn Ashure noch etwas sagte, brauchte er sich keine Sorgen mehr zu machen, dass die Regierung oder ein verrückter Wissenschaftler ihn foltern und umbringen würde. Sie würde sich höchstpersönlich darum kümmern.

„Nun, es war nett, mit Ihnen zu reden. Wir machen nur einen kurzen Spaziergang. Haben Sie einen schönen Tag", sagte sie und nahm Marty den Ausweis aus der Hand.

„Aber – woher weiß er …?"

Martys Protest verebbte, als sie davonfuhr. Sie umklammerte das Lenkrad so fest, dass sie sich nicht wundern würde, wenn sie Abdrücke darin hinterließ. Erst als das Ranger-Häuschen außer Sichtweite war, holte sie tief Luft und stieß sie zischend wieder aus.

„Das lief doch super! Jetzt wird er allen erzählen, dass Ross Carly und die anderen nicht umgebracht hat", sagte Ashure selbstzufrieden.

Bitte, wenn es irgendwo da draußen eine höhere Macht gibt, dann gib mir keine Gelegenheit, ihn von einer Klippe zu stoßen, flehte sie im Stillen.

Tonya parkte den Wagen auf demselben Parkplatz, auf dem Carly Tate vor ihrem Verschwinden geparkt hatte. Es war kaum zu glauben, dass seit Carlys Verschwinden schon über drei Jahre vergangen waren. Niemand hatte viel Aufhebens darum gemacht, bis Jenny verschwunden war – und dann Mike. Nach Jennys Verschwinden hatte sie zum ersten Mal von dem Vorfall gehört.

Sie musterte Ashure. Er stand auf der anderen Seite des Wagens und sah sich um.

Er hatte etwas an sich, das sie anziehend und verwirrend zugleich fand. Er war lebensfroh, im Gegensatz zu den meisten anderen Männern, mit denen sie ausgegangen war. Die meisten Kerle, die sie kannte, hatten genug emotionalen Ballast, um den Laderaum eines Tankers zu füllen, und sie schienen es zu genießen, ihn mit sich herumzutragen, wohingegen Ashure sogar stolz auf seine unorthodoxe Kindheit zu sein schien.

Er war auf eine teuflische Art und Weise gutaussehend. Es war nicht schwer, nicht an heiße Haut und zerwühlte Laken zu denken, wenn sie ihn ansah. Ein leiser Fluch entfuhr ihr, als ihre Brustwarzen bei dem Gedanken, was er mit ihnen anstellen könnte, steif wurden.

„Ich dachte, wir könnten den Weg nehmen, den Carly zuletzt gegangen ist", schlug sie vor.

Sie drückte auf den Verriegelungsknopf des Autoschlüssels in ihrer

Hand. Die Hupe ertönte laut und erschreckte ein paar Vögel, die sich in den Bäumen niedergelassen hatten. Dann steckte sie den Schlüssel ein und zog den Reißverschluss ihrer Jacke zu.

Er muss nicht unbedingt wissen, dass meine Brustwarzen hart sind, dachte sie reumütig.

„Ich glaube nicht, dass es eine gute Idee wäre, das Portal zu benutzen, das Carly benutzt hat", sagte Ashure. Ein unbehaglicher Unterton schwang in seiner Stimme mit.

Sie ging um das Auto herum und sah ihn stirnrunzelnd an. „Warum nicht?"

Ashure schenkte ihr ein schiefes Lächeln. „Carly ist durch ein Portal gegangen, durch das sie in einer Drachenhöhle auf der Dracheninsel gelandet ist, und zwar nicht in irgendeiner Höhle. Sie gehörte niemand anderem als Drago, dem König der Drachen", erklärte er.

„Na und? Was wäre so schlimm, wenn du auf der Dracheninsel landen würdest. Du bist doch mit diesem Drago befreundet, oder?", fragte sie.

Er nickte, hielt inne und zuckte dann mit den Schultern. „Ja, Drago und ich kommen gut miteinander aus, aber Ihr versteht nicht. Drachen sind unglaublich besitzergreifend, wenn es um ihre Schätze geht. Sie setzen alle Arten von Magie und Schutzwällen ein, um zu verhindern, dass andere – sogar andere Drachen – ihn finden. *Falls* es tatsächlich jemand schafft, alle Fallen zu überwinden, würde der Drache es sofort merken, wenn auch nur ein einziges Stück des Schatzes bewegt wurde", fuhr er fort.

Sie sah ihn ausdruckslos an. „Schatz, Drachen, okay, sie haben einen ausgeprägten Beschützerinstinkt. Das habe ich in Filmen gesehen. Dieser Drago hat Carly nicht wehgetan, also ist es vielleicht ein wenig übertrieben, wie besitzergreifend sie sein können. Außerdem willst du nicht Dragos Schatz, sondern einfach nur nach Hause", argumentierte sie.

„Drago würde mich grillen, wenn ich auch nur daran denke, sein Versteck zu betreten. Ich bin vieles, aber feuerfest bin ich nicht, schon gar nicht, wenn das Feuer von einem Drachen kommt. Ich habe nicht gerade den besten Ruf, wenn es darum geht, den Verlockungen des Drachengoldes zu widerstehen", gestand er schließlich.

„Du hast schon einmal einen Drachen bestohlen?", mutmaßte sie.

„Bestohlen ist ein hartes Wort. Ich würde sagen, etwas erworben, in dem ich …" Er hielt inne und seufzte. „Okay, einmal. Ich habe einmal eine Goldmünze von einem Drachen gestohlen. Und ich erinnere mich nur äußerst ungerne an dieses Abenteuer", gab er widerwillig zu.

Sie verschränkte die Arme vor der Brust und sah ihn an. „Du wirst mich doch nicht hängen lassen. Komm schon, ich wittere eine Geschichte. Sag schon, was passiert ist", beharrte sie.

Sein Gesicht verzog sich zu einer qualvollen Miene der Resignation. „Ich war ein junger Bursche, also hat mich die Drachin nicht getötet, aber ich muss sagen, dass sie mich … ähm … ein wenig verwundbar gemacht hat. Nachdem sie mich gezwungen hatte, mich auszuziehen, verbrannte sie meine Kleidung. Dann hob sie ihre Münze auf und sagte mir, dass beim nächsten Mal, wenn ich einen Drachen bestehlen würde, nicht nur meine Kleidung und mein Stolz in Flammen aufgehen würden. Ich musste mir Kleidung aus einem nahegelegenen Dorf besorgen und war dabei mit nichts weiter als ein paar Blättern bedeckt", sagte er.

„Oh, das muss ziemlich peinlich gewesen sein", kicherte sie.

„Peinlich genug, um im Umgang mit Drachen vorsichtig zu sein", stimmte er zu.

Sie trat einen Schritt vor und drückte ihm einen überraschenden Kuss auf die Wange. Er sah ihr in die Augen. Sie schimmerten amüsiert. Ein langsames Lächeln umspielte seine Lippen.

„Ich bin froh, dass sie nichts Wichtiges verbrannt hat", murmelte sie.

„Woher wollt Ihr das wissen, wenn Ihr nicht nachseht?", neckte er.

Tonya warf den Kopf zurück und lachte, dann klopfte sie ihm auf die Brust. Sie drehte sich um und wollte gerade weggehen, als sie innehielt und ihn mit einem verführerischen Lächeln ansah.

„Da hast du recht. Sehen *heißt* glauben, und ich lege wert darauf, immer die Fakten zu kennen", sagte sie mit einem Grinsen, bevor sie weiterging.

Ashure blickte Tonya nach und grinste, während er in Gedanken wiederholte, was sie gerade gesagt hatte. Er strich mit der Hand über seine Brust bis zu seiner Leiste. Ja, er hatte sie richtig verstanden.

„Dann wird meine Heimreise also verschoben?", rief er aus.

Er berührte seine Wange, wo er noch die Wärme ihrer Lippen spüren konnte. Sie lachte, antwortete aber nicht auf seine Frage, als sie weiterging. Immer noch wie ein Idiot grinsend, beeilte er sich, ihr zu folgen.

KAPITEL 8

Die Ruhe des Waldes hüllte Ashure ein, während sie dahingingen. Der Weg schlängelte sich durch hohe, dichte Mammutbäume und große Farne nach oben. Ab und zu kamen sie an kleinen Bächen und Wasserfällen vorbei. Es war offensichtlich, dass bei der Planung des Weges darauf geachtet worden war, malerische Rastplätze einzurichten.

An kleinen Pfosten waren Metallschilder befestigt, mit Bildern von Pflanzen und Tieren sowie interessante Details. Tonya blieb an jedem Posten stehen, las die Informationen und versuchte dann, die Pflanzen inmitten der Flora zu finden. Er liebte es, ihr dabei zuzusehen.

„Ich spüre schon wieder deinen Blick auf mir", bemerkte sie trocken, als könnte sie seine Gedanken lesen.

„Ich bewundere nur die Aussicht", verteidigte er sich.

Sie warf ihm einen Blick über ihre Schulter zu. „Du musst dort, wo du herkommst, ein ziemlicher Frauenheld sein", bemerkte sie.

Er schenkte ihr ein verlegenes Grinsen. „Ich glaube nicht, dass es in meinem Interesse wäre, auf diese Aussage zu antworten", erklärte er.

Sie richtete sich auf und schüttelte den Kopf. „Wahrscheinlich nicht", stimmte sie lachend zu.

„Es ist sehr friedlich hier. Nach deiner Beschreibung von vorhin habe ich eine Meute wütender Menschen mit Mistgabeln und Feuer erwartet. Diese Gegend erinnert mich an die Insel der Riesen", meinte er.

„Der wütende Mob wird kommen, sobald du entdeckt wirst. Du kommst von der Pirateninsel, richtig? Wie ist es dort?", fragte sie.

Er runzelte die Stirn, als er über ihre Frage nachdachte. Er hatte seine Heimat immer als selbstverständlich angesehen. Es war einfach die Insel, von der er kam – er sich noch nie Gedanken darüber gemacht, wie sie aus der Sicht eines anderen aussah. Zum ersten Mal in seinem Leben dachte er darüber nach, wie er jemandem, der noch nie dort gewesen war, seine Heimat beschreiben würde.

„Die Insel der Piraten ist wunderschön", begann er mit langsamer, bedächtiger Stimme, als sie weitergingen. „Es gibt zwei Hauptinseln, die den größten Teil des Königreichs ausmachen, und fast ein Dutzend kleinerer Inseln darum herum. Ich wohne auf der großen Insel, wenn ich an Land gehe. Ich muss zugeben, dass ich dort nicht so viel Zeit verbringe, wie ich sollte. Die Liebe zum Reisen liegt mir einfach im Blut", gestand er.

„Steckt da vielleicht noch etwas anderes dahinter? Vielleicht hast du schlechte Erinnerungen an die Insel und willst deswegen nicht lange dortbleiben?", schlug sie vor.

„Vielleicht, aber meine weniger guten Erinnerungen haben mehr mit meiner Herkunft als mit einer bestimmten Gegend zu tun, da mein Vater nie lange an einem Ort geblieben ist. Möglicherweise mache ich mir deswegen nie viele Gedanken darüber, woher ich komme", gestand er.

„Welches ist deine schönste Kindheitserinnerung?", fragte sie.

„Das Kopfsteinpflaster", antwortete er sofort und grinste. „Ich bin hinten auf dem Karren mitgefahren, auf dem meine Mutter ihr

Handwerk und ihre Tränke verkaufte, und habe immer gelacht, wenn sie die Fußgänger angeschrien hat, die sich ihr in den Weg stellten. Ihre Stimme hat immer gewackelt, während wir über die Straße holperten."

„Ah, du warst also eines dieser Kinder, die mit einem sadistischen Gen geboren wurden", bemerkte sie.

Ein tiefes, dröhnendes Lachen entwich ihm. „Vielleicht ein bisschen, aber ich verspreche Euch, es war wohlverdient, Mylady", sagte er und presste eine Hand auf sein Herz.

„Ich denke, es ist wirklich Zeit, dass du mich Tonya nennst und mit diesem altmodischen Mylady-Kram aufhörst. Also, was hat dir noch gefallen?", drängte sie.

„Die Farben und all die wunderbaren Menschen und Dinge auf dem Markt, mit den Meeraffen Unfug zu treiben, auf dem Rücken eines Zentauren zu reiten …", sinnierte er, während eine Erinnerung nach der anderen auftauchte.

Ashure war sich nicht sicher, wie Tonya es anstellte, aber sie brachte ihn dazu, ihr Dinge zu erzählen, die er noch nie jemandem verraten hatte. Sie fragte ihn nach seinen Eltern, und er erzählte es ihr. Nicht alle seine Erinnerungen waren schlecht, und die, die es waren, schienen nicht mehr wichtig zu sein, als sie ihm all die unglaublichen Abenteuer entlockte, die er erlebt hatte.

Der Nachmittag verging wie im Flug, und ehe er sich versah, gingen sie schweigend den Strand entlang zurück, an dem Mike zuletzt gesehen worden war. Er griff nach ihrer Hand und sie drückte sie und blieb stehen. Schweigend standen sie da und blickten auf das Wasser hinaus.

„Heute Nacht wird es einen heftigen Sturm geben", murmelte er.

„Woher willst das wissen? Es sieht ruhig und klar aus", sagte sie und strich sich ihr Haar hinters Ohr.

„Ich kann es fühlen. Ich habe ein angeborenes Gespür für das Meer. Wir sollten zum Haus zurückkehren", riet er.

„Ashure", sagte sie, als sie sich zu ihm umdrehte.

Er blickte auf sie hinab. Ihre Blicke trafen sich, und so sehr er sich auch zurückziehen wollte, bevor sie die Seelen sehen konnte, die er gefangen hielt, er konnte es nicht. Sie betrachtete seine Augen aufmerksam, bevor sie ihre Hand hob und sie sanft an seine Wange legte.

„Danke für den heutigen Tag, Tonya", sagte er leise.

„Wir haben keines der Portale gefunden", antwortete sie.

„Manchmal ist das, was man sucht, nicht das, was man finden soll. Vielleicht sind die Portale nur dazu bestimmt, gefunden zu werden, wenn die Zeit reif ist für das, was das Schicksal auf Lager hat", antwortete er.

Sie schmunzelte. „Das ist eine ziemlich tiefgründige Erklärung dafür, dass man nichts findet", räumte sie ein.

Er spürte deutlich, wie ihre Hand seine Wange berührte, wie ihr Daumen zärtlich darüberstrich und wie sie ihm weiterhin tief in die Augen sah. Sie machte einen weiteren Schritt auf ihn zu und ließ eine Hand über seinen Hals bis zu seiner Schulter gleiten, während ihre andere Hand auf seiner Brust verweilte.

„Einer meiner Professoren hat mir einmal gesagt, dass die Augen das Fenster zur Seele sind", murmelte sie.

Er legte seinen Arm um ihre Taille und zog sie näher heran. „Was siehst du, wenn du in meine schaust?", fragte er sanft.

„Schatten", flüsterte sie.

Er beugte sich vor und küsste sie. Sein Herz klopfte bei ihrer Antwort wie wild. Sie konnte die Schatten sehen, und dennoch schreckte sie nicht vor ihm zurück. Hoffnung keimte in ihm auf, als sich ihre Lippen öffneten und sie seinen Kuss erwiderte.

Er ließ seine Hand an ihrem Arm hinaufgleiten und griff in ihr Haar. Ihre Zungen berührten sich, und sie stöhnte auf. Ihre Hand krallte sich in die Vorderseite seines Hemdes, und er spürte, wie ihre Finger zwischen die Knöpfe glitten, bis sie seine erhitzte Haut berührten.

Der Klang von Pfiffen und Gelächter trieb sie schließlich auseinander. Ärger durchfuhr Ashure, und er war versucht, eine Flutwelle über die Gruppe gaffender und grölender Teenager hinwegfegen zu lassen. Tonya hielt seine Hand fest, als er sie zu heben begann, als hätte sie seine Gedanken gelesen.

„Sollen sie doch ihren Spaß haben. Hier gibt es sonst nicht viel zu tun", meinte sie.

„Wenn es sein muss", antwortete er ruhig.

„Hey, alter Mann, warum nehmt ihr euch kein Zimmer?", rief einer der Jungen.

„Alter Mann!", zischte Ashure.

„Oder wenn deine Freundin richtig Spaß haben will, können wir ihr zeigen, wie man sich amüsiert", fügte ein anderer hinzu.

„Okay, jetzt kannst du den Gören eine Lektion erteilen", murmelte sie.

„Danke. Ich werde ihnen zeigen, was ein alter Pirat so kann", sagte er mit einem Augenzwinkern.

„Oh, das wird bestimmt gut", kicherte sie.

Mit einem teuflischen Grinsen wandte sich Ashure der Gruppe von vier Jungen zu, die immer noch abfällige Bemerkungen machten. Eine Lektion in Sachen Manieren würde ihnen gut tun.

„Eine kalte Dusche sollte sie abkühlen", antwortete er.

Mit einem einfachen Regenzauber ließ er einen eisigen Regenschauer über die lachende Gruppe von Jungen herabprasseln, und ihre beleidigenden Bemerkungen verwandelten sich in Gekreische.

Tonya kicherte noch heftiger, als die Jungen davonliefen und der Regenguss ihnen folgte. Er fügte noch ein paar Blitze hinzu, nicht stark genug, um ihnen ernsthaft Schaden zuzufügen, aber heftig genug, um dafür zu sorgen, dass sie in Bewegung blieben. Tonya lachte laut auf, als ein Blitz einen der zurückgebliebenen Teenager von hinten traf. Sein Aufschrei und seine überstürzte Flucht brachten die drei Jungen vor ihm fast ins Straucheln.

„Vergiss nicht den Großen, der die Bemerkung mit der Freundin gemacht hat", sagte sie.

„Und auch nicht den, der mich einen alten Mann genannt hat", kicherte er.

Er wackelte mit den Fingern, und dünne Blitze schossen auf die Gruppe hinab. Es folgten aufgeregte Schreie und wildes Herumgehüpfe. Er seufzte, als die Gruppe den Pfad hinaufrannte und im Wald verschwand.

Tonya ließ sich gegen ihn sinken und lachte so heftig, dass sie sich die Tränen aus den Augen wischte. Sie lehnte ihren Kopf an seine Schulter, als er seinen Arm um ihre Taille schlang. Sein Lachen vermischte sich mit ihrem.

„Das ist einfach zu cool. Wahrscheinlich ist es gut, dass ich nie solche Fähigkeiten hatte. Dann wäre ich in noch viel schlimmere Schwierigkeiten geraten", seufzte sie und wischte sich eine weitere Träne aus dem Auge.

Er grinste sie an. „Ich habe sie vielleicht ein oder zwei Mal missbraucht. Es ist ein bisschen schwieriger, damit durchzukommen, wenn man in einer Welt lebt, in der andere die gleichen Fähigkeiten haben oder sogar noch mächtiger sind", gestand er.

Sein Grinsen verblasste, als sie sich umdrehte und zu ihm aufsah. Ihre Augen funkelten noch immer belustigt, und ihre Wangen waren von ihrem Spaziergang und vom Lachen gerötet. Ein Gefühl des Friedens breitete sich in ihm aus. Heute war ein guter Tag gewesen, trotz Tonyas Entschlossenheit, ihn zurückzuschicken. Glücklicherweise hatte sich keines der Portale gezeigt. Sonst hätte er Tonya vielleicht gewaltsam mitnehmen müssen, denn eines wusste er ganz sicher: Ohne sie würde er nirgendwo hingehen.

„Wir sollten besser gehen. Der Sturm wird in ein paar Stunden hier sein", murmelte er.

„Ja, ich denke, wir sollten gehen", stimmte sie zu.

„Tonya –", sagte er, als sie sich abwenden wollte.

Sie hielt inne und sah zu ihm auf. „Ja?"

Er streichelte ihre Wange. „Nochmals vielen Dank für den heutigen Tag. Ich kann mich nicht erinnern, wann ich das letzte Mal einen Tag so genossen habe", gestand er.

Sie sah ihn mit einem prüfenden Blick an und lächelte. „Du kommst wohl nicht viel raus", sagte sie mit einem verlegenen Lachen.

KAPITEL 9

Am Horizont zogen dunkle Gewitterwolken auf, genau wie Ashure es prophezeit hatte. Tonya rieb sich über die Arme, an denen sich eine Gänsehaut gebildet hatte. Trotz der langärmeligen Bluse und des leichten Pullovers fröstelte sie. Der starke Wind ließ vermuten, dass der Sturm heute Nacht heftig werden würde.

Sie wandte sich vom Fenster ab und ging zum Herd hinüber. Kurz nach ihrer Rückkehr hatte sie einen großen Topf mit Chili aufgesetzt. Sie hob den Deckel an, griff nach der Kelle und rührte die würzige Mischung aus Fleisch, Bohnen und Soße um. An einem kalten Abend wie heute war es genau das Richtige.

Sie grinste, als sie hörte, dass Ashure den Fernseher anschrie. Es lief ein Fußballspiel. Seit einer Stunde war er völlig vertieft in die Spiele und zappte zwischen den verschiedenen Kanälen umher. Seitdem er die grundlegende Strategie des Spiels verstanden hatte, saß er wie gebannt vor dem Bildschirm.

„Was hast du dir dabei gedacht? Habt ihr den Mann nicht gesehen? Ihr nennt euch Giants? Ich habe schon Wichtel gesehen, die größer sind als der Mann, der bei euch am Ball ist", stöhnte er lautstark aus dem Wohnzimmer.

Sie rührte das Chili um und schöpfte etwas davon in zwei Schüsseln, die sie zuvor auf der Theke bereitgestellt hatte. Als sie gerade nach einer davon greifen wollte, spürte sie, wie sich zwei Arme um ihre Taille legten und eine Wange gegen ihren Kopf drückte. Sie unterdrückte einen Aufschrei und griff sofort nach seinen Armen.

„Du hast mich zu Tode erschreckt. Ich dachte, du wärst noch im Wohnzimmer", rief sie aus.

„Es ist gerade – wie nennt man das – Werbepause. Auch wenn das sehr unterhaltsam ist, interessiert sich mein Magen viel mehr für die köstlichen Düfte als für die sprechende Eidechse, die offensichtlich nicht echt ist", sagte er.

„Das Essen ist fertig. Du kannst –", begann sie, bevor sie an die Decke blickte.

Die Lichter flackerten einige Male, bevor sie ausgingen. Das Haus ächzte und bebte in dem strömenden Regen und dem heulenden Wind. Sie schloss die Augen und stöhnte auf.

„Was ist los?", fragte er besorgt.

Sie schüttelte den Kopf. „Ich versuche mich zu erinnern, wo ich eine Taschenlampe gesehen habe. Ich glaube, es könnte eine auf dem Regal in der Speisekammer sein. Wenn ich sie nicht finde, müssen wir im Dunkeln essen", erklärte sie.

„Kein Grund zur Sorge. Wir werden ein romantisches Essen bei magischem Licht genießen", murmelte er.

Tonya spürte, wie Ashure ihr einen sanften Kuss auf die Schläfe hauchte, bevor er sich von ihr entfernte. Sie blinzelte überrascht, als er mit der Hand winkte und sich plötzlich Lichterwirbel bildeten. Sie stiegen bis zur Decke auf und es sah aus, als ob plötzlich eine Million Sterne im Raum erschienen wären.

„Wie –?", hauchte sie erstaunt und betrachtete die winzigen Lichter.

„Meine Mutter war eine Elfe. Magische Lichter sind für uns so natürlich wie das Atmen. Als Kind war mein Zimmer immer voll davon", erklärte er.

„Sie sind wunderschön", murmelte sie, vollkommen gebannt von den funkelnden, hellgrünen Lichtpunkten.

„Dann werde ich sie jeden Abend erscheinen lassen", versprach er.

Sie hatte einen Kloß im Hals und nickte. Was sollte ein Mädchen auch sagen, wenn ein Mann ihr jeden Abend Feenlichter versprach? Sie räusperte sich, nahm eine der Schüsseln mit Chili und reichte sie ihm.

„Ich habe Chili gemacht, ein Wohlfühlgericht für kalte Abende", teilte sie ihm mit.

„Ich freue mich schon darauf, dieses Mahl zu genießen", antwortete er.

Bei seiner warmen, sanften Stimme kamen ihr ganz andere Dinge in den Sinn, die er genießen könnte. Sie schüttelte leicht den Kopf, um ihre abschweifenden Gedanken zu vertreiben.

„Möchtest du Milch, Bier oder Wasser?", fragte sie.

„Ich nehme das Gleiche wie du", antwortete er.

Sie nickte. „Es mag komisch klingen, aber ich trinke abends gerne ein schönes kaltes Glas Milch", gab sie zu.

„Dann also Milch. Setz dich, ich hole die Getränke", sagte er, während er die Schüssel mit dem dampfenden Chili auf den Tisch stellte und einen Stuhl für sie hervorzog.

Sie nahm ihre Schüssel und setzte sich an den Küchentisch. Mit einem verwirrten Gesichtsausdruck beobachtete sie, wie er mehrere Schränke öffnete, bevor er den mit den Gläsern fand. Mit einem triumphierenden Grinsen ging er zum Kühlschrank hinüber und öffnete ihn. Schnell schenkte er zwei Gläser Milch ein, bevor er die Packung zurückstellte und die Tür geschickt mit dem Absatz seines Stiefels schloss.

„Das kannst du ziemlich gut. Falls du in dieser Welt mal nicht weiterweißt, kannst du dich auf jeden Fall um einen Job im Pub oder in einem Fast-Food-Restaurant bewerben. Ich bin sicher, dort gibt es Verwendung für einen ehemaligen Piratenkönig", bemerkte sie mit einem Grinsen.

„Danke – aber nein. Ich habe in jungen Jahren genug Essen serviert und Decks geschrubbt, um zu wissen, dass ich das nicht noch einmal tun möchte", antwortete er trocken, während er ihr ein Glas Milch hinstellte und sich setzte.

„Und was treibt ein Piratenkönig so den ganzen Tag?", fragte sie.

Lachend schüttelte er den Kopf. „Nichts sonderlich Aufregendes, fürchte ich. Nun ja, außer zu versuchen, nicht von einer außerirdischen Kreatur getötet, von einem Riesen aufgespießt oder von einem Kraken gefressen zu werden. Meistens handele ich Verträge mit anderen Königreichen aus und halte die Drachen davon ab, alle meine Schiffe bis zur Wasserlinie zu verbrennen", sagte er mit einer lässigen Handbewegung. „Ich würde sagen, was die jüngsten Ereignisse betrifft, haben mich die Lava-Kreaturen kurzzeitig aus dem Konzept gebracht. Im Gegensatz zu den Drachen sind Piraten – selbst diejenigen, die zur Hälfte Elfen sind – nicht feuerfest. Als das Lavamonster seine geschmolzene Hand um Drago legte, war ich mir sicher, der Drachenkönig hätte endlich seinen Meister gefunden …"

Tonya hörte Ashure zu, während er ihr wilde Geschichten erzählte, die sich anhörten, als würde sie aus einem Märchenbuch stammen. Sie versuchte immer noch herauszufinden, ob er das mit dem Außerirdischen, dem Riesen und dem Kraken ernst meinte. Ihr Lächeln verwandelte sich in schüchterne Ehrfurcht, als sie begriff, dass das tatsächlich sein voller Ernst war.

Wieder einmal habe ich die Geschichte meines Lebens genau vor mir, und ich kann sie niemandem erzählen, dachte sie schmunzelnd.

Er hielt inne und nippte an seinem Glas Milch. Amüsiert beobachtete sie, wie er eine Grimasse zog und das Glas kritisch beäugte. Er tupfte sich mit der Serviette, die er von seinem Schoß genommen hatte, die Lippen ab.

„Ich nehme an, du trinkst nicht oft Milch", bemerkte sie.

Er schenkte ihr ein verschmitztes Lächeln und schüttelte den Kopf. „Ich habe schon sehr, *sehr* lange keine mehr getrunken", antwortete er.

Sie lachte. „Milch ist sehr gesund. Und bei deinen ganzen Abenteuern könntest du das zusätzliche Kalzium gut gebrauchen", stichelte sie.

„Kalzium … Meine lieben Eltern haben es wohl versäumt, mich auf diesen Vorteil hinzuweisen, als sie mich auf die Jagd nach einer Ziege geschickt haben", meinte er und betrachtete das Glas noch einmal, bevor er es neben seine Schüssel stellte.

„Ich kann mir bildlich vorstellen, wie du eine Ziege jagst", kicherte sie.

Er schenkte ihr wieder eines seiner süffisanten Lächeln und zwinkerte ihr zu. „Noch amüsanter war es, als die Ziege mich gejagt hat", antwortete er.

Tonya lehnte sich näher an ihn heran, während er eine amüsante Geschichte nach der anderen erzählte. An dem Funkeln in seinen Augen und dem Humor in seiner Stimme war zu erkennen, dass er seine unorthodoxe Erziehung sehr genossen hatte.

Je mehr er erzählte, desto mehr dachte sie an ihre eigene Kindheit. Ihre Eltern waren liebevoll und aufmerksam gewesen – wenn sie denn mal da gewesen waren. Sie hatten ihr viele Freiheiten gelassen, und das Leben an so vielen verschiedenen Orten hatte nicht nur ihre Neugier auf die Welt um sie herum geweckt, sondern ihr auch ein Gefühl dafür vermittelt, wie viel die Menschen auf der ganzen Welt miteinander gemein hatten.

„Das Abendessen war köstlich, danke", sagte er.

„Ja, oder?", erwiderte sie mit einem leicht verlegenen Lachen. Sie erhob sich und begann, die leeren Teller einzusammeln.

„Ich räume auf. Du hast schon gekocht", sagte er.

„Es geht schneller, wenn wir gemeinsam aufräumen", meinte sie.

„Das klingt gut", murmelte er.

„Ja, das tut es", stimmte sie zu.

Sie standen in der magisch erleuchteten Küche und sahen sich einen Moment lang mit Kulleraugen an, bevor ihr klar wurde, was sie da taten, und sie sich schüttelte. Okay, vielleicht waren es keine Kulleraugen, trotzdem war der Moment so intensiv, dass sie spürte, wie ihr Gesicht warm wurde. Sie wandte sich ab, um ihr Unbehagen zu verbergen und sie räumten die Küche in geselligem Schweigen auf.

Ihr Interesse an ihm war den ganzen Tag über stetig gewachsen, hatte während des Abendessens geköchelt und explodierte schließlich, während sie das Geschirr spülten. Zwischen ihnen knisterte es und Hitze stieg in ihr auf. Eine Hitze, die nichts mit der Temperatur im Haus oder der Tatsache zu tun hatte, dass sie ihre Hände in das warme, schaumige Spülwasser hielt. Nein, sie war einzig und allein der Tatsache geschuldet, dass Ashure die leeren Milchgläser in die Spüle stellte und dann seine Hände an ihren Armen hinuntergleiten ließ, um sie in das Wasser zu tauchen.

„Es sind keine vier Hände nötig, um ein paar Teller zu spülen", sagte sie und sah ihn über ihre Schulter an.

„Nein, aber ich habe versprochen, zu helfen", antwortete er.

Bei seiner tiefen Stimme kroch eine Gänsehaut über ihre Arme, ganz zu schweigen von dem Gefühl seiner Hände, die in dem mit Schaum gefüllten Waschbecken über die ihren glitten. Die hellgrünen Lichter, die um sie herumtanzten, ließen die Situation surreal erscheinen. Sie sahen sich in die Augen, und sie atmete hörbar ein, als er seine Finger um die ihren schlang und sich zu ihr herunterbeugte, um sie zu küssen.

Ihr Atem vermischte sich für den Bruchteil einer Sekunde, bevor er seine Lippen zärtlich auf die ihren presste. Tonya entspannte sich, als Ashure seine Arme um sie legte. Der Kuss war sanft, zu kurz, und er machte Lust auf mehr.

„Ich glaube, ich finde langsam Gefallen am Geschirrspülen", raunte er, nachdem er den Kuss beendet hatte.

„Du bist sehr gut darin", antwortete sie, ohne nachzudenken.

Sein leises Glucksen verriet ihr, dass er ihre Anspielung verstanden hatte. Sie schüttelte den Kopf und sah auf das Wasser hinunter. Er griff hinein und zog den Stöpsel heraus. Dann flackerte das Licht plötzlich und ging wieder an.

„Ich räume das Geschirr weg. Warum schaust du nicht nach, wie dein Fußballspiel läuft?", schlug sie vor.

„Tonya –", flüsterte er.

Sie schüttelte den Kopf. „Geh schon. Dann hast du etwas, worüber du mit Max am Wochenende reden kannst", drängte sie.

Er lächelte. „Das stimmt. Ich freue mich schon darauf", antwortete er leise.

Sie nickte. Er wusch sich die Hände und trocknete sie ab, bevor er die Küche verließ. Erst als sie sich sicher war, dass sie allein war, ließ sie sich über die Spüle sinken, atmete mehrmals tief durch und wartete darauf, dass ihre Beine aufhörten zu zittern. Der Kerl machte sie verrückt und sie stöhnte auf.

„Ich kann nicht glauben, dass ich ihn Max vorstellen werde", flüsterte sie.

Sie richtete sich auf und konzentrierte sich darauf, das Geschirr abzutrocknen. Als sie fertig war, warf sie einen Blick ins Wohnzimmer, wo Ashure mit großer Aufmerksamkeit das Fußballspiel verfolgte.

„Max wird ihn lieben", murmelte sie vor sich hin.

Da sie davon ausging, dass er sie vorerst einmal nicht vermissen würde, beschloss sie, ein Bad zu nehmen und anschließend ein wenig zu arbeiten. Sie musste bis zum Ende der Woche noch einen Artikel schreiben. Dank dieser regelmäßigen Veröffentlichungen kam sie gerade so über die Runden und würde hoffentlich ihre Wohnung in

Portland zurückbekommen. Dank ihres kleinen Ausflugs ins Märchenland war sie nun offiziell obdachlos. Gott sei Dank hatte Mike ihr ein Schreiben mitgegeben, in dem er ihr die Erlaubnis erteilte, hier zu wohnen, sonst würde sie jetzt in ihrem Auto leben – oder noch schlimmer, wieder zu Hause bei Max und Angela. Zum Glück hatte ihr ehemaliger Hausverwalter Mitleid gehabt und ihre wenigen Habseligkeiten für sie aufbewahrt, da sie als vermisst gemeldet worden war und sich nicht einfach aus dem Staub gemacht hatte, ohne die Miete zu bezahlen. Er hatte ihre Sachen bei Max abgeliefert. Das war ein weiterer Grund, warum sie Max an diesem Wochenende einen Besuch abstatten wollte.

Sie schloss ihre Schlafzimmertür, schnappte sich ein frisches Höschen und ihr übergroßes Nachthemd mit einem lesenden kleinen Drachen auf der Vorderseite und betrat das Badezimmer. Sie zog sich aus und warf ihre Klamotten in den Weidenkorb in der Ecke. Dieses Bad war ungefähr so groß wie das Wohnzimmer in ihrer alten Wohnung. Sie stellte das Wasser in der großen Wanne an, ging zum Waschbecken, um sich die Zähne zu putzen und steckte sich dann die Haare hoch.

Dieses großartige Badezimmer wollte sie auf keinen Fall ein ungenutzt lassen, vor allem, weil sie schon immer von so einer Badewanne geträumt hatte. Sie beugte sich vor, prüfte das Wasser und gab ein entspannendes Badesalz hinein, das sie gekauft hatte. Dann rollte sie ihr Handtuch als Kopfkissen zusammen und stieg in die Badewanne.

„Oh ja", stöhnte sie, als sie sich ins Wasser sinken ließ.

Sie wartete, bis die Wanne kurz vor dem Überlaufen war, bevor sie das Wasser abstellte, sich zurücklehnte und die Augen schloss. Lächelnd dachte sie an den Kuss von vorhin. Es ließ sich nicht leugnen, dass der Typ heiß war.

Stöhnend ließ sie ihre Hände nach oben gleiten und umfasste ihre Brüste. Sie stellte sich vor, es wären Ashures Hände auf ihrem Körper. Er kniff in ihre Brustwarzen, die sofort hart wurden.

Ach, zum Teufel damit!, dachte sie und ließ eine Hand zwischen ihre Beine gleiten. *Vielleicht hilft das gegen die Spannung.*

Sie neigte ihren Kopf zurück und spreizte ihre Beine weiter, während sie ihre empfindliche Lustknospe streichelte. Sie stellte sich Ashure zwischen ihren Beinen vor, wie er an ihr saugte, und ihre Hüfte hob sich bei diesem lebhaften Bild instinktiv an.

Ihr Atem wurde schneller, und sie stöhnte lang und tief, als die Vorstellung, wie Ashure tief in sie eindrang, die Schleusen ihrer Lust öffnete. Ein winziges Feuerwerk explodierte hinter ihren Augenlidern, und sie erschauderte, als ihr Orgasmus sie überrollte.

„Verdammt, es ist schon viel zu lange her", flüsterte sie.

Mit einem zufriedenen Lächeln öffnete sie die Augen. Sie drehte den Kopf, um durch die Tür ins Schlafzimmer zu schauen, als eine tiefe Sehnsucht sie erfüllte. Ja, ihr Orgasmus wäre besser gewesen, wenn Ashure wirklich da gewesen wäre, sie hatte allerdings nicht vor, mit dem Teufel zu tanzen. Sie wusste, wie heiß die Flammen der Hölle werden konnten und war klug genug, sich nicht zu verbrennen.

„Von dir zu träumen wird reichen müssen", flüsterte sie.

Sie setzte sich auf und griff nach dem Waschlappen und der Badeseife. Die Freude über die Badewanne war mit der letzten Welle ihres Orgasmus abgeklungen. Nun, da die Hitze in ihr abgekühlt war, fühlte sie sich innerlich leer.

Sie zog den Stöpsel und stand auf. Ein kurzes Klopfen und das Öffnen der Tür veranlasste sie, hastig über den Wannenrand zu steigen. Sie fluchte, als ihr Handtuch dabei ins Wasser fiel.

„Moment, ich bin nicht angezogen!", rief sie mit leicht verzweifelter Stimme.

Sie griff nach einem anderen Handtuch, das sie in ihrer Eile ebenfalls fallen ließ. Stöhnend bückte sie sich, um es aufzuheben.

„Wenn ich gewusst hätte, dass es hier viel spannendere Dinge zu sehen gibt, hätte ich auf das Fußballspiel verzichtet. Das Ende war furchtbar langweilig, ganz im Gegensatz zu diesem hier", sagte Ashure.

Beim Klang seiner Stimme drehte sie sich um und ließ das Handtuch erneut fallen. Zähneknirschend griff sie danach, schüttelte es aus und schlang es erneut um ihren Körper, während sie Ashure anstarrte. Als er sie musterte, lag nicht nur amüsierter Glanz in seinen Augen, sondern noch etwas viel Gefährlicheres. Nun, er war nicht der einzige Gefährliche hier. Diese ungewollte Peepshow würde verdammt sicher Konsequenzen haben!

„Hast du nicht gehört, dass ich gesagt habe, du sollst warten?", schnauzte sie.

„Ja, aber dann habe ich ein Stöhnen gehört und dachte, du könntest Hilfe brauchen", antwortete er abwesend.

Sie befestigte das Handtuch zwischen ihren Brüsten, und seine Augen folgten ihren Bewegungen begierig. Ihr Kiefer begann zu schmerzen, weil sie die Zähne so fest zusammenbiss.

„Wie du siehst, brauche ich keine Hilfe. Ich dachte, du siehst dir das Spiel an", entgegnete sie.

„Das Spiel ist zu Ende. Außerdem ist das hier definitiv unterhaltsamer als Fußball", murmelte er.

Sie stieß ein verärgertes Knurren aus und schnippte mit den Fingern, um seine Aufmerksamkeit von ihren Brüsten auf ihr Gesicht zu lenken. Sie verdrehte die Augen, als sein Blick zu ihrem Gesicht, dann zurück zu ihren Brüsten und schließlich wieder zu ihrem Gesicht huschte. Er stieß einen langen Seufzer aus und sie schnaubte und schüttelte erneut den Kopf. Männer schienen doch immer gleich zu ticken, egal aus welcher Welt sie kamen!

„Ashure, du kannst nicht einfach ohne Erlaubnis in das Schlafzimmer von jemandem hineinplatzen", mahnte sie.

„Ich habe doch angeklopft", verteidigte er sich.

„Ja, aber du hast nicht gewartet, bis ich dich hereingebeten habe", erwiderte sie, während sie ihm mit einem Winken bedeutete, von der Tür wegzutreten.

„Ich –", begann er zu protestieren.

Sie unterbrach ihn, indem sie die Badezimmertür vor seiner Nase schloss. Sie lehnte sich mit dem Rücken dagegen und stieß einen langen Seufzer aus. Es würde eine lange Woche werden.

„Ach was, Woche! Es wird eine lange Nacht werden", murmelte sie.

Sie zog das Handtuch weg und zog sich schnell ihr Nachthemd und ihren Slip an, bevor sie das nasse Handtuch aus der Wanne zog. Sie war gerade dabei, es auszuwinden, als das Licht wieder flackerte und ausging. Fast sofort wurde die Tür hinter ihr einen Spalt geöffnet. Ein kleines Lächeln umspielte ihre Lippen, als sich eine Hand durch die schmale Öffnung schob. Aus Ashures Handfläche stiegen Dutzende von magischen Lichtern auf.

Sie legte das nasse Handtuch über den Rand der Wanne und öffnete die Tür ganz. Schweigend standen sie da und starrten sich an. In diesem Moment begriff sie, wie sich ein Käfer fühlen muss, wenn er ein Licht sah, dem er nicht widerstehen konnte.

„Ashure."

Sein Name war kaum mehr als ein Flüstern auf ihren Lippen. Er trat vor, und sie kam ihm auf halbem Weg entgegen, bevor sie sich zwang, stehenzubleiben. Sie legte ihre Hand auf seine Brust. Zum Teufel mit diesen romantischen Lichtern! Die Situation würde sehr schnell außer Kontrolle geraten, wenn sie keinen kühlen Kopf bewahrte.

„Ashure, du … ich … das …", versuchte sie zu erklären.

Er runzelte die Stirn. „Muss ich das verstehen? Denn wenn ich das Ganze interpretieren sollte, würde ich sagen, dass diese Sache zwischen dir und mir zu etwas sehr, sehr Gutem führen wird", raunte er und nahm ihre Hand.

Tonya krallte ihre Finger in den dunkelblauen Stoff von Ashures Hemd, ihre Finger glitten durch den Spalt zwischen den Knöpfen. Sie konnte sein raues, lockiges Brusthaar und die Wärme seiner Haut spüren. Sie holte tief Luft und sah ihn mit entschlossenem Blick an.

„Ashure, das wird nicht passieren. Du und ich kommen buchstäblich aus zwei verschiedenen Welten. Du wirst in deine zurückkehren, und ich werde hierbleiben. So sehr ich mich auch körperlich zu dir hingezogen fühle, ich bin nicht auf der Suche nach einer Beziehung. Es wäre für uns beide das Beste, diese Sache nicht weiter zu vertiefen, bis du gehst – in deine Welt zurückkehrst", sagte sie entschieden und schob ihn aus ihrem Schlafzimmer.

„Diese Idee gefällt mir nicht besonders", meinte er und trat einen Schritt zurück.

Sie hielt inne und blickte ihn an. „Ich stehe nicht auf One-Night-Stands oder schnelle Affären", stieß sie zwischen zusammengebissenen Zähnen hervor.

Er zog sie nach vorne und ließ seine Hände auf ihre Hüften gleiten. Der traumhafte Schein der magischen Lichter umgab sie. In dem schummrigen Licht konnte sie die undefinierten Schatten sehen, die sich in den Tiefen seiner Augen bewegten. Anstatt vor ihnen zurückzuweichen, wollte sie seinen gequälten Gesichtsausdruck besänftigen. Sie hob ihre Hand und berührte seine Wange.

„Es ist nicht der Gedanke an einen One-Night-Stand oder eine schnelle Affäre, den ich abstoßend finde. Dich zurückzulassen, ist völlig inakzeptabel für mich", sagte er leise.

„Ashure." Bei der Sehnsucht und dem Verlangen in seinen Augen bildete sich ein Kloß in ihrem Hals.

Er legte einen Finger an ihre Lippen. „Ich habe eine Woche Zeit, dich zu überzeugen", murmelte er.

„Eine Woche! Glaubst du wirklich, dass du mich in einer Woche überzeugen kannst, alles aufzugeben, was ich kenne, um in eine Märchenwelt zu gehen?", fragte sie mit fester Stimme.

„Aber natürlich – mit ein wenig Hilfe von Max", antwortete er mit einem teuflischen Grinsen.

KAPITEL 10

Das Geräusch von Flüchen und der Geruch von etwas Verbranntem weckten Tonya am nächsten Morgen. Sie strich sich ihr zerzaustes Haar aus dem Gesicht und setzte sich auf. Durch die großen Fenster, die auf die Dünen hinausgingen, strömte das Licht der frühen Morgensonne herein.

Schnell schlug sie die Decke zurück und stieg aus dem Bett, als sie das Klirren eines Topfes auf dem Boden hörte, gefolgt von weiteren Flüchen. Sie stolperte durch den Flur in die Küche und betrachtete den Anblick, der sich ihr bot. Die Küche sah aus, als wäre ein Tornado hindurchgefegt. Auf dem Tresen lagen zerbrochene Eierschalen, aus einer Pfanne auf dem Gasherd stieg Rauch auf, und Ashure war von Kopf bis Fuß mit Mehl bedeckt.

„Was machst du da?", fragte sie entgeistert, eilte zum Herd und nahm die Pfanne weg, bevor ihr Inhalt Feuer fing.

Ashure warf ihr einen frustrierten Blick zu. „Ich versuche, dir Frühstück zu machen. Ich wollte es dir ans Bett bringen. Leider scheint der Zauberspruch, mit dem ich die Anweisungen auf der Rückseite dieser Schachtel übersetzt habe, nicht zu funktionieren, denn die Anweisungen ergeben immer noch keinen Sinn, und das Kochgerät ist entweder zu heiß oder zu kalt. Außerdem habe ich mir den Kopf gestoßen", beschwerte er sich, während er sich mit einer mehlbestäubten Hand den Kopf rieb.

Tonya starrte ihn an und war einen Moment lang völlig sprachlos. Außer Max hatte noch nie jemand Frühstück für sie gemacht, und selbst dann hatte Max ihr nie angeboten, es ihr ans Bett zu bringen. Und jetzt war da ein Piratenkönig, der ihre ordentliche Küche in einen katastrophalen Zustand verwandelt hatte, um genau das zu tun. Sie schüttelte ungläubig den Kopf.

„Außerdem bist du voller Pfannkuchenmischung, genauso wie die halbe Küche. Warum überlässt du das Kochen nicht mir, da ich weiß, wie alles funktioniert?", bot sie an.

„Das wäre wohl das Beste", stimmte er widerwillig zu.

„Du kannst duschen gehen, während ich das Frühstück mache", schlug sie vor.

„Ich – na gut. Aber ich bestehe darauf, nach dem Essen aufzuräumen", erklärte er.

„Einverstanden", meinte sie kichernd.

Er machte Anstalten, sich umzudrehen, bevor er innehielt und ihr die Schachtel mit der Pfannkuchenmischung hinhielt. Mit einem verwirrten Lächeln nahm sie ihm die Packung ab. Er war buchstäblich von Kopf bis Fuß mit der Mehlmischung bedeckt. Sie wartete, bis er im Flur verschwunden war.

Mit einem tiefen Seufzer begutachtete sie die Küche. Zum Glück hatte sie dank MJ und Angie Erfahrung mit Küchenkatastrophen. Kopfschüttelnd stellte sie die Schachtel mit der Pfannkuchenmischung auf den Tresen.

„Das Wichtigste zuerst – ich brauche Kaffee", murmelte sie.

Innerhalb weniger Minuten war die Kaffeemaschine gesäubert und eine neue Kanne aufgebrüht. Ashure schien nicht gewusst zu haben, dass er einen Filter einlegen musste, und nach der Menge des feuchten

Kaffeesatzes zu urteilen, hatte er eine ganze Tasse davon verwendet. Sie spülte die angekokelte Pfanne ab, warf die zerbrochenen Eier in den Mülleimer und wischte die Arbeitsplatte und den Boden. Dann öffnete sie den Kühlschrank und holte die Zutaten heraus, die sie für die Zubereitung von Eiern und Pfannkuchen benötigte. Glücklicherweise hatte mehr als die Hälfte der Pfannkuchenmischung überlebt.

Als Ashure wieder auftauchte, hatte sie bereits einen Haufen fluffiger Pfannkuchen auf den Tisch gestellt. Sie schenkte zwei Tassen Kaffee ein und bat ihn, ihnen jeweils ein Glas Orangensaft einzuschenken. Er ging zum Tisch und setzte sich.

„Bist du sicher, dass du keine Magie benutzt hast? Alles sieht –", begann er und fuchtelte mit der Hand in der Küche herum.

„Normal aus?", fragte sie.

„Könnte man so sagen. Du hast mein katastrophales Frühstück in eine königliche Mahlzeit verwandelt", sagte er.

„Na, du bist doch auch einer, oder?", lachte sie.

Sie stellte den Teller mit den Eiern vor ihn hin und beugte sich rasch vor, um ihm einen Kuss auf die Wange zu hauchen. Sie konnte immer noch nicht ganz glauben, dass er versucht hatte, ihr Frühstück zu machen. Nachdem sie den Teller auf den Tisch gestellt hatte, ließ sie sich auf den Stuhl ihm gegenüber sinken, wobei sie sich plötzlich ihrer zerzausten Haare und der Tatsache bewusstwurde, dass sie immer noch ihr Nachthemd trug.

„Wofür war das denn?", erkundigte er sich mit einer hochgezogenen Augenbraue.

Sie beobachtete, wie er die Wange berührte, auf die sie ihn geküsst hatte. Er starrte sie mit einem intensiven Blick an, und die Schatten in seinen Augen bewegten sich unruhig.

„Ashure, wenn ich in deine Augen schaue …", ihre Stimme wurde leiser, als sie versuchte zu beschreiben, was sie sah.

Sofort blickte er auf seinen Teller hinunter. „Hunger – du siehst Hunger. Das riecht wunderbar. Diese runden Brote sehen genauso aus wie die auf der Packung", rief er aus.

„Sie sind wirklich gut, wenn man sie mit Butter bestreicht und dann Sirup darüber gießt", sagte sie und erlaubte ihm, ihrer Frage auszuweichen. Als Reporterin hatte sie gelernt, zu erkennen, wann jemand nicht bereit war, Informationen preiszugeben. Sie lächelte amüsiert, als er laut stöhnte und seine Freude über die Pfannkuchen zum Ausdruck brachte.

„Wenn wir in meine Welt zurückkehren, möchte ich ein paar Kisten dieser pulverigen Substanz mitnehmen. Aus einem so faden Pulver ein so köstliches Gericht zu erschaffen, kann nur mit Hilfe von Magie möglich sein", schwärmte er.

Sie lachte und schüttelte den Kopf. „Wenn sie dir schmecken, kann ich Max vielleicht überreden, seine Spezial-Pfannkuchen zu machen. Seine Apfel-Zimt-Pfannkuchen zergehen regelrecht auf der Zunge. Sie schmecken wie Apfelstrudel. Statt Sirup gießt er eine Karamell-Frischkäse-Glasur darüber. Die sind einfach köstlich", sagte sie seufzend.

„Vielleicht kann er mir beibringen, wie man sie macht", meinte er.

„Hör mal, wegen Max. Ich möchte, dass diese Begegnung so locker wie möglich abläuft – und dass wir uns einig sind. Ich werde dich als *Freund* vorstellen, nicht als festen Freund, okay? Du bist vom Pech verfolgt, kommst von außerhalb und brauchst einen Platz zum Schlafen", sagte sie.

„Du willst, dass ich den Mann anlüge, der dich bei sich aufgenommen hat?", fragte er mit einer hochgezogenen Augenbraue.

Tonya biss die Zähne zusammen. „Das ist keine Lüge. Ich will ihn nur nicht mit zu viel Wahrheit überfordern", verteidigte sie sich und winkte mit ihrer Gabel.

Er runzelte die Stirn und sah nachdenklich aus, als er sagte: „Das ist Lügen durch Weglassen."

„Weglassen ist keine Lüge", murmelte sie.

„Warum willst du nicht, dass Max es erfährt?", fragte er.

Sie blickte zu ihm auf, bevor sie wieder auf ihren Teller hinunterschaute. „Das ist kompliziert. Außerdem, wenn wir anfangen zu erzählen, dass du aus einer magischen Welt kommst und der König der Piraten bist, wird er uns beide für vollkommen übergeschnappt halten", sagte sie.

„Gibt es hier keine Piraten?", fragte er überrascht.

„Doch, aber nicht so, wie du denkst. Ich denke, wir sollten die KISS-Methode anwenden, Keep It Simple, Stupid. Je weniger wir sagen, desto geringer ist die Wahrscheinlichkeit, dass die Sache kompliziert wird", erklärte sie.

„Keine Komplikationen", murmelte er mit einem Nicken.

Sie strich sich ihr ungekämmtes Haar hinters Ohr. Sie hätte sich seiner Zustimmung sicherer gefühlt, hätte sie nicht den argwöhnischen Schimmer in seinen Augen bemerkt, bevor er auf seinen Teller hinunterblickte. Ein Gefühl von drohendem Unheil überkam sie.

Warum habe ich das Gefühl, dass sich diese Sache bald zum Schlechten wenden wird?, stöhnte sie leise.

～

Eine Stunde später wusste sie, warum sie sich so gefühlt hatte. Es klopfte an der Tür, und sie legte den Kopf schief, in der Hoffnung, dass sie es sich nur eingebildet hatte. Ashures Stimme, der mit jemandem zu sprechen schien, lockte sie aus ihrem Schlafzimmer, wo sie sich angezogen hatte, während er die Reste ihres Frühstücks aufräumte.

„Ah, du bist leider zurückgekehrt", sagte Ashure leicht missmutig.

Sie eilte den Flur hinunter und ins Wohnzimmer. Ashure stand an der Haustür und versperrte Dan den Weg. Es war, als würde man zwei Boxer dabei beobachten, wie sie sich gegenseitig abschätzig musterten

– nur dass der eine der Schwergewichts-Champion war, während der andere noch lernte, seine Boxhandschuhe anzuziehen.

Sie seufzte und schüttelte den Kopf. Dieser Morgen hatte als Herausforderung begonnen, und es sah nicht so aus, als würde der Tag besser werden. Sie rang sich ein Lächeln ab.

„Dan, was für eine Überraschung! Was führt dich heute Morgen hierher?", begrüßte sie ihn.

Beide Männer drehten sich zu ihr um. Sie warf Ashure einen warnenden Blick zu, bevor sie ihre Aufmerksamkeit auf Dan richtete. Ashures finsterem Blick nach zu urteilen, war er über ihre freundliche Begrüßung alles andere als erfreut. Sie ging zur Tür und stellte sich vor Ashure, der daraufhin einen Schritt zurücktrat.

„Hallo, Tonya. Ich wollte mich dafür entschuldigen, dass ich dich gestern Abend nicht wie versprochen angerufen habe. Der Sturm hat alles durcheinandergebracht, und ich war fast die ganze Nacht unterwegs", antwortete Dan.

„Schade, dass er dich nicht weggepustet hat", murmelte Ashure leise.

„Du brauchst dich nicht zu entschuldigen. Hier ist auch ständig der Strom ausgefallen. Teilweise war es ziemlich beängstigend", bemerkte sie.

„Ja, aber ich habe dafür gesorgt, dass sie in Sicherheit ist", sagte Ashure mit einem falschen Lächeln.

„Ach, ja? Ich war ein bisschen überrascht, dass du noch hier bist. Ich dachte nicht, dass du bleiben würdest", sagte Dan.

„Ich wollte gerade zum Strand runtergehen, um mich zu vergewissern, dass keine Schäden entstanden sind. Möchtest du mitkommen? Ashure hat versprochen, die Küche aufzuräumen, weil ich das Frühstück gemacht habe", erwiderte sie und nahm ihren Mantel vom Haken neben der Tür.

„Ich –", begann Ashure zu protestieren, bevor sie sich umdrehte.

„Wir werden nicht lange weg sein. Dan muss bestimmt noch ein paar andere Orte überprüfen, jetzt, wo der Sturm vorbei ist", unterbrach sie ihn mit einem strengen Blick.

„Ja, das muss ich tatsächlich. Ich würde sehr gerne mit dir spazieren gehen", stimmte Dan zu.

Sie ging durch die Tür, als Dan zurücktrat und sie aufhielt. Nachdem sie in ihre Jacke geschlüpft war, warf sie Ashure einen letzten Blick zu. Ein amüsiertes Lächeln breitete sich auf ihrem Gesicht aus, als sie seinen verärgerten, fast schmollenden Gesichtsausdruck sah.

„Wir sind bald wieder da", murmelte sie.

„Draußen ist es immer noch etwas windig", warnte Dan.

Sie zog eine Strickmütze aus ihrer Tasche und hielt sie hoch. „Ich komme schon klar", versicherte sie ihm.

„Ich mache dir einen heißen Tee, wenn du zurückkommst, Liebling", rief Ashure ihr hinterher, bevor er die Tür schloss.

„Liebling?", fragte Dan verunsichert.

Sie schüttelte den Kopf. „Nicht Liebling im Sinne von *Liebe*. Das ist eine kulturelle Sache", erklärte sie.

„Kulturell, hm? Woher kommt Ashure noch mal?", fragte Dan.

„Oh, von nirgendwo so wirklich. Er reist viel – beruflich", erwiderte sie und versuchte, so nah wie möglich an der Wahrheit zu bleiben.

„Was macht er beruflich?", fragte Dan.

„Er ist im Wareneinkauf tätig", antwortete sie. „Sag nicht, dass du heute Morgen nur gekommen bist, um mir Fragen über Ashure zu stellen. Wie läuft es denn bei dir? Gab es letzte Nacht viele Notfälle?", erkundigte sie sich.

„Nein, ich bin nicht gekommen, um nach Ashure zu fragen. Ich war nur überrascht, dass er noch hier ist. Ich – ja, es gab viele Anrufe. Es ist immer ein bisschen verrückt, wenn der Strom ausfällt und die Leute nicht fernsehen können", erklärte Dan.

Tonya hörte Dan zu, der von den Dutzenden Malen erzählte, die er gestern Abend ausgerückt war, während sie den Weg zum Strand hinuntergingen. Sie blickte noch einmal zum Haus zurück und sah Ashure auf der hinteren Terrasse stehen, seine dunklen Augen waren auf sie gerichtet. Sie schauderte und wandte ihre Aufmerksamkeit wieder Dan zu.

Heute ist ein neuer Tag. Es liegt in meiner Macht, ob es ein guter Tag wird, versuchte ihre optimistische Seite, sie zu überzeugen. Ihre pessimistische Seite schüttelte hingegen den Kopf und war völlig anderer Meinung.

Nur mit Mühe gelang es ihr, ihre Gedanken von Ashure wegzulenken und sich auf Dan zu konzentrieren. Sie murmelte eine Antwort auf etwas, das Dan gefragt hatte und hoffte inständig, dass es die richtige, unverbindliche Antwort war. Ehrlich gesagt, hatte sie keine Ahnung, was er gerade gesagt hatte. Ihr Verstand versuchte noch immer, das Gefühl des drohenden Unheils zu verdrängen – irgendetwas Schlimmes würde passieren.

Ashure behielt Tonya im Auge, bis sie hinter der Sanddüne verschwand. Verärgert biss er die Zähne zusammen, als er sah, wie Dan seine Hand auf Tonjas Rücken legte und klopfte frustriert mit den Fingern auf das Holzgeländer.

„Ich kann diesen Mann absolut nicht ausstehen", murmelte er vor sich hin.

Er sah zu einer einsamen Möwe auf, die über ihn hinwegflog. Mit erhobener Hand flüsterte er einen Beschwörungszauber.

Die Möwe kreischte, bevor sie herabstürzte und neben ihm auf dem Geländer landete. Er streckte die Hand aus und streichelte den Kopf des kleinen Vogels. Er kicherte leise, als der Vogel sich ihm näherte und ein Stück Fussel von seinem Hemd pickte.

„Danke. Ich könnte deine Hilfe gebrauchen. Sieh mal, es gibt da eine sehr eigensinnige Frau, die mein Herz erobert hat. Wenn du so freundlich wärst, ein Auge auf sie zu werfen und vielleicht den Mann, der bei ihr ist, davon abzuhalten, sie anzufassen, wäre ich dir sehr dankbar", sagte er.

Die Möwe legte den Kopf schief und nickte ihm kurz zu, bevor sie sich umdrehte und davonflog. Mit einem zufriedenen Grinsen blickte Ashure auf die Küste hinaus. Dann drehte er sich leise summend um und ging zurück ins Haus.

„Eine Faustregel, mein lieber Deputy: Verärgere niemals einen Elfen", kicherte er.

KAPITEL 11

Ashure öffnete die Haustür, bevor Tonya die Gelegenheit dazu hatte. Er grinste, als er die verräterischen weißen Spritzer von Vogelkot auf Dans Hut und Jacke bemerkte, die der Deputy ablegte, bevor er in sein Auto stieg. Offenbar war es Dan während des Spaziergangs schwergefallen, seine Hände bei sich zu behalten.

Manchmal ist es wirklich hilfreich, Freunde in hohen Positionen zu haben, dachte er schmunzelnd.

„Was hast du getan?", zischte Tonya leise, als sie sein Grinsen sah.

„Ich? Ich habe die Küche geputzt", antwortete er mit einem unschuldigen Lächeln.

Sie warf ihm einen misstrauischen Blick zu, bevor sie das Haus betrat. Er schloss die Tür hinter ihr und half ihr aus dem Mantel. Er hängte ihn an den Haken neben der Tür und rieb sich die Hände.

„Möchtest du einen heißen Tee?", fragte er.

Sie nahm ihre Strickmütze ab und warf ihm einen prüfenden Blick zu, dann ignorierte sie ihn, während sie ihre Mütze in der Tasche ihrer Jacke verstaute. Ashure kam zu dem Schluss, dass es wahrscheinlich in seinem besten Interesse war, sie abzulenken. Also drehte er sich um und machte sich eilig auf den Weg in die Küche.

Sie war nicht weit hinter ihm. „Du hattest also nichts mit dieser lästigen Möwe zu tun?", fragte sie.

„Möwe? Du hast eine Möwe gesehen?", fragte er gespielt überrascht.

Er drehte sich um, als sie ihn am Arm packte und ihn zwang, sie anzusehen. Es war unmöglich, ihr nicht in die Augen zu sehen. Er schmunzelte, als sie ihm einen verärgerten Blick zuwarf.

„Ja, wir haben eine Möwe gesehen. Sie ist uns nicht nur gefolgt, sondern hat auch mit einer unheimlichen Präzision ihre Kackbomben abgeworfen. Mir ist aufgefallen, dass sie sich immer dann auf Dan gestürzt hat, wenn er versuchte, mich zu berühren", stieß Tonya hervor.

„Ah, ja, die Möwe. Grau und weiß mit einem kleinen Fleck, ungefähr hier." Er deutete auf eine Stelle über seinem linken Auge. „Es könnte sein, dass ich ihr auf der hinteren Terrasse begegnet bin. Sie ist unglaublich charmant und war sehr um deine Tugend besorgt", erklärte Ashure.

„Wie hast du …? Vergiss es, ich will es nicht wissen", sagte sie kopfschüttelnd, bevor sie innehielt und aus dem Fenster sah. „Okay, doch, ich will es wissen. Wie hast du sie dazu gebracht, Dan anzugreifen?"

Er gluckste. „Ich bin *halb* Elfe. Wir haben eine Affinität zur Natur und können mit den meisten großen und kleinen Kreaturen kommunizieren", gab er zu.

„Halb – natürlich, warum bin ich nicht gleich darauf gekommen? Dann bleibt nur die Frage nach dem Warum? Es bestand keinerlei Gefahr für meine Tugend. Wir waren am Strand spazieren – einem sehr nassen, kalten und windigen Strand, wie ich vielleicht hinzufügen sollte", sagte sie und wedelte mit den Händen durch die Luft.

„Tja, nun, ich bin froh, dass Miss Möwe dafür gesorgt hat und dass du dich nicht mehr mit Deputy Dan treffen wirst", sagte er mit einem zufriedenen Nicken.

Er wandte sich dem Tresen zu, goss das heiße Wasser aus dem Wasserkocher in die Tasse, die er zuvor hingestellt hatte, und tauchte den Teebeutel in die dampfende Flüssigkeit. Dann hob er die Tasse und drehte sich wieder zu ihr um, als sie nicht reagierte. Er kniff die Augen zusammen, als er ihre geröteten Wangen sah.

„Ach ja, was das betrifft. Dan hat mir so leidgetan, dass ich ihm versprochen habe, heute Abend mit ihm essen zu gehen", murmelte sie verlegen, bevor sie die Tasse nahm, die er ihr hinhielt.

Jimmy Roots setzte sich auf und schaute aus dem Fahrerfenster seines verbeulten Ford Pick-ups, als der Streifenwagen an ihm vorbeifuhr. Er rieb seine Hände aneinander, um sie zu wärmen, während er das kleine Häuschen betrachtete, das abseits der Straße stand. Es war verrückt gewesen, den Jungs zu versprechen, dass er ihnen helfen würde, das Paar vom Strand gestern aufzuspüren. Alles wäre gut gewesen, wenn er nicht den Mund aufgemacht hätte, weil er sie in der Kneipe gesehen hatte.

Er tastete nach seinem Handy, das in seiner Tasche vibrierte. Als er es herauszog und die Nummer sah, stöhnte er. Er drückte die grüne Taste auf dem Display.

„Hey, Mann", grüßte er.

„Hast du sie gefunden?", fragte die Stimme am anderen Ende.

„Ja. Hör mal, ich glaube nicht, dass das eine gute Idee ist, TJ", murmelte Jimmy.

„Wir wollen doch nur ein bisschen Spaß haben. Mach jetzt keinen Rückzieher, Jimmy. Du willst doch mit uns abhängen, oder? Wenn du jetzt kneifst, werden die Jungs dich für ein Weichei halten", sagte TJ.

„Ich kneife nicht", murmelte Jimmy.

„Gut, wo bist du?", fragte TJ.

„An der 101, etwa eine Meile südlich der Stadt. Der Typ und sie wohnen im Haus des alten Kommissars – du weißt schon, der, der vor ein paar Monaten verschwunden ist", antwortete Jimmy.

„Gut. Hör mal, wir treffen uns heute Abend. Willst du mitkommen?", fragte TJ.

„Ich kann nicht. Ich muss unten in der Kneipe arbeiten", antwortete Jimmy, der froh war, dort einen Job bekommen zu haben, jetzt wo er aus der Schule raus war.

„Schade. Okay, vielleicht später", antwortete TJ.

Er steckte sein Handy zurück in die Tasche und startete seinen Wagen. Erleichtert atmete er auf, als sich die Heizung einschaltete. Er warf einen letzten Blick auf das Haus, bevor er langsam auf den Highway fuhr und sich auf den Weg zurück in die Stadt machte. Er hoffte wirklich, dass er sich nicht zu weit vorgewagt hatte.

„Hey, ich muss zur Post. Willst du mitkommen?", fragte Tonya, als sie das Wohnzimmer betrat, wo Ashure gerade fernsah.

Er schaute auf und nickte. „Ja, ich finde diese Kiste zwar einerseits faszinierend, gleichzeitig ist es aber auch eine totale Zeitverschwendung", sagte er, griff nach der Fernbedienung und drückte den Ausschaltknopf.

Sie lachte und nickte. „Willkommen in der wunderbaren Welt des Fernsehens. In das Internet werde ich dich später einführen müssen. Wenn du auf der Suche nach einem richtigen Kaninchenloch bist, dann sind YouTube, Twitter und ein paar andere sicherlich das schwarze Loch des Universums, und von Pinterest will ich gar nicht erst anfangen. Ich könnte jahrelang auf dieser Seite surfen, ohne jemals das Haus zu verlassen", sagte sie.

„Ein schwarzes Loch im Universum? Das klingt faszinierend", murmelte er beeindruckt.

„Also, wenn du merkst, dass du dich stundenlang nicht vom Fleck gerührt und nichts geschafft hast, denkst du vielleicht anders darüber", lachte sie.

„Du bist also mit deinen Artikeln fertig?", fragte er und nickte zu den großen gelben Ordnern, die sie in der Hand hielt.

„Ja, die halten mich über Wasser", antwortete sie.

„Über Wasser?", wiederholte er mit einem verwirrten Gesichtsausdruck.

„Ich verdiene genug, um nicht unterzugehen. Aber im Ernst, einigen Syndikaten scheinen meine Artikel wirklich zu gefallen. Ich verdiene genug damit, um meine Miete zu bezahlen und Essen zu kaufen, solange ich keine zu extravaganten Wünsche habe. Jetzt, wo ich hier mietfrei wohnen kann, kann ich sogar ein wenig für meinen Notfallfonds sparen – zum Beispiel um mir ein neues Auto zu kaufen. Meines ist schon etwas in die Jahre gekommen", erklärt sie.

„Es war nett von Mike, dir sein ehemaliges Zuhause anzubieten. Jetzt habe ich fast ein schlechtes Gewissen, weil ich die Meeraffen auf Lady Ruths Hochzeit freigelassen habe", murmelte Ashure.

„Meeraffen?", fragte sie und hielt beim Anziehen ihrer Jacke inne.

„Das ist eine lange Geschichte", antwortete er.

„Cool, du kannst sie mir auf dem Weg zur Post erzählen", antwortete sie.

Tonya riss die Haustür auf, nahm ihre Handtasche von der Ablage und trat hinaus. Sie wartete, während Ashure die Tür schloss und sich vergewisserte, dass sie abgeschlossen war.

Dann ging sie über die Veranda und stieg die Treppe hinunter. Ihr armes kleines Auto hatte schon bessere Tage gesehen. Es war bereits acht Jahre alt gewesen, als sie es vor fünf Jahren gekauft hatte. Es hatte schon fast hundertfünfzigtausend Kilometer auf dem Buckel und sie wäre völlig aufgeschmissen gewesen, wenn Max nicht so gut mit dem Schraubenschlüssel umgehen könnte.

Sehnsüchtig betrachtete sie die angebaute Garage. Mike hatte ihr gesagt, dass sie seinen Pick-up benutzen könne, da er ihn nicht mehr brauchte. Ursprünglich hatte Mike vorgehabt, das Haus, den Pick-up und den Rest seines Vermögens Ruth zu vermachen. Sie vermutete jedoch, dass dieser Plan über den Haufen geworfen worden war, als Ruth in den Sieben Königreichen aufgetaucht war. Er hatte ihr versichert, sie könne so lange im Haus bleiben, bis er herausgefunden habe, was mit Ruth geschehen würde. Magnas und Ashures Erzählungen zufolge sah es nicht so aus, als würde Ruth in nächster Zeit zurückkommen.

Tonya schüttelte den Kopf und konzentrierte sich auf ihre aktuellen Ziele, nämlich ihre Artikel zu verschicken und sich ein paar weitere für den nächsten Monat zu sichern. Trotz des digitalen Zeitalters wollten ihre kleineren Verlage zusätzlich zu den digitalen Exemplaren auch die signierten gedruckten Exemplare, daher war sie häufig auf dem Postamt anzutreffen. Sie schloss das Auto auf und ließ sich auf den Fahrersitz gleiten. Nachdem sie die Artikel und Verträge auf das Armaturenbrett gelegt hatte, startete den Wagen und wartete darauf, dass die Heizung ansprang.

„Ich will auch noch bei der Lokalzeitung vorbeischauen und herausfinden, ob sie freie Mitarbeiter brauchen, und dann muss ich für ein Interview nach Astoria fahren", sagte sie.

„Das klingt viel interessanter, als den ganzen Tag vor deiner sprechenden Kiste zu sitzen", meinte er.

Sie lachte. „Ja, nicht wahr? Wir werden die 101 entlang der Küste nehmen, da ich mich erst um eins mit Peter Craig treffen kann", teilte sie ihm mit und legte den Rückwärtsgang ein.

„Wer ist Peter Craig?", fragte er.

Sie grinste ihn an. „Ach, nur einer der besten aufstrebenden Sänger, und mir ist es gelungen, ein Interview mit ihm zu ergattern", sagte sie mit einem breiten Grinsen.

„Ich kann mir niemanden vorstellen, der besser geeignet wäre, diesen Mann zu interviewen könnte als du", sagte er.

„Ich weiß", pflichtete sie ihm verschmitzt bei.

Ashure tippte mit den Fingern auf sein Knie und starrte missmutig aus der Windschutzscheibe von Tonyas Auto. Der kurze Zwischenstopp bei der Post zog sich wegen der lästigen Nervensäge Deputy Dan etwas in die Länge. Der Mann war im selben Moment wie sie vorgefahren.

Er biss die Zähne zusammen, als er sah, wie Tonya über etwas lachte, das Dan sagte. Der zufriedene Gesichtsausdruck des Hilfssheriffs weckte in Ashure den Wunsch, den Mann in Stücke zu reißen. Er streckte die Hand nach der Türentriegelung aus, als Dan Tonyas Arm berührte. Dann drehte sich Dan jedoch zu einer älteren Frau um, die herauskam und mit ihm sprach.

„Dieser Mann ist fast so lästig wie Nalis Meeraffen", murmelte er.

Er schenkte Tonya ein angestrengtes Lächeln, als sie ihn anschaute. So sehr er auch für eine Ablenkung sorgen wollte, um ihn zu vertreiben, vermutete er, dass Tonya es merken würde. Zu Dans Glück ging der Mann mit der älteren Frau weg – zwar nicht ohne Tonya zuzuzwinkern und zu nicken, aber immerhin war er vorerst weg.

„Ich fange an, diesen Mann zu verabscheuen", murmelte Ashure, als er das Zwinkern sah.

Tonya kehrte zum Auto zurück, nachdem sie die Sachen in einer großen blauen Kiste vor dem Gebäude abgestellt hatte. Sie hob eine Augenbraue, als sie sich anschnallte. Er schenkte ihr ein unschuldiges Lächeln. Doch die Art, wie sie den Kopf schüttelte, verriet ihm, dass sie ihm das nicht abnahm.

„Bitte sag mir, dass du keine weiteren Möwenangriffe planst", sagte sie, während sie den Rückwärtsgang einlegte.

„Nein, ich dachte an etwas viel Unangenehmeres. Vielleicht an einen Liebeszauber zwischen ihm und der alten Frau", antwortete er wahrheitsgemäß.

Sie schnaubte. „Du bist so böse", murmelte sie.

Diesmal war sein Grinsen echt. „Immer – und zwar auf die beste Art und Weise. Vielleicht solltest du deiner schlechten Seite nachgeben und deine Verabredung zum Abendessen absagen", schlug er mit hoffnungsvoller Miene vor.

Sie sah ihn finster an. „Ich wüsste nicht, warum ich das tun sollte", antwortete sie.

Er seufzte und lehnte sich im Beifahrersitz zurück. „Ich hatte schon befürchtet, dass du das sagen würdest", murmelte er düster.

KAPITEL 12

Dreieinhalb Stunden später saß Ashure auf dem Beifahrersitz und inspizierte das unscheinbare Gebäude mit einem kritischen Blick. Dank des geringen Verkehrsaufkommens waren sie gut durchgekommen und hatten die Adresse, wo Tonya Peter Craig treffen sollte, zwanzig Minuten vor der vereinbarten Uhrzeit erreicht. Er drehte sich um und sah sie an, als sie die Zündung ausschaltete.

„Ich will einen Kaffee, einen Snack und eine Toilette, nicht unbedingt in dieser Reihenfolge. Aber den Kaffee brauche ich auf jeden Fall", murmelte sie und gähnte.

„Und hier gibt es all das?", fragte er mit skeptischer Miene.

„Ja. Das Coffee Girl sieht von außen vielleicht nicht nach viel aus, aber innen ist es spektakulär, genauso wie der Kaffee. Außerdem ist es im gleichen Gebäude, in dem ich mich mit Peter treffe. Rate mal, wo du warten wirst, bis ich fertig bin", fügte sie mit einem Grinsen hinzu.

Er sah sie finster an, als sie die Fahrertür aufstieß. Es war kein Ort, an dem er gedacht hätte, dass sich jemand treffen würde, der angeblich ein „aufstrebender Sänger" war.

Oder vielleicht doch, dachte er, als eine Gruppe plappernder Jugendlicher mit bunt gefärbtem Haar vorbeikam. Mit ihren bunten Locken erinnerten sie ihn an einige der Bewohner der Insel der Meeresschlange.

Ashure stieg aus dem Fahrzeug und betrachtete das weiße Metallgebäude mit den grünen Fensterläden und dem Bild einer Frau, die aus einer dampfenden Tasse trank, auf der Fassade. Der schwere Nebel des Columbia River ließ ihn frösteln, und er rieb seine Hände aneinander, um sie zu wärmen. Er schloss die Autotür und trat auf den Gehweg vor dem Eingang des Cafés.

„Das dürfte interessant werden", bemerkte er.

Sie lachte und hakte sich bei ihm unter. „Komm schon, genieße das Leben ein bisschen", neckte sie.

Er gluckste und legte seinen Arm um ihre Taille. Es war wahrscheinlich gut, dass sie nicht ahnte, wie viel er schon gelebt hatte. Er öffnete die Tür und atmete genüsslich die köstlichen Aromen ein, die seine Sinne überfluteten.

„Dieses Etablissement ist wirklich trügerisch", murmelte er anerkennend.

„Das bestgehütete Geheimnis in Astoria", antwortete sie mit einem zufriedenen Seufzer.

Zwanzig Minuten später klopfte Tonya an die Tür der Fisherman's Suite. In der Hand hielt sie ihren Notizblock und ihr Handy. Durch die restaurierte Holztür war das Geräusch von Schritten und gedämpften Stimmen zu hören.

Sie zwang ein strahlendes Lächeln auf ihre Lippen, als sich der Türknauf drehte und die Tür geöffnet wurde. Ein Mann mit struppigem, braunem Haar Anfang zwanzig stand in der Tür. Sie erkannte ihn als Austin Evers, den Schlagzeuger von Pete Craigs Band.

„Sie müssen die Reporterin sein. Peter hat nicht erwähnt, dass Sie so heiß sind", sagte Austin zur Begrüßung.

„Ja, ich bin die Reporterin, und wenn du mit 'heiß' meinst, dass ich gut in dem bin, was ich tue, dann hast du recht. Tonya Maitland", stellte sie sich vor und streckte ihre Hand aus.

Ein Chor aus männlichem Gekicher hallte durch den Raum. „Du hast gerade eine Abfuhr bekommen, Bruder", stichelte ein anderes Bandmitglied.

Austin warf ihr einen nachdenklichen Blick zu und nahm ihre Hand. Sie hatte mit seinem harten Händedruck gerechnet und erwiderte ihn. Sie hatte schon genug Arschlöcher auf der Welt getroffen, die am Erfolg geschnuppert hatten, bevor er ihnen zu Kopf gestiegen war und sie implodiert waren.

Austins blutunterlaufenen Augen und seinem mürrischen Aussehen nach zu urteilen, war er high. Sie blickte auf seinen ausgestreckten Arm hinunter, um nach verräterischen Spuren zu suchen, doch er ließ ihre Hand so rasch los, dass sie nichts erkennen konnte, und gab ihr ein Zeichen, einzutreten.

Sie betrat das geräumige Zimmer mit dem asiatischen Mahagoni-Hartholzboden, den restaurierten originalen Tannenbalken und den klassischen nordwestlichen Akzenten. In dem großen Kamin brannte ein Feuer, das die kühle Luft etwas wärmte. Tonya konnte nicht umhin, die Aussicht, die man durch die Fensterwand auf den Columbia River hatte, zu bewundern.

„Tonya, ich bin Peter Craig. Danke, dass du gekommen bist", begrüßte Peter sie.

Tonya lächelte, streckte ihre Hand aus und schüttelte seine. Sein Händedruck war das genaue Gegenteil von dem seines Schlagzeugers. Seine grünen Augen waren klar, konzentriert und voller aufrichtiger Dankbarkeit.

„Danke, dass du dich zu dem Interview bereit erklärt hast. Soweit ich weiß, gibst du nicht häufig welche", sagte sie.

„Ja, ich gebe normalerweise nicht gerne Interviews", gab Pete zu.

„Warum hast du dann diesem zugestimmt?", fragte sie.

Pete sah die anderen Jungs im Raum an und schüttelte den Kopf. Zwei der Jungs nickten und gingen leise weg, während Austin etwas vor sich hinmurmelte, bevor er nach seiner Jacke griff. Er warf Pete einen bösen Blick zu, bevor er sie ansah. Ein unheilvoller Schauer lief Tonya über den Rücken. Dieser Kerl war Tonya nicht geheuer. Wenn Pete so schlau war, wie er aussah, war er vermutlich klug genug, sich nach einem neuen Schlagzeuger für seine Band umzusehen.

„Bitte, setz dich. Möchtest du etwas zu trinken?", fragte Pete, als sie allein waren.

„Nein, danke. Ich habe unten eine Tasse Kaffee getrunken, bevor ich hochgekommen bin", erwiderte sie sie.

„Das Coffee Girl hat tollen Kaffee, und ich liebe das Gebäck", stimmte Pete zu.

Tonya ließ sich auf das Sofa vor den Fenstern im Wohnzimmer sinken. Sie legte ihren Notizblock auf das Kissen neben sich, öffnete die Aufnahme-App auf ihrem Handy und legte es auf den Couchtisch. Nachdem sie ihren Notizblock aufgeklappt hatte, zog sie den Stift aus der Hülle am oberen Rand und sah zu Pete auf.

„Darf ich dich zunächst fragen, warum du dich bereit erklärt hast, dieses Interview zu geben? Soweit ich weiß, hast du die Einladungen einer ganzen Reihe von Kabelsendern abgelehnt. Warum hast du einem Interview mit mir zugestimmt?", fragte sie, startete die Aufnahme und lehnte sich zurück.

Pete gluckste und setzte sich auf den Stuhl ihr gegenüber. Er blickte aus dem Fenster auf ein vorbeifahrendes Boot und stieß einen langen, nachdenklichen Seufzer aus.

„Wir sind uns schon mal begegnet. Wir haben zwei Kurse zusammen besucht", begann er.

Tonya runzelte die Stirn und begann den Kopf zu schütteln. „Bist du sicher?", fragte sie und versuchte sich an das zu erinnern, was sie über ihn gelesen hatte.

„Ja, ich bin mir sicher. Da war ein Tyrann, der mich beim Mittagessen schikaniert hat, und du hast ihm in die Eier getreten. So ein Mädchen vergisst man nicht", gluckste er.

Tonyas Augen weiteten sich, als sie sich an den Vorfall in der achten Klasse erinnerte. Sie war erst seit ein paar Tagen an der Schule gewesen. Dieser Vorfall hatte eine fünftägige Suspendierung und einen Schulwechsel nach sich gezogen. Danach war sie in einer Pflegefamilie bei den Rollings untergebracht geworden. Max hatte ihr deswegen einen Vortrag gehalten – bis er erfahren hatte, warum sie den Jungen in die Knie gezwungen hatte.

„Du hast dich verändert", sagte sie mit einer Handbewegung in Richtung Peter.

„Kontaktlinsen, keine Zahnspange und tägliches Training im Fitnessstudio haben geholfen", erklärte er.

„Schön. Was ist passiert, nachdem ich von der Schule abgegangen bin?", fragte sie neugierig.

„Butch war nicht mehr so einschüchternd wie vorher. Wenn man sieht, wie ein Kind sich in die Hose macht und wie ein Baby weint, wird einem klar, dass es nicht so groß und böse ist, wie man dachte. Danach kamen wir eigentlich ganz gut klar. Er ist jetzt mein Manager. Allerdings wollte er nicht dabei sein, als ich ihm sagte, ich hätte ein Interview mit dir", gab Pete mit amüsierter Miene zu.

Sie grinste und schüttelte den Kopf. „Die Welt ist wirklich klein, oder?", sinnierte sie.

„Ja. Ich bin froh. Ich habe immer gehofft, dass ich dich wiedersehen würde, Tonya", sagte Pete und rutschte auf seinem Stuhl nach vorne. „Ich habe dich nie vergessen."

Sie starrte ihn mit großen Augen an, als sie den interessierten Glanz in Petes Augen sah. Das war mehr als ein beiläufiges „Ich-will-mich-bei-dir-bedanken"-Interesse. Es war viel persönlicher. Sie schluckte und sah auf die leere Seite hinunter.

Wann ist mein Leben so kompliziert geworden? Seit über einem Jahr habe ich keinen Freund mehr, und plötzlich tauchen die Typen buchstäblich aus dem Nichts auf!, dachte sie.

„Nun, das ist definitiv eine Überraschung", antwortete sie, bevor sie tief durchatmete. „Also, erzähl mir, was passiert ist. Ich kann es kaum erwarten zu erfahren, wie du und Butch so gute Kumpel geworden seid."

Ashure saß da, nippte an dem köstlichen Gebräu, das Tonya für ihn bestellt hatte, und starrte aus dem Fenster. Obwohl er von Gesprächen und Musik umgeben war, schenkte er dem keine Beachtung. In seinem Kopf konnte er das Flüstern der Seelen hören. Vor allem die Abwesenheit einer Stimme wühlte ihn auf. Er schürzte die Lippen und konzentrierte sich noch stärker.

Die Welt um ihn herum verblasste. Die gelben Wände des Cafés verwandelten sich in ein dunkles, deprimierendes Grau, bevor sie ganz verschwanden. Ein endloses, karges Feld erstreckte sich in alle Richtungen, und die schattenhaften Gestalten all jener, die im Laufe der Jahrtausende die Wege der Piratenkönige gekreuzt hatten, kämpften darum, sich aus den schwarzen Löchern zu befreien, die sie in eine Leere zu ziehen drohten, die aus ihren schlimmsten Ängsten erschaffen worden waren.

Er kannte jede einzelne Seele, die sich auf dieser trostlosen Ebene aufhielt. Er wusste um jede einzelne hinterhältige, grausame Tat Bescheid, die sie begangen hatten. Nicht jede Seele gelangte in den Geisterkessel. Er war für die Schlimmsten der Schlimmen reserviert.

Er ging den gewundenen Pfad entlang und ignorierte die klagenden Rufe derer, die dazu verdammt waren, in der Ewigkeit zu verrotten. Er wurde langsamer, als er zu der Stelle kam, die er suchte – eine Stelle, an der es in den letzten Tagen ungewöhnlich still geworden war. Sie war leer. Eine Seele war geflohen.

KAPITEL 13

„Was ist los?", fragte Tonya.

„Was? Nichts. Klingt, als wäre dein Interview gut gelaufen", antwortete Ashure geistesabwesend.

„Es war großartig. Er hat zehn Meeraffen, drei Meerjungfrauen und einen Säbelzahntiger", sagte sie.

„Das ist schön", erwiderte er.

Er runzelte die Stirn, als Tonya den Wagen verlangsamte und auf den Seitenstreifen fuhr. Sie stellte den Wagen in den Parkmodus und drehte sich zu ihm um. Widerstrebend sah er sie an.

„Raus mit der Sprache. Ist es, weil Pete mit mir ausgehen will?", fragte sie.

„Er hat dich auch um eine Verabredung gebeten? Ich hoffe, du hast abgelehnt! Es ist schon schlimm genug, dass du vorhast, mit diesem Dan auszugehen", knurrte er.

„Jetzt bin ich mir sicher, dass etwas nicht stimmt", erwiderte sie trocken.

„Wenn du es wirklich unbedingt wissen musst: Ich habe festgestellt, dass es ein kleines Problem mit meinem Besuch hier gibt. Es ist nichts, weswegen du dir Sorgen machen müsstest. Ich bin sicher, dass ich die Situation innerhalb kürzester Zeit bereinigen kann", antwortete er.

Sie schüttelte den Kopf. „Ein kleines Problem? Du kommst aus einer anderen Welt, Ashure. Du kannst Dinge tun, die sonst niemand kann. Ich bezweifle ernsthaft, dass irgendetwas, das du als ‚kleines Problem' betrachtest, unbedeutend ist", erklärte sie.

Er zog eine Grimasse und wollte den Blick abwenden, doch sie hob ihre Hand und berührte seine Wange. Er schaute ihr in die Augen, und es war, als würde er zu ihr hingezogen werden. Die Schatten, die versucht hatten, zu entkommen, wichen zurück und wurden still.

„Ich habe eine Seele verloren", gestand er.

Sie starrte ihn mit einem verständnislosen Blick an. „Du hast *eine* Seele oder *deine* Seele verloren? Ist sie noch im Café? Hast du sie auf der Toilette gelassen?", fragte sie.

Er schüttelte den Kopf. „Es gibt ein paar Kleinigkeiten, die ich dir in den letzten Tagen nicht gesagt habe", gestand er.

„Kleinigkeiten – so würde ich den Verlust einer Seele nicht bezeichnen. Ich würde eher sagen, dass es gleich auf ist mit – ich weiß nicht, vielleicht etwas Monumentalem wie tot zu sein, zu erfahren, dass es wirklich einen Gott gibt, sich in einer fremden Welt wiederzufinden – Zombies", sprudelte es aus ihr heraus.

„Ja, das ist eine gute Beschreibung. Ich habe nicht *meine* Seele verloren, sondern die eines anderen", antwortete er zögernd.

„Es tut mir leid, aber ich kann dir nicht ganz folgen. Wie verliert man die Seele eines anderen, und wo hast du sie verloren?", drängte sie.

„Tonya ..." Er hielt inne und löste seinen Sicherheitsgurt, sodass er sich ganz zu ihr umdrehen konnte.

Er hielt ihre Hand in der seinen, sah ihr direkt in die Augen und öffnete sich ihr völlig. Ihr erschrockenes Keuchen durchzuckte ihn. Er drückte ihre Hand fester, als sie versuchte, sich von ihm zu lösen.

„Was –?" Sie lehnte sich näher an ihn heran. „Was ist das?"

„Vielleicht hätte ich mich in der ersten Nacht, in der wir uns kennengelernt haben, genauer vorstellen sollen. Ich bin Ashure Waves, der König der Piraten, aber ich bin auch der Hüter der verlorenen Seelen. Ich wache über den Geisterkessel", erklärte er.

„Den Geisterkessel? Willst du damit sagen, dass die Schatten, die ich in deinen Augen sehe, Seelen sind, die in dir gefangen sind?", fragte sie skeptisch und leicht entsetzt.

„Ja", antwortete er schlicht.

Sie schwieg einen Moment lang. Er war sich bewusst, dass sie Mühe hatte, sich an ein Wissen zu gewöhnen, das nur wenigen ihrer Art zuteilgeworden war. Er bürdete ihr nur äußerst ungerne mehr auf, aber wenigstens sprang sie nicht aus dem Auto und lief schreiend vor ihm davon. Ein paar Frauen hatten das tatsächlich schon getan – zumindest den Teil mit dem Schreien und Weglaufen – und das, obwohl er ihnen nicht die Wahrheit gesagt hatte. Es war schon vorgekommen, dass ein unbeabsichtigter Ausrutscher seinerseits die stärksten Männer in einen Schockzustand versetzt hatte, nachdem sie gesehen hatten, was er Tonya gerade offenbart hatte.

„Also bist du der Teufel, oder der Tod oder der Hüter der Gruft?", überlegte sie.

„Ich bin nicht der Tod, und die anderen beiden klingen auch nicht besonders nett", antwortete er mit einem angewiderten Schaudern.

„Ja, obwohl Tom Ellis einen ziemlich sexy Luzifer abgibt, wenn du mich fragst. Okay, du bist also weder der Teufel noch eine unheimliche Marionette noch der Tod. Obwohl ich sagen muss, Brad Pitt – ja, den Film vergessen wir auch", murmelte sie mit hochgezogener Augenbraue. „Also, wie hast du die Seele verloren, und vor allem, woher weißt du überhaupt, dass du eine verloren hast?"

„Es ist kompliziert, aber ich kenne jede Seele, die jemals aufgenommen wurde. Ich habe gespürt, dass etwas nicht stimmt. Doch ich habe geglaubt, es würde daran liegen, dass ich hier bin und dich endlich kennengelernt habe und …" Seine Stimme wurde leiser, als sie ihn mit einem ernsten Blick ansah.

„Mich endlich kennengelernt? Willst du damit sagen, dass du von mir wusstest, bevor du hierherkamst?" Ihr entging der schuldbewusste Ausdruck nicht, der über sein Gesicht huschte. „Das hast du, oder? Du hinterhältiger Pirat! Wie?", fragte sie und riss ihre Hand los.

Ashure stöhnte und lehnte sich in seinem Sitz zurück. Der Tag hatte sich allmählich zum Schlechten gewendet. Er würde es fast begrüßen, wenn er in diesem Moment angegriffen oder anderweitig gequält werden würde. Er murmelte einen saftigen Fluch und sah ein, dass er ihr alles erklären musste. Es führte kein Weg daran vorbei.

„Ja, ich wusste von dir. Vor einiger Zeit kam ich in den Besitz eines magischen Spiegels, der die wahren Herzenswünsche eines Menschen offenbart", erklärte er leise.

„Und du hast mich in dem Spiegel gesehen?", fragte sie.

Er drehte seinen Kopf und sah sie an. „Ja, er hat dich gezeigt. Ich wusste nicht, wer du bist oder woher du kommst. Aber jedes Mal, wenn ich den Spiegel bat, mir zu zeigen, was mein Herz begehrte, bist du erschienen", gestand er.

Sie starrte ihn mehrere Sekunden lang an, bevor sie sich umdrehte und aus der Windschutzscheibe schaute. Sie hielt das Lenkrad fest umklammert, und ihr Gesichtsausdruck war schwer zu deuten. Er wollte die Hand nach ihr ausstrecken, konnte aber an ihrer Körpersprache erkennen, dass sie im Moment nicht berührt werden wollte.

„Ich brauche Zeit, um das zu verarbeiten", sagte sie schließlich.

„Ich verstehe", erwiderte er leise.

„Erzähl mir mehr über diese verlorene Seele. Kann sie Probleme verursachen? Ist sie gefährlich?", fragte sie.

Er stieß einen langen Seufzer aus und rieb sich den Kiefer. „Leider ja, eine böswillige Seele kann enormen Schaden anrichten", erklärte er.

Sie sah ihn mit einem entschlossenen Blick an. „Kannst du sie finden?"

„Ja, obwohl es nicht einfach sein wird", sagte er.

„Warum überrascht mich das nicht?", murmelte sie, während sie sich wieder anschnallte.

Die Fahrt zurück nach Yachats verlief schweigend. Beide waren in Gedanken versunken. Schuldgefühle nagten an Ashure. Er merkte, dass Tonya wütend auf ihn war. Sie trommelte mit den Fingern auf das Lenkrad und warf ihm immer wieder Seitenblicke zu.

Es war sechs Uhr, als sie in die Hauseinfahrt einbogen. Sie schaltete die Zündung aus und stieg aus, ohne ein Wort zu sagen. Er grinste, als sie plötzlich vor dem Auto stehenblieb und die Augen schloss. Sie blieb einen Moment lang unbeweglich stehen, bevor sie die Augen öffnete, zur Beifahrertür ging und sie aufzog.

„Keine Geheimnisse mehr, *capisce?* Kein ‚vergessen' mir etwas zu sagen. Wir stecken hier gemeinsam drin. Ich will die Wahrheit – und zwar immer, egal wie schlimm sie sein mag", erklärte sie entschlossen.

Er war erleichtert, nicht nur, weil sie zu akzeptieren schien, was er war und was er ihr gesagt hatte, sondern auch, weil sie bereit war, ihm zur Seite zu stehen. Er schnallte sich ab und stieg aus dem Auto. Dann nahm er ihre geröteten Wangen zwischen seine Hände und sah ihr in die Augen. In diesem Moment sah sie stark und verletzlich zugleich aus.

„Versprochen: Nichts als die Wahrheit", schwor er flüsternd.

„Dazu gehören auch weitere verlorene Seelen, Enthüllungen in magischen Spiegeln – und Gespräche mit kackenden Möwen", beharrte sie.

„Die Wahrheit über alles, Tonya", versicherte er ihr.

„Okay", flüsterte sie und lehnte sich an ihn.

Er senkte seinen Kopf und küsste sie. Ihre Lippen öffneten sich unter seinen, und er küsste sie leidenschaftlich. Wenn er bei ihr war, fühlte er sich endlich ganz.

Ihr Atem vermischte sich und wurde schneller und schwerer. Er schob seine Hände in ihre offene Jacke, zog sie an seinen harten Körper und presste seine Hüften gegen ihre. Er wollte sie und versuchte nicht, sein Verlangen vor ihr zu verbergen.

Schließlich brach sie den Kuss ab, drehte ihren Kopf und drückte ihre Stirn an seine Schulter. Er griff nach ihrer blauen Bluse und hielt sie fest, während er versuchte, die Kontrolle über sein Verlangen zu erlangen. Es wäre so einfach, sie in seine Arme zu nehmen, sie ins Schlafzimmer zu tragen und die ganze Nacht mit ihr zu schlafen. Zumindest dachte er das, bis sie eiskaltes Wasser über seine Gedanken schüttete.

„Ich muss mich fertig machen. Dan wird in einer Stunde hier sein", sagte sie.

„Dan? Deputy Dan? Du willst tatsächlich mit diesem Menschen ausgehen?", rief er ungläubig.

Sie zog sich zurück und sah ihn mit einer hochgezogenen Augenbraue an. „Ja, natürlich will ich mit ihm ausgehen. Auf dem Heimweg habe ich mir überlegt, dass dies die perfekte Gelegenheit ist, um herauszufinden, ob er etwas Ungewöhnliches bemerkt hat – wie zum Beispiel eine psychotische, verlorene Seele, die Chaos und Schrecken verbreitet", antwortete sie.

„Er würde eine verlorene Seele nicht erkennen, wenn sie vor ihm stünde und mit ihrem nackten Hinter wackeln würde", entgegnete er.

„Das weißt du doch gar nicht. Ich denke, ein Geisterarsch wäre selbst für den guten alten Deputy Dan ziemlich offensichtlich", erwiderte sie verschmitzt.

Ashure ließ seine Arme sinken, als sie sich zurückzog, und wandte sich dem Haus zu. Zähneknirschend dachte er daran, dass sich die Göttin sicherlich gerade köstlich über ihn amüsierte. Erst hatte er versucht, Tonya von dem verknallten Deputy Dan fernzuhalten, indem er Möwenkot auf ihn herabregnen lassen hatte, was dazu geführt hatte, dass Tonya Mitleid mit dem Mann hatte. Und jetzt war sie entschlossen, zu ihrer Verabredung mit ihm zu gehen, um bei der Suche nach der verlorenen Seele zu helfen. Mit finsterer Miene blickte er zu den dunkelgrauen Wolken auf.

„Das ist *nicht* lustig", knurrte er.

Ein großer Regentropfen fiel vom Himmel und spritzte ihm in die Augen. Er brummte verärgert und wischte ihn weg. Offenbar trieb die Göttin immer noch ihren Spaß mit ihm.

Er sah zu, wie Tonya im Haus verschwand. Nun, bei diesem Spiel konnten zwei mitspielen. Tonya hatte nicht verlangt, dass er heute Abend zu Hause blieb. Außerdem war es nur vernünftig, dass er sich selbst ein wenig umsah, wenn eine verlorene Seele sich einen neuen Körper gesucht hatte.

KAPITEL 14

Nachdem es an der Haustür geklopft hatte, trat Tonya aus ihrem Schlafzimmer und ging durch den Flur in Richtung Küche. Sie steckte den goldenen Ohrring durch ihr Ohrloch und ging ein wenig schneller, als sie Ashures tiefe Stimme hörte, mit der er Dan begrüßte.

„Hallo, Dan", sagte sie mit gezwungener Fröhlichkeit.

„Hallo, Tonya. Du siehst heiß aus", erwiderte er überschwänglich. Als sie die Augenbraue hochzog und Ashure warnend knurrte, räusperte sich Dan schnell und sagte: „Ich meine, du siehst wirklich hübsch aus."

„Danke. Bist du bereit?", fragte sie.

„Klar", antwortete Dan und nickte Ashure zu. Dann trat der Deputy aus der Tür und hielt ihr die Fliegengittertür auf.

„Ich komme gleich", sagte sie und trat zur Seite, damit Dan Ashure und sie nicht sehen konnte.

Ashure drehte sich um und musterte sie missbilligend. Es war nicht schwer zu erraten, was er dachte. Sie warf ihm einen spitzen Blick zu. Er nahm ihre dunkelrote Jacke vom Haken und hielt sie ihr hin. Sie schob ihre Arme durch die Ärmel.

„Wann kommst du zurück?", raunte er ihr ins Ohr.

„Nicht, dass es dich etwas anginge, aber nicht allzu spät. Yachats hat kein sonderlich aufregendes Nachtleben", antwortete sie ebenso leise.

„Lass dich nicht von ihm küssen", bat Ashure mit angespannter Stimme.

Sie hielt inne und sah ihn überrascht an. „Ich glaube nicht –", begann sie, doch die Intensität der widersprüchlichen Gefühle in seinem Blick ließ sie ihre Worte vergessen.

„Du wolltest, dass ich ehrlich bin, und ich habe versprochen, dass ich es sein werde. Ich kann nicht für Deputy Dans Sicherheit garantieren, wenn er dich anfasst, Tonya", murmelte er.

Ihr erster Impuls war, ihm zu sagen, er solle sich damit abfinden, doch dann bemerkte sie die Verwirrung und Verletzlichkeit in seinen Augen. Beruhigend drückte sie seinen Arm. Er schluckte und wich von ihr zurück.

„Es gibt nichts, weswegen du dir Sorgen machen müsstest. Normalerweise küsse ich beim ersten Date nicht", sagte sie mit einem Augenzwinkern.

Sein schiefes, dankbares Lächeln erwärmte ihr Herz. Sie drehte sich um und lächelte Dan an. Als sie über die Schwelle trat, holte sie tief Luft und konzentrierte sich auf Dan. Hoffentlich würde der heutige Abend nicht so langatmig und langweilig werden, wie sie befürchtete.

Sie begegnete Ashures Blick für einen kurzen Moment, während sie darauf wartete, dass Dan die Beifahrertür seines Geländewagens öffnete. Er stand in der Tür und beobachtete sie mit einem raubtierhaften Blick, und sie spürte, wie nervöse Schmetterlinge in ihrem Bauch herumflatterten. Mit der sexuellen Spannung zwischen ihnen konnte sie umgehen, aber das entschlossene Funkeln in seinen Augen warnte sie, dass er etwas im Schilde führte.

Sie lächelte und schüttelte den Kopf. *Warum überrascht mich das nicht?*, dachte sie, als sie in den Wagen stieg.

Ashure rieb sich die Hände und betrachtete die Schlüssel, die an den Haken hingen. Tonya hatte die Schlüssel für ihr Fahrzeug mitgenommen, daher war das keine Möglichkeit. Zum Glück gab es in dem geschlossenen Raum, der an das Haus angrenzte, noch zwei weitere Fahrzeuge zur Auswahl.

Er schnappte sich die Schlüssel und beschloss, beide auszuprobieren, um zu sehen, welcher davon passte. Er hatte Tonya heute bei der Bedienung ihres Fahrzeugs genau beobachtet und war zuversichtlich, dass er es auch steuern könnte. Immerhin konnte er Nalis Luftschiffe fliegen und auch seine eigenen Schiffe ohne Schwierigkeiten manövrieren.

„Dann wollen wir mal sehen", murmelte er vergnügt.

Er musterte den Schlüsselanhänger, bevor er einen Knopf drückte. Seine Augen leuchteten begeistert, als die Lichter des größten Fahrzeugs aufblinkten. Nachdem er die Tür zum Haus geschlossen hatte, ging er auf das Fahrzeug zu und setzte sich hinters Steuer.

Er schaute in den Rückspiegel und runzelte die Stirn, als er feststellte, dass die Außentür zum Nebenraum geschlossen war. Er tippte mit den Fingern, neigte den Kopf nach hinten und bemerkte einen kleinen schwarzen Kasten an der Sonnenblende. Er drückte den Knopf.

Als er ein knirschendes Geräusch hörte, schaute er in den Rückspiegel und stellte fest, dass sich das Garagentor öffnete. Fasziniert testete er den Knopf mehrmals, um die Funktionsweise des Tores zu verstehen. Nachdem er sich davon überzeugt hatte, dass er nun hinein- und hinausfahren konnte, konzentrierte er sich auf die Bedienung des Fahrzeugs.

Fünf Minuten später hatte er das große weiße Fahrzeug gestartet und die verschiedenen Hebel und Knöpfe ausprobiert. Jetzt kam der eigentliche Test. Er musste es zum Fahren bringen.

Er drückte mit dem Fuß auf das Bremspedal und drückte den Hebel am Lenkrad nach unten. Dann nahm er den Druck vom Pedal und zuckte zusammen, als das Fahrzeug einen Satz vorwärts machte und Metall auf Metall krachte. Schnell stellte er seinen Fuß wieder auf das Bremspedal und schaute über die Motorhaube. Die Waschmaschine hatte eine kleine Delle an der Vorderseite.

Er schaute auf die Lichter auf dem Armaturenbrett und legte den Rückwärtsgang ein. Dieses Mal rollte das große Fahrzeug langsam rückwärts.

„Na geht doch", murmelte er triumphierend.

Er trat mit dem Fuß auf das Gaspedal. Ein überraschtes Zischen entwich ihm, und der Gurt straffte sich, als das Fahrzeug nun schneller rückwärtsfuhr. Er blickte erschrocken auf, als er sah, dass er direkt auf Tonyas kleinen Wagen zusteuerte.

Er trat mit beiden Füßen auf das Bremspedal und schnitt eine Grimasse, als das Fahrzeug noch ein paar Meter weiterrutschte und es einen leichten Ruck gab. Im Seitenspiegel sah er, dass Tonyas Auto wackelte.

Mit einem tiefen Seufzer stellte er den großen Wagen auf Parken, bevor er den Sicherheitsgurt löste und die Tür öffnete. Er ging um das Fahrzeug herum. Der hintere Teil berührte die Vorderseite von Tonyas Auto. Die große Anhängerkupplung war gegen die bernsteinfarbene Leuchte an der Seite gestoßen und das Gehäuse war zerbrochen. Auch die vordere Stoßstange hatte eine ordentliche Delle abbekommen.

„Das werde ich vermutlich erklären müssen", murrte er betrübt.

~

„Hey, Jimmy, was geht?", lallte TJ.

Jimmy, der in der Kneipe gerade einen Tisch abräumte, blickte auf. Er runzelte die Stirn, als er die Gruppe von drei Jungs sah. Er war der Jüngste von ihnen. Die anderen waren vor kurzem einundzwanzig geworden.

„Was macht ihr hier?", fragte er und musterte TJ misstrauisch.

„Wir sind hungrig, Jim-bo. Wir dachten, du könntest uns ein paar Burger und Bier spendieren, während wir ein bisschen Billard spielen", sagte TJ.

„Ich bin nicht für die Bestellungen zuständig", murmelte Jimmy.

TJ legte seinen kräftigen Arm um Jimmys Schultern, woraufhin dieser zusammenzuckte. TJ lachte über sein Unbehagen und nickte den anderen beiden Jungs zu. Jeffie kicherte ebenfalls. Das Lachen ließ die Speckröllchen unter seinem Kinn und um seine dicke Taille erzittern. Drew schnaubte, griff sich in den Schritt und wackelte wild damit.

„Jimmy muss sich ein paar Eier wachsen lassen, TJ", spottete Drew.

Jimmy wurde rot und versuchte, sich von TJ zu lösen. „Ich habe den Job erst seit einem Monat. Ich will nicht gefeuert werden", verteidigte er sich.

„Jimmy, alles in Ordnung?", rief Dorothy, die hinter der Theke stand.

TJ ließ ihn los und nahm die Plastikwanne mit dem schmutzigen Geschirr, das er gesammelt hatte. Er trug das Geschirr in die Küche. Ein Schauer des Unbehagens durchzuckte ihn, als er sich umdrehte und durch die Schwingtür zurückging. TJ starrte ihn wieder mit diesem seltsamen Glänzen in den Augen an.

„Halt dich von diesen Jungs fern, Jimmy. Sie gefallen mir nicht", ermahnte ihn Dorothy in einem mütterlichen Ton.

„Ja, Miss Dorothy", antwortete Jimmy, bevor er nach hinten verschwand.

„Hey, TJ, ich kenne den Kerl, der gerade reingekommen ist. Er ist der Schlagzeuger von Peter Craigs Band. Der Typ, Austin oder so ähnlich, dreht auf der Bühne völlig durch. Er hat das letzte Schlagzeug kaputt gemacht. Ich habe sie bei einem Konzert in Seattle gesehen", zischte Jeffie.

TJ drehte sich zu dem Mann mit dem struppigen Haar um, der gerade den Underground Pub betreten hatte. Der Kerl hatte den Arm um ein Mädchen gelegt, das seiner Meinung nach Knastköder aussah. Sie war das Einzige, was den Schlagzeuger aufrecht hielt.

TJ sah zu, wie Dorothy das Paar zu einem Tisch in der Nähe des Billardtisches begleitete. Der Schlagzeuger schaffte es gerade so, sich hinzusetzen, bevor das Mädchen auf die Toilette verschwand. TJ musterte den Mann. Das könnte interessant werden.

„Drew, hol mir ein paar Bier", befahl er.

„Was hast du vor, TJ?", fragte Jeffie.

„Ich werde mich jemandem vorstellen, der nicht so ein Verlierer ist wie du, Jeffie", antwortete TJ.

～

Tonya hörte Dan zu, der ihr von seinem Tag erzählte. Sie hielt dies für eine gute Möglichkeit, ihn zu fragen, ob etwas Ungewöhnliches passiert war. Womit sie nicht gerechnet hatte, war, wie langweilig sein Geschwafel sein würde.

„Mrs. Rhett war fest entschlossen, ihre Katze aus dem Baum zu holen. Ich habe ihr immer wieder gesagt, dass sie eine Dose Katzenfutter unten hinstellen und das arme Tier in Ruhe lassen soll, dann würde es schon herunterkommen. Sie hatte sogar schon die Freiwillige Feuerwehr angerufen, bevor sie mir heute Morgen auf der Post über den Weg lief. Harry hat ihr gesagt, dass keiner der Jungs vor drei Uhr kommen könnte, wenn es sich nicht um einen Notfall handelte ...", erzählte Dan.

Tonya bezweifelte, dass Ashures verlorene Seele in Dan, Mrs. Rhett oder dem pelzigen Kätzchen steckte. Sie lehnte ihren Kopf zurück gegen die Kopfstütze und konzentrierte sich auf die Straße. Dan hatte einen Tisch in einem noblen Restaurant in Yachats reserviert, das mehr auf Touristen als auf Einheimische ausgerichtet war. Sie wäre lieber in den Pub gegangen. Das Essen war gut, die Musik in Ordnung, und es war dunkel. Wenigstens musste sie im Dunkeln nicht so tun, als wäre sie interessiert, wie sie es jetzt tat.

„Und, hast du es geschafft, ihre Katze runterzuholen?", fragte sie, als er anfing, über Harry zu sprechen, ohne zu Ende zu erzählen, was mit der Katze passiert war.

„Was? Ach, die Katze. Sie ist genauso heruntergekommen, wie ich es Mrs. Rhett gesagt habe", sagte er.

„Ist sonst noch etwas Interessantes passiert? Ich weiß, dass es hier eine Zeit lang ziemlich verrückt zuging", meinte sie.

„Nein, das letzte Verrückte war, dass du am Strand aufgetaucht bist. Du hast nie erzählt, was mit dir passiert ist", erwiderte er.

Tonya stöhnte im Stillen auf. Sie hätte vorsichtiger sein müssen. Das Letzte, was sie tun wollte, war lügen.

„Sieht so aus, als hättest du dich schon gut in deinem neuen Job eingewöhnt", bemerkte sie.

Er grinste und nickte. „Oh, ja, es ist ein Traumjob. Viel besser als mein Job in Salem", antwortete er.

Sie atmete erleichtert auf, als sie auf den Parkplatz des Restaurants ‚The Pier' fuhren. Bunte Lichterketten wiegten sich in der Brise. Die Veranda war teilweise überdacht, und sie konnte rot leuchtende Heizstrahler an der Wand sehen. Durch die Fenster erhaschte sie einen Blick auf die elegant gekleideten Gäste und hinter dem Restaurant waren verschiedenste Boote angedockt. Ihr Wert reichte von ein paar tausend Dollar bis zu mehreren Millionen.

Dan wartete, bis ein Auto aus einer Parklücke in der Nähe des Haupteingangs herausgefahren war, und bog dann auf den freien Platz ein. Sie fröstelte, als er seine Tür öffnete und ausstieg. Der kalte Wind fegte durch den warmen Innenraum. Sie lächelte und nahm seine Hand, als er ihre Tür öffnete und sie ihr hinstreckte.

„Danke", murmelte sie.

„Ich habe mich schon den ganzen Tag auf heute Abend gefreut", gestand er.

„Wirklich?", fragte sie leicht überrascht.

Er nickte. „Ja. Ich hoffe, du kannst mir mehr über deinen Freund Ashure Waves erzählen. Ich habe heute Nachforschungen zu ihm durchgeführt und konnte nichts über ihn finden – nicht einmal einen Führerschein oder eine Sozialversicherungsnummer", sagte er.

Tonya schenkte Dan ein schwaches Lächeln. *Nun, dieser Abend ist definitiv interessanter geworden,* dachte sie.

KAPITEL 15

Nach den anfänglichen Startschwierigkeiten lernte Ashure schnell, das Fahrzeug zu bedienen. Das Fahren auf den kurvenreichen Straßen war ziemlich aufregend.

Ashure lenkte das Fahrzeug in eine Parklücke und schaltete den Motor aus. Dann öffnete er die Tür, stieg aus und atmete tief ein. Kühle, feuchte Luft füllte seine Lungen. Er schloss die Tür des Pick-ups und drückte auf den Knopf am Schlüssel, um die Lichter blinken zu lassen.

„Also, wo, ist diese kleine Seele hin?", murmelte er.

Er hob seine Hand und flüsterte einen uralten Zauberspruch. Eine kleine, leuchtende goldene Kugel stieg aus seiner Handfläche auf. Sie schwebte einen Moment lang in der Luft, bevor sie sich zu bewegen begann. Er trat auf den Bürgersteig und ging an den dunklen Ladenfronten vorbei.

Am Ende des langen Gebäudestreifens bog er um die Ecke. Ein älterer Mann wankte langsam in seine Richtung. Taumelnd blieb der Mann stehen und betrachtete die schwebende Kugel.

„Na, sieh mal einer an – Lichter!", rief der Mann betrunken aus.

Die undeutliche Ehrfurcht in der Stimme des Mannes erinnerte Ashure an das eine oder andere Mal in seinem Leben, als er ein Bier zu viel getrunken hatte – das letzte Mal, als er Simon Black gegenübergestanden hatte. Er hielt inne, als die Kugel den Mann umkreiste. Der Mann schwankte und versuchte, der Kugel zu folgen. Ashure war gezwungen, die Hand auszustrecken und den Mann unter den Armen zu fassen, als er fast umkippte.

„Ich glaube, du hast für heute Abend genug getrunken, mein Freund. Es wäre das Beste, wenn du nach Hause gehst", riet er dem Mann.

„Da will ich auch hin. Nach Hause", stimmte der alte Mann mit wippendem Kopf zu.

„Gut. Na dann los", sagte Ashure und klopfte dem Mann auf die Schulter.

„Ich kann es kaum erwarten, Martha von den Lichtern zu erzählen", murmelte der Mann.

Ashure sah dem Mann einen Moment lang nach, wie er den Bürgersteig entlangtaumelte, bevor er sich wieder der Kugel zuwandte. Sie hatte sich wieder in Bewegung gesetzt. Er folgte ihr über einen unebenen Parkplatz zu einem Gebäude, über dem ein beleuchtetes Schild hing. Offensichtlich handelte es sich um das Lokal, das der alte Mann besucht hatte.

Er streckte seine Hand aus, und die Kugel schwebte zu ihm zurück. Nach einem weiteren geflüsterten Zauberspruch war sie verschwunden. Dies war ein guter Ort, um seine Suche zu beginnen. Ein ungewöhnlich bösartiges Lächeln erschien auf seinen Lippen. Im Geisterkessel gab es einen besonderen Ort für diejenigen, die es wagten zu fliehen.

„Komm raus, komm raus, wo du auch stecken magst, mein alter Freund", murmelte er, als er die Tür zum Underground Pub öffnete.

Tonya schaffte es, einen entspannten Gesichtsausdruck mit genau dem richtigen Maß an unschuldiger Verwirrung aufzusetzen. Das Letzte, womit sie heute Abend gerechnet hatte, war, dass Deputy Dan sie beim Essen über Ashure ausfragen würde. In ihrem Kopf spielten sich verschiedene Szenarien ab, während sie sich mental auf seine Fragen vorbereitete.

Sie folgten der Kellnerin zu dem Tisch, den Dan reserviert hatte. Sie bedankte sich mit einem Lächeln, als er ihr half, ihre Jacke auszuziehen, sie über die Stuhllehne hängte und ihr den Stuhl vorzog, damit sie sich setzen konnte. Dann wartete sie, während er seine Jacke auszog und sich ebenfalls setzte. Fast sofort erschien ein Kellner, um ihre Getränkebestellung aufzunehmen.

„Für mich ein Glas Merlot", sagte Dan.

„Wasser mit Zitrone, bitte", antwortete Tonya.

„Du trinkst nicht?", erkundigte sich Dan.

Tonya sah von der Speisekarte auf, die sie geöffnet hatte, und schüttelte den Kopf. „Sehr selten. Ich bin nie auf den Geschmack von Wein oder Bier gekommen", gestand sie.

„Ab und zu trinke ich gerne ein Glas Wein – und natürlich Bier. Zum Fußball gehört es einfach dazu", sagte er.

„Das sagt Max auch immer", antwortete sie.

„Stimmt, du kennst ja Max Bennett. Er ist Kommissar bei der Polizei von Portland, oder?", fragte Dan.

„Ja", antwortete sie.

Sie lehnte sich zurück, als der Kellner mit den Getränken und dem Brot zurückkam, warf einen Blick auf die Speisekarte und bestellte die Fettuccine Alfredo mit gegrilltem Huhn und dazu einen gemischten Salat. Dann klappte sie die Speisekarte zu und reichte sie dem Kellner. Sie griff nach ihrer weißen Stoffserviette, schüttelte sie aus und legte sie auf ihren Schoß, während Dan das Prime Rib und die Gemüsesuppe bestellte.

Dieses lauschige kleine Verhör wird ihn ein hübsches Sümmchen kosten,
dachte sie mit unbändiger Schadenfreude.

„Auf einen wunderbaren Abend mit einer wunderschönen Frau",
sagte Dan und hob sein Weinglas.

„Auf einen wundervollen Abend", wiederholte sie und stieß ihr
Wasserglas gegen sein Weinglas.

Er nahm einen Schluck, bevor er sich vorlehnte. „Jetzt erzähl mir von
Ashure und fang damit an, wer er wirklich ist", sagte Dan mit einem
entwaffnenden Lächeln.

Ashure stand am Eingang der Kneipe und sah sich in dem schwach
beleuchteten Innenraum um. Offensichtlich war dies ein Ort, der von
den Einheimischen gerne besucht wurde. Eine ältere Frau rief ihm zu,
er solle sich einen freien Platz suchen.

Alle Tische und Stände waren besetzt. Er ließ seinen Blick ein zweites
Mal durch den Raum schweifen. In der Ecke stand ein Tisch. Ein Mann
saß einsam auf einem Stuhl, der an der Wand stand, und starrte
missmutig auf seine Bierflasche.

„Nichts weist mehr auf eine geplagte Seele hin als jemand, der ganz
allein ist", murmelte Ashure.

„Ich bin Dorothy. Was darf es sein?", fragte Dorothy, als sie an ihm
vorbeiging.

„Ein Glas Eures besten Bieres, Mylady", antwortete er.

Dorothy lachte. „Ein Bier kommt sofort", sagte sie grinsend.

„Ah, ein Mädchen nach meinem Geschmack", entgegnete er mit
seinem charmantesten Lächeln.

Dorothy errötete, und ihre Augen weiteten sich. Sie wandte sich ab,
um die Getränke auf ihrem Tablett bei den anderen Gästen abzuliefern,
doch Ashure entging nicht, wie sie sich Luft zufächelte, sobald sie eine

Hand frei hatte.

Er gluckste. Die Kombination aus dem Elfencharme und der gefährlichen Note seines Piratenblutes konnte auf Ahnungslose eine starke Wirkung haben. Er durchquerte den Raum und steuerte auf den Tisch in der Ecke zu.

„Wie es scheint, sind alle anderen Tische besetzt. Darf ich mich zu Ihnen setzen?", erkundigte er sich höflich.

„Wie auch immer", antwortete der Mann.

Ashure zog den Stuhl neben dem Mann hervor und setzte sich. Er lächelte Dorothy an, als sie die Bierflasche vor ihm abstellte und eine weitere vor dem Mann, der neben ihm saß. Sie warf ihm einen verlegenen Blick zu, bevor sie ging.

„Urige Einrichtung", bemerkte Ashure.

„Es ist ein Drecksloch", antwortete der Mann.

Ashure drehte sich um und musterte den Mann. „Eine treffende Beschreibung aus Ihrer Sicht, da bin ich mir sicher. Ich bin Ashure Waves", stellte er sich vor.

Der Mann drehte sich zu ihm um und erstarrte, als sich ihre Blicke trafen. Ashure nutzte die Gelegenheit, um die Seele des Mannes zu studieren. Sie war dunkel, aber die Feigheit hatte ihn davon abgehalten, die unsichtbare Schwelle zu überschreiten, zumindest bisher. Zwischen Gedanken und Taten lag ein gewaltiger Unterschied.

„Hannibal", antwortete der Mann.

„Erzählen Sie mal, Hannibal, warum das lange Gesicht?", fragte Ashure mit einer schmeichelnden Stimme, die dem Mann die Wahrheit entlocken sollte.

Hannibal blinzelte und sah auf die Flasche in seinen Händen hinunter. Ashure lehnte sich in seinem Stuhl zurück und wartete. Man konnte nie wissen, wer einem nützliche Informationen liefern würde.

„Glauben Sie an Außerirdische?", platzte Hannibal plötzlich mit leiser Stimme heraus.

Ashure hob eine Augenbraue bei dieser ungewöhnlichen Frage. Nun, ungewöhnlich für einen Menschen.

„Ja, natürlich. Warum fragen Sie?", antwortete er.

Hannibal musterte ihn mit einem prüfenden Blick. Ashure erwiderte den Blick des Mannes ebenso prüfend. Der Mann machte einen gequälten Eindruck, eine nebulöse Angst trübte seine Aura.

„Weil – weil ich jemanden kenne, der behauptet, dass er von einem umgebracht wurde. Ich glaube ihm. Ich habe sein Boot vor der Küste gefunden, kein Anker gelichtet, keine Spur von ihm, nichts. Es war, als hätte er sich einfach in Luft aufgelöst. Ich habe versucht, sein Boot zu ziehen, aber es ließ sich nicht bewegen, egal wie sehr ich die Motoren anschob. Zum Teufel, mein Boot ist eine halbe Nummer größer. Normalerweise könnte ein Motor sein Boot ziehen, ohne dass ein O-Ring kaputt ging, aber das verdammte Ding bewegte sich nicht von der Stelle. Eine Woche verging und plötzlich war er wieder da, als wäre er nie weg gewesen. Einfach – wieder aufgetaucht, aber –" Hannibal hielt inne und nahm einen tiefen Schluck von seinem Bier.

„Er ist nur aufgetaucht, um wieder zu verschwinden. Ich nehme an, er hat Ihnen von seinem Abenteuer erzählt", drängte Ashure.

Hannibal nickte, bevor er den Kopf schüttelte, als wolle er einen klaren Kopf bekommen. „Ja, er ist zurückgekommen. Aber er war nicht mehr derselbe Mann. Er war anders – weiser, entschlossener. Es war, als hätte er etwas Außergewöhnliches erlebt und überlebt. Er wollte es mir aber nicht verraten. Er sagte nur, dass er von einem Außerirdischen getötet worden war. Aber er war am Leben, und ich habe mit ihm gesprochen. Ich glaube, ich werde verrückt", murmelte Hannibal.

Ashure sah Tränen in den Augen des Mannes schimmern, bevor er den Blick abwandte. Eine Welle des Mitleids durchfuhr ihn. Es musste schwer sein, in einer Welt zu leben, in der man Dinge glaubte, die sonst niemand glaubte.

„Waren Sie mit Ross befreundet?", fragte Ashure.

Hannibal sah ihn mit einem erschrockenen Gesichtsausdruck an. „Woher wissen Sie, dass es Ross war?", fragte er heiser.

Ashure gluckste und zeigte mit seiner Bierflasche auf Hannibal. „Weil ich dabei war, als er gestorben ist – beide Male", antwortete er mit einem amüsierten Lächeln.

„Sie – sind Sie ein Außerirdischer?", zischte Hannibal.

Ashure warf Hannibal einen vorsichtigen Blick zu. „In gewisser Weise. Ich bin ein Fremder in dieser Welt. Aber ich war nicht derjenige, der Ross getötet hat, der übrigens überaus lebendig und glücklich war, als ich ihn vor ein paar Tagen sah", antwortete er.

„Wo ist er hin? Woher weiß ich, dass Sie mir die Wahrheit sagen und das nicht alles erfunden ist?", wollte Hannibal wissen.

Ashure sah Hannibal in die Augen. „Er ist nicht mehr in deiner Welt, sondern in meiner. Sieh mir in die Augen und erkenne die Wahrheit, Mensch. Ich brauche deine Hilfe, und du wirst sie mir gewähren. Denk ja nicht daran, mich zu verraten. Ich kann dir versichern, dass diejenigen, die das tun, ein viel, viel schlimmeres Schicksal als den Tod erleiden", riet er.

Er senkte seine Stimme und sprach mit dem hypnotischen Tonfall, der bei unzuverlässigen Seelen oft nötig war. Hannibals Seele war nahe genug am Rande des Abgrunds, dass der Mann sich Sorgen machen sollte. Seine Hilfe bei der Suche nach der verlorenen Seele würde einen großen Beitrag zu seiner Rettung leisten.

Hannibal erbleichte, die Gewissheit, dass er sich in tödlicher Gefahr befand, traf ihn wie ein Schlag ins Gesicht. „Bitte – Gott, nein. Ich helfe dir. Ich werde alles tun", flehte Hannibal.

„Gut. Dann erzähl mir, was du über jeden einzelnen in dieser Kneipe weißt", forderte Ashure und befreite Hannibal von dem Bann.

Er drehte sich auf seinem Stuhl um und hörte zu, als Hannibal begann, jede Person in der Kneipe, die er kannte, zögernd zu beschreiben. Er konnte spüren, dass die Seele, die er suchte, in der Nähe war. Die Schwierigkeit bestand darin, sie in der sich bewegenden Menge ausfindig zu machen.

„Das sind TJ und zwei seiner Brüder. Sie sind eine jüngere Version von mir, meinem Cousin und Ross, nur noch dümmer. Und das will was heißen, wenn du meinen Cousin kennen würdest", sagte Hannibal.

Ashure betrachtete die drei Männer, auf die Hannibal gezeigt hatte. Seine Aufmerksamkeit wanderte von einem zum anderen, während sie eine Partie Billard spielten. Dann fiel sein Blick auf einen weiteren Mann, der aus dem Schatten trat und einen Queue in der Hand hielt.

„Wer ist das?", fragte er.

Hannibal sah den Mann an und zuckte mit den Schultern. „Ich weiß es nicht. Ich habe ihn noch nie gesehen", antwortete er.

„Interessant, sehr interessant. Wie gut bist du in dem Spiel, das sie spielen?", fragte er und stand auf.

KAPITEL 16

„Das mit dem Verhör heute Abend tut mir wirklich leid, Tonya. Ich hoffe, du gibst mir eine Chance, es wieder gutzumachen. Ich habe mir nur Sorgen um dich gemacht, als ich nichts über Ashure finden konnte", sagte Dan.

Tonya schloss die Haustür auf und drehte sich zu Dan um. Verhör war eine milde Umschreibung für ihre Verabredung. Dan war wie ein Pitbull mit einem neuen Kauspielzeug. Jedes Mal, wenn sie versucht hatte, das Gespräch auf ein anderes Thema zu lenken, hatte er wieder von Ashure angefangen.

„Ich weiß deine Sorge zu schätzen, Dan, aber ich versichere dir, dass ich auf mich selbst aufpassen kann. Ashure würde mir nie etwas antun. Nochmals vielen Dank für das wunderbare Abendessen", sagte sie, in dem Versuch, den Abend freundlich zu beenden.

Dan machte einen Schritt auf sie zu. Er drehte seinen Hut in den Händen und erwiderte ihren Blick. Sie hoffte wirklich, dass er nicht erwartete, dass sie ihn hereinbat.

„Ich bin ein bisschen verunsichert, nach allem, was hier passiert ist. Erst wurde Carly vermisst, dann Jenny, Mike und seine Schwester.

Auch Ross ist einfach abgehauen und niemand weiß, wo er ist – und, na ja, du warst auch verschwunden, bis Marty dich eines Tages am Strand gefunden hat. Ich habe einfach das Gefühl, dass hier irgendetwas nicht stimmt", gestand Dan und trat näher, während er sprach.

Tonya hob ihre Hand und legte sie auf Dans Brust. Sie warf ihm einen mahnenden Blick zu, der ihm sagte, dass er eine unsichtbare Grenze überschritt. Er seufzte und trat einen Schritt zurück.

„Mir geht es gut. Du brauchst dir keine Sorgen zu machen. Es ist schon spät. Ashure und ich fahren morgen zu Max nach Portland, und wir wollen früh aufbrechen", sagte sie mit einem entschuldigenden Lächeln, das ihre Augen nicht erreichte.

„Ich verstehe. Hör mal, gib mir wenigstens die Chance, den heutigen Abend wiedergutzumachen, wenn du zurückkommst. Bitte", flehte er mit einem beschwichtigenden Lächeln.

„Gib mir ein paar Tage", erwiderte sie.

„Großartig. Wenn du in der Zwischenzeit etwas brauchst, kannst du mich gerne jederzeit anrufen", bot er an.

„Mache ich. Gute Nacht, Dan", sagte sie, als sie das Haus betrat.

„Gute Nacht, Tonya", rief er.

Sie schloss die Tür und spähte durch das Glas. Missbilligend verzog sie die Lippen, während sie ungeduldig darauf wartete, dass er wegfuhr. Als er seinen Geländewagen wendete und auf dem Highway verschwand, riss sie die Tür ruckartig auf, überquerte die Veranda und eilte die Treppe hinunter, um die Stoßstange ihres Wagens zu untersuchen.

Sie bückte sich und untersuchte die Delle und den kaputten Blinker auf der Fahrerseite, die ihr aufgefallen waren, als sie auf dem Weg zum Haus an ihrem Auto vorbeigegangen waren. Die waren nicht da gewesen, als sie losgefahren war. Sie richtete sich auf und sah sich um.

In der Einfahrt waren Reifenspuren, die aussahen, als gehörten sie zu einem Pick-up, und sie führten vom Garagentor weg.

„Bitte mach, dass er nicht Mikes Wagen genommen hat", knurrte sie.

Sie eilte zum Garagentor und betätigte den Schalter, woraufhin es sich öffnete. Sie stieß einen wilden Fluch aus, als sie die leere Stelle sah, wo Mikes Wagen hätte stehen sollen. Nachdem sie das Tor wieder geschlossen hatte, drehte sich um und blickte die lange Auffahrt hinunter.

„So viel dazu, ehrlich zueinander zu sein", zischte sie frustriert.

Ashure fuhr den Wagen in die Garage und schaltete die Zündung aus. Der heutige Abend war frustrierend gewesen. Er spürte, dass er der vermissten Seele nahe gewesen war, doch er hatte sie nicht aufspüren können. Da er befürchtete, dass Tonya vor ihm nach Hause zurückkehren würde, hatte er Hannibal angewiesen, die jungen Männer im Auge zu behalten, von denen er glaubte, dass sie die bösartige Seele beherbergten.

Er stieg aus dem Fahrzeug aus, schloss leise die Tür und wollte sich gerade umdrehen, als das Licht in der Garage anging und er Tonya mit vor der Brust verschränkten Armen in der Tür stehen sah. Sie schüttelte den Kopf, machte auf dem Absatz kehrt und verschwand wieder im Haus.

Schuldgefühle überkamen ihn, als er den enttäuschten Blick in ihren Augen sah. Er stieg die Stufen zum Haus hinauf und folgte Tonya in die Küche. Sie sagte kein Wort, während sie eine Tasse heißen Tee zubereitete.

„Ich kann das erklären", sagte er.

Sie nickte. Er spürte einen unerwarteten Druck in seiner Brust, als sie sich nicht umdrehte. Er hängte die Schlüssel zurück in den Schrank und schloss ihn, während sie zwei Tassen zum Tisch trug und sich setzte.

Ashure folgte ihr und ließ sich auf den Platz ihr gegenüber sinken. Sie starrte auf ihre dampfende Tasse hinunter. Er betrachtete den Dampf, der von ihren Tassen aufstieg, und verwandelte ihn abwesend, um seine Gedanken zu ordnen. Zwischen ihnen bildeten sich verschwommene Bilder von einem Jungen, einem Mädchen und einem Einhorn.

Er biss sich auf die Lippe. „Das Einzige, worauf ich stolz bin, ist, dass ich immer mein Wort halte … so wie damals", er nickte zu den Dampffiguren, „als Leben davon abhingen, dass ich mein Versprechen nicht brach."

Er seufzte. „Ich musste heute Nacht losziehen, um die verlorene Seele zu suchen. Ich habe es dir verheimlicht, obwohl ich versprochen hatte, ehrlich zu dir zu sein. Doch mir war klar, dass du es für zu gefährlich halten würdest, und es war zu wichtig und konnte nicht warten."

„Ich dachte mir schon, dass das der Grund war. Hast du etwas gefunden?", fragte sie.

„Ja und nein. Es war jemand in der Kneipe, den ich verdächtige, aber ich habe ihn in der Menge verloren. Seine Begleiter könnten allerdings nützliche Informationen liefern."

Sie schwiegen einen Moment. Dann fragte Tonya: „Wessen Leben hing damals davon ab, dass du dein Wort hieltst?" Sie deutete auf den Dampf, der aus ihrer Tasse aufstieg, und warf ihm einen schüchternen, hoffnungsvollen Blick zu. Lächelnd ließ er seine Erinnerung in den Dampf einfließen und wieder lebendig werden.

„Die Einhörner waren auf mich angewiesen. Und Nali auch, denn sie hätte alles gegeben, um denjenigen zu bekämpfen, dem ich ihr Geheimnis verraten hätte. Nali war noch sehr jung, als sie die Kaiserin der Monster wurde, für ihr Alter wirkte sie jedoch sehr reif und weise – zumindest dachte ich das. Ich hüpfte von einem Handelsschiff zum nächsten und fand mich bald auf der Insel der Monster wieder. Ich fand es toll! Die Insel war voller wunderbarer, einzigartiger Geschöpfe – Zyklopen, Seehirsche, Zentauren, Gnome, Hippogreife und viele mehr. Außerdem war sie die Heimat meiner Mutter. Sie sprach nie davon, und ich hatte nie verstanden, warum, denn ich fand alles dort bezaubernd. Meine Entdeckungsreise führte mich immer weiter, bis ich das Gefühl hatte, an den Rand der Welt vorgedrungen zu sein. Ich war dem Tod nahe, als ich etwas fand, das selbst in den Sieben Königreichen so selten, so kostbar, so magisch ist, dass es geschützt werden musste – Einhörner. Die älteste Einhornstute rettete mir das Leben, und im Gegenzug versprach ich ihr und einer äußerst skeptischen Nali, dass ich niemals verraten würde, wo ich die Herde gefunden hatte", murmelte er.

Er blickte auf und sah sie bedauernd an. „Ich habe dieses Versprechen nie gebrochen – nicht einmal, als Simon Black mich danach fragte. Ich hätte meine Seele geopfert, um diesen Schwur zu halten. Nun habe ich dir ein Versprechen gegeben, und es kommt mir vor, als hätte ich es in eine Million Stücke zerbrochen", sagte er.

Tonya schenkte ihm ein zitterndes Lächeln und blinzelte die Tränen weg, die in ihren Augen schimmerten, aber nicht fielen. Sie schüttelte den Kopf und blickte dann erneut auf das Dampfbild des jungen Ashure hinunter, der ein paar Haarsträhnen aus der Mähne des Einhorns zupfte. Ashure sah, wie ihr Blick weicher wurde, als der Junge sich vorbeugte und das Einhorn umarmte, bevor er sich dem jungen Mädchen zuwandte und seine Hand ausstreckte.

„Nun, streng genommen hast du nicht gelogen. Du hast nie gesagt, dass du zu Hause bleiben würdest, und ich habe dir nie das Versprechen abgenommen, nicht mit Mikes Wagen zu fahren – oder mein Auto zu rammen", fügte sie schniefend hinzu.

„Ich kann das reparieren", versprach er.

Sie lachte und streckte einen Finger aus, um das Einhorn aus Dampf zu berühren. „Das glaube ich dir sogar", erwiderte sie leise.

Er griff über den Tisch und legte seine Hand auf ihre. Nach einem Moment fragte Tonya: „Wer ist die verlorene Seele? Was hat er getan, um die Gefangenschaft zu verdienen?"

Er ließ ihre Hand los und seufzte. „Er ist mein ehemaliger Stellvertreter, Bleu LaBluff", antwortete er.

„Oh", hauchte sie.

„Was er getan hat, ist eine andere lange Geschichte, und ich fürchte, du wirst mich für einen langweiligen alten Mann halten, wenn ich so weitermache", antwortete Ashure und nahm einen Schluck von seinem inzwischen lauwarmen Tee.

Tonya trat einen Schritt zurück und begutachtete kritisch ihr Werk. Sie hatte heute Morgen in der Speisekammer rotes Isolierband gefunden und beschlossen, dass es besser wäre, den Sprung im Blinkergehäuse abzudichten. Als sie sicher war, dass kein Wasser mehr eindringen würde, öffnete sie die Fahrertür und warf das Klebeband auf den Boden vor dem Rücksitz.

„Hier ist dein Reisekaffeebecher", sagte Ashure und ging zum Auto.

„Dankeschön! Ich kann nicht glauben, dass ich ihn fast vergessen hätte", sagte sie.

„Er stand auf der Ablage im Bad", kicherte er.

Sie schnitt eine Grimasse. „Genau da, wo ich ihn stehen lassen habe", antwortete sie verlegen.

Er schaute zum Himmel hinauf. Sie folgte seinem Blick und zog sich dann in das warme Innere ihres Autos zurück. Er ließ sich auf den Beifahrersitz sinken und schnallte sich an, während sie den Rückwärtsgang einlegte. Sie drehte sich um, schaute aus dem Heckfenster und fuhr rückwärts aus der Einfahrt.

„In ein paar Stunden wird der Himmel aufklaren", prophezeite er und schaute wieder durch das Fenster in den Himmel.

Sie schmunzelte und schüttelte den Kopf. „Ich liebe es, dass du ein wandelndes Barometer bist", sagte sie seufzend.

Er griff nach ihrer Hand und hielt sie fest. „Du bist nervös, weil du mich Max vorstellen wirst, nicht wahr?", erkundigte er sich.

Sie nickte. „Ja", gestand sie.

„Wenn du nicht willst, dass er erfährt, wer ich wirklich bin, kann ich dafür sorgen", beruhigte er sie.

Tonya seufzte und schüttelte den Kopf. „Nein. Das geht nicht. Als Max und Angela mich aufnahmen, habe ich ihnen versprochen, dass ich sie niemals anlügen würde. Wir könnten es wahrscheinlich nicht, selbst wenn wir es wollten. Max hat diesen super Lügendetektor-Spürsinn. Er würde etwas ahnen, und dann wäre die Kacke am Dampfen", sagte sie mit finsterer Miene.

„Ach, ja, ich kenne mich mit Versprechen aus, wie ich dir gestern Abend erzählt habe. Wir werden ihm also die Wahrheit sagen – wenn er danach fragt", antwortete er.

Sie sah ihn amüsiert an. „Deine Denkweise gefällt mir", kicherte sie, als sie auf den Highway auffuhr, den Gang einlegte und beschleunigte.

Ihr Bauch fühlte sich an, als hätte sie Schmetterlinge darin, als er ihr eine lose Haarsträhne hinters Ohr strich. Der Rücken seiner Finger strich über ihre Wange. Sie schluckte, traute sich jedoch nicht, ihren Blick von der schmalen, kurvenreichen Straße abzuwenden.

„Du bist eine außergewöhnliche Frau, Tonya", flüsterte er.

Sie rieb ihre Wange an seinen Fingern, bevor seine Hand zurückzog. Der gestrige Abend hatte ihr die Augen geöffnet. Ihre Verabredung mit Dan hatte ihr gezeigt, dass Männer doch nicht alle gleich waren. Jedes Mal, wenn Dan sie berührt hatte, hatte sie eine Gänsehaut bekommen und an nichts anderes denken können, als von ihm wegzukommen. Ashures Berührungen hingegen weckten in ihr den Wunsch, sich die Kleider vom Leib zu reißen.

Na toll, schon wieder die Gedanken an die zerwühlten Laken!", dachte sie mit einem schweren Seufzer.

Diese Gedanken hatten sie in den letzten Nächten immer wieder aufgewühlt, und die letzte Nacht war eine besondere Herausforderung gewesen. Seine Geschichte über das Versprechen, das er Nali und dem

Einhorn gegeben hatte, hatte in ihr den Wunsch geweckt, ihn in die Arme zu nehmen und nie wieder loszulassen.

Sie fragte sich, ob es irgendetwas an Ashure gab, das sie abtörnte. Die Tatsache, dass er ein Pirat war, tat es definitiv nicht. Sie war selbst manchmal ein böses Mädchen, also könnte sie auf keinen Fall mit einem schüchternen Typen zusammen sein. Sie brauchte jemanden, der das Leben in vollen Zügen genoss, Abenteuer liebte und vielleicht ein kleines Problem mit Autoritäten hatte. Ashure erfüllte definitiv alle diese Kriterien.

Sie dachte an die Tatsache, dass er ein König war. Das bedeutete eine Menge Verantwortung und Macht, und dennoch schien ihm das nicht zu Kopf gestiegen zu sein. Er ließ sich auch nicht von der Verantwortung überwältigen. Er hatte einen wunderbaren Sinn für Humor, und sie hatte ihn auch schon mitfühlend und neugierig erlebt.

Noch zwei Kriterien erfüllt, dachte sie.

Blieben noch seine magischen Fähigkeiten und die Tatsache, dass er der Hüter der verlorenen Seelen war. Das mit der Magie war ziemlich genial, und bisher hatte sie noch nie erlebt, dass er sie für etwas Schlechtes oder Schädliches eingesetzt hätte.

Nun, abgesehen von der kackenden Möwe, erinnerte das Engelchen auf ihrer Schulter das Teufelchen.

Allerdings nur um Dan davon abzuhalten, mir näherzukommen, meinte ihr Teufelchen.

Sie kam zu dem Schluss, dass die Magie kein Problem darstellen würde, also hakte sie das Kästchen im Geiste ab.

Außerdem bekommt er so keine Spülhände, kicherte ihr Teufelchen.

Ihr Körper wurde heiß vor Verlangen bei der Vorstellung, wo diese zarten Hände sie berühren könnten. Sie rutschte auf ihrem Sitz herum, als die Hitze nach unten wanderte, und musste ein Stöhnen unterdrücken, als die Szenen in ihrem Kopf immer heißer und sie immer unruhiger wurde. Ihr böses Ich genoss ihr Unbehagen eindeutig zu sehr.

„Erzähl mir mehr von Max", bat Ashure und lenkte ihre Gedanken wieder auf ein unverfänglicheres Thema.

„Abgesehen davon, dass er mich nervt, wenn er denkt, dass ich mich in Gefahr bringe, ist er ein ziemlich cooler Typ", sagte sie seufzend.

In den nächsten zwei Stunden unterhielten sie sich über alles Mögliche. Sie lachte, als er ihr erzählte, dass seine Lieblingsfarbe lila sei – es war nämlich auch ihre. Ansonsten unterhielt er sie mit Geschichten über seine kleinen Späße, mit denen er sich ständig in Schwierigkeiten brachte, und Nali deswegen oft kistenweise Schnaps schuldete.

„Ich weiß, dass sie den nicht allein trinkt. Wenn sie es täte, könnte sie gar nicht mehr richtig funktionieren. Deshalb ist es mir ein Vergnügen, die Kisten wieder zurück zu stehlen", erzählte er mit einem bösen Lächeln.

„Dir liegt wirklich viel an Nali, oder?", fragte sie neugierig und war mehr als nur ein wenig überrascht, dass sie nicht eifersüchtig auf diese Tatsache war.

Er nickte und sah ein wenig melancholisch aus. „Sie ist das, was einer Familie in meinem Leben am nächsten kommt", gab er zu.

In diesem Moment wusste Tonya, dass sie sich in Ashure verliebt hatte. Die Enthüllung traf sie wie eine Tonne Ziegelsteine und jagte ihr eine Heidenangst ein. Wie hatte sie das nur zulassen können?

Wie zum Teufel kann ich mich in jemanden verlieben, den ich erst vor ein paar Tagen kennengelernt habe?, fragte sie sich mit einem wachsenden Gefühl der Panik.

„Ist alles in Ordnung?", erkundigte er sich.

Sie sah ihn mit einem verwirrten Stirnrunzeln an. „Was?", fragte sie.

„Ich sagte gerade, dass sich deine Welt in vielerlei Hinsicht von der meinen unterscheidet, und dass sie mir in anderen Bereichen unheimlich vertraut ist. Du hast nicht geantwortet", sagte er.

„Oh. Ja, das sind sie – zumindest dem Wenigen nach zu urteilen, das ich von deiner Welt gesehen habe. Ich – wir sind da. Max steht schon bereit, um uns zu begrüßen", murmelte sie.

Sie verlangsamte ihr Tempo und hielt am Bordstein der von Bäumen gesäumten Straße vor dem zweistöckigen Haus von Max und Angela an. Zum hundertsten Mal hatte sie das Bedürfnis, ihr Auto zu überprüfen, um zu sehen, ob Max einen GPS-Tracker installiert hatte. Natürlich musste man bei der heutigen Technologie kein Genie sein, um mithilfe von Google Maps herauszufinden, wie lange die Fahrt dauern würde, nachdem sie Max eine Nachricht geschickt hatte, um ihm mitzuteilen, dass sie auf dem Weg war und jemanden mitbrachte.

Lächelnd ging Max bis zum Ende der Einfahrt und hob fragend eine Augenbraue, als er Ashure sah. Sie schnitt eine Grimasse angesichts seines neugierigen Blicks. Ashure musste ihren stummen Austausch bemerkt haben, denn auch *er* drehte sich zu ihr um und sah sie fragend an.

„Ich habe Max gesagt, dass ich jemanden mitbringe. Vielleicht habe ich vergessen, zu erwähnen, dass es ein Mann ist", gab sie zu und schnallte sich ab.

„Ich nehme an, dass es nicht üblich ist, dass du männliche Begleiter mitbringst, um sie ihm vorzustellen?", fragte Ashure mit kaum verhohlener Belustigung.

Sie warf ihm einen Blick zu und verdrehte die Augen, ohne zu antworten. Dann schaltete sie die Zündung aus und vergewisserte sich, dass keine Autos kamen, bevor sie ihre Tür öffnete und ausstieg. Ein zaghaftes Lächeln umspielte ihre Lippen.

„Hallo, Max", grüßte sie.

„Na, das ist ja mal eine Premiere. Hallo, ich bin Max Bennett. Tonya hat noch nie einen Mann mitgebracht. Du musst etwas ganz Besonderes sein", begrüßte Max Ashure.

„Wie überaus subtil, Max", murmelte sie.

Max schenkte ihr ein breites Grinsen. „Angela wird sich freuen", erwiderte er.

Tonya stöhnte laut auf und schlug ihren Kopf leicht gegen den Türrahmen ihres Autos. Wo war ein Loch im Boden, wenn sie eines brauchte? Sie blickte zu Max auf.

„Ashure Waves, König der Piraten und Herrscher über den eigenwilligen Haufen von Außenseitern auf der Parateninsel", stellte Ashure sich mit einem Grinsen vor, das dem von Max in nichts nachstand.

Max blieb der Mund offenstehen, und er sah sie mit großen Augen ungläubig an. Sie öffnete die Hintertür ihres Autos und holte ihre kleine Tasche heraus, bevor sie die Tür wieder zuschlug. Dann ging sie vorne um das Auto herum und ignorierte Ashure.

„Tonya –", begann Max.

„Du wolltest es wissen", erwiderte sie, als sie an ihm vorbeiging.

Max drehte sich um und sah Ashure an. „Piratenkönig?", wiederholte er mit hochgezogener Augenbraue.

„Tonya sagt, dass du ein unheimliches Gespür für die Wahrheit hast", antwortete Ashure.

„Verdammt, Mädchen, du hast mir Einiges zu erklären", rief Max hinter ihr.

„Nicht so laut, Max. Du willst doch nicht, dass Angela dich hört", entgegnete Tonya über ihre Schulter hinweg.

KAPITEL 17

Später am Abend stand Max gedankenversunken auf der überdachten Terrasse. Er hob abwesend die Bierflasche in seiner Hand und nahm einen tiefen Schluck, bevor er sich halb umdrehte, als er hörte, wie sich die Glasschiebetür hinter ihm öffnete. Als er sah, dass es Ashure war, der mit einem Bier in der Hand durch die Tür trat, musterte er den Mann.

„Ashure", murmelte Max.

Ashure nickte und schloss die Tür hinter sich. Max wandte sich wieder dem Geländer zu, als Ashure sich neben ihn stellte. Sie blickten beide über den Garten hinaus auf den dunklen Wald und den Sternenhimmel. Max' Gedanken waren jedoch nicht bei der Landschaft, sondern bei Ashure, wie schon seit heute Morgen.

„Erzähl mir die Wahrheit über dich, Ashure", forderte Max ihn leise auf.

Ashure sah ihn mit ruhiger Miene an. Tonyas rätselhafte Bemerkungen und kurze, ausweichende Antworten hatten ihm nur wenig relevante Informationen geliefert. Ashure war zwar charmant und witzig gewesen und hatte fantastische Geschichten erzählt, die sowohl unterhaltsam als auch seltsam glaubwürdig waren, doch hinter der ausgefeilten Fassade steckte noch etwas anderes. Max erkannte die Gefahr, wenn er in ihrer Nähe war, und Ashure stand die Gefahr ins Gesicht geschrieben.

„Ich kann dir versichern, dass ich dich seit unserem ersten Treffen nicht angelogen habe", antwortete Ashure, als ahnte er, worauf Max hinauswollte.

„Du willst also damit sagen, dass du *wirklich* ein Piratenkönig bist?", fragte Max skeptisch und stützte sich mit der Hüfte am Geländer ab, sodass er Ashure gegenüberstand.

„Eine Position, die mir übertragen wurde, sehr zu meinem damaligen Unglauben, das kann ich dir versichern", räumte Ashure ein.

„Und die Geschichten über die Donnervögel und die anderen Kreaturen …?", fragte Max.

„Alles wahr. Die Donnervögel sind wunderbare Geschöpfe – allerdings sehr launisch. Nali ist die Einzige, die sie wirklich kontrollieren kann. Sie produzieren eine erstaunliche Menge an Elektrizität", sagte Ashure.

„Glaubst du wirklich, dass du mir mit diesen schwachsinnigen Geschichten das Gefühl vermittelst, dass du gut für Tonya bist? Ich weiß, dass du ihr etwas bedeutest, sonst hätte sie dich nicht hierhergebracht. Aber ich werde nicht zusehen, wie du ihr das Herz brichst", schnauzte Max mit wachsender Verärgerung.

Er starrte Ashure an, fassungslos, dass der Mann mit seinen unverhohlenen Lügen fortfuhr, als würde er wirklich glauben, was er da sagte. Soweit es ihn betraf, war Ashure entweder ein begnadeter Lügner, ein brillanter Schauspieler oder ein sicherer Kandidat für eine psychiatrische Behandlung. Max warf Ashure einen stahlharten Blick zu, als der Mann sich umdrehte, sich gegen das Geländer lehnte und seinen intensiven Blick erwiderte. Wut flammte in ihm auf, und er nahm einen weiteren Schluck von seinem Bier, bevor er mit der Flasche auf Ashure deutete.

„Schläfst du mit ihr?", knurrte er.

Ashures Lippen verzogen sich zu einem dünnen Strich, und der
amüsierte Blick, der den ganzen Tag über in seinen Augen gelegen
hatte, verschwand. Auch Ashures lässige, vornehme Haltung war mit
einem Mal verschwunden. Stattdessen stand da ein Mann, der vor
roher Kraft und Gefahr nur so strotzte. Max wich vorsichtig zurück.

„Sei vorsichtig, welche Fragen du stellst, Max. Ich habe Tonya
versprochen, dass ich dir aus Respekt vor ihr die Wahrheit sagen
werde. Ich werde nicht zulassen, dass du oder jemand anderes sie
beleidigt. Was zwischen uns ist, geht nur sie und mich etwas an",
knurrte Ashure leise.

Max schwieg einen Moment, während er über seine nächste
Vernehmungstaktik nachdachte. Er kam zu dem Schluss, dass er sich,
so sehr es ihm auch missfallen mochte, öffnen musste. Ashures
Reaktion würde ihm mehr darüber verraten, was hier wirklich vor sich
ging.

„Als ich Tonyas Namen sah …" Max hatte einen Kloß im Hals und
drehte sich wieder um, um in den Garten hinauszublicken. „Ich liebe
dieses Mädchen als wäre sie meine eigene Tochter. Ich wusste von
ihrer ersten schlauen Bemerkung an, dass sie etwas Besonderes ist. Sie
war eine Erwachsene, gefangen im Körper eines Kindes – verdammt
schlau, vorlaut, trotzig und entschlossen, der Welt zu zeigen, was sie
kann. Als Mr. Rollings einen Herzinfarkt erlitt, wusste ich, dass Tonya
nicht mehr vermittelt werden würde. Angela und ich waren acht
Monate verheiratet, als Tonya mitten in der Nacht auf unserer
Türschwelle erschien. An ihrem Hals waren immer noch die Spuren
von Morris Deckers Klinge zu sehen. Sie wusste, was mit ihr
geschehen würde, und kam zu uns. Pflegefamilien können brutal sein,
aber das falsche Gruppenheim kann einen Menschen zerstören. Tonya
wäre in einem solchen Heim verwelkt. Sie ist ein zu großer Freigeist.
Wir zogen ein paar Fäden, forderten einige Gefallen ein und haben
seitdem nie wieder zurückgeblickt. Als ich ihren Namen in der
Vermisstenanzeige sah, befürchtete ich, unser schlimmster Albtraum
könnte wahr geworden sein. Wir wollen sie nur beschützen, und jetzt

bringt sie jemanden wie dich mit. Was soll ich jetzt denken? Denn ich weiß wirklich nicht, was ich von dir halten soll", gestand er mit einem tiefen Seufzer.

„Ich habe versprochen, dir zu erzählen, was passiert ist. Ich hielt es für das Beste zu warten, bis wir allein sind", sagte Tonya leise, als sie nach draußen trat.

Max drehte sich zu ihr um und sie ging mit einem unsicheren Lächeln auf ihn zu. Er legte seinen Arm um sie und drückte ihr einen Kuss auf die Stirn.

„Wann immer du bereit bist, mein Schatz", flüsterte er.

Sie schlang ihre Arme um seine Taille und umarmte ihn. Sie drehten sich alle um, als Angela ebenfalls rauskam und Tonya eine Baumwolldecke reichte.

„Ich dachte, dir ist vielleicht kalt", sagte Angela.

„Danke", antwortete Tonya, nahm die Decke und legte sie sich um die Schultern.

Max entging nicht, wie Tonya Ashure ansah. Es war offensichtlich, dass sie tiefe Gefühle für diesen Mann hegte. Sie war sich dessen vielleicht noch nicht bewusst, aber seine knallharte Schnüfflerin hatte jemanden durch die Mauer gelassen, die sie um ihr Herz errichtet hatte.

Sie ging zu Ashure, während Angela ihren Platz an Max' Seite einnahm. Sie unterhielten sich leise, bevor sie sich zu ihnen umdrehte. Ashure legte seinen Arm um Tonyas Taille und zog sie an sich.

„Als ihr mich aufgenommen habt, habe ich euch versprochen, dass ich euch immer die Wahrheit sagen würde. Das habe ich immer getan, und das werde ich auch immer tun – egal, wie schwierig es manchmal sein mag", begann sie.

„Und wir wissen das zu schätzen, obwohl es keine Bedingung für unsere Liebe ist, uns etwas zu erzählen, das du nicht offenbaren willst, Tonya. Das weißt du doch. Es ist nur so, als Max mir sagte, dass dein

Name auf der Vermisstenliste steht, waren wir beide außer uns vor Sorge", meinte Angela und sah Max besorgt an.

Max nickte. „Ich hatte gerade erfahren, dass Morris Decker eine Woche zuvor auf Bewährung aus dem Gefängnis entlassen worden war. Du hättest benachrichtigt werden müssen, da er versucht hat, dich umzubringen. Zumindest hätte ich das tun sollen. Wir hatten Angst, Decker hätte dir etwas angetan", erklärte er.

Tonya schüttelte den Kopf. „Ich habe weder etwas von Decker gesehen noch gehört", sagte sie mit einem Kopfschütteln.

Max holte tief Luft, bevor er seine nächste Frage stellte. „Das ist gut. Jetzt müssen wir dir eine persönliche Frage stellen. Bist du schwanger?" Er musste sich zwingen, den Gedanken auszusprechen, der ihn seit dem Moment quälte, als sein kleines Mädchen einen Mann mit nach Hause gebracht hatte.

„Was? NEIN!" Tonya schüttelte entsetzt den Kopf. „Nein, ich – Ashure – wir haben nicht – nein, absolut nicht."

„Gott sei Dank – ich meine, es wäre in Ordnung gewesen, wenn du es wärst. Angela und ich würden gerne Großeltern werden – eines Tages – aber nicht unbedingt heute", fügte er unbeholfen hinzu. Er zuckte zusammen, als Angela ihn mit dem Ellbogen in die Rippen stieß und ihm einen Blick zuwarf, dass er auf seine Ausdrucksweise achten sollte. „Obwohl wir kein Problem damit hätten, wenn du es wärst – heute, meine ich. Okay, jetzt, wo das geklärt wäre, kannst du uns sagen, was mit dir passiert ist?", fragte Max mit etwas erleichterter Stimme.

Tonya sah ihn nervös an. „Du hast doch von den Vermisstenfällen in Yachats gehört", begann sie.

Max nickte. Natürlich hatte er davon gehört. Die Fälle hatten landesweit Schlagzeilen gemacht und waren immer noch Thema bei jeder Besprechung auf dem Revier.

„Ich dachte mir, wenn ich herausfinden könnte, was mit diesen Leuten geschehen war, wäre das mein großer Durchbruch. Also bin ich nach Yachats gefahren", fuhr sie fort.

„Was hast du herausgefunden?", fragte Angela neugierig.

Tonya sah sie mit gequälter Miene an. „Mehr als ich erwartet hätte. Ich habe mit mehreren Leuten gesprochen, von denen ich dachte, dass sie nützliche Informationen haben könnten. Doch meine Alarmglocken haben so richtig zu schrillen begonnen, als ich einer Frau begegnet bin, die anders zu sein schien – und als plötzlich ein CIA-Agent aufgetaucht ist", sagte sie.

„Was hat die CIA damit zu tun? Alles, was ich über den Fall gelesen habe, sah nach einer inneren Angelegenheit aus", bemerkte er mit einem Stirnrunzeln.

„Vielleicht kam die Frau, die Tonya gesehen hat, aus einem anderen Land", schlug Angela vor.

„Oder einer anderen Welt", fügte Tonya leise hinzu.

„Welt? Du meinst sie war eine Außerirdische?", spottete er.

Tonya nickte. Max' Augen verengten sich, als Ashure den Kopf senkte, ihr etwas ins Ohr flüsterte und einen zärtlichen Kuss auf Tonyas Schläfe drückte. Sie nickte und sah Angela und ihn mit besorgter Miene an. Angelas Griff um den Arm ihres Mannes wurde fester.

„Vielleicht wäre es das Beste, es euch zu zeigen", sagte Ashure. „Max, du hast mich nach der Wahrheit gefragt. Jetzt frage ich dich, ob du dazu bereit bist?"

Ärger flammte in ihm auf und er warf Ashure einen finsteren Blick zu. „Natürlich bin ich das – solange es kein Haufen Märchen ist", knurrte er.

Ashure reichte Tonya seine Bierflasche, und sie trat näher an Max und Angela heran, während Ashure einen Schritt zurückwich, damit die drei ihn gut sehen konnten.

„Selbst wenn die Märchen wahr sind?", entgegnete Ashure. Er winkte mit seiner Hand.

Max blieb vor Schreck der Mund offenstehen, und er hörte Angelas leises überraschtes Zischen. Er wollte gerade eine bissige Antwort geben, zweifelte jetzt allerdings an seiner Wahrnehmung – und an seinem Verstand!

Ashures Kleidung, die zuvor aus einer schwarzen Lederjacke, einem blauen Hemd mit Knöpfen und einer Jeans bestanden hatte, glich jetzt einem Outfit, das direkt aus einem Dokumentarfilm über Piraten stammen könnte. Statt der schwarzen Jacke trug er nun einen langen, braunen Mantel, der ihm fast bis zu den Knien reichte. An einer Seite befanden sich schwarze Zopfschlaufen, während auf der anderen polierte Goldknöpfe mit kleinen roten Juwelen angebracht waren. Sein Hemd war makellos weiß, mit langen Ärmeln und kunstvollen, mit Spitzen besetzten Manschetten. Zwischen dem Mantel und dem weißen Hemd trug er eine braun-schwarze Seidenweste. Kniehohe schwarze Lederstiefel, ein langer, verzierter Säbel an seiner Taille und ein großer, dunkelvioletter Dreispitz mit einer langen bläulich-violetten Feder rundeten sein Outfit ab.

„Damit habe ich nicht gerechnet", murmelte Max.

„Ich auch nicht", gab Tonya mit einem erstickten Lachen zu.

Ashure nahm seinen Hut ab und machte eine königliche Verbeugung. „Ich *bin* Ashure Waves, König der Insel der Piraten, einer der sieben Inseln der Sieben Königreiche", stellte er sich erneut vor.

„Bist du ein Zauberer und das hier ist so eine Art Zaubershow?", fragte Angela verwirrt.

Ashure gluckste. „Ich bin kein richtiger Magier von der Zauberinsel. Dank meiner Mutter verfüge ich jedoch tatsächlich über Zauberkräfte. Mein Vater war ein Pirat, und meine Mutter war eine Elfe", erklärte er.

Tonya sah sie an. „Als ich verschwand, fiel ich durch ein Portal in eine andere Welt. Dort sind auch Carly, Jenny, Mike und Ruth. Und vor kurzem habe ich erfahren, dass Ross auch dort ist – oh, und Agent Tanaka von der CIA, glaube ich", fügte sie eilig hinzu.

Max öffnete und schloss seinen Mund mehrmals, bevor er eine Hand hob und über sein Gesicht strich. Angela lehnte sich schockiert gegen ihn. Es fiel ihm schwer, das alles zu begreifen.

„Du bist durch ein Portal in eine andere Welt *gefallen*?", wiederholte er langsam.

Tonya nickte und biss sich auf die Lippe. „Ja", sagte sie mit kaum hörbarer Stimme.

„Das Portal, das Ruth mithilfe von Magnas Zaubermuschel erschaffen hat, wurde anscheinend beschädigt, weil Ruth den Zauberspruch falsch ausgesprochen hat. Dadurch wurden mehr Leute als beabsichtigt mitgenommen. Zaubersprüche können unberechenbar sein, wenn sie nicht korrekt ausgesprochen werden. Tonya landete auf der Zauberinsel und Ruth auf der Insel der Riesen", erklärte Ashure.

„Wir sind noch nicht sicher, was mit Agent Tanaka passiert ist", fügte Tonya hinzu.

Ashure zuckte die Achseln. „Ich habe nichts von ihm gehört. Bestimmt wird er irgendwo auftauchen. Ich kann einen Suchtrupp losschicken, wenn wir in meine Welt zurückkehren", erklärte er.

„Moment mal. Was soll das heißen, wenn ‚*wir* in meine Welt' zurückkehren?", knurrte Max. Er ließ Angela los und trat vor.

Max schluckte, als Ashure sich umdrehte und ihn anstarrte, ohne zu blinzeln. In der Dunkelheit schienen die Augen des Mannes unnatürlich zu glühen. Ein Hauch von Gefahr umgab Ashure und Max spürte, wie sich die Haare auf seinen Armen aufrichteten.

„Angela, würdest du mit Tonya bitte ins Haus gehen?", wies er sie an, ohne den Blick von Ashure abzuwenden.

„Max", sagte Angela, ihre Stimme klang ängstlich.

„Nein", rief Tonya und stellte sich vor ihn. Sie legte ihre Hand auf seine Brust. „Max, sieh mich an", bat sie leise.

Nur widerwillig riss er seinen Blick von Ashure los und sah ihr in die Augen. Verwirrung und Unsicherheit durchfluteten ihn, als er sah, dass sie ihn statt mit Angst mit einem zuversichtlichen und liebevollen Blick ansah. Er schluckte, als sie einen Schritt auf ihn zumachte und ihre Arme wieder um seine Taille schlang.

„Er würde mir nie etwas antun. Ich weiß, was du in seinen Augen gesehen hast. Aber ich habe keine Angst, Max", beteuerte sie.

„Wie kannst du dir da so sicher sein, meine kleine Schnüfflerin?", fragte Max.

Sie stellte sich auf die Zehenspitzen und flüsterte ihm etwas ins Ohr. Er schloss die Augen, als er ihre leisen Worte auf sich wirken ließ. Für einen kurzen Moment schlang er seine Arme schützend um sie, bevor er seine Augen öffnete und sich entspannte. Er löste sich weit genug von ihr, um ihr erneut in die Augen zu schauen.

„Bist du sicher, Tonya?", flüsterte er.

„Absolut", antwortete sie mit einem sanften Lächeln.

Max warf einen Blick auf den Wecker auf seinem Nachttisch. Es war fast zwei Uhr nachts, und nach allem, was er gesehen und gehört hatte, schwirrte ihm noch immer der Kopf. Er legte seinen Arm um Angela, als sie seufzte und sich an ihn schmiegte.

„Bring deine Gedanken zum Schweigen, Max. Du kannst dir morgen wieder den Kopf darüber zerbrechen", riet sie ihm schläfrig.

Ein leises Glucksen schüttelte seinen Körper. „Du kennst mich zu gut", murmelte er und drückte ihr einen Kuss auf die Stirn.

„Was hat Tonya dir vorhin gesagt, Max?", fragte Angela plötzlich.

„Dass alles gut wird und sie die Sache im Griff hat", murmelte er und starrte an die Decke.

„Sie ist dabei, sich in ihn zu verlieben", flüsterte Angela.

„Ja, ich weiß", antwortete er.

Das war es, was Tonya wirklich gemeint hatte. Bei dem Gedanken, sie zu verlieren, schnürte sich ihm die Kehle zu. Es war eine Sache, sich zu verlieben und einem Mann um die halbe Welt zu folgen. Eine ganz andere Sache war es, sich in jemanden zu verlieben, der in einer anderen Welt lebte! Wie zum Teufel sollten Angela und er sie besuchen, mit den Enkeln spielen und all die anderen lästigen Dinge tun, die eine Familie so tat?

Ungeachtet der Tatsache, dass Tonya nicht ihr Fleisch und Blut war, betrachteten Angela und er sie als ihre Tochter. Nach Ashures plötzlichem Kleiderwechsel hatten sie auf der Veranda gesessen und geredet – und geredet. Alles hatte sich geändert, als er begriff, dass alles echt war, und jede Antwort schien zu einer weiteren Frage zu führen.

Am Ende des Abends hatten weder er noch Angela daran gezweifelt, dass Ashure aus einer anderen Welt stammte – einer fantastischen, unglaublichen, fremdartigen, magischen Welt. Er verstand weder die Physik noch die Logik hinter der Funktionsweise von Portalen oder dergleichen. Wichtig war nur, dass sie ihm glaubten.

„Schlaf jetzt, Max", murmelte Angela und drehte ihm den Rücken zu.

„Ja, Liebling", erwiderte Max und drehte sich so, dass er sich von hinten an sie kuscheln und seinen Arm schützend um ihre Taille legen konnte. „Ich liebe dich, mein Schatz."

„Ich liebe dich auch", murmelte sie.

KAPITEL 18

Tonya kicherte, als sie sah, wie der Schreihals, auch bekannt als die zehnjährige Angie, vor Freude kreischte, als MJ, auch bekannt als der zwölfjährige Max, Jr. der bereits größer war als Tonya, die Feder an Ashures Hut berührte. Die in der Feder enthaltene Elektrizität ließ dem Jungen die Haare zu Berge stehen. Und bei MJs dichtem Lockenschopf wollte das etwas heißen.

„Du siehst aus wie der Frankenstein-Kerl aus Hotel Transsilvanien", bemerkte Tonya.

„Jonathan. Er ist so ein Traumtyp", sagte Angie mit einem wehmütigen Seufzer, klimperte mit den Wimpern und schob die Hände unter ihr Kinn.

„Er ist ein Trottel, genau wie du", erwiderte MJ, bevor er die Feder wieder anfasste.

Angie ließ ihre Hände auf den Tisch sinken und streckte ihrem Bruder die Zunge heraus. „Das sagt ausgerechnet der Junge, der sich immer wieder einen Elektroschock verpassen lässt", antwortete sie sarkastisch und wippte bei jedem Wort mit dem Kopf.

„Was macht ihr beiden –?", fragte Max, als er die Küche betrat, gerade als MJ und Angie wieder in Gelächter ausbrachen, als sie die Donnervogel-Feder an Ashures Hut berührten. Er schüttelte den Kopf und ging zur Kaffeekanne. „Vergesst es, ich brauche erst einmal einen Kaffee, bevor ich mich mit dem Leben befassen kann", knurrte Max mürrisch.

„Guten Morgen, Max", sagte Tonya lachend.

„Guten Morgen, Daddy. Hast du gesehen, was für coole Tricks Ashure drauf hat? Er hat meine Marshmallows in meiner Schüssel tanzen lassen", erzählte Angie begeistert.

„Er –" Max warf Tonya einen fragenden Blick zu, bevor er den Kopf schüttelte und sich der Kaffeemaschine zuwandte. „Ich glaube, ich brauche heute eine extragroße Tasse", murmelte er.

„Eine kleine Tasse, Schatz, denk daran, was der Arzt über zu viel Koffein gesagt hat", mahnte Angela, die ebenfalls in die Küche kam.

„Wie kannst du so gelassen bleiben?", knurrte Max.

Tonya sah, wie sich Angelas Augen weiteten, bevor die Überraschung in Belustigung umschlug. „Du würdest nicht glauben, was ich bei den Wohltätigkeitsveranstaltungen der Schule so alles gesehen habe, zu denen du nie erscheinst", entgegnete sie, schenkte Max eine kleine Tasse Kaffee ein und nahm sich die größere, die er bereits eingeschenkt hatte.

„Ich dachte, sie wären langweilig", brummte Max.

„Ich muss heute Morgen kurz zur Arbeit – ein Notfall. Ich setze MJ auf dem Weg in die Stadt am Gemeindezentrum ab, wenn du Angie zur Autowäsche in die Schule bringen kannst", sagte Angela.

„Vergiss nicht, dass ich heute bei Matthew übernachte", erinnerte MJ sie.

„Und ich bei Jessica. Ich fahre nach der Autowäsche mit ihr nach Hause", sagte Angie.

„Eine Nacht ohne die Kinder – na ja, fast", grinste Max.

„Ha-ha. Ich werde Ashure ein paar meiner Lieblingsplätze hier in Portland zeigen", meinte Tonya.

„Seid vorsichtig", antworteten Max und Angie wie aus einem Mund.

„Wenn ich für jedes Mal, wenn ihr beide das sagt, einen Cent bekäme, wäre ich reich", murmelte sie.

„MJ, Angie, seid ihr fertig?", fragte Angela.

„Ja", antworteten die beiden.

Tonya beobachtete, wie sich ihre kleinen Geschwister von ihren Stühlen erhoben. Sie hatten immer irgendwelche Aktivitäten, sogar an den Wochenenden. Sie lächelte, als Ashure, der gerade die überfüllte Küche betrat, schnell den Bauch einzog, um sie vorbeizulassen. Er zuckte zusammen, als Angie innehielt, ihre kleinen Arme um seine Taille schlang und ihn heftig und liebevoll drückte.

„Danke", sagte das kleine Mädchen mit einem breiten Lächeln und leuchtenden Augen.

„Gern geschehen", erwiderte Ashure.

„Kommt Kinder. Niemals zu spät kommen, lautet die Regel", rief Angela.

„Ich habe es immer gehasst, wenn sie das gesagt haben", flüsterte sie Ashure zu, als er sich neben sie stellte.

Er warf ihr einen überraschten Blick zu. „Warum?", fragte er neugierig.

„Weil es eine Regel war und –", begann sie.

„Regeln sind dazu da, um gebrochen zu werden", beendete er den Satz für sie.

Sie sah zu ihm auf, als Max, Angela und die Kinder gingen. Sie hörte, wie sich die Haustür öffnete und die Stimmen ihrer Familie verklangen, als sich die Tür hinter ihnen schloss, doch in diesem Moment hatte sie nur Augen für Ashure. Ihm musste es ähnlich gehen, denn er zog sie in seine Arme und küsste sie mit einer Leidenschaft, die ihnen beiden den Atem raubte.

„Ich habe meine Schlüssel vergessen – Gott, ich habe das Gefühl, als hätten wir wieder einen Teenager im Haus", sagte Max, als er hereinplatzte.

Tonya errötete und löste sich von Ashure. Ein untypisches Schuldgefühl stieg in ihr auf und es dauerte eine Sekunde, bis ihr klar wurde, dass sie sich für nichts schämen musste. Sie warf Max einen finsteren Blick zu, der mit einem breiten Grinsen seine Schlüssel nahm, bevor er sich umdrehte und wieder hinausging.

„Ich kann es kaum erwarten, dass MJ und Angie in die Pubertät kommen", knurrte sie, während Ashure ein Lachen unterdrückte.

„Ist deine Familie immer so?", fragte er neugierig.

„Leider ja", sagte sie mit einem langen Seufzer.

Am späten Nachmittag hielt Tonya vor einem leeren, eingezäunten Grundstück an. Sie waren überall in der Stadt gewesen. Sie hatte ihm Orte gezeigt, an die sie seit Jahren nicht mehr gedacht hatte. Dieser Ort war der letzte, zu dem sie wollte, bevor sie zum Haus zurückkehrten. Angela hatte ihr vorhin eine Nachricht geschickt und vorgeschlagen, gemeinsam zu Abend zu essen, da die Kinder nicht zu Hause waren.

Das alte, baufällige Hotel, das einst diesen Häuserblock eingenommen hatte, war abgerissen worden, und eine neue Wohnsiedlung war im Bau. Das große Schild, auf dem das neue Gebäude angekündigt wurde, hatte nichts mehr mit dem zu tun, was vorher dort gestanden hatte. Sie trat vor und umklammerte den Maschendrahtzaun.

„Dieser Ort hat eine besondere Bedeutung für dich", vermutete Ashure.

„Ja, allerdings. Hier habe ich meine erste große Geschichte geschrieben", murmelte sie. Sie hob eine Hand und berührte die Narbe an ihrem Hals. „Und hier wäre ich fast gestorben."

Sie ließ den Zaun los, steckte die Hände in die Jackentaschen, drehte sich um und ging weiter. Neue Laternenmasten, die wie altmodische Gaslampen aussahen, säumten den Gehweg. Die Stadt hatte in den letzten Jahren viel Geld ausgegeben, um diesem Stadtviertel neues Leben einzuhauchen.

„Das hat etwas mit diesem Morris Decker zu tun, oder?", fragte er.

„Ja. Damals wohnte ich bei den Rollings. Sie waren ein älteres Ehepaar, süß und ein bisschen naiv im Umgang mit Teenagern, aber sehr nett. Sie hatten einen Sohn, der sich einen Dreck um sie geschert hat. Ich schätze, sie wollten es noch einmal versuchen, aber dieses Mal mit einer Tochter. Warum sie dachten, ich würde gut zu ihnen passen, das weiß ich nicht. Mrs. Rollings war ihr ganzes Eheleben lang Hausfrau und Mutter gewesen, und Mr. Rollings arbeitete als Postbote. Ich glaube, sobald ihr Sohn dem Haus der Langeweile entflohen war, hat er nie wieder zurückgeschaut. Ich war erst ein paar Monate bei ihnen, als Mr. Rollings einen Herzinfarkt erlitt. Und selbst in dieser kurzen Zeit, ist es mir gelungen, in Schwierigkeiten zu geraten", erklärte sie ruhig.

„Du fühlst dich verantwortlich", vermutete er.

Sie sah ihn an und nickte. „Anfangs schon, aber dank Max und Angela habe ich schließlich verstanden, dass es nicht meine Schuld war. Ich hatte die Schule geschwänzt, um die Geldwäsche und Preisabsprachen eines Mannes namens Morris Decker zu untersuchen, dem hier in Portland ein paar Geschäfte gehören. So etwas spricht sich auf der Straße herum, vor allem, wenn man sich in den falschen Vierteln der Stadt aufhält. Ich dachte, wenn ich etwas über Decker in Erfahrung bringen könnte, könnte ich den Artikel verkaufen und mir etwas Geld dazuverdienen. Das war besser, als in der Schule herumzuhängen und sich zu Tode zu langweilen oder in Schlägereien zu geraten", sagte sie.

„Aber Morris hat dich erwischt", vermutete Ashure.

„Ja, allerdings erst, nachdem ich Max erzählt hatte, was ich herausgefunden hatte. Er hat meine Ergebnisse ernst genommen und seinem Chef davon berichtet, der daraufhin eine verdeckte Ermittlung eingeleitet hat. Davon habe ich jedoch erst hinterher erfahren. Wie auch immer, aus Tagen wurden Wochen und aus Wochen Monate. Ich war an einem Punkt angelangt, an dem ich das Gefühl hatte, genug Beweise, Fakten und Quellen zu haben, um meine Berichterstattung zu untermauern. Meine Eltern legten sehr viel Wert auf all das. Sie sagten, man müsse immer mehrere Quellen haben, da die Nachrichtenagenturen es sonst nicht ernst nehmen würden. Ich hatte Bilder, Daten, Uhrzeiten, Augenzeugen für einige der Transaktionen und Dutzende von anderen, die mir noch mehr erzählt hatten. Ich hatte gehört, dass Decker ein Treffen abhalten würde. Also wollte ich diese Chance nutzen, um ihn zu überführen, und schlich mich über den alten Parkplatz unter dem Gebäude hinein. Dann entwickelte sich jedoch alles sehr schnell vom Schlechten zum Schlimmeren. Es stellte sich heraus, dass einer der Geschäftsleute Kontakte zur Polizei hatte und über die Ermittlungen informiert worden war", sagte Tonya und blieb auf dem Bürgersteig stehen, als die Erinnerungen die innere Mauer durchbrachen, die sie wegen dieser Nacht um sich herum errichtet hatte.

„Tonya, du musst mir das nicht erzählen, wenn es dich zu sehr aufwühlt", murmelte Ashure, trat vor sie und streichelte zärtlich ihre kalte Wange.

„Ist schon okay", erwiderte sie mit leicht angespannter Stimme. „Ich habe noch nie jemandem erzählt, wie ich mich in dieser Nacht gefühlt habe – nicht einmal Max. Er war da. Er war der Insider. Decker hatte seine Jungs auf Max angesetzt und wollte ihn umbringen. Ich hatte Max seit dem Tag, an dem ich ihm mein Notizbuch gezeigt hatte, nicht mehr gesehen. Ich dachte, er hätte mich wie alle anderen im Stich gelassen, doch dem war nicht so. Er hatte sich freiwillig gemeldet, weil er an meine Arbeit glaubte." Sie blickte Ashure traurig an. „Als ich sah, was Decker vorhatte, kam ich schreiend aus meinem Versteck hervor und schoss ein paar Fotos."

Ashure fluchte leise und streichelte zärtlich ihre Wange. Er zog sie in seine Arme und hielt sie fest. Sie rieb ihre Wange an seiner Brust.

„Ich kann mir vorstellen, dass das Decker überhaupt nicht gefallen hat", sagte er.

Sie drückte ihr Gesicht an seine Brust, lachte kurz auf und schüttelte den Kopf, bevor sie sich zurücklehnte. Ihre Augen blitzten vergnügt, als sie sich an Deckers verblüfftes Gesicht erinnerte, als sie geschrien hatte: ‚*Hey, Arschloch. Lächeln!*'

„Ja, er war vielleicht ein wenig sauer. Ich bin zur gleichen Zeit abgehauen, als die verdeckte Ermittlungseinheit kam, um Max zu retten. Während des Durcheinanders ist Decker entkommen. Ich war naiv und dachte, alles sei gut, also habe ich mir Zeit gelassen und mir mein baldiges Pulitzer-Preis-Material angesehen. Decker fand mich ein paar Straßen weiter. Wir haben uns einen Schlagabtausch geliefert, aber er war größer, stärker und hatte ein Messer. Ich kann mich noch gut daran erinnern, wie sich die Metallklinge an meiner Kehle anfühlte. Sie war eiskalt, hat sich aber trotzdem so angefühlt, als würde sie brennen, als sie in meine Haut schnitt. Ich konnte die Wärme meines Blutes spüren, aber mir war so kalt." Ihre Stimme verklang, und sie stand da und starrte ins Leere, vollkommen verloren in der Erinnerung. „Ich wollte nicht sterben. Ich war zu jung, und ich hatte noch so viel vor."

„Aber du bist nicht gestorben", murmelte er, ließ seine Hand zu der Narbe an ihrem Hals gleiten und streichelte sie mit dem Daumenballen.

„Max war Decker gefolgt. Ich wäre verblutet, wenn Max nicht gewesen wäre. Mr. und Mrs. Rollings kamen ins Krankenhaus, als sie davon erfuhren. Das war die Nacht, in der Mr. Rollings den Herzinfarkt hatte", sagte sie mit gedämpfter Stimme.

„Hat er überlebt?", fragte er.

Tonya nickte lächelnd. „Ja. Sie leben jetzt in Arizona bei ihrem Sohn und dessen Familie. Vor ein paar Jahren habe ich endlich den Mut aufgebracht, sie anzurufen und mich für alles zu bedanken, was sie für mich getan haben. Es stellte sich heraus, dass Mr. Rollings eine wandelnde Zeitbombe war, und nicht überlebt hätte, wenn er den Herzinfarkt woanders bekommen hätte. Jetzt ernähren sie sich gesund, treiben Sport und verbringen die meiste Zeit mit ihren Enkelkindern, wenn sie nicht gerade im Gemeindezentrum Karten spielen. Es ist schon komisch, wie das Leben manchmal so spielt", sagte sie lachend.

„Ja, allerdings", murmelte er, beugte sich hinunter und drückte ihr einen sanften Kuss auf die Lippen.

„Du machst mich verrückt", gestand sie.

Er gluckste. „Diese Wirkung habe ich auf die meisten Menschen", gab er zu. „Mache ich dich auf eine gute oder eine schlechte Art verrückt?"

Sie strich mit ihren Fingern über seine Wange. „Ich bin mir noch nicht sicher. Ich werde es dich wissen lassen, sobald ich mich entschieden habe", neckte sie ihn.

Er griff nach ihrer Hand, bevor sie sie wegziehen konnte. „Ich warte ungeduldig auf deine Entscheidung", sagte er und drückte ihr einen Kuss auf die Handfläche.

„Wir sollten besser zurück zum Haus gehen, sonst kommen wir zu spät zum Abendessen", meinte sie.

Er nickte, hielt ihre Hand aber weiterhin fest. „Danke, dass du dieses Erlebnis mit mir geteilt hast, Tonya", sagte er ernst.

„Vielleicht wirst du eines Tages dasselbe tun", meinte sie, ohne nachzudenken.

Wärme breitete sich in ihr aus, als in seinen Augen ein entschlossener und freudiger Glanz aufblitzte. Er zog sie in seine Arme, küsste sie fest auf die Lippen und wirbelte sie im Kreis herum, bevor er sie wieder auf die Füße stellte.

„Angebot angenommen", erklärte er.

～

Der Mann, der auf der anderen Straßenseite im Schatten stand, beobachtete das Paar. Er nahm die Zigarette zwischen seinen Lippen hervor und warf sie zu Boden, wo er die Kippe mit dem Absatz seines schwarzen Schuhs auf dem Pflaster zerrieb. Er rückte den Kragen seines langen Mantels zurecht, um sich vor der Kälte zu schützen, bevor er in seine Tasche griff, sein Handy herausholte und die Nummer wählte, die er sich gemerkt hatte.

„Hallo?"

„Sag Decker, die Frau da", sagte er.

Ramon lauschte dem gedämpften Gespräch, während er das Paar im Auge behielt. Er war ihnen schon den ganzen Tag gefolgt, hatte aber mit dem Anruf gewartet, bis er sich absolut sicher war, dass sie es war.

„Verfolg sie weiter", antwortete der Mann.

„Das wird dich eine ganze Stange Geld kosten", warnte Ramon.

„Tu es einfach", knurrte der Mann.

Ramon zuckte mit den Schultern und steckte das Telefon ein. Er war Privatdetektiv. Wenn Decker bereit war, seinen überzogenen Stundensatz zu zahlen, würde er nicht nein sagen. Fast hätte er den Auftrag abgelehnt, als er erfahren hatte, wer der Auftraggeber war. Stattdessen hatte er das Doppelte seines Stundensatzes genannt, und darüber hinaus eine fünfzigprozentige Anzahlung im Voraus verlangt. Er hatte gehofft, das würde den Mann abschrecken, aber Decker hatte zugestimmt und innerhalb einer Stunde bezahlt – in bar.

„Dann mache ich es eben", sagte er und beobachtete das ahnungslose Paar beim Küssen.

KAPITEL 19

„Also sagt Tonya der Vertrauenslehrerin, dass sie offensichtlich etwas mit dem stellvertretenden Schulleiter am Laufen habe, wovon ihr Mann oder die Ehefrau des stellvertretenden Schulleiters nicht begeistert wäre. Wenn sie also nicht wollte, dass der Artikel und die Bilder in der nächsten Schülerzeitung erscheinen, sollte sie das Nachsitzen vielleicht noch einmal überdenken", erzählte Max lachend.

„Erpressung, sehr raffiniert", kicherte Ashure und hob sein Weinglas zu einem Toast.

„Es war keine Erpressung, sondern eine Vereinbarung zum beiderseitigen Vorteil", stellte Tonya klar.

„Wie ging es weiter?", fragte Ashure.

Angela schüttelte den Kopf. „Tonya wurde für drei Tage suspendiert, die Schülerzeitung wurde eingestellt, und ich musste einen Antrag bei der Schulbehörde stellen, um ihr einen Platz an einer neuen Schule zu sichern, die bald eröffnen sollte", sagte sie.

„Ich hatte eigentlich nicht vor, den Artikel zu veröffentlichen, aber ich dachte, es sei einen Versuch wert. Außerdem war es sowieso egal, denn zwei Wochen nach meiner Versetzung wurden der

Vertrauenslehrer und der Schulpsychologe in einer eindeutigen Position im Büro des Schulpsychologen erwischt", murmelte Tonya und wedelte mit ihrer Gabel herum.

„Was ist mit dir, Ashure? Was hast du in der Schule so angestellt?", wollte Angela wissen.

Ashure lehnte sich in seinem Stuhl zurück. „Ich habe die Schule des Lebens besucht. Von ein paar mächtigen Hexen und vielen bescheidenen Magiern lernte ich, Zaubersprüche zu erschaffen. Von den Drachen lernte ich, wie man verhandelt und sein Vermögen vor teuflischen Diebstählen schützt. Viel zu viel von meiner Beute landete in einem Drachenversteck, bevor ich lernte, was sichere Orte waren. Die Riesen lehrten mich das Jagen und Kämpfen. Die Elementargeister waren leider nicht sonderlich hilfsbereit. Sie sind vorsichtige Geschöpfe", sinnierte er.

„Elementargeister? Was sind das für welche?", fragte Angela.

„Sie kontrollieren die Elemente", klärte er sie auf.

Max und Angela atmeten hörbar ein, während Tonya sich fasziniert nach vorne lehnte. Der Rotwein in Ashures Glas erhob sich in einem Strudel in die Luft und formte eine junge Frau, die Tonya verblüffend ähnlichsah. Sie wirbelte und tanzte wie eine Ballerina in dem Glas herum.

„Sie können Flüssigkeiten kontrollieren?", fragte Angela mit ehrfürchtiger Stimme.

„Alle Elemente. Prinzessin Gem war allerdings eine kleine Überraschung. Sie verfügt über eine unglaublich mächtige Energie. Selbst die Außerirdischen, sie auf unserer Welt abgestürzt sind und sie zerstören vernichten wollte, waren ihr gegenüber machtlos", erklärte er.

„Außerirdische?", wiederholte Max mit heiserer Stimme.

„Ja, schreckliche Kreaturen. Eine davon hat jahrhundertelang Besitz von Magnas Körper ergriffen. Danach wurde sie die Meerhexe genannt. Sie ist eine außerordentlich mächtige Hexe und eine wahre Schönheit. Obwohl ich ihre Schönheit erst bemerkt habe, als sie nicht mehr versuchte, uns zu töten. Irgendwann erfuhren wir, dass die mörderischen Absichten eigentlich von dem Außerirdischen in ihr ausgingen, nicht von Magna selbst. Dennoch ist es schwer, diese arme Frau nicht mit dem Gemetzel in Verbindung zu bringen, das ihre Hände angerichtet haben", ergänzte er mit einem Schaudern.

„Ich glaube, wir brauchen noch eine Flasche Wein", sagte Max und winkte dem Kellner.

Ashure schloss seine Hand, und die tanzende Maid sank zurück in sein Glas. Sie saßen im Innenhof eines Restaurants in der Nähe des Stadtzentrums. Elegante, mit Tischtüchern bedeckte Tische säumten einen offenen Bereich, der aussah, als wäre er einst eine Straße gewesen. Große gasbetriebene Heizgeräte sorgten für ausreichend Wärme, damit es die Gäste gemütlich hatten, und trugen zum gemütlichen Ambiente bei. Die leisen Gespräche und die beruhigende Musik verliehen dem Ganzen eine romantische Atmosphäre.

Er betrachtete Max und Angela. Es war offensichtlich, dass das Paar sehr verliebt war und dass sie auch Tonya sehr liebten. Abwesend fuhr er mit dem Finger über den Rand seines Weinglases, während er die Umgebung in Augenschein nahm. Sein Blick blieb an einem Mann hängen, der an einem Tisch saß, der teilweise durch einen Übertopf verdeckt war.

„Wenn ihr mich einen Moment entschuldigen würdet", sagte er und erhob sich.

Tonya sah überrascht zu ihm auf. „Ist alles in Ordnung?", fragte sie.

„Alles bestens. Ich muss nur etwas Platz für den köstlichen Wein machen, den Max freundlicherweise bestellt hat", sagte er mit einem Augenzwinkern.

„Oh", erwiderte sie mit einem Grinsen.

Er ging an mehreren Tischen vorbei, bevor er sein Ziel erreichte. Der Mann, der am Tisch saß, sah ihn mit einem erschrockenen

Gesichtsausdruck an, als er den Stuhl ihm gegenüber herauszog und sich setzte. Der Mann schob seinen Stuhl zurück und wollte sich erheben, ließ sich aber wieder fallen, als sich der Stuhl plötzlich von selbst bewegte und ihn zwang, sitzenzubleiben.

„Sie sind uns den ganzen Tag gefolgt. Ich würde gerne wissen, warum", forderte Ashure in einem trügerisch freundlichen Ton.

Der Mann warf ihm einen misstrauischen Blick zu und schüttelte den Kopf. „Ich weiß nicht, wovon Sie reden. Ich esse hier nur zu Abend", sagte er.

Ashure hob eine Augenbraue. „Der Kellner hat Ihnen eine Tasse Kaffee und ein Dessert gebracht – sonst nichts. Sie waren heute Morgen vor Max' Haus. Sie fahren ein dunkelblaues, kastenförmiges Fahrzeug mit einer Delle an der rechten hinteren Ecke, das beim Beschleunigen Rauch ausstößt. Ich kann Ihnen das Kennzeichen sagen, falls das Ihrem Gedächtnis auf die Sprünge hilft, oder ...", sagte er und hielt inne.

„Oder?", fragte der Mann mit fester Stimme.

Ashure beugte sich vor, sah dem Mann in die Augen und sprach mit sanfter, hypnotischer Stimme. „Sag mir deinen Namen", befahl er.

„Ramon, Ramon DeSantis", antwortete Ramon.

„Warum bist du Tonya den ganzen Tag gefolgt, Ramon?", erkundigte er sich.

„Ich wurde dafür bezahlt, sie zu finden und ihr zu folgen. Ein Mann namens Morris Decker wollte wissen, wo sie ist. Ich brauchte das Geld – meine Tochter ist schwer krank. Sie hat –" Ramon räusperte sich mehrmals, bevor er fortfuhr. „Sie hat einen Gehirntumor. Ich habe diesen Job nur angenommen, weil ich das Geld brauche, um meine Tochter zu einem neuen Spezialisten zu bringen. Sie ist erst sechs Jahre alt. Ich fühle mich so hilflos", sagte er.

Ashure ließ den Mann los und lehnte sich zurück. Der Mann senkte den Kopf. Seine Schultern zitterten und er schluchzte leise. Ashure tippte mit den Fingern auf den Tisch und dachte einen Moment lang nach, bevor er sich erhob.

„Weißt du, wo sich dieser Decker-Typ aufhält?", fragte er.

Ramon wischte sich über die Wangen, sah zu ihm auf. Er schüttelte den Kopf. „Nein, ich spreche nie direkt mit ihm, sondern immer mit jemand anderem, und immer am Telefon. Er hat mich im Voraus bezahlt und das Geld bei mir abgeben lassen", erklärte er zögernd.

Ashure spürte, dass der Mann die Wahrheit sagte. Ramons Seele war rein und hell. Die wenigen Schatten in seiner Seele wurden durch Schuldgefühle verursacht, weil er nicht in der Lage war, seiner Tochter zu helfen und sie zu beschützen.

„Wie heißt deine Tochter?", fragte er.

Ramons Augen erhellten sich. „Rebecca Anne. Sie und Alisa, meine Frau, sind das Licht in meinem Leben", gestand er.

Ashure nickte und wandte sich ab. Er war zuversichtlich, dass Ramon Tonya nicht mehr folgen würde, aber Decker würde weiterhin eine Bedrohung darstellen. Er kehrte an den Tisch zurück, wo Angela gerade eine Geschichte vom letzten Elternabend erzählte.

„Ich schätze, ich muss tatsächlich mal hingehen, nun da ich weiß, dass sie interessanter sind, als ich dachte", gluckste Max.

Ashure lächelte Tonya an, als sie ihn mit einem fragenden Blick anschaute. Es war offensichtlich, dass sie ihn gesehen hatte.

„Gibt es irgendetwas, weswegen wir uns Sorgen machen sollten?", fragte sie leise.

„Decker lässt dich beschatten", antwortete er.

Sie nickte kurz. „Das habe ich befürchtet, als Max meinte, dass er raus ist. Manche Leute lernen es nie", seufzte sie.

„Manchmal müssen sie es auf die harte Tour lernen", konterte er.

„Ist alles in Ordnung?", fragte Max und beugte sich vor.

„Ja", sagten Tonya und er unisono.

„Danke", sagte Tonya plötzlich.

Max runzelte die Stirn. „Wofür?", fragte er überrascht.

„Dafür, dass ihr mich aufgenommen habt – dafür, dass ihr ihr seid",
seufzte sie.

Angela drückte Tonyas Hand. „Nichts zu danken, Tonya. Du bist
unsere Tochter, und wir sind sehr stolz auf die junge Frau, die du
geworden bist", sagte sie.

„Deine Eltern wären auch sehr stolz auf dich", fügte Max hinzu.

Ashure beobachtete den herzlichen Austausch schweigend. So eine
Familie hatte er noch nie gehabt. Nun, außer Nali. Sie hatten zwar ein
ähnliches Verhältnis, doch es war eher mit Tonyas Beziehung zu MJ
und Angie vergleichbar.

Er zuckte überrascht zusammen, als Angela seine Hand ergriff und sie
auf ihre und Tonyas Hand legte. Er sah sie verwirrt an, als Max seine
Hand auf die von allen legte.

„Auf die Familie", sagte Angela leise.

Er senkte langsam den Kopf. „Auf die Familie", wiederholte er.

Tonya schaute in den Himmel. Verglichen mit einer klaren Nacht in
Mikes Haus konnte man hier nur wenige Sterne sehen. Vor ihnen
schlenderten Max und Angela den Gehweg zur Haustür hinauf.

Tonya warf einen Blick über die Schulter, als sie ein Auto die Straße
entlangfahren hörte. Sie runzelte die Stirn, als sie bemerkte, dass der
Fahrer vergessen hatte, seine Scheinwerfer einzuschalten. Das konnte
natürlich passieren, wenn man in einer gut beleuchteten Gegend
wohnte. Sie wollte sich gerade umdrehen, als sich das Fenster auf der
Beifahrerseite des Wagens öffnete und eine Pistole zum Vorschein kam.

„Vorsicht!", schrie sie, noch bevor sie den Blitz sah.

Sie stieß Ashure zur Seite, der daraufhin das Gleichgewicht verlor. Ein greller Schmerz schoss durch ihren Körper, als sie auf ihn fiel. Im Hintergrund hörte sie Angelas erschrockenen Schrei, Max' leises schmerzerfülltes Grunzen und das Quietschen der Reifen, als der Wagen davonfuhr.

Sie rollte sich von Ashure herunter und stützte sich auf ihren Ellbogen, um einen Blick auf das Auto werfen zu können. Wegen der Bäume und Sträucher konnte sie nichts erkennen. Das Auto bog um die Ecke, bevor einer von ihnen aufstehen konnte.

„Alles in Ordnung?", fragte sie mit angespannter Stimme.

„Ja, und bei dir?", erwiderte Ashure und stand auf.

„Mir geht es gut", sagte sie.

Sie zuckte zusammen, als sie ihre Hand langsam ausstreckte. Dann schaute sie an ihrer Jacke hinunter und schnitt eine Grimasse, als sie einen Riss im Ärmel und den Blutfleck darum herum sah. Vorsichtig berührte sie die Stelle, bevor Angelas gequälter Schrei ihre Aufmerksamkeit erregte.

„Max. Max, nein, Schatz. Tonya, Ashure, Max ist getroffen worden", rief Angela panisch.

Max stöhnte, als Angela ihm half, sich auf die Seite zu drehen. „Es ist nicht lebensbedrohlich", zischte er mit zusammengebissenen Zähnen.

Tonya reichte Ashure ihre andere Hand, und er zog sie auf die Beine. Sie umklammerte ihren verletzten Arm und eilte mit Ashure an ihrer Seite zu Max und Angela. Während sie sich neben Max kniete, wählte Angela den Notruf, um Hilfe anzufordern.

„Max", sagte sie mit angespannter Stimme.

Sie nahm ihren Schal ab und drückte ihn auf die Wunde an seiner Schulter. Max stöhnte noch lauter. Ashure kniete sich neben sie. Er legte seine Hand auf Max' Stirn und flüsterte leise Worte in einer ihr unbekannten Sprache. Fast sofort entspannte sich Max und stieß einen langen Seufzer aus.

„Verdammt! Keine Ahnung, was du da getan hast, aber der Schmerz ist weg", murmelte Max.

„Ein einfacher Zauber, um deine Beschwerden für kurze Zeit zu lindern", antwortete Ashure.

Er legte seine Hand auf Max' unverletzte Schulter und schüttelte sanft den Kopf, da Max Anstalten machte, sich aufzusetzen. Tonyas Gesichtszüge entspannten sich, als sie sah, dass Max sich wieder hinlegte. Erst als Angela ihren Arm berührte, schaute sie weg.

„Die Polizei und ein Krankenwagen sind auf dem Weg. Ich übernehme, Tonya. Wie schwer bist du verletzt?", fragte Angela.

„Mir geht es gut", antwortete sie.

„Du wurdest auch von dem Projektil getroffen?", fragte Ashure, als er sich zu ihr hinunterbeugte und sie ansah.

„Es ist nur ein Streifschuss", sagte sie.

„Lass mich mal sehen", flüsterte er.

Sie lächelte schwach, als sie den besorgten Blick in seinen Augen sah. „Zuerst müssen wir uns um Max kümmern", antwortete sie. In der Ferne waren blinkende Lichter zu sehen, die schnell näherkamen.

„Wenn man sagt, dass ein Polizist verletzt ist, kommt schnell jemand", versuchte Max zu scherzen.

Angela streichelte Max' Gesicht. „Ja, allerdings", sagte sie zärtlich.

Nicht nur schnell, sondern auch eine beachtliche Menge, dachte Tonya, als sie mindestens zehn Streifenwagen sowie einen Krankenwagen und ein Feuerwehrauto zählte. Die Polizisten strömten aus den Fahrzeugen. Einige verteilten sich mit gezogenen Waffen, andere blieben wachsam und einsatzbereit stehen. Tonya erkannte die meisten von ihnen, auch die drei, die den Gehweg zum Eingang hinaufliefen.

Max' und Angelas Nachbarn, die in ihren Häusern geblieben waren, als die Schüsse gefallen waren, standen jetzt auf dem Bürgersteig und beobachteten das Geschehen. Tonya bezweifelte, dass einer von ihnen von großem Nutzen sein würde. Das Auto war ebenso dunkel wie die Straße. Selbst die Außenkameras an den Häusern würden kaum ein gutes Video von dem Angriff zeigen.

„Max, wen hast du dieses Mal verärgert?", fragte der Polizist, der den Gehweg hinaufschritt, mit besorgter Stimme.

„Conrad", schimpfte Angela.

„Nicht so viele wie du, das kann ich dir garantieren", erwiderte Max barsch.

Drei Sanitäter eilten auf Max zu. Tonya wich zurück, um ihnen Platz zu machen. Sie schwankte und hielt sich den Arm, als er heftig zu pochen begann.

„Tonya wurde auch getroffen", sagte Ashure zu einer Sanitäterin.

Die junge Frau betrachtete Tonyas blasses Gesicht und machte sich daran, ihren verletzten Arm zu untersuchen. Anschließend gab sie Tonya und Ashure ein Zeichen, ihr zu folgen, während sich ihre Kollegen um Max kümmerten. Tonya schaute über ihre Schulter, als sie in den hinteren Teil des Krankenwagens geführt wurde. Die ganze Nachbarschaft beobachtete nun, was vor sich ging.

Nachdem sie sich gesetzt hatte, zogen Ashure und der Sanitäter ihr vorsichtig die Jacke aus. Sie schloss die Augen, als sie eine Welle der Übelkeit überkam. Ihr war gerade bewusst geworden, dass einer – oder sie alle – heute Abend hätten sterben können.

„Ich muss Ihren Ärmel aufschneiden, um an die Wunde zu kommen", teilte die Sanitäterin ihr mit einem entschuldigenden Lächeln mit.

„Das Teil ist sowieso ruiniert", erwiderte sie gleichgültig.

„Lass mich dir helfen, den Schmerz zu lindern", raunte Ashure ihr ins Ohr.

Sie nickte, ohne die Augen zu öffnen, und spürte seine warme Hand an ihrer Stirn. Wieder ertönte der sanfte, beruhigende Singsang, mit dem er Max vorhin geholfen hatte.

Tonya öffnete ihre Augen und blickte in die seinen, als der Schmerz auf magische Weise nachließ. Keiner von beiden sprach, während der Sanitäter die lange, aber nicht tiefe Wunde in ihrem Arm säuberte und verband. Sie sahen auf, als sie hörten, wie die anderen Sanitäter Max auf der Trage den schmalen Gang hinunterschoben. Angela lief neben ihnen her.

„Ich werde mit Max mitfahren", sagte Angela.

Tonya nickte. „Wir folgen dir und treffen uns im Krankenhaus", antwortete sie.

„Bei der Gelegenheit sollten Sie gleich Ihren Arm untersuchen lassen", riet ihr die Sanitäterin.

Sie nickte abwesend, da sie sich mehr Sorgen um Max machte. Ashure legte seinen Arm um ihre Taille, und sie traten zurück, während die Sanitäter Max in den Krankenwagen verfrachteten. Conrad half Angela beim Einsteigen, bevor er zurücktrat, als die Türen geschlossen wurden. In wenigen Minuten war der Krankenwagen weggefahren.

„Hat jemand von euch etwas gesehen?", fragte Conrad, als er sich vor die beiden stellte.

Tonya lehnte sich gegen Ashure. Die Wärme seines Körpers half gegen das unkontrollierbare Frösteln, das ihren Körper schüttelte. Sie fühlte sich, als wäre sie gerade in einem eiskalten Pool geschwommen. Widerstrebend blickte sie zu Conrad auf.

„Ich habe einen Blick auf das Auto erhascht. Es war ein schwarzer oder dunkelblauer Geländewagen. Die Scheiben waren getönt, und die Lichter waren aus. In der Dunkelheit und wegen der Bäume konnte ich nicht viel mehr erkennen. In dem Auto saßen mindestens zwei Personen – der Fahrer und ein Beifahrer. Der Beifahrer hat den Schuss abgegeben", sagte sie.

Conrad nickte. „Du bist Tonya, richtig? Die Adoptivtochter von Max und Angela", erkundigte er sich.

Sie nickte. Sie war Conrad im Laufe der Jahre ein paar Mal begegnet, kannte ihn aber nicht gut. Zu der Zeit, als Max und Angela anfingen, mehr Zeit mit ihm und seiner Frau zu verbringen, war sie bereits ausgezogen. Max und er waren seit ein paar Jahren Partner in der Undercover-Einheit, und sie wusste, dass er und seine Frau zwei Kinder im gleichen Alter wie MJ und Angie hatten.

„Wer sind Sie?", fragte Conrad und sah Ashure an.

Ashure lächelte. „Ashure Waves", stellte er sich vor.

Tonya legte ihre Hand auf die von Ashure und drückte sie warnend. „Ashure und ich sind zusammen. Wir sind über das Wochenende in der Stadt, um Max und Angela zu besuchen", erklärte sie.

Conrad musterte Ashure kritisch. „Ich kann Ihren Akzent nicht zuordnen. Woher kommen Sie?", fragte er.

„Conrad, können wir uns die Fragen für später aufheben? Ich würde wirklich gerne ins Krankenhaus fahren und für Angela und Max da sein. Außerdem muss ich meinen Arm untersuchen lassen", sagte sie.

„Natürlich! Tut mir leid. Ich werde im Krankenhaus vorbeischauen, nachdem der Tatort gesichert und die Nachbarn befragt worden sind. Die Abteilung nimmt es persönlich, wenn einer von uns niedergeschossen wird", antwortete Conrad.

„Ich nehme das auch persönlich", stimmte sie zu.

Conrad nickte. Ohne seinen Arm von ihrer Taille zu lösen, führte Ashure sie über den Gehweg. Sie hielt inne, um ihre Handtasche vom Boden aufzulesen. Als er ihr seine Hand hinhielt, sah sie ihn überrascht an, bevor sie ihm die Autoschlüssel reichte.

„Bist du sicher?", fragte sie mit skeptischer Miene.

„Ja. Ich verspreche, nicht zu viele Fußgänger zu überfahren", stichelte er, als sie zum Auto gingen.

Sie lachte und schüttelte den Kopf. „Das wäre das Tüpfelchen auf dem i heute Abend", murmelte sie.

Nachdem Ashure ihr die Tür geöffnet hatte, ließ sie sich auf den Beifahrersitz gleiten und lehnte sich zurück, wobei sie sich den Arm hielt. Dank Ashures Zauber tat er zwar nicht weh, aber sie wollte ihn sich trotzdem nicht anstoßen. Sie holte tief Luft und schloss die Augen, als Tränen darin zu brennen begannen.

Immer wieder ließ sie die Szene in ihrem Kopf Revue passieren und versuchte, einen Hinweis zu finden. Sie öffnete die Augen und starrte auf die Straße, als Ashure langsam vom Bordstein wegfuhr. Sie würde ihm den Weg zum Krankenhaus weisen müssen.

„Am Stoppschild rechts", wies sie ihn an.

„Ich habe mit dem Mann gesprochen, der uns heute gefolgt ist", gestand Ashure.

Tonya nickte. „Das habe ich gesehen. Ich wollte warten, bis wir allein sind sind, um dich zu fragen, was du herausgefunden hast", gab sie zu.

„Sein Name ist Ramon DeSantis. Er ist Privatdetektiv", erklärte er.

Sie drehte ihren Kopf und sah ihn an. „Du meintest, Decker hat ihn beauftragt, mich zu beschatten", murmelte sie.

„Ja", antwortete Ashure.

„Nun, ich denke, dann haben wir einen Verdächtigen", sagte sie mit müder Stimme.

„Allerdings", stimmte er grimmig zu.

~

Zehn Minuten später hielt Ashure auf dem Parkplatz vor dem Krankenhaus. Tonya schnallte sich ab und öffnete die Tür, bevor er um den Wagen herumgehen konnte, um es für sie zu tun. Er kam ihr vor dem Auto entgegen, und sie gingen über den schwach beleuchteten Parkplatz zur Notaufnahme.

Tonya trat an den Empfangstresen. „Max Bennett wurde eben eingeliefert", sagte sie.

Die Empfangsdame schaute auf, ebenso wie der Beamte, der neben ihr saß. „Es tut mir leid, ich kann keine Informationen über Patienten herausgeben, es sei denn, Sie sind eine Angehörige", sagte die Frau.

Tonya nickte und schluckte. „Ich bin seine Tochter", sagte sie.

Die Frau warf ihr einen ungläubigen Blick zu. „Ich –", begann sie.

Tonya sah den Beamten an. „Rufen Sie Captain Conrad Rand an. Sagen Sie ihm, dass Tonya Maitland im Krankenhaus ist, um Max zu sehen. Er wird bestätigen, wer ich bin, oder fragen Sie Angela. Sie sollte bei Max sein", erklärte sie und versuchte, sich nicht aufzuregen.

„Der Mediziner meinte auch, dass deine Verletzung untersucht werden muss", fügte Ashure hinzu.

Die Angestellte an der Rezeption betrachtete Tonyas zerrissenen und blutigen Ärmel, unter dem sich ein Verband befand, und murmelte eine Entschuldigung. Die Frau gab ihr ein Zeichen, sich auf einen Stuhl zu setzen. Tonya knirschte wütend mit den Zähnen, setzte sich aber.

„Sie kann rein", verkündete der Beamte, der gerade den Hörer auf das Telefon neben ihm legte.

„Welche Verletzungen haben Sie?", fragte die Empfangsdame.

„Ich wurde angeschossen", schnauzte Tonya.

„Tonya, Ashure", rief Angela von einer Tür aus, die sich links vom Wartezimmer öffnete.

Tonya erhob sich wieder. Sie ignorierte die Angestellte, die protestierte, dass sie ihr erst einen Rollstuhl besorgen müsse. Der verdammte Schuss hatte ihren Arm gestreift, nicht ihr Bein.

Sie ging auf Angela zu und schlang ihre Arme um die Frau, die sie als ihre Mutter betrachtete. Sie drückten sich lange, bevor Tonya sich zurückzog, um Angelas gezeichnetes Gesicht zu betrachten. Angela schenkte ihr ein müdes, angestrengtes Lächeln, aber ihre Augen waren klar.

„Sie haben ihn in den OP gebracht, um die Kugel zu entfernen", teilte Angela ihr mit und ergriff ihre Hand.

„Wie schlimm ist es?", fragte Tonya.

„Er wird ein paar Monate außer Gefecht gesetzt sein. Der Arzt hat gesagt, dass die Kugel einen Muskel verletzt hat und im Knochen steckt. Er wird etwas Physiotherapie brauchen, aber zum Glück hat er dicke Knochen, passend zu seinem Dickschädel", sagte Angela und rang sich ein angestrengtes Lachen ab.

Tonya drückte Angelas Hand. „Das wussten wir ja bereits", antwortete sie erleichtert.

„Wie geht es dir? Ich fühle mich schrecklich, dass ich abgehauen bin, ohne mich zu vergewissern, dass –", sagte Angela und ihre Stimme stockte, als sie Tonyas Arm berührte.

Tonya zuckte mit den Schultern. „Mir geht es gut", beruhigte sie ihre Adoptivmutter.

„Ich kann Sie jetzt nach hinten bringen", sagte eine Krankenschwester hinter Angela.

Tonya drehte sich zu Ashure um. Er beobachtete einen Mann, der durch die Tür gekommen war und Angela und sie anlächelte.

„Geh mit Angela und der Krankenschwester mit. Ich komme in ein paar Minuten nach", sagte er.

Sie wollte protestieren, aber die Krankenschwester hatte sie schon am Ellbogen gepackt und in einen Rollstuhl gedrückt. Sie warf der Frau einen finsteren Blick zu, die diesen jedoch ignorierte. Als sie sich noch einmal zu Ashure umdrehte, sah sie den Mann hinter ihm. Sie zischte vor Wut.

„Was zum –!", begann sie zu protestieren, bevor sich die schwere automatische Tür, die den Warteraum von den hinteren Räumen trennte, schloss.

Angst und Wut überkamen sie, als sie den Mann erblickte, der sie und Ashure den ganzen Tag über verfolgt hatte. Sie machte sich Sorgen um Ashure und wollte protestieren, doch sie wollte Angela nicht verärgern und niemanden in Gefahr bringen. Sie wusste nicht, warum Ramon hier war, aber es konnte nichts Gutes bedeuten.

KAPITEL 20

Ashure sah Ramon aus den Augenwinkeln, als der Mann die Notaufnahme betrat. Ramon schaute sich nervös um und wurde blass, als er Ashures warnenden Blick sah.

Er wartete, bis Tonya und Angela in sicherer Entfernung waren, bevor er sich auf dem Absatz umdrehte. Ramon verzog das Gesicht und wartete auf ihn. Ashure blieb vor Ramon stehen und sah ihm einen kurzen Moment lang in die Augen, um nach Anzeichen von hinterlistigen oder heimtückischen Absichten zu suchen, bevor er sprach.

„Komm mit", befahl er.

Ashure ging durch die Schiebetür, die nach draußen führte. Schweigend gingen sie den Bürgersteig entlang, bis sie aus dem grellen Licht heraus waren. Als er Ramon gegenüberstand, ließ er die Wut, die in ihm brodelte, heraus. Seine silbernen Augen schimmerten unnatürlich, und in seinem stählernen Blick waren die schattenhaften Seelen deutlich zu erkennen.

Ramon hob abwehrend die Hand zu einem stummen Appell. „Ich wusste nicht, dass das passieren würde. Ich schwöre es! Ich … du musst mich anhören. Ich hatte nichts mit der Schießerei zu tun. Ich habe es auf meinem Polizeiscanner gehört und bin sofort hergekommen", beteuerte er.

Ashures Wut war außer Kontrolle, und er umfasste Ramons Hals. Mit einer Hand hob er den Mann von den Füßen. Ramon würgte und ein angsterfüllter Blick lag in seinen Augen.

„Wo ist Morris Decker?", fragte Ashure.

Ramons Hände krallten sich in die Schlinge um seinen Hals, während er versuchte, genug Luft in seine Lungen zu bekommen, um zu sprechen. Ashure ließ den Mann langsam zu Boden sinken, ohne jedoch seinen Griff um Ramons Hals zu lockern. Er sah dem Privatdetektiv in die Augen und drängte ihn dazu, die Wahrheit zu sagen.

„Nach unserer Begegnung im Restaurant habe ich ein paar Gefallen eingefordert. Decker ist in seinem Haus in der Gegend von Cedar Mills. Ich habe … ich habe seine … seine Adresse", würgte Ramon hervor.

„Hey, alles in Ordnung?", rief ein Polizist, der auf den Eingang zuging.

Ashure ließ Ramon los und ließ seinen Arm sinken. Ramon drehte seinen Kopf in Richtung des Polizisten und zeigte ihm einen Daumen nach oben. Der Beamte, der innegehalten hatte, nickte und betrat das Krankenhaus.

„Gib mir die Adresse und die Wegbeschreibung", befahl Ashure.

Ramon nickte und zückte sein Handy. „Ich schwöre, ich wusste nichts davon", murmelte er, als er die Informationen aufrief. „Ich kann dir alles schicken, wenn du mir deine Nummer gibst", fügte er hinzu.

„Ich brauche keines dieser Geräte. Zeig mir einfach die Informationen", befahl Ashure.

Ramon hielt sein Telefon hoch, auf dessen Bildschirm die Adresse und die Route angezeigt wurden. Ashure flüsterte einen Suchzauber und nickte. Ramon ließ seine Hand sinken und holte tief und tief Luft.

„Ich will mitkommen", sagte Ramon.

Ashure hob eine Augenbraue. „Warum?", fragte er.

Ramon warf einen Blick in Richtung der Krankenhaustüren, bevor er wieder ihn ansah. Ashure konnte erkennen, dass der Mann Angst hatte, aber er spürte auch Entschlossenheit in Ramons Stimme. Obwohl er Ramon glaubte, dass er nichts von der Schießerei gewusst hatte, bedeutete das nicht, dass der Mann ihn nicht verraten würde.

„Ich fühle mich verantwortlich", gestand Ramon.

„Dann nehmen wir deinen Wagen", erklärte Ashure.

Ramon nickte und kramte nach seinen Schlüsseln. Sie gingen über den Parkplatz in die entgegengesetzte Richtung zu dem Bereich, wo er geparkt hatte. Die Lichter eines dunkelblauen Minivans, der schon bessere Tage gesehen hatte, blinkten auf.

Ashure öffnete die Beifahrertür und stieg ein. Mit verkniffener Miene entsorgte Ramon schnell eine Hamburger-Verpackung und einen leeren Fast-Food-Becher in dem Mülleimer hinter seinem Sitz. Nach zwei Umdrehungen des Schlüssels sprang das Fahrzeug an.

„Bist du sicher, dass das Ding funktioniert?", fragte Ashure abfällig.

Ramon nickte. „Wir brauchten ein besseres Auto für meine Frau, um unsere Tochter zum Arzt und wieder zurückzubringen. Der Lieferwagen war schon abbezahlt, und sie wollten uns sowieso nichts dafür geben, also benutze ich ihn. Es ist nicht der beste Wagen, aber immerhin muss ich mir keine Sorgen machen, dass er gestohlen wird", scherzte er, bevor er das Gesicht verzog und den Rückwärtsgang einlegte.

„Ich kann mir vorstellen, dass dir jeder Dieb aus Mitleid sein eigenes Fahrzeug anbieten würde", bemerkte Ashure trocken.

Ramon lachte unbeholfen. „Der war gut", sagte er.

„Du kommst nicht oft raus, oder?", fragte Ashure.

„Nein, die Arbeit und die Fahrten ins Krankenhaus sind alles, was Alisa und ich in den letzten zwei Jahren erlebt haben. Und dennoch würde ich es gegen nichts auf der Welt eintauschen wollen. Jeder Tag, an dem unsere Tochter noch lebt, ist ein Wunder, und wir werden so lange wie möglich daran festhalten", antwortete Ramon ernst.

„Das solltet ihr auch", murmelte Ashure.

Ramon sah ihn an. „Darf ich fragen, wer du wirklich bist?", fragte er und blickte ihn an, bevor er sich wieder der Straße zuwandte.

„Nur ein Besucher in eurer Welt", antwortete er.

Ashure warf Ramon einen Blick zu, als der Wagen etwas zu dicht an einem am Straßenrand geparkten Auto vorbeifuhr. Ramon lenkte seine Aufmerksamkeit wieder auf die Straße. Ein Anflug von Mitleid durchzuckte Ashure, bevor das Gefühl wieder verblasste.

„Ich werde dir nichts tun, solange du mir die Wahrheit sagst – und ich merke, falls du das nicht tun solltest", versicherte er Ramon.

„Willst du damit sagen, dass du der Teufel bist?", fragte Ramon mit heiserer Stimme.

„Nein, ich bin diesem Teufel noch nie begegnet", entgegnete er.

„Deine Augen – ich dachte, ich hätte gesehen –" Ramon hielt inne und schluckte erneut.

Genervt sah Ashure den anderen Mann an. „Stotterst du immer so herum? Wenn es ein angeborenes Sprachproblem ist, kann ich das verstehen. Aber du sprichst nicht immer so, deshalb bin ich mir nicht ganz sicher", sagte er.

„Ich habe etwas in deinen Augen gesehen. Es hat mich zu Tode erschreckt", erwiderte Ramon eilig.

Ashure winkte mit der Hand. „Verlorene Seelen. Du hast nichts zu befürchten – noch nicht. Deine befindet sich noch innerhalb der Grenzen der Erlösung", antwortete er.

„Du *bist* der Teufel!", zischte Ramon alarmiert, riss das Lenkrad nach rechts und lenkte den Wagen auf einen leeren Platz am Straßenrand.

Ashure drehte sich in seinem Sitz um und sah Ramon an. „Ich bin der Hüter der verlorenen Seelen. Jetzt bring mich zu Morris Decker, oder es ist gut möglich, dass du die Schwelle zum Geisterkessel überschreitest", knurrte er.

Ramons Augen weiteten sich, und er schluckte nervös. „Wir sind da", stotterte er und zeigte auf ein Haus.

Ashure schaute aus dem Fenster. Eine lange, schmale, kurvenreiche Auffahrt schlängelte sich ein kurzes Stück den Hang hinauf zu einem bescheidenen zweistöckigen Haus mit großen Fenstern, das zwischen mehreren Bäumen stand. Drinnen brannte Licht, und er konnte sehen, wie jemand an den Fenstern vorbeiging.

„Nun, dann ist es wohl an der Zeit, mich Mr. Decker vorzustellen", meinte er.

„Ich werde –", begann Ramon zu sagen.

Ashure öffnete die Tür und stieg aus dem Wagen. „Bleib hier", befahl er, bevor er die Tür schloss.

Nachdem er kurz die Umgebung in Augenschein genommen hatte, schritt er den Weg hinauf, schob seine Hand unter seinen Mantel und zog eines seiner magischen Schwerter hervor. Er umklammerte den juwelenbesetzten Griff. Das Schwert an seine Seite gepresst, winkte er mit der Hand und die Haustür öffnete sich.

Er trat über die Schwelle, bevor er stehen blieb und aufmerksam lauschte. Aus dem oberen Stockwerk ertönte gedämpfte Musik, und zu seiner Rechten lief der Fernseher. Er ging nach rechts, bevor die tiefe Stimme eines Mannes seine Aufmerksamkeit auf einen Flur lenkte. Schweigend folgte er dem Gang und legte den Kopf schief, als die Stimme deutlicher wurde.

An der Tür, die einen Spalt breit offenstand, hielt Ashure inne und schob sie so weit auf, dass er in das Zimmer sehen konnte. Der Raum war mit zwei Schreibtischen ausgestattet, einem großen, schweren in der Nähe der Tür und einem kleineren im hinteren Teil des Raumes. Die einzigen Lichtquellen im Zimmer waren eine einzelne Lampe in der Ecke und der Computerbildschirm auf dem kleineren Schreibtisch. Decker saß mit dem Rücken zur Tür und starrte auf den Bildschirm.

„Das ist mir egal! Ich will, dass du herausfindest, was mit Maitland und Bennett passiert ist, und dich um sie kümmerst, hast du mich verstanden? Ich will keine Ausreden hören", schnauzte Morris Decker in das Telefon, bevor er es wütend auf den Schreibtisch neben dem Computer warf.

Ashure betrat den Raum und schloss die Tür. „Was genau soll denn mit ihnen geschehen?", fragte er mit trügerisch ruhiger Stimme.

Decker drehte sich auf seinem Stuhl zum ihm um. Ashure trat ins Licht und schenkte dem Mann ein wildes Lächeln. Er wollte Blut – aber mehr als alles andere wollte er die Seele des Mannes wegen dem, was er Tonya heute Abend und vor all den Jahren angetan hatte.

„Wer zum Teufel sind Sie, und wie sind Sie in mein Haus gekommen?", stammelte Decker.

Ashure hob sein Schwert, richtete die Spitze auf Decker und schwenkte es hin und her. Decker erbleichte und wich in seinem Polstersessel zurück. Der Mann schob den Stuhl so weit zurück, bis er gegen den Schreibtisch hinter ihm stieß.

„Na, na, na, Mr. Decker. Ich stelle heute Abend die Fragen. War dir nach dem ersten Mal nicht klar, dass der Versuch, Tonya und Max zu töten, eine schlechte Idee ist?", fragte er mit drohender Stimme.

„Wovon reden Sie?", fragte Decker heiser, seinen Blick auf das Schwert in Ashures Hand gerichtet.

Eine Wut, wie sie Ashure noch nie zuvor verspürt hatte, stieg in ihm auf. Die Erinnerung an den Schmerz und die Angst in Tonyas Augen – ihre Hände, die mit Max' Blut beschmiert waren, die Tränen in Angelas Augen – all das schoss ihm durch den Kopf. Er betrachtete den schwitzenden Mann vor ihm.

Er hob seine linke Hand und zischte einen Zauberspruch, der den schweren Schreibtisch quer durch den Raum und aus dem Weg schleuderte, bevor er die Spitze seines Schwertes gegen Deckers Hals drückte. Decker umklammerte die Armlehnen seines Stuhls so fest, dass seine Knöchel weiß wurden, und starrte mit entsetzter Miene zu Ashure auf.

„Du hättest heute nicht versuchen sollen, Tonya und Max zu töten", knurrte er.

„Das habe ich nicht. Ich wollte sie nicht umbringen. Ich habe eben erst von der Schießerei erfahren. Ich wusste, dass man mich dafür verantwortlich machen würde. Ich schwöre, ich habe es nicht getan", sagte Decker mit zitternder Stimme.

„LÜG MICH NICHT AN!" Ashure brüllte vor Wut und beugte sich hinunter, um dem Mann in die Augen zu sehen.

Decker begann zu schluchzen. Dicke Tränen kullerten über seine Wangen und Rotz lief ihm aus der Nase. Ashure nahm den stechenden Geruch von Urin wahr. Ein Mann, der versucht hatte, ein unschuldiges kleines Mädchen anzugreifen, hatte nach seinem Tod viel zu befürchten, das wusste Ashure, und Decker schien das ebenfalls klar zu sein.

„Ich war es nicht. Das schwöre ich. Ich weiß nicht, wer es war", wimmerte Decker.

So sehr sich Ashure dagegen sträubte, dem Mann zu glauben, Decker sagte die Wahrheit. Er richtete sich auf, trat einen Schritt zurück und ließ sein Schwert sinken. Der Wunsch, das Leben des Mannes zu beenden, brannte wie eine Fackel in ihm.

„Warum hast du Ramon DeSantis damit beauftragt, Tonya zu verfolgen?", fragte er.

Decker wischte sich den Rotz unter der Nase weg, bevor er einen Zipfel seines weißen T-Shirts hochzog, um sich die Augen zu trocknen. Ashure wartete ungeduldig, während Decker versuchte, zu sprechen. Als er es schließlich tat, war seine Stimme kaum hörbar.

„Bevor – bevor ich aus dem Gefängnis kam, wurde mir klar, dass ich mein Leben ändern muss. Ich konnte nicht so weitermachen wie vorher. Ich habe Lucy, meiner Frau, ein Versprechen gegeben. Ich habe Kinder. Lucy sagte, wenn ich mich nicht anständig benehme, wenn ich rauskomme, dann war's das. Sie wollte nicht mehr warten. Mein kleines Mädchen ist so alt wie Tonya damals, als ich versucht habe, sie umzubringen. Ich will nicht, dass das mit meiner Kleinen passiert. Ich wollte Tonya sagen, dass es mir leidtut. Dass ich jetzt ein anderer Mensch bin. Ich habe über zehn Jahre im Leben meiner Kinder verpasst. Sie brauchen Zeit, um mir zu verzeihen. Ich werde das nicht noch einmal vermasseln", stammelte Decker.

Ashure hob sein Schwert und bohrte die Spitze in Deckers Wange, sodass der Mann gezwungen war, ihn wieder anzuschauen. So sehr Decker auch versuchte, sich dagegen zu wehren, er konnte dem Zauber nicht widerstehen, der ihn zwang, Ashure in die Augen zu sehen. Er ließ Decker das ganze Ausmaß der Qualen sehen, die seine Seelen erlitten.

„Wenn du dich *jemals* in die Nähe von Tonya, Max oder ihrer Familie wagst, dann werde ich dich holen, und dann wirst du dir wünschen, ich hätte dir nur die Kehle aufgeschlitzt, das verspreche ich dir", schwor er.

„Bitte, bitte, nein, nein, nein!", flehte Decker.

Ashure ließ seine Klinge sinken und ritzte eine dünne Linie in Deckers Hals, die der Narbe glich, die Decker Tonya zugefügt hatte. Sie war nicht tief genug, um den Mann zu töten, doch die in den Schnitt eingebettete Magie würde eine sichtbare Narbe hinterlassen, die Decker an seine vergangenen Taten und sein Versprechen erinnern würde. Decker schloss die Augen und begann schluchzend in seinem Stuhl zu wippen.

Der Piratenkönig starrte den Mann an, bevor er sich auf dem Absatz umdrehte und lautlos durch die Tür verschwand. Als er wieder den Flur hinunterging, öffnete sich die Haustür auf seine Handbewegung hin. Ein junges Mädchen blieb auf der Treppe stehen, starrte auf das glühende Schwert in seiner Hand und warf Ashure einen ängstlichen Blick zu, als er durch die Tür schritt.

„Dad?", rief das Mädchen, als der Fremde wegging.

Ashure schritt den vorderen Gang entlang. Auf einen Wink mit seiner Hand hin öffnete sich die Beifahrertür für ihn. Er ließ das Schwert wieder unter seinen Mantel gleiten und stieg in den Wagen.

Ramon musterte ihn einen Moment lang schweigend. „Hast du ihn umgebracht?", fragte er.

„Nein. Ich habe einen Kodex", antwortete Ashure. Er schnallte sich an und lehnte sich zurück, als Ramon losfuhr.

KAPITEL 21

Tonya blickte auf, als Ashure sich leise bei der Krankenschwester bedankte, die ihn in Max' Zimmer gebracht hatte. Sie hatte sich große Sorgen gemacht, weil er so lange nicht zurückgekommen war. Sie erhob sich von ihrem Platz und fasste ihn am Arm.

„Wir sind in ein paar Minuten zurück", sagte sie an Angela gewandt.

„Warum fahrt ihr nicht nach Hause? Ihr könnt heute Nacht hier sowieso nichts tun. Max wird schlafen – zumindest bis die Krankenschwester wiederkommt, um seine Werte zu messen und die Wunde zu untersuchen. Du hast doch gehört, was der Arzt gesagt hat. Wenn morgen früh alles gut aussieht, kann Max entlassen werden", meinte Angela.

„Bist du sicher? Ich lasse dich nur ungern allein", antwortete Tonya besorgt.

Angela hob eine Augenbraue. „Hast du den Flur gesehen? Dort stehen mindestens fünf diensthabende und drei nicht diensthabende Polizisten Wache. Ich denke, wir kommen zurecht", entgegnete sie trocken.

Tonya biss sich auf die Lippe, ließ Ashures Arm los und eilte zu Angela hinüber, um sie zu umarmen und zu küssen. Angela hielt Tonyas Hand und drückte sie, bevor sie sich von ihr löste.

Angela sah zu Ashure auf und bat leise: „Pass gut auf unser Mädchen auf, Ashure."

„Mit meinem Leben, Lady Angela", antwortete er mit einer Verbeugung.

Angela lachte und fächelte sich mit ihrer Hand Luft zu, als ob ihr heiß wäre. „Oh, Mädchen, du steckst in *großen* Schwierigkeiten", antwortete sie.

Tonya verdrehte die Augen, bevor sie Ashures Arm griff und ihn aus dem Zimmer zog. Sie nickte den beiden Polizisten zu, die vor der Tür standen, und lief mit Ashure über den Korridor entlang zu den Aufzügen, wo sie den Abwärtsknopf drückte und ungeduldig darauf wartete, dass sich die Türen öffneten.

„Endlich", murmelte sie leise, als sie das Klingeln hörte und das Licht oben aufleuchtete.

Beinahe hätte sie den Leuten, die ausstiegen, „Beeilt euch" zugerufen. Ashures leises Kichern verriet ihr, dass sie ihre Ungeduld nicht besonders gut verbarg. Sie zog ihn in den Aufzug und drückte auf den Knopf zum Schließen der Tür. Sobald sie allein waren, drehte sie sich um und sah ihn an.

Die Worte auf ihren Lippen erstarben, als er sie küsste. Er schlang seine Arme um ihre Taille, zog sie an sich und hielt sie fest, als wollte er sie nie wieder loslassen. Ihre Sorgen und Ängste, die sich während des Abends verstärkt hatten, waren schlagartig verschwunden, als ihr klar wurde, dass Ashure am Leben war und es ihm gut ging.

„Ich habe mir Sorgen um dich gemacht, weil du so lange gebraucht hast, um herzukommen", flüsterte sie zwischen zwei Küssen.

„Ich hatte etwas zu erledigen", murmelte er und fuhr mit der freien Hand durch ihr Haar.

„Ich –", hauchte sie, bevor sie stöhnte, als der Aufzug langsamer wurde. „Wir bekommen gleich Gesellschaft."

Einen Sekundenbruchteil bevor sich die Türen öffneten, lösten sich Tonya und Ashure voneinander. Eine ältere Frau trat ein, gefolgt von einem Pfleger, der einen älteren Mann in einem Rollstuhl schob. Die Frau lächelte sie an, bevor sie Ashure argwöhnisch musterte. Tonya erwiderte das Lächeln der Frau, als sie ihre Hand auf die Schulter des älteren Mannes legte.

„Ich weiß noch, als Herb und ich in Ihrem Alter waren", seufzte die Frau mit einem trüben, distanzierten Blick. „Ich finde ihn heute noch genauso attraktiv wie damals."

„Das ist wunderbar", murmelte Tonya.

Sie atmete erleichtert auf, als sie das Erdgeschoss erreichten. Ashure und Tonya warteten, bis das ältere Ehepaar und der Pfleger ausgestiegen waren, und folgten ihnen dann. Es war ein langer Weg um das Krankenhaus herum bis zum Eingang der Notaufnahme, aber sie brauchte frische Luft.

Tonya erschauerte, als sich die Türen öffneten und die kalte Luft von draußen auf ihre erhitzte Haut traf. Vor dem Eingang hielt sie inne, um sich zu orientieren, und Ashure legte seinen Arm um sie. Die Wärme seiner Haut half ihr gegen das Frösteln. Sie wandten sich nach rechts, und sie atmete tief und beruhigend ein, während sie den Bürgersteig entланggingen.

„Ich war bei Morris Decker", sagte er.

Sie blieb stehen und sah ihn ungläubig an. „Du warst wo?", zischte sie.

Er zog seinen Mantel aus und legte ihn um ihre Schultern. Sie schloss kurz die Augen, als er mit den Fingern über ihre Wange strich und ihr das Haar hinters Ohr strich. Nachdem er seine Hand weggezogen hatte, öffnete sie die Augen und schaute zu ihm auf.

„Ich war bei Decker", wiederholte er.

„Du hast ihn gefunden?", fragte sie.

„Ja, Ramon DeSantis hat mich mitgenommen. Er hat über einen so genannten Polizeifunk von dem Angriff erfahren und bedauert, dass er in diese Sache verwickelt war, obwohl er schwor, nichts davon gewusst zu haben. Jedenfalls hat er Deckers Aufenthaltsort herausgefunden und mich dorthin gebracht", erklärte er.

„Du hättest dabei sterben können! Warum hast du mir nichts gesagt? Warum hast du es nicht der Polizei gesagt?", fragte sie.

Er nahm ihr Gesicht in seine warmen Hände. „Weil ich Dinge tun kann, die die Menschen hier nicht können – unter anderem kann ich Leuten die Wahrheit entlocken", sagte er.

„Was kannst du denn sonst noch?", fragte sie und versuchte, nicht zu lächeln.

„Jemanden umbringen, ohne Spuren zu hinterlassen", sagte er, bevor er sie losließ und sich abwandte.

„Oje. Ich schätze, das könnte sich als nützlich erweisen. Du hast doch nicht wirklich jemanden umgebracht, oder? Oh mein Gott, hast du Decker etwa ermordet?", hauchte sie.

„Ja, ich habe schon mal jemanden getötet, und nein, Decker lebt noch. Er war nicht derjenige, der auf dich und Max geschossen hat", gab er zähneknirschend zu.

„Du hast tatsächlich jemanden umgebracht –" Sie blieb kurz stehen und schüttelte den Kopf, bevor sie weiterging. „Bist du sicher, dass es nicht Decker war? Er hat mich beschatten lassen. Sicherlich nicht, um mir zu sagen, dass es ihm leidtut, dass er mich vor zehn Jahren umbringen wollte."

Er starrte geradeaus. „Ich habe ihn gefragt – besser gesagt, ich habe ihn auf eine Weise genötigt, dass er gar nicht anders konnte, als die Wahrheit zu sagen. Das hat ihm eine Heidenangst eingejagt. Eigentlich war das sogar der Grund, warum er dich beschatten ließ. Er sagte, ihm sei klar geworden, wie viel er durch sein Verhalten verloren hat oder fast verloren hätte. Er hat jetzt eine Tochter, die so alt ist wie du damals, als er versucht hat, dich zu töten. Er will sie nicht verlieren", erklärte er.

Wieder blieb sie stehen und sah zu ihm auf. „Und du glaubst ihm?", fragte sie.

„Ja", antwortete er.

Sie wandte sich von ihm ab und schaute in den Himmel, während sie seine Worte auf sich wirken ließ. Dann erschauderte sie erneut. Wenn es nicht Decker war, dann bedeutete das, dass jemand anderes Max tot sehen wollte – aber wer?

„Ich werde es Max sagen. Er wird Conrad davon überzeugen, dass Decker nichts damit zu tun hat", sagte sie.

„Lass uns zum Haus zurückkehren", sagte er.

Sie nickte, in Gedanken versunken. Ashure hatte seine eigene Sicherheit riskiert, um die Gefahr für ihre Familie zu beseitigen. Außerdem hatte er zugegeben, dass er schon einmal jemanden umgebracht hatte. Sie war sich noch nicht sicher, wie sie mit dieser Information umgehen sollte.

Wozu machte ihn das? Er kam ihr nicht wie ein Mörder vor – aber sie vermutete, dass dies auf viele Mörder zutraf. Sie zog seine Jacke fester um ihren Körper und sah ihn aus den Augenwinkeln an. So frustrierend es auch war, die Wahrheit zu erfahren, sie konnte ihn einfach nicht als jemanden sehen, der einen anderen verletzen würde.

Es sei denn, er hat es aus Notwehr getan, dachte sie plötzlich.

So musste es sein. Er mochte zwar jemanden getötet haben, aber es musste aus Notwehr geschehen sein. In einer Situation, in der es um Leben und Tod ging, konnte sie das verstehen. Verdammt, Max war schon mehr als einmal in einer solchen Situation gewesen – alle Polizisten mussten darauf vorbereitet sein.

Und Soldaten auch, dachte sie.

Je länger sie darüber nachdachte, desto sinnvoller erschien es ihr, Ashure als Soldat zu sehen. In seiner Welt war er ein König. Im Mittelalter waren Könige auch in den Krieg gezogen. Ashure hatte ihr von einer großen Schlacht in den Sieben Königreichen erzählt, die vor Hunderten von Jahren stattgefunden hatte, und von den Außerirdischen, die kürzlich ihre Welt angegriffen hatten. In solchen Situationen war es verständlich, dass er möglicherweise jemanden töten musste.

„Tonya", murmelte Ashure.

Sie blinzelte, als sie merkte, dass sie vor ihrem Auto standen. Sie sah zu ihm auf. Er neigte den Kopf und ihre Lippen öffneten sich erwartungsvoll. Ein leiser Seufzer entwich ihr, als er sie zärtlich küsste.

„Ich würde dir und deiner Familie nie etwas antun, nur denen, die dir etwas antun wollen", schwor er.

„Ich weiß", flüsterte sie.

Ashure öffnete ihr die Autotür, und sie ließ sich auf den Sitz gleiten. Die Hände im Schoß gefaltet, beobachtete sie, wie er um das Auto herumging. In diesem Moment wurde ihr klar, dass sie nicht *dabei* war, sich in ihn zu verlieben – sie *war* bereits in ihn verliebt.

Als er nicht zurückgekommen war, hatte sie Angela bei Max gelassen, um sich auf die Suche nach ihm zu machen. Die Sprechstundenhilfe in der Notaufnahme hatte ihr erzählt, dass er mit einem anderen Mann nach draußen gegangen und nicht zurückgekommen war. Der Polizist am Eingang meinte, er hätte gesehen, wie sich die beiden draußen unterhalten hätten. Sie hatte zwei und zwei zusammengezählt und angenommen, dass er mit Ramon weggegangen war. Sie hätte jedoch nie damit gerechnet, dass er zu Deckers Haus fahren würde.

Tonyas Herz hatte geschmerzt, während Angela und sie darauf gewartet hatten, dass Max aus dem OP kam. Mit jeder Minute war ihre Sorge, dass Ashure etwas zugestoßen war, größer geworden, bis sie kaum noch einen zusammenhängenden Satz formulieren konnte. Seit er wieder aufgetaucht war, konnte sie nur noch daran denken, ihn zu berühren, um sich zu vergewissern, dass es ihm gut ging.

„Ashure", sagte sie.

Sie berührte seinen Arm, bevor er die Zündung einschalten konnte. Er sah sie schweigend an und hob fragend eine Augenbraue. Sie hielt seinen Arm fest umklammert.

„Was ist los, Liebling?", fragte er.

Sie schenkte ihm ein schiefes Lächeln. „Ich will heute Nacht nicht allein sein", sagte sie mit leiser Stimme.

„Dann – wirst du es nicht sein", versprach er.

Sie nickte, da sie nicht in der Lage war, etwas anderes zu sagen. Dann ließ sie seinen Arm los und lehnte sich im Sitz zurück. Die Welt vor dem Autofenster sah plötzlich anders aus, als ob sie sie zum ersten Mal sehen würde. Sie empfand ein fremdes Gefühl, als gehöre sie nicht mehr hierher. So hatte sie sich nicht mehr gefühlt, seit sie aus den Sieben Königreichen zurückgekehrt war. Wie sehr sie sich auch einzureden versuchte, dass alles nur ein Traum war oder dass sie sich nicht verändert hatte, sie wusste, dass es eine Lüge war.

„Alles ist gleich und doch ist alles anders. Es ist, als hätte ich früher einen Schleier über meinen Augen gehabt. Und jetzt, nachdem er entfernt wurde und ich weiß, was dahintersteckt, frage ich mich manchmal, ob ich verrückt werde." Beim letzten Wort wurde ihre Stimme leiser.

Ashures warme Hand umfasste die ihre. Sie sah ihn an. Er konzentrierte sich auf die Straße, doch sie spürte, dass er alles, was sie sagte, aufmerksam zur Kenntnis nahm.

„So ging es mir auch, nachdem Simon, der frühere Piratenkönig, die Gabe der Göttin an mich weitergegeben hatte. Bei unserem Gespräch vorhin am Strand habe ich mich daran erinnert, wie ich mich damals gefühlt habe. Ich muss gestehen, dass du mit deinem neuen Wissen wesentlich besser umgegangen bist als ich damals", sagte er lachend.

Sie drückte seine Hand. „Was hast du getan?", fragte sie.

Er zog seine Hand weg, um den Blinker zu betätigen, und verlangsamte den Wagen, als sie in das Wohngebiet einfuhren. Da es zu nieseln begonnen hatte, griff sie hinüber und schaltete die Scheibenwischer ein.

„In den ersten paar Tagen habe ich viel getrunken", gab er lachend zu. „Ich hätte großartigen Sex haben können, doch die Tatsache, dass ich in die Seele der Menschen blicken konnte, machte das unmöglich. Gier und Machthunger sind nicht gerade förderlich für ein erfüllendes Schäferstündchen."

„Oh, tja, ich habe nichts davon getan", murmelte sie.

„Ich war fest entschlossen, mich abzulenken, bis mir klar wurde, dass ich den Vorhang nie wieder zuziehen könnte, egal wie viel ich trank. Ich sah Bewegungen in den Schatten. Ich konnte die Geister derer sehen, die nicht gut genug waren, um Frieden zu finden, aber auch nicht schlecht genug, um im Geisterkessel eingesperrt zu werden, wo bösartige, magische Seelen verwahrt werden. Die Welt hatte in gewisser Weise ihr Wunder verloren und dennoch etwas dazugewonnen", fuhr er fort.

„Ich verstehe, was du meinst. Es ist, als würde man Dinge sehen, die man vorher nie bemerkt hat", flüsterte sie.

„Ja. Die Blütenblätter einer Blume, die voller Lebenskraft pulsiert, das Spiegelbild in einer Träne, der Verrat, von dem man weiß, dass er eines Tages in den Augen eines alten Freundes auftauchen wird – alles wirkt auf einer anderen Ebene detaillierter", murmelte er.

„Ist dieser Tag gekommen – der Tag, an dem dein Freund dich verraten hat?", fragte sie.

„Ja, leider", antwortete er.

Sie blinzelte die Tränen zurück, die plötzlich in ihren Augen brannten. Vor dem Haus bremste er den Wagen, als ein Polizist aus seinem Fahrzeug stieg und sie anhielt. Sie ließ das Fenster herunter und sah den Mann an.

„Ich bin Tonya Maitland. Max und Angela sind meine Adoptiveltern", erklärte sie.

„Kein Problem, Ms. Maitland. Ich kenne Sie. Ich bin Benny", erwiderte er.

Tonya lächelte. „Sie haben letztes Jahr bei der Weihnachtsfeier den Weihnachtsmann gespielt", erinnerte sie sich.

„Ja, meine Frau meinte, es wäre an der Zeit, eine Diät zu machen", kicherte Benny und tätschelte seinen rundlichen Bauch. „Wie geht's Max?"

„Er hat geschlafen, als wir das Krankenhaus verlassen haben, aber er wird morgen entlassen. Er wird eine Weile nicht arbeiten können, aber der Arzt sagt, dass er sich vollständig erholen wird", sagte sie.

„Das ist großartig. Sie brauchen sich keine Sorgen zu machen. Der Chef will, dass wir das Haus im Auge behalten, bis der Täter gefasst ist", antwortete er.

„Danke, Benny. Wenn Sie etwas brauchen, klopfen Sie einfach an die Tür", antwortete sie.

„Wird gemacht", sagte Benny und tippte zum Gruß mit zwei Fingern an seinen Hut.

Ashure fuhr in die Einfahrt und schaltete die Zündung aus. Tonya schnallte sich ab, während Ashure um das Auto herumging und ihr die Tür öffnete. Lächelnd nahm sie seine Hand.

Dann eilten sie gemeinsam den Gang hinauf zur Eingangstür. Sie duckte sich unter dem gelben Klebeband hindurch, das über den Eingang gespannt war, als Ashure es für sie anhob. Er trat neben sie, während sie den Code für die Haustür eintippte.

Nachdem sie die Tür hinter sich geschlossen hatten, sah sie Ashure an. Sie hoffte, er erinnerte sich an sein Versprechen, dass er heute Nacht bei ihr bleiben würde. Erwartungsvoll öffnete sie die Lippen, als er ihr den Mantel abnahm.

„Du erinnerst dich", flüsterte sie und streichelte sein Gesicht.

„Ich würde dich nie anlügen, Tonya, und ich werde nie ein Versprechen vergessen, das ich dir gegeben habe", schwor Ashure.

„Danke", flüsterte sie, bevor sie sich auf die Zehenspitzen stellte und ihn küsste.

Die Emotionen drohten sie zu überwältigen, als er ihren Kuss mit zärtlicher Leidenschaft erwiderte, bei der sie weiche Knie bekam. Sie fuhr mit den Fingern durch sein dichtes, gewelltes Haar. Ihre Zungen berührten sich, und ihr Atem vermischte sich.

„Mein Zimmer", murmelte sie an seinen Lippen.

Er zog sich zurück und schaute auf sie herab. Verlangen loderte in seinen Augen. Sie schluckte, als er ihre Hand nahm und zurücktrat. Dann stiegen sie die Treppe hinauf und gingen über den Flur zu ihrem Zimmer. Sie sah ihn überrascht an, als er an der Tür stehen blieb und tief durchatmete.

„Was ist los?", fragte sie.

Er schenkte ihr ein wehmütiges Grinsen. „Ich kann dir gar nicht sagen, wie dankbar ich bin, dass du ein großes Bett hast. Das in MJs Zimmer lässt wirklich zu wünschen übrig", gestand er und kickte seine Schuhe beiseite.

„Hast du etwas gegen Etagenbetten?", stichelte sie.

„Nur wenn ich schlafen möchte. Selbst die Kojen an Bord der Piratenschiffe sind besser als diese Konstruktion. Vor allem, weil MJ darauf bestanden hat, dass ich oben schlafe", fügte er mit einem Schaudern hinzu.

„Nun, vielleicht kann ich das wieder gutmachen", erwiderte sie mit einem anzüglichen Grinsen.

Tonya machte einen Schritt auf ihn zu und begann, die Knöpfe an seinem Hemd zu öffnen. Sein schnelles Einatmen verriet ihr, dass sie ihre Sache gut machte.

Sie konzentrierte sich auf ihre Finger. Nachdem sie sein Hemd aufgeknöpft hatte, ließ sie ihre Hände unter den Stoff gleiten und berührte seine warme Haut. Sie strich über seine harten Bauchmuskeln und zeichnete mit den Daumenkuppen die Haarlinie nach, die sich an seinem Bauchnabel verengte. Seufzend fuhr sie mit ihren Händen über seinen Oberkörper und ließ ihre Finger durch das lockige Haar auf seiner Brust gleiten.

„Ich liebe es, dich zu berühren", murmelte sie, als sie sich vorbeugte und seine Brust durch den Spalt in seinem Hemd küsste.

Stöhnend umfasste er ihre Hüfte, als sie ihm das Hemd ausziehen wollte. Eine Welle des Verlangens durchfuhr sie, als der Beweis seiner Erregung gegen ihren Bauch drückte. Sie lächelte ihn an, während sie ihre Hände zu seiner Taille hinuntergleiten ließ.

„Wenn wir das tun, werde ich für immer dir gehören, Tonya. Wirst du auf mein Herz aufpassen?", fragte er voller Verlangen.

Sie stellte sich auf die Zehenspitzen und hakte ihre Finger in seinem Hosenbund ein. Mit einem tiefen Blick in seine Augen schmiegte sie sich an ihn. Noch nie war sie sich einer Sache so sicher gewesen wie in diesem Moment. Sie wollte mit ihm zusammen sein – für immer.

„Ja. Und ich hoffe, das beruht auf Gegenseitigkeit, denn ich vertraue dir auch meins an", flüsterte sie an seinen Lippen.

Er stieß einen zittrigen Seufzer aus. „Oh, das beruht definitiv auf Gegenseitigkeit."

Ashure widerstand dem Drang, Tonya einfach die Bluse vom Leib zu reißen. Nicht, dass es etwas ausgemacht hätte, denn der feine Stoff war ohnehin schon ruiniert. Dank des Zaubers, den er ausgesprochen hatte, wusste er zwar, dass sie keine Schmerzen hatte, dennoch war ihr Arm an der Stelle, an der sie getroffen worden war, empfindlich.

Während er sie küsste, versuchte er, die Knöpfe an ihrer Bluse zu öffnen, was sich jedoch als nahezu unmöglich herausstellte, da er sich mehr darauf konzentrierte, sie zu küssen. Sie drückte ihre Lippen auf seine, während sie sich weit genug von ihm entfernte, dass er sein Vorhaben beenden konnte.

Nachdem er alle Knöpfe geöffnet hatte, schob er ihr den Stoff sanft über die Schultern. Ihre Zungen tanzten, als er ihre Bluse auf den Boden fallen ließ. Er hinterließ eine Spur von Küssen von ihren Lippen bis zu ihrem Hals.

„Ich habe schon so lange von diesem Moment geträumt", stöhnte er.

Tonya machte sich an den Knöpfen und dem Reißverschluss seiner Jeans zu schaffen und zog sie über seine Beine. Sie keuchte, als sie sah, dass er keine Unterwäsche trug.

Ashure zischte, und sein Schwanz wippte auf und ab, als Tonyas Hand seinen Knöchel berührte. Er hob einen Fuß nach dem anderen an, als sie ihm Hose und Socken auszog. Eine Frau, die sich unter Kontrolle hatte, die wusste, was sie wollte, und die keine Angst hatte, war unglaublich sexy.

„Bei der Göttin!", stieß er heiser hervor.

Die Hände zu Fäusten geballt und mit halbgeschlossenen Augen beobachtete er, wie sie mit einer Hand seinen Schwanz umfasste und seine Länge zwischen ihre süßen Lippen saugte. Feuer raste durch sein Blut, bevor es sich in seinem Schwanz und seinen Eiern sammelte. Er war angespannter als eine Uhrfeder.

„Und davon habe *ich* geträumt", antwortete sie, als sie bei der Spitze seines Schwanzes angelangt war.

„Träum weiter. Süße Göttin, bitte träum weiter", flehte er mit angestrengter Stimme.

Er wippte mit seinen Hüften im Takt ihrer Lippen und gab sich keine Mühe, sein lautes lustvolles Stöhnen zu unterdrücken. So gerne er Tonyas Familie auch mochte, er war froh, dass sie das Haus zum ersten Mal für sich allein hatten, denn heute Nacht würden sie unmöglich leise sein können!

Zischend spannte er sich an, als sie zwischen seine Beine griff und seine feste Pobacke drückte, während sie mit der anderen Hand seinen Schaft streichelte. Schweißperlen bedeckten seine Stirn. Wenn er nicht bald etwas unternahm, würde er viel zu schnell zum Orgasmus kommen, und ihr erstes Mal wäre zu Ende, bevor es richtig begonnen hatte.

Das würde nicht für meine Qualitäten als guter Liebhaber sprechen, dachte er grimmig.

Alle Gedanken verschwanden, als sie begann, über seine pralle Eichel zu lecken. Er zitterte vor Lust.

„Hab Erbarmen mit mir, Tonya. Ich muss dich erst noch ausziehen, und du hast mich schon so weit, dass es kein Zurück mehr gibt", gestand er mit vor Leidenschaft stockender Stimme.

Tonyas warmer Atem streichelte ihn, als sie gluckste. Er atmete erleichtert auf, als sie ihn losließ, auch wenn ihre Lippen, die die Innenseite seines nackten Oberschenkels streiften, nur eine kleine Erleichterung waren. Er reichte ihr die Hand und half ihr beim Aufstehen.

„Jetzt bin ich dran", erklärte er.

„Lass uns die Sache ins Bett verlagern", schlug sie vor.

Seine Augen verdunkelten sich vor Verlangen, als er ihr zu dem großen Bett folgte. Er hielt ihre Hüften fest, um zu verhindern, dass sie sich umdrehte und ihn ansah. Folter war keine Einbahnstraße. Er würde sie an den Rand des Abgrunds bringen, so wie sie es mit ihm tat. Er wusste, dass es nicht lange dauern würde, sobald sie sich endlich vereinigt hatten.

Es könnte schwierig sein, durchzuhalten, wenn wir uns lieben, gestand er sich zähneknirschend ein, als sie über ihre Schulter schaute und ihm ein verführerisches, vielsagendes Lächeln schenkte.

Göttin, bitte gib mir Selbstbeherrschung, damit ich mich nicht zum Narren mache, dachte er schmunzelnd, als er ihre Brüste von dem Stoff befreite, der sie zusammenhielt.

Ashure warf den Spitzenstoff auf den Boden und war dankbar, dass es nicht so lange dauerte, wie es bei einem Korsett normalerweise der Fall war. Er hätte sich wirklich blamiert, wenn er ein Dutzend oder mehr Haken hätte lösen müssen. Mit einem Stöhnen beugte sich Tonya vor und legte ihre Hände auf das Bett, als er ihre Brüste umfasste. Bei der Bewegung drückte sein Schwanz gegen ihren Po und streifte den weichen Stoff ihrer Jeans.

Er kniff in ihre steifen Brustwarzen, während er ihre weiche Haut mit seinen Handflächen streichelte. Dann wanderten seine Hände hinunter zu ihrer Taille, wo er ihre Jeans öffnete und sie schnell zusammen mit ihrem Spitzenhöschen beiseite warf.

Er streichelte ihre Beine und zog ihr die Socken aus, bevor er langsam nach oben wanderte und sich dabei jeden Zentimeter ihres Körpers einprägte. Sie spreizte ihre Beine und gab ihm Zugang zu den weichen, dunkelbraunen Locken, die ihren süßen Schritt bedeckten. Ashure richtete sich auf und zog sie an sich, damit sie seine Erregung zwischen ihren Beinen spüren konnte, während er gleichzeitig ihre kleinen, aber festen Brüste streichelte.

„Ich will dich, Ashure", stöhnte sie und rieb ihre Pobacken an ihm.

„Und du sollst mich haben, Tonya. Jeden köstlichen Zentimeter von mir, immer und immer wieder", schwor er.

Sie drehte sich um und schlang ihre Arme um seinen Hals. Sie purzelten auf das Bett und rollten über die Matratze, bis sie auf ihm lag. Eine feurige Entschlossenheit blitzte in ihren Augen auf. Sie nahm seinen Schwanz in die Hand und ließ sich langsam darauf hinabsinken, bis ihre Falten seinen pochenden Schaft berührten. In ihrem Blick lag eine Drohung, die ihm sagte, dass er ihr diesen Moment des Vergnügens lieber nicht verweigern sollte.

„Wir können später spielen. Jetzt will ich es hart, schnell und schmutzig", befahl sie.

Das Lächeln auf seinen Lippen wurde mit jeder ihrer Forderungen breiter. Die Frau gefiel ihm! Er spreizte seine Beine, um ihre Oberschenkel weiter zu öffnen.

„Nehmt mich, wie Ihr wollt, Mylady. Ich stehe Euch zur Verfügung", antwortete er.

Sie rutschte auf seinem Schaft nach unten und spießte sich unter lautem Stöhnen auf, das vom Quietschen der Matratzenfedern begleitet wurde. Er umfasste ihre Brüste und kniff kräftig in ihre Nippel, als die Lust ihn übermannte. Seine Hüften hoben sich vom Bett, als sie ihn ritt und seinen Schwanz so tief wie möglich in sich aufnahm. Ihre Atmung beschleunigte sich, und die Hitze stieg durch die Reibung ihrer Vereinigung weiter an.

Das Kribbeln begann in Ashures unteren Extremitäten und wanderte nach oben, bis er dachte, seine Eier würden unter dem Druck platzen. Als er seine Lippen öffnete, beugte sich Tonya vor und küsste ihn. Er schlang seine Arme um sie und rollte sich mit ihr zusammen herum, sodass sie unter ihm lag. Sie vertiefte ihren Kuss, während er seine Hüften in schnellen, harten, besitzergreifenden Stößen bewegte. Sie hob ihre Beine an und ließ ihn tiefer eindringen, bis er schwören könnte, dass die Spitze seines Schwanzes ihre Gebärmutter berührte.

Stöhnend schlang sie ihre Beine um seine Taille, als sie kam. Ihr Orgasmus umspülte seinen Schwanz und durchtränkte seinen Schaft mit ihrem süßen Saft, während ihre weiblichen Tiefen ihn fest zusammendrückten. Er drang tief in sie ein und gab seine schwache Selbstbeherrschung auf.

Schließlich unterbrach er den Kuss und warf seinen Kopf in den Nacken. Ein lustvoller Aufschrei drang aus seiner Kehle. Die Muskeln in seinem Körper spannten sich an, als sich sein heißer Samen ergoss. Seine Zähne knirschten vor Lust, die so intensiv war, dass es schon fast wehtat. Er schloss die Augen, als sein Schwanz in ihr pochte und ihr Kanal um ihn herum pulsierte.

Erst nach etwa einer Minute erschauderte er, als die Befriedigung seinen Körper und seinen Geist überschwemmte. Er öffnete die Augen und sah Tonya mit einem Blick an, in dem eine gewisse Verletzlichkeit und ein Besitzanspruch lag. Ihr Blick war sanft und verständnisvoll, als sie seine Brust berührte.

„Ich habe sie auch gespürt – die Verbindung", flüsterte sie.

Mit einem Kloß im Hals, ließ er sich auf sie hinabsinken, wobei er darauf achtete, sie nicht mit seinem Gewicht zu erdrücken. Er schob seine Arme unter sie und drückte sie zärtlich an sich, bevor er sein Gesicht an ihrer Halsbeuge vergrub und einen heißen, gefühlvollen Kuss auf ihre erhitzte Haut drückte.

„Ich liebe dich, Tonya", raunte er.

Sie streichelte seinen Hinterkopf und küsste seine Schläfe, während er sie fester an sich zog und daran dachte, wie kurz er heute Abend davor gewesen war, sie zu verlieren. Hätte die Kugel sie nur ein paar Zentimeter weiter links getroffen, wäre der heutige Abend ganz anders verlaufen.

Sobald ich die verlorene Seele gefunden habe, wird uns nichts mehr im Wege stehen, schwor er sich.

KAPITEL 22

„Zum letzten Mal: Ich komme schon klar! Sogar MJ und Angie sind außergewöhnlich umgänglich, was geradezu beängstigend ist", knurrte Max einige Tage später.

Ashure versuchte, nicht zu grinsen. Er verstand, warum Tonya heute Abend nach Yachats zurückkehren wollte – nämlich aus demselben Grund wie er. Es machte sie beide wahnsinnig, dass er immer warten musste, bis MJ eingeschlafen war, bevor er sich aus dem Zimmer des Jungen in Tonyas Schlafzimmer schleichen konnte. Und in den frühen Morgenstunden wieder zurück zu MJ, bevor jemand aufwachte.

Zuerst hatte er nicht verstanden, warum Tonya so hartnäckig darauf bestand. Schließlich waren sie beide erwachsen. Sie hatte gestammelt und gestottert und versucht, es zu erklären, bevor sie ihm mit gesenktem Kopf und mit einem frustrierten Stöhnen gestanden hatte, dass sie Max und Angela versprochen hatte, niemals einen Kerl in ihr Zimmer zu schmuggeln, weil das ein schlechtes Beispiel für MJ und Angie abgeben würde.

Natürlich verstand er das immer noch nicht. Er hatte sich noch nie mit derartigen Einschränkungen herumschlagen müssen. Wenn er eine Frau wollte und sie ihn, ging das niemanden etwas an. Tonya hatte nur auf die Decke gezeigt und gemurmelt, dass dies das Haus von Max und Angela sei und sie sich daher an deren Regeln halte.

„Aber – Regeln sind da, um gebrochen zu werden", hatte er protestiert.

Sie schüttelte den Kopf. „Diese nicht", widersprach sie.

„Warum?", beharrte er hartnäckig.

Ihre Antwort hatte ihn erschüttert. „Stell dir vor unsere Tochter würde in unserem Haus mit einem Mann auftauchen, der sagt, er könnte sie dir für immer wegnehmen? Wie würdest du reagieren?", fragte sie.

„Ich würde ihn umbringen", hatte er erwidert.

„Ganz genau", hatte sie gezischt.

Wahrscheinlich hätte er seine Antwort etwas besser überdenken sollen. Doch die Menschen waren eine eigenartige Spezies. Tonya war leidenschaftlich – allein bei der Erinnerung daran zuckte er zusammen – und doch konnte sie diese Leidenschaft hier nicht ausleben, zumindest nicht uneingeschränkt.

„Was denkst du, Ashure?", fragte Angela.

Er blinzelte. „Könntest du deine Frage bitte wiederholen? Ich war in Gedanken", gab er zu.

Angela hob vielsagend eine Augenbraue. „Ich habe vorgeschlagen, dass Max und ich euch dieses Wochenende mit den Kindern besuchen. Dann kommt Max ein wenig raus und es wäre ein schöner Mini-Urlaub, da die Kinder ein langes Wochenende haben", schlug sie vor.

„Das ist eine wunderbare Idee", sagte er.

„Wirklich? Ich habe ihnen nämlich gesagt, dass es vielleicht besser wäre, wenn sie ihren Besuch verschieben, bis alles wieder normal ist", meinte Tonya und sah ihn böse an.

„Warum? Muss ich mich dann wieder in mein eigenes Zimmer schleichen, wenn sie uns besuchen? So wie hier?", fragte er verwirrt.

Max spuckte Kaffee über die Frühstückstheke, während Angela in Gelächter ausbrach. Tonya ließ ihren Kopf auf die Theke sinken und stöhnte. Ashure beobachtete, wie Angela Max auf den Rücken klopfte, der mit dem Ärmel den Mund abwischte und versuchte, seine verletzte Schulter festzuhalten, während er hustete. Ashure zog eine Grimasse, als er noch einmal über seine Aussage nachdachte, bevor er mit den Schultern zuckte. Was geschehen war, ließ sich nicht mehr rückgängig machen.

„Tonya –", knurrte Max heiser.

Angela beugte sich vor und küsste Max auf die Wange. „Komm schon, Schatz. Warum lassen wir die beiden Turteltäubchen nicht ein paar Minuten allein?", schlug sie vor.

„Ein paar Minuten allein? Wenn du mich fragst, dann waren sie schon viel zu oft allein", protestierte Max.

Angela zwinkerte Ashure zu, während sie Max sanft vom Stuhl hochzog. Tonya hob ihren Kopf weit genug, um zu sehen, wie ihre Adoptiveltern die Küche verließen, bevor sie ihm einen Blick zuwarf. Der Pirat schenkte ihr ein verhaltenes Lächeln.

„Ich nehme an, jetzt müssen wir uns keine Sorgen mehr machen, dass sie es herausfinden. Sie haben es viel besser aufgenommen, als du erwartet hast", freute er sich.

Der Barhocker kratzte auf dem Fliesenboden, als sie ihn zurückschob und aufstand. Kopfschüttelnd sah sie ihn an, bevor sie seufzte. Als er sich erhob und auf sie zuging, legte sie ihre Stirn an seine Brust, während er ihr den Rücken rieb.

„Ich denke, wir sollten uns auf den Weg machen, bevor es noch später wird", sagte sie schließlich.

Als er sie ansah, stockte ihm bei dem liebevollen Blick in ihren Augen der Atem. Er war sich nicht sicher, ob Tonya überhaupt wusste, wie sie ihn ansah, aber er erkannte diesen Blick. Er hatte ihn in Dragos und Carlys Augen gesehen, ebenso wie in Orions und Jennys und in denen der anderen. Sie *liebte* ihn.

„Kann ich fahren?", fragte er mit einem hoffnungsvollen Grinsen.

„Auf keinen Fall", entgegnete sie und tätschelte seine Brust, bevor sie um ihn herumging und die Küche verließ.

„Nun, ich habe noch ein paar Minuten Zeit, sie zu überzeugen, während wir uns verabschieden", murmelte er und rieb seine Hände aneinander, während er überlegte, wie er sie vom Gegenteil überzeugen könnte.

„Das gefällt mir nicht", murmelte TJ.

„Was gefällt dir nicht?" sagte Austin, hob seine Bierflasche zum Mund und leerte sie.

„Verarsch mich nicht! Du weißt genau, wovon ich spreche. Glaubst du wirklich, dass es in Ordnung ist, einen Polizisten fast umzubringen? Wenn sie herausfinden, was wir getan haben, werden sie uns unter dem Knast begraben. Ich habe keine Lust, erwischt zu werden", schnauzte er.

„Du machst dir zu viele Sorgen, Mann. Du musst dich mal entspannen", spottete Austin.

„So haben wir nicht gewettet. Ashure Waves umzubringen ist eine Sache, aber einen Polizisten zu erschießen ist eine andere", murmelte er.

Austin stützte seine Arme auf den Tisch und sah ihm in die Augen. „Der Bulle ist nicht tot. Und das Mädchen auch nicht. Diesem Ashure liegt etwas an dem Mädchen; das bedeutet, dass sie *uns* etwas bedeutet. Wenn wir sie finden, finden wir auch ihn. Wenn wir sie töten –", sagte er.

„Dann können wir auch ihn töten", beendete TJ Austins Satz.

„Und du wirst ein Leben haben, von dem du bisher nur geträumt hast, mein Freund", versprach Austin.

„Bist du sicher, dass das klappt?", fragte er.

„Natürlich", meinte Austin zuversichtlich.

Hannibal verhielt sich ruhig, als die beiden Männer in der Sitznische hinter ihm aufstanden und gingen. Er warf einen Blick über seine Schulter, als sie das Lokal am Stadtrand von Portland verließen. Er war TJ und Austin auf Ashures Anweisung hin gefolgt.

Er hatte gesehen, wie sie auf den Polizisten geschossen hatten – oder zumindest hatte er von der Ecke, wo er geparkt hatte, etwas gehört, das wie ein Schuss klang. Innerhalb weniger Minuten schien mehr als die Hälfte des Portland Police Departments auf der Straße zu sein. Jetzt wusste er genau, warum.

Hannibal stellte seine noch halbvolle Bierflasche auf den Tisch und erhob sich von seinem Platz. Er hatte keine Ahnung, warum ein Punker aus Yachats und ein in Ungnade gefallener Schlagzeuger einen Fremden aus einer anderen Welt tot sehen wollten.

„Die Welt wird immer verrückter", murmelte er.

Er stieß die Tür auf und stellte den Kragen seiner Jacke auf. Es regnete wieder und ein kalter Nebel zog auf. Er murmelte einen weiteren Fluch und ging über den Parkplatz.

Es gab keine Möglichkeit, Ashure zu kontaktieren und ihn zu warnen. *Unglaublich, dass ein Außerirdischer nicht weiß, dass er ein Handy braucht, wenn er hierherkommt*, spottete er im Stillen, während er die Schlüssel seines Pick-ups aus der Vordertasche zog.

Er schloss die Tür auf, öffnete sie und schlüpfte hinein. Es war ein langer Weg zurück nach Yachats, und das Wetter würde die Fahrt zur Qual machen. Er streckte die Hand aus, um die Tür zuzuziehen.

Er zuckte zusammen, als er von einer Hand aufgehalten wurde. Die sarkastische Antwort auf seinen Lippen erstarb, als Austins Gesicht den schmalen Spalt ausfüllte. Seine Augen weiteten sich vor Schreck und sein ganzer Körper spannte sich an, als er ein paar laute Knallgeräusche hörte, bevor eine intensive Welle von Feuer in seiner Seite entflammte.

„W-warum?", murmelte er.

„Wir können doch nicht zulassen, dass du uns den Spaß verdirbst, oder?", meinte Austin.

Hannibal war sich vage bewusst, dass Austin gegen seine Schulter stieß. Es brauchte nicht viel, um ihn umzustoßen. In seinem Mund sammelte sich Blut. Ein paar Tropfen fielen auf den fleckigen Stoff seiner Sitzbank.

Die Kälte draußen war nichts im Vergleich zu der Kälte, die sich jetzt in seinem Körper ausbreitete. Jeder Atemzug, den er zu machen versuchte, fiel ihm schwer. Irgendwann wurde Hannibal klar, dass er in seinem eigenen Blut ertrank. Mit letzter Kraft drückte er den Alarmknopf am Schlüsselbund.

Seine Augen wurden trüb und der Schlüsselanhänger fiel auf den Boden seines Wagens. Die Hupe und die Lichter seines Pick-ups erhellten den nebligen Parkplatz wie ein Leuchtturm. Schwach streckte er einen blutigen Finger aus und berührte ein Stück Papier, das an seinem Armaturenbrett klebte.

Als sein Finger nach unten glitt, hinterließ er eine rote Schmierspur. Er war kaum noch bei Bewusstsein, als er ein letztes Mal zitterte, bevor er gar nichts mehr spürte. Seine blinden Augen waren auf den einzigen Namen gerichtet, der auf dem Klebezettel am Armaturenbrett unter dem Radio stand – Ashure Waves.

Tonya atmete erleichtert auf, als sie die Abzweigung zur Einfahrt von Mikes Haus sah. Ihre Schultern schmerzten von der anstrengenden Fahrt über kurvenreiche Straßen mit praktisch null Sicht. Sie wusste immer noch nicht, wie Ashure das Reh, das vor ihnen die Straße überquert hatte, rechtzeitig gesehen hatte.

Sie stellte den Wagen in den Parkmodus und stöhnte leise, als sie nach dem Schlüssel griff, doch Ashure war schneller und schaltete die Zündung aus. Sie schenkte ihm ein erschöpftes Lächeln und legte ihren Kopf seitlich auf das Lenkrad.

„Du hättest mich fahren lassen sollen", tadelte er sie.

Sie nickte nur knapp mit dem Kopf. „Du kannst mir sagen, dass ich zu dumm zum Leben bin, nachdem du mir aus dem Auto geholfen hast. Ich glaube, meine Muskeln sind eingefroren", meinte sie müde.

„Ach, mein kleiner Sturkopf, du brichst mir das Herz", erwiderte er und streichelte ihre Wange.

„Eine gelungene Alternative zu einem ‚Ich-hab's-dir-ja-gesagt'-Vortrag", murmelte sie, kaum in der Lage, ihre Augen offen zu halten.

Sie fragte sich, ob sie einfach die ganze Nacht im Auto bleiben könnte. Es wäre nicht das erste Mal. Ihr Körper fühlte sich buchstäblich an, als bestünde er aus weichgekochten, schlaffen Nudeln.

Ein leises Stöhnen entwich ihr, als sich ihre Autotür öffnete und eisige Kälte in den warmen Innenraum wehte. Glücklicherweise half die kalte Luft, den Nebel aus ihrem Gehirn zu vertreiben, sodass sie die Kraft hatte, sich zurückzulehnen und den Sicherheitsgurt zu lösen. Sie ließ sich gegen Ashure sinken, als er sich vorbeugte und seinen Arm um ihre Taille legte.

Ashure stützte sie, während sie den kurzen Weg hinauf zur Eingangstreppe gingen. Er schloss die Haustür auf und schaltete das Licht ein. Zum Glück hatte Mike einen intelligenten Thermostat installiert. Tonya hatte die Heizung aufgedreht, bevor sie Portland verlassen hatten, sodass es im Haus herrlich warm war.

„Von hier aus schaffe ich es", sagte sie müde und nahm ihren Schal und ihre Mütze ab.

„Ich hole unser Gepäck aus dem Auto", kicherte er.

„Alles klar", erwiderte sie mit einer abwinkenden Handbewegung.

Vorsichtig zog sie ihre Jacke aus, wobei sie auf ihren verletzten Arm achtete. Der Gedanke an ein Bad in der großen Wanne verdrängte ihren Wunsch, sofort ins Bett zu fallen. Sie hängte ihre Jacke, ihren Schal und ihren Hut an den Haken neben der Tür.

Sie drehte ihren Arm und stöhnte, als die Muskeln in ihren Schultern protestierten. Was sie brauchte, war ein langes heißes Bad mit Bittersalz. Auf wackeligen Beinen ging sie durch das Haus und den Flur hinunter zu ihrem Schlafzimmer.

Sie hörte, wie sich die Haustür hinter ihr öffnete und schloss. Das Geräusch eines Schlags und Ashures leiser Fluch hallten durch das Haus. Vielleicht war es an der Zeit, in ein neues Handgepäckstück zu investieren. Entweder das oder eine weitere Reparatur mit Klebeband. Der Griff ihres Koffers löste sich gelegentlich.

Tonya zog ihre Schuhe aus und schlenderte durch ihr Schlafzimmer. Sie schaltete das Licht an und dimmte es, bis ein sanfter Schein das Badezimmer erhellte. Dann setzte sie sich auf den Wannenrand, drehte das Wasser auf und hielt ihre Hand unter den Wasserhahn, bis das Wasser die perfekte Temperatur hatte, bevor sie ein wenig Bittersalz hinzufügte.

Ich hätte mich nicht hinsetzen sollen, dachte sie, als eine Welle der Müdigkeit sie überflutete.

Sie saß da und starrte geistesabwesend auf den steigenden Wasserspiegel. Der Gedanke, aufzustehen und sich auszuziehen, war fast zu viel für ihren müden Geist und Körper. Sie blickte auf, als Ashure das Badezimmer betrat.

„Ich wünschte, ich könnte meine Müdigkeit auf die Heimfahrt schieben oder darauf, dass ich angeschossen wurde, aber es ist meine eigene Schuld", sagte sie mit müder Stimme.

Er lachte. „Ich habe dir doch gesagt, dass du deinen Schlaf brauchst und ich in mein Folterbett in MJs Zimmer zurückkehren sollte", stichelte er.

„Seit wann ist Sex so anstrengend?", beschwerte sie sich.

Er beugte sich über sie, drehte das Wasser ab und drückte ihr einen zärtlichen Kuss auf die Lippen, bevor er antwortete: „Seit du mich kennst", neckte er.

„Angeber", murmelte sie.

Er gluckste und kniete sich vor sie. „Lass mich dir beim Ausziehen helfen", murmelte er und strich ihr das Haar aus dem Gesicht.

„Ashure", flüsterte sie.

Er schüttelte den Kopf. „Lass dich verwöhnen", sagte er und küsste sie erneut.

Sie hielt still, als er ihre Bluse aufknöpfte und den Stoff über ihre Schultern schob. Vorsichtig zog er den Ärmel über ihren verletzten Arm. Ihre Wimpern flatterten, als er sich nach vorne beugte und ihren Arm über dem wasserabweisenden Verband küsste.

„Es gefällt mir, wie du mich ausziehst", flüsterte sie.

Glucksend zog er sie auf die Beine. Sie sah zu, wie er den Knopf ihrer Jeans und den Reißverschluss öffnete. Es war unglaublich erotisch, wie langsam und bedacht er sie auszog.

Sie legte ihre Hand auf seine Schulter und stieg aus ihrer Hose und ihrem Slip. Dann hob sie den Fuß hoch und ließ sich von ihm die Socken ausziehen, bevor er aufstand und ihren BH öffnete. Der Spitzenstoff landete auf dem Rest ihrer abgelegten Kleidung.

Sie nahm seine Hand und stieg über den Rand der Wanne. Tonya staunte nicht schlecht, als sich ihr Haar auf einen Wink seiner Hand hin zu einem Dutt verknotete. Als sie ihn betastete, stellte sie fest, dass die Frisur von einer verschnörkelten Spange zusammengehalten wurde.

„Danke", sagte sie, während sie sich mit einem genüsslichen Stöhnen in das warme Wasser sinken ließ.

„Du machst es mir nicht leicht mit meiner Ritterlichkeit, Liebling", murmelte er.

Hochmütig wedelte sie mit der Hand, bevor sie die Augen schloss und sich mit einem Lächeln zurücklehnte.

„Ich wünschte, ich könnte die ganze Nacht hierbleiben", sagte sie mit einem zufriedenen Seufzer.

„Dann wärst du ganz verschrumpelt und –", begann er, bevor er ihr ein charmantes Lächeln schenkte, als sie ihm einen warnenden Blick zuwarf, „ – hübsch."

„Auf jeden Fall", scherzte sie.

Sie stieß einen Seufzer aus, als er mit dem Waschlappen zärtlich ihre Schulter und ihren Arm wusch. Hätte sich ihr Körper nicht bleischwer angefühlt, hätte sie ihn über den Rand in die Wanne zu sich gezogen. Das hieß natürlich nicht, dass sie all das nicht in Gedanken tun konnte.

„Mm, tiefer bitte", wies sie ihn an, hob ihre Hüften und spreizte die Beine.

„Du hättest mich warnen sollen, dass du dich gerne foltern lässt", neckte er.

„Ich genieße es", antwortete sie in einem überheblichen, süffisanten Ton.

Tonya gab ein missbilligendes Knurren von sich, als er seine zärtlichen, liebevollen Berührungen plötzlich einstellte. Als sie ein Augenlid aufschlug, verstand sie, warum. Sie öffnete das andere Auge und beobachtete anerkennend, wie er sich auszog.

„Um das richtig zu machen, muss ich näher ran, Mylady", erklärte er.

„Oh ja, jetzt wird die Behandlung königlich", antwortete sie mit einem zufriedenen Seufzer.

Sie rutschte etwas nach vorne, damit er genug Platz hatte, um hinter sie zu gleiten. Mit einem lustvollen Stöhnen ließ er sich in die Wanne sinken und hob sie auf seine Schenkel. Der Wasserspiegel war jetzt gefährlich nahe am oberen Rand der Wanne, sodass ein Teil des Wassers durch den Überlauf ablief.

„Wenn wir nicht aufpassen, wird das Wasser aus der Wanne schwappen", stöhnte sie, als er ihre Brüste umfasste.

„Dafür sind Wischmopps da. Außerdem weiß ich aus eigener Erfahrung, dass du einen sehr großen hast", meinte er.

„Na, wenn das so ist, ist wohl nichts gegen starken Wellengang einzuwenden", hauchte sie.

KAPITEL 23

Zwei Tage später summte Tonya leise vor sich hin, als sie das letzte Blech Schokokekse aus dem Ofen holte. Sie war heute Morgen mit einem Heißhunger auf Kekse aufgewacht. Sie hatte schon seit einer Woche Lust darauf, war aber nie dazu gekommen, sie zu backen. Erst als sie die Packung mit dem Keksteig im Kühlschrank gesehen hatte, als sie die Milch für ihr Müsli herausholen wollte, war es ihr wieder eingefallen.

Als es an der Tür klopfte, runzelte sie die Stirn. Max, Angela und ihre Geschwister sollten erst morgen kommen, und sie erwartete keinen Besuch. Sie schaltete den Ofen aus und stellte das heiße Backblech auf den Herd, bevor sie ihre Ofenhandschuhe auszog und auf den Tresen legte.

Sie warf einen Blick in den Flur. Ashure versuchte gerade, ihren kaputten Koffer zu reparieren. Seinen gemurmelten Flüchen nach zu urteilen, war der Koffer dabei, zu gewinnen.

Vielleicht werden ein paar Schokokekse direkt aus dem Ofen seinen verletzten Stolz heilen, dachte sie amüsiert.

Als es erneut klopfte, öffnete sie die Tür. Davor stand Dan. Ihr überraschter Gesichtsausdruck verwandelte sich in Neugier, als sie zwei weitere Hilfssheriffs am oberen Ende der Treppe stehen sah. Sie richtete ihre Aufmerksamkeit wieder auf Dan und schenkte ihm ein vorsichtiges Lächeln.

„Hi Dan, ich nehme an, das ist kein Freundschaftsbesuch", sagte sie zur Begrüßung.

Dan schüttelte den Kopf. „Dürfen wir reinkommen, Tonya?", fragte er.

Sie musterte seine grimmige Miene. „Wie wäre es, wenn ich rauskomme", schlug sie vor.

Er streckte die Hand aus und hielt die Tür auf, als sie sie schließen wollte, um ihre Jacke anzuziehen. Sie versteifte sich und sah ihn wieder an. Die beiden Männer hinter ihm hielten jetzt ihre Pistolen in den Händen.

„Ich habe einen Haftbefehl, Tonya. Es wäre einfacher, wenn du uns reinlassen würdest", meinte Dan.

Wut kochte in ihr hoch. „Dann würde ich gerne den Haftbefehl sehen, damit ich weiß, was mir vorgeworfen wird. Sobald ich ihn gelesen habe, würde ich gerne meinen Anwalt anrufen. Soweit ich weiß, sind das meine Rechte, oder?", schnauzte sie.

„Der Haftbefehl ist nicht für dich. Er ist für –", sagte Dan, bevor er verstummte.

„Tonya. Es tut mir leid, dir das zu sagen, aber es könnte sein, dass ich deinen Koffer – ach, na wenn das nicht der reizende Deputy Dan ist", brummte Ashure sarkastisch.

„Hände hoch, Ashure. Sie sind verhaftet wegen des Mordes an Hannibal Grumby", sagte Dan und richtete seine Waffe auf Ashure.

Tonya keuchte und drehte sich zu Ashure um, der langsam seine Hände in die Luft hob. In einer Hand hielt er immer noch Teile ihres Koffers. Sie schüttelte den Kopf. Das war doch verrückt!

„Dan, das ist unmöglich. Ashure hat niemanden umgebracht!", rief sie wütend aus.

Einer der Hilfssheriffs packte sie an den Armen. Sie schrie vor Schmerz auf, als sich seine Finger in ihren verletzten Arm gruben. Ashures Augen funkelten vor Wut. Er ließ die Teile des Koffers fallen und ging einen Schritt vorwärts.

„Keine Bewegung! Runter auf den Boden", befahl Dan.

Ashure sah Dan an. „Sagen Sie Ihrem Mann, er soll Tonya loslassen, oder ich übernehme keine Verantwortung dafür, was mit einem von Ihnen passiert", zischte er mit tiefer Stimme.

„Was zum Teufel?", keuchte Dan.

Ashures Körper schimmerte – im wahrsten Sinne des Wortes – in einem sanften Goldton. Seine silbernen Augen leuchteten, und in seiner Hand hatte sich ein Langschwert materialisiert. So hatte sie ihn noch nie gesehen. Vorsichtig streckte sie die Hand nach ihm aus.

„Ashure", sagte sie.

„Lassen Sie die Waffe fallen!", rief der Beamte neben Dan.

„Ashure, tu, was sie sagen", flehte sie.

„Lassen Sie Tonya frei, und ich werde tun, was Sie verlangen", verkündete Ashure, ohne jemanden außer ihr anzusehen.

„Lasst sie los und tretet beiseite", befahl Dan heiser.

Ihren pochenden verletzten Arm umklammert, blickte Tonya Ashure mit angsterfüllten Augen an. Er reckte sein Kinn in die Luft und hob seine nun leeren Hände. Sie hörte, wie der Deputy neben ihr einen erstickten Fluch murmelte.

Tonya hatte das Gefühl, ihr Herz würde brechen, als Ashure langsam auf die Knie sank. Dan bedeutete dem Hilfssheriff, der neben ihm stand, mit einem Nicken, dass er Ashures Handgelenke hinter seinem Rücken fesseln sollte. Sie verschränkte ihre Arme vor sich, als Dan Ashure seine Rechte vortrug und ihn fragte, ob er sie verstanden habe.

Anschließend halfen die beiden Hilfssheriffs Ashure wieder auf die Beine. Sie trat beiseite, als sie ihn zur Tür führten. Tränen der Wut brannten in ihren Augen, aber sie blinzelte sie weg.

Sie hob ihr Kinn und starrte Dan trotzig an. Der Mann war zu weit gegangen. Missbilligend schürzte sie die Lippen, als Dan sich vor sie stellte.

„Was zum Teufel ist hier los, Tonya?", fragte Dan.

„Leck mich, Dan", zischte sie.

Er starrte sie einen Moment lang an, bevor er den Kopf schüttelte und aus der Tür ging. Sie stand wie erstarrt da und wusste nicht, was sie tun sollte. Dann zog sie ihr Handy aus ihrer Gesäßtasche und schaute aus der offenen Haustür, während sie Max' Namen drückte und wartete.

„Was hast du vergessen?", begrüßte Max sie fröhlich.

„Max, ich brauche dich und Angela", flüsterte sie mit tränenerstickter Stimme.

„Was ist passiert? Geht es dir gut?", fragte Max.

Sie nickte, bevor ihr klar wurde, dass er sie nicht sehen konnte. „Ja, mir geht's gut. Max, Ashure wurde gerade wegen Mordes verhaftet", stieß sie hervor.

„Wir sind in vier Stunden da. Sprich mit niemandem, Tonya. Haben sie Ashure über seine Rechte aufgeklärt?", fragte Max.

Sie konnte seine gedämpfte Stimme hören, als er mit Angela sprach. „Ja, aber ich glaube nicht, dass er weiß, was das bedeutet, Max", sagte sie.

„Ich rufe an. Wir machen uns sofort auf den Weg. Wir müssen die Kinder bei Angelas Eltern absetzen. Halte durch, Schatz. Wir wissen, dass er niemanden umgebracht hat", versuchte er, sie zu beruhigen.

„Ich weiß. Da ist noch eine Sache", räumte sie ein.

„Was?"

Sie holte tief Luft, bevor sie weitersprach. „Er hat sich den Polizisten gegenüber etwas übernatürlich verhalten", sagte sie.

„Heilige Scheiße! Okay, damit werden wir schon fertig – irgendwie. Vier Stunden, Schätzchen, höchstens! Wenn es geht, sind wir früher da", versprach Max.

„Danke", schniefte sie.

„Wir haben dich lieb, Schnüfflerin", sagte er, bevor er den Anruf beendete.

Sie war hin- und hergerissen. Der Gedanke, dass Ashure auch nur eine Minute lang eingesperrt sein könnte, war entsetzlich. Hier ging es nicht um einfaches Fahren ohne Führerschein – es ging um Mord.

Tonya fröstelte, als ein eisiger Windstoß durch die Tür wehte. Dann fasste sie einen Entschluss. Nachdem sie die Tür geschlossen hatte, eilte sie in ihr Schlafzimmer. Sie zog einen langen, übergroßen Pullover an, schlüpfte in ihre Stiefel und griff nach ihrer Handtasche. An der Haustür schnappte sie sich ihre Jacke, ihren Schal und ihre Mütze.

Als sie die Tür öffnete, blieb sie erschrocken stehen, als sie Austin Evers und einen anderen Mann draußen stehen sah. Ärger flammte in ihr auf. Wie zum Teufel hatte er herausgefunden, wo sie wohnte?

„Es tut mir leid, aber ich bin in Eile und habe jetzt keine Zeit zum Reden", erklärte sie in einem deutlichen, abweisenden Ton.

Austin lachte. Sie wich zurück, als er ihre Bemerkung ignorierte und einen Schritt auf sie zuging. Sie streckte ihre Hand aus, um ihn aufzuhalten und schrie überrascht auf, als er ihr Handgelenk packte und ihr den Arm schmerzhaft hinter ihrem Rücken verdrehte.

„Ich glaube, du wirst genug Zeit haben, mit uns zu reden, jetzt, wo dein Freund nicht mehr im Weg ist", antwortete Austin.

Austin packte ihren verletzten Arm und riss sie fast von den Füßen. Sie konnte ihren Schmerzensschrei nicht unterdrücken und taumelte rückwärts gegen ihn. Ihr Atem ging stoßweise, während sie versuchte, ihre Angst zu unterdrücken.

„Für wen zum Teufel hältst du dich?", stieß sie zwischen zusammengebissenen Zähnen hervor.

Austin beugte sich zu ihrem Ohr hinunter. „Wir sind sozusagen alte Freunde von Ashure", murmelte er, bevor er mit seiner Zunge ihren Hals hinauffuhr.

Ashure trommelte mit den Fingern auf den Tisch in dem kleinen Raum. Die Handschellen, die ihm der Hilfssheriff angelegt hatte, lagen neben ihm. Die Metallringe waren unangenehm gewesen, also hatte er sie abgenommen. Er lehnte sich zurück, als die Tür aufging und Dan mit einer Akte in der Hand hereinkam.

„Was zum – wer hat Ihnen die Handschellen abgenommen?", fragte Dan und sah sich um.

„Ich. Sie waren extrem lästig", antwortete Ashure.

Dan schluckte und starrte ihn an, als wüsste er nicht, was er als nächstes tun sollte. Ashure deutete mit einer hochgezogenen Augenbraue auf den Stuhl ihm gegenüber. Dan zögerte, bevor er in den Raum trat und die Tür schloss.

„Erstens dürfen Sie die Handschellen nicht abnehmen, dadurch machen Sie alles nur noch schlimmer. Ich möchte, dass Sie Ihre Hände immer auf dem Tisch lassen. Außerdem haben Sie das Recht auf einen Anwalt. Wenn Sie möchten, kann ich Ihnen einige hier in der Stadt empfehlen", erklärte Dan.

„Ich benötige Ihren Anwalt nicht. Schreckliche Leute, wenn Sie mich fragen. Sie bringen einfache Verhandlungen mit ihrer seltsamen Ausdrucksweise und ihren Forderungen ständig durcheinander. Deshalb ziehe ich es vor, mich selbst um meine Angelegenheiten zu kümmern", erklärte Ashure mit einer abweisenden Handbewegung.

Dan wich vorsichtig vom Tisch zurück. Ashure seufzte, als er sah, dass Dans Augen seine Hände fixierten. Er setzte beugte sich vor und legte seine Handflächen flach auf den Tisch.

„Ach ja, die Hände auf den Tisch. Ich vergaß", fügte er hinzu.

„Okay, ich habe einen Anruf vom Oregon Sheriff's Department erhalten. Sie suchen im Zusammenhang mit dem Tod von Hannibal Grumby nach Ihnen. Kannten Sie ihn?", fragte Dan und setzte sich ihm gegenüber.

Ashure beobachtete, wie Dan die Mappe, die er in der Hand hielt, öffnete und ein Foto herauszog. Es war ein Foto von Hannibal. Es war offensichtlich, dass der Mann tot war. Bedauern durchzuckte ihn. Er hätte es besser wissen müssen, als einen Menschen zu bitten, nach der verlorenen Seele zu suchen.

„Ja, ich kannte ihn", antwortete er.

Dan legte das Foto zurück in die Mappe. „Was können Sie mir über ihn erzählen?", fragte er.

Ashure zuckte mit den Schultern und lehnte sich zurück. Dan schaute auf Ashures Hände, woraufhin ihm der Piratenkönig einen genervten Blick zuwarf. Eine verlorene Seele war schon schlimm genug, aber eine, die entkommen war …

„Ich habe etwas verloren und Hannibal wollte mir helfen, es zu finden", erklärte er.

„Was haben Sie verloren? Drogen? Geld? Waffen?", fragte Dan.

„Eine Seele", antwortete Ashure.

Dan lehnte sich zurück und starrte ihn schockiert an. Er beobachtete, wie der Mann den Kopf schüttelte, den Mund öffnete, innehielt und nachdachte, bevor er erneut den Kopf schüttelte.

„Wie bitte? Haben Sie gesagt, Sie hätten eine Seele verloren?", fragte Dan.

Ashure nickte. „Ja. Ich glaube, das ist das erste Mal, dass so etwas passiert ist. Natürlich habe ich keine richtige Einweisung bekommen, bevor Simon den Geisterkessel an mich weitergab, und ich vor Jahrhunderten zum Hüter der verlorenen Seelen wurde. Also kann ich es nicht sicher sagen", erklärte er.

Dan lehnte sich nach vorne und starrte ihn an. „Ich weiß nicht, was für eine Zaubershow Sie in Tonyas Haus veranstaltet haben, aber eins kann ich Ihnen sagen: Ich nehme den Mord an einem Mitglied dieser Gemeinschaft sehr ernst. Und ich will Antworten, angefangen mit Ihrem richtigen Namen. Ashure Waves existiert nicht. Ich habe Ihren Namen, Ihr Gesicht und Ihre Fingerabdrücke durch jede verdammte Datenbank des Landes laufen lassen, und Sie sind in keiner davon zu finden. Ich will wissen, woher Sie kommen, warum Sie hier sind, woher Sie Tonya kennen und was zum Teufel mit Hannibal Grumby passiert ist", schnauzte Dan.

Ashure lehnte sich ebenfalls nach vorne und sah Dan in die Augen. „Seien Sie vorsichtig, worum Sie bitten, Deputy Dan. Es könnte nämlich sein, dass Ihnen die Antworten nicht gefallen", warnte er.

Dan schluckte, wandte den Blick aber nicht ab. „Das ist mir egal, solange Sie mir die Wahrheit sagen", sagte er.

Ashure lehnte sich zurück und betrachtete Dan nachdenklich. Der Mann interessierte sich eindeutig für das, was passiert war, aber wäre es Zeitverschwendung, ihm mehr zu sagen? Die Menschen wehrten sich so erbittert gegen die Vorstellung, dass Magie wirklich existierte. Er fragte sich, ob das der Hauptgrund dafür war, dass die Magie hier nicht gediehen war.

„Ich werde Ihnen alles sagen, was Sie zu erfahren wünschen. Sie müssen jedoch verstehen, dass die Zeit von entscheidender Bedeutung ist. Eine verlorene Seele, die getötet hat, ist hungrig nach mehr Blut. Der Wahnsinn und der unstillbare Hunger sind unkontrollierbar. Im Geisterkessel wird der tiefste, dunkelste Teil der Seele eines Menschen unterdrückt, damit er keinen neuen Wirt findet", erklärte er.

„Sie – ich dachte, Sie wollten mir die Wahrheit sagen", knurrte Dan. Er schob seinen Stuhl zurück und stand auf.

Ashure tat dasselbe, und seine Kleidung verwandelte sich in die des Piratenkönigs. Er hörte Dans schockiertes Zischen, und der Deputy stolperte gegen die Wand, wobei der Ordner in seinen Händen auf den polierten Betonboden fiel.

„Das tue ich doch. Und ich habe Sie gewarnt, dass Ihnen die Wahrheit möglicherweise nicht gefällt", erinnerte ihn Ashure.

„Wer – was sind Sie?", stammelte Dan.

„Ich bin Ashure Waves, König der Piraten und Hüter der verlorenen Seelen. Ich komme aus einer anderen Welt – einer Welt, in der Ihr Vorgänger, Mike Hallbrook, jetzt zusammen mit einigen anderen Mitgliedern Ihrer Gemeinschaft lebt. Nach meiner unerwarteten Reise in eure Welt stellte ich fest, dass eine der Seelen, die ich im Geisterkessel gefangen gehalten hatte, entkommen war. Aber sie kann nicht weit gekommen sein. Sie muss mir nach Portland gefolgt sein, als wir bei Tonyas Familie waren", mutmaßte er.

„Sie meinen das tatsächlich ernst, oder? Was ist mit Hannibal? Was hat er mit der ganzen Sache zu tun? Wusste er – wer – was Sie sind?", fragte Dan fassungslos.

Ashure winkte verärgert mit der Hand. „Natürlich meine ich es ernst. Welchen Beweis brauchen Sie denn noch? Soll ich Sie etwa in eine Kröte verwandeln?", schnauzte er.

„Könnten Sie das denn? Mich in eine Kröte verwandeln?", fragte Dan und machte einen vorsichtigen Schritt in Richtung Tür.

Natürlich konnte Ashure das nicht; die Magie seiner Mutter diente hauptsächlich dazu, Dinge wachsen zu lassen. Das bisschen Magie, das er von den guten Hexen gelernt hatte, beinhaltete keine derartigen Zauber, auch wenn er es unbedingt wollte. Eine Kröte könnte auch nicht weniger nützlich sein als dieser Mensch. Er knurrte frustriert.

„Nein. Meine Mutter war eine Elfe, keine Hexe. Ist Ihnen bewusst, dass die Zeit drängt? Also können Sie sich vielleicht darauf konzentrieren, mich die verlorene Seele finden zu lassen, bevor es noch mehr Tote gibt?", forderte er.

„Beantworten Sie meine Fragen", schnauzte Dan.

„Ich bin Hannibal zufällig in Ihrem örtlichen Trinklokal begegnet. Sein Tisch war der einzige, an dem noch ein Platz frei war. Es war offensichtlich, dass er wegen irgendetwas beunruhigt war. Als ich ihn fragte, was ihn beschäftigte, erfuhr ich, dass er mit Ross Galloway befreundet war – der übrigens überaus glücklich mit der schönen Prinzessin Gem von der Insel der Elementargeister war, als ich ihn das letzte Mal gesehen habe. Um es kurz zu machen: Hannibal wusste, dass Ross von einem Außerirdischen getötet wurde und hier wieder zum Leben erwacht ist. Jedenfalls hat er sich bereit erklärt, mir bei der Suche nach der verlorenen Seele zu helfen, die vermutlich gemerkt hat, dass sie verfolgt wird und ihn getötet hat", erklärte Ashure.

Dan sah ihn an, hob die Hand und öffnete den Mund, als wollte er etwas sagen, bevor er ihn wieder schloss, den Kopf schüttelte und sich das Gesicht rieb. Ashure wartete ungeduldig darauf, dass Dan sich alles durch den Kopf gehen ließ, was er ihm gerade erzählt hatte. Er hoffte, dass es nicht zu lange dauern würde. Außerdem hoffte er, dass Dan, der leichenblass geworden war, nicht ohnmächtig wurde.

„Darf ich Sie etwas fragen, das ich nicht ganz verstehe?", erkundigte sich Dan stirnrunzelnd.

„Ja, wenn es uns hilft, mit dieser Angelegenheit weiterzukommen", antwortete Ashure trocken.

„Wenn diese verlorene Seele in Ihrer Nähe bleiben muss, bedeutet das dann nicht, dass sie auch von Tonya weiß und in ihrer Nähe sein wird?", fragte Dan.

Ashure versteifte sich. „Woher wusste das Oregon Sheriff's Department, dass ich hier bin?", fragte er in einem langsamen, gemessenen Ton.

„Wir haben einen anonymen Anruf erhalten", sagte Dan, bevor sich seine Augen weiteten.

„Tonya!", zischten beide gleichzeitig.

KAPITEL 24

Tonya stand in einer Ecke neben der Vorratskammer und beobachtete die beiden Männer, die am Tisch saßen und die vier Dutzend Schokoladenkekse verschlangen, die sie gebacken hatte. Sie hoffte, dass ihnen davon schlecht werden würde. Ehrlich gesagt, wusste sie nicht, was schlimmer war – dass sie so viele Kekse aßen oder das Bier tranken, das inzwischen mindestens ein Jahr alt sein musste.

Sie legte ihre Hand auf die Wunde an ihrem Arm. Der Verband fühlte sich feucht an, als ob sich einige der Fäden gelöst hätten, was nicht sonderlich überraschend wäre, nach allem, was sie heute schon alles durchgemacht hatte.

„Ich habe immer noch Hunger", verkündete Austin, wischte mit der Hand über den Tisch und verteilte Kekskrümel auf dem sauberen Boden.

„Das ist eine Küche, keine Scheune", schnauzte sie.

„Wenn es eine Küche ist, dann solltest du in der Lage sein, uns etwas zu kochen", meinte TJ.

Tonya warf dem jüngeren Mann einen eisigen Blick zu. Beinahe hätte sie ihm gesagt, er solle sich sein verdammtes Essen selbst kochen.

Doch die Vorstellung, dass er die Küche in einen kompletten Saustall verwandeln würde, war zu viel für ihre strapazierten Nerven. Außerdem musste man bei der Zubereitung einer Mahlzeit Messer benutzen, die sich als nützlich erweisen könnten.

„Ich habe ein paar Sachen da, aus denen ich etwas zubereiten könnte", räumte sie ein.

Sie stand auf und ging zum Kühlschrank. Ein verstohlener Blick auf die Uhr an der Wand verriet ihr zwei wichtige Informationen. Zum einen, dass sie noch zwei Stunden Zeit hatte, bevor Max und Angela eintrafen. Und zweitens, dass sie bereits seit zwei langen, quälenden Stunden festgehalten wurde, während Ashure wegen einer falschen Mordanklage eingesperrt war.

„Was denn?", wollte Austin wissen.

Sie öffnete den Kühlschrank und schaute hinein. Es gab nicht viel zur Auswahl, da sie mehrere Tage weg gewesen waren. Sie hatte eigentlich heute Lebensmittel einkaufen wollen. Sie griff hinein und holte eine Packung Speck, etwas Butter, Brötchen und ein Dutzend Eier heraus.

„Frühstück", sagte sie und drehte sich mit ihren Vorräten um.

„Mach eine ordentliche Portion", befahl er.

Tonya wandte sich dem Herd zu und verzog das Gesicht, als sie die Sachen auf den Tresen daneben stellte. Dann holte sie die schwere gusseiserne Pfanne aus dem Küchenschrank und wog sie in ihrer Hand. Sie würde eine verdammt gute Waffe abgeben. Gefüllt mit schönem, heißem Speckfett, könnte ihr der Wurf des brutzelnden Inhalts etwas Zeit verschaffen.

Oder dafür sorgen, dass ich noch schneller sterbe, dachte sie.

Sie öffnete die Schublade neben dem Herd und zog ein langes Filetiermesser heraus. Kaum hatten sich ihre Finger um den Griff gelegt, umklammerte jemand ihr Handgelenk. Sie erstarrte, ihr Herz hämmerte in ihrer Brust. Sie konnte kaum atmen, als sie ihre Finger öffnete und das Messer zurück in die Schublade fallen ließ.

„Ich würde vorschlagen, du versuchst, das Frühstück ohne Messer zuzubereiten", flüsterte TJ neben ihrem Ohr.

Sie schluckte und nickte. „Das ist gar nicht so einfach, wenn du Butter auf dein Brötchen willst", antwortete sie.

Er ließ ihr Handgelenk los und gab ihr einen Klaps auf den Hintern. Sie schloss die Augen und holte tief Luft. Sie hasste es, wie sich ihr Magen verkrampfte und ihre Beine zitterten.

Das ist Blödsinn, Tonya. Reiß dich zusammen und denk nach! Du brauchst niemanden, der dich rettet, du kannst dich selbst aus dieser Lage befreien, schimpfte sie leise.

Sie öffnete die Augen und machte sich daran, eine großzügige Mahlzeit zuzubereiten. In ihrem Kopf spielten sich verschiedene Szenarien ab. Im Badezimmer gab es zwei Fenster. Es waren gut drei Meter bis zum Boden, der jedoch größtenteils aus Sand bestand, der den Sturz abfedern würde.

Das ist besser, als mit den beiden Idioten hier festzusitzen, dachte sie.

Während sie kochte, plante sie ihre Flucht. Immer wieder schaute sie auf die Uhr und hatte den Eindruck, dass die Zeit langsamer zu laufen schien; die Minuten verstrichen wie im Flug. Dreißig Minuten später stellte sie eine Schüssel mit Rührei und zwei Teller, einen mit Speck und einen mit Brötchen, auf den Tisch.

Sie wischte sich die Hände an den Seiten ihrer Jeans ab und biss sich auf die Lippe, während die beiden Männer ihre Teller füllten. Sie schaute aus dem Fenster. Ein leichter Regen hatte eingesetzt.

„Ich muss auf die Toilette", platzte sie heraus.

Austin sah sie finster an. „Ich esse gerade", sagte er.

Nervös wischte sie sich die Hände an ihrer Jeans ab, bevor sie die Arme verschränkte. „Ich habe eine Menge Kaffee getrunken, und ihr zwei seid schon seit drei Stunden hier. Ich muss pinkeln. Wenn ihr den Geruch von Urin zu euren Eiern nicht mögt, schlage ich vor, dass ihr mir erlaubt, meine Blase zu entleeren", schnauzte sie.

TJ lachte. „Ich mag sie. Sie erinnert mich an eine andere Frau, die ich mal kennengelernt habe", sagte er.

„Geh pissen und dann komm sofort wieder her", befahl Austin.

„Danke, das werde ich ganz bestimmt nicht", murmelte sie.

„Tonya –", rief Austin, als sie sich abwenden wollte.

Sie drehte sich zurück und sah ihn an. „Was?"

„Wir werden uns für das leckere Frühstück bedanken, wenn wir fertig sind", versprach er mit einem anzüglichen Lächeln.

Bei dem seltsamen, wahnsinnigen Glanz in Austins Augen ballten sich ihre Hände zu Fäusten. Die Andeutung war eindeutig. Sie hatte nicht vor, die Dankbarkeit der beiden anzunehmen. Sie nickte ihm kurz zu und machte auf dem Absatz kehrt.

Ashure, ich glaube, ich weiß, wo deine vermisste Seele ist, stellte sie mit wachsender Verzweiflung fest.

~

Ashure folgte Dan aus dem Büro hinaus. Die beiden Hilfssheriffs und eine Frau blickten mit erschrockenen Gesichtern zu ihnen auf. Dan fasste Ashure am Arm und nickte der Gruppe zu. Einer der Männer erhob sich mit einem Stirnrunzeln.

„Ist alles in Ordnung, Dan?", fragte der Mann.

Dan nickte. „Ja, alles in Ordnung. Ich habe einen Anruf vom Büro des Sheriffs erhalten. Es gab eine kleine Verwechslung, und ich nehme Ashure mit, um die Sache aufzuklären", erklärte er, öffnete die Tür und gab Ashure ein Zeichen, voranzugehen.

„Ich habe gar keinen Anruf eingehen sehen", sagte die Frau.

„Wann hat der Kerl denn sein Kostüm angezogen?", murmelte einer der Hilfssheriffs.

Ashure schüttelte den Kopf, als sich die Tür hinter ihnen schloss. „Sie sind kein guter Lügner", bemerkte er.

Dan warf ihm einen hitzigen Blick zu. „Was hätte ich denn sagen sollen? Oh, wir haben versehentlich einen Außerirdischen verhaftet, dabei ist eine verrückte verlorene Seele auf Amoklauf?", schnauzte er.

„Na ja, wenn Sie es so ausdrücken", räumte Ashure ein.

„Steigen Sie einfach ein", murmelte Dan und deutete auf seinen Streifenwagen.

Ashure öffnete die Beifahrertür und setzte sich, während Dan eilig auf dem Fahrersitz Platz nahm. Er steckte den Schlüssel in die Zündung und drehte ihn herum.

„Anschnallen", erinnerte Ashure ihn.

Dan warf ihm einen verdutzten Blick zu, bevor er den Kopf schüttelte und den Sicherheitsgurt anlegte. Nachdem er in beide Richtungen geschaut hatte, fuhr er aus der Parklücke vor dem kleinen Polizeirevier. Ashure war überrascht, als Dan kräftig auf das Gaspedal trat und der Wagen nach vorne schoss. Weder Mikes großes Fahrzeug noch Tonyas Kleinwagen verfügten über eine solche Motorleistung.

„Also, wie bekämpft man eine verlorene Seele?", fragte Dan, während sie über die Autobahn rasten.

„Ich muss in die Nähe des Körpers kommen, in dem sie steckt. Dann werde ich die Seele herausziehen, hoffentlich ohne die Person zu zerstören, von der sie Besitz ergriffen hat", sagte er.

„Klingt einfach", erwiderte Dan trocken.

Ashure sah Dan kurz an und schüttelte den Kopf. „Schön wär's, aber er wird nicht friedlich gehen", mahnte er.

Dan schüttelte den Kopf. „Das war ein Scherz", erklärte er.

„Ah, ja. Sie haben einen merkwürdigen Sinn für Humor. Es ist wirklich schwer, Ihren Humor von Ihrem furchtbar langweiligen, nüchternen Wesen zu unterscheiden", verteidigte er sich.

„Sind Sie immer so ehrlich?", fragte Dan.

Ashure lachte. „Ja."

Das stimmte. Er war so brutal ehrlich, dass die Leute oft dachten, er würde lügen. Es war schon komisch, wie das funktionierte. Es bedeutete nicht, dass Ashure nicht gelegentlich flunkerte oder ein Missverständnis unaufgeklärt ließ. Meistens ging es nicht darum, was gesagt wurde, sondern wie es präsentiert wurde.

„Da fährt ein Auto in die Einfahrt", sagte Dan.

„Sieht aus wie das von Max und Angela", antwortete Ashure grimmig.

Dan seufzte. „Ich habe ein schlechtes Gefühl bei der Sache", murmelte er.

„Ich auch, Deputy Dan, ich auch", pflichtete Ashure ihm bei.

Tonya schloss die Badezimmertür ab und zog den Hocker unter dem kleinen Waschtisch hervor. Der Hocker war nicht hoch genug, um ihn unter dem Türknauf zu verkeilen, deswegen öffnete sie die Waschtischtür unter dem Waschbecken neben der Tür und verkeilte die Sitzfläche an der Tür, während das Bein des Hockers gegen den Schrank gedrückt wurde.

Sie war sich nicht sicher, wie gut die Konstruktion gegen ein paar kräftige Tritte standhalten würde, doch es war besser als nichts. Dann kletterte Tonya auf den Rand der Badewanne und arbeitete sich zu einem der Fenster an der Nordseite vor. Glücklicherweise waren neue Fenster mit Doppelverglasung eingebaut worden, sodass sie sich leise und leicht öffnen ließen.

Sie streckte die Arme aus und löste die beiden Verriegelungen, bevor sie das Fenster hochschob, die Scheibe entfernte und sie beiseitelegte. Jetzt kam der spaßige Teil – sie musste durch das Fenster steigen. Sie wollte nicht mit dem Kopf voran hinausklettern, aber sie musste nachsehen, was sich unter dem Fenster befand.

Sie beugte sich durch die Öffnung und blickte hinab. Der Abgrund sah tiefer aus, als sie gedacht hatte. Zum Glück konnte sie sehen, dass der Boden hauptsächlich aus Sand bestand.

„Besser ein gebrochenes Bein als ein gebrochenes Genick", murmelte sie.

Sie unterdrückte ein Stöhnen, als sie mit einem Bein durch das Fenster stieg. Es würde ein schwieriges Unterfangen werden, mit beiden Beinen durchzusteigen, ohne zu fallen, da zwischen der Wand und der Wanne nicht viel Platz war. Außerdem gab es nichts, woran sie sich festhalten könnte, um nicht in die Wanne zu fallen.

„Du schaffst das, Tonya. Du hast schon ganz andere Hindernisse gemeistert", flüsterte sie.

Den Rücken gegen den Fensterrahmen gepresst, hielt sie sich oben am Fenster fest, zog das andere Bein hoch und balancierte auf der schmalen Fensterbank. Sie holte mehrmals tief Luft, bevor sie sich drehte und dabei abrutschte.

Sie biss sich auf die Innenseite ihrer Wange, um nicht aufzuschreien, als ihr Brustkorb an der Ecke des Holzrahmens der Fensterbank entlangschrammte. Verzweifelt ruderte sie mit den Armen, um nicht nach hinten zu fallen, und rutschte abwärts, da sie nirgends Halt fand.

In letzter Sekunde hakte sie ihre Finger in der Rille des Fensterrahmens ein. Tränen des Schmerzes liefen ihr über die Wangen und es gelang ihr, sich noch den Bruchteil einer Sekunde länger festzuhalten, bis der Schmerz so stark wurde, dass sie loslassen musste. Einen kurzen Moment lang fühlte sie sich schwerelos, bevor ihre Füße auf dem weichen Sand aufschlugen. Sie stolperte einige Schritte, bevor sie das Gleichgewicht verlor und rückwärts umkippte.

Sie wusste nicht, was ihr mehr wehtat, ihre Rippen oder ihre Hände. Sie hielt inne und vergewisserte sich kurz, dass sie sich nichts gebrochen hatte, bevor sie sich auf alle Viere rollte und aufstand. Ein kurzer Blick auf ihre Finger zeigte, dass das Blut an ihren Fingerspitzen abzuperlen begann.

Sie ballte ihre Finger zu Fäusten und rannte los. An der Häuserecke biss sie sich auf die Lippe, griff in ihre Vordertasche und zog ihren Autoschlüssel heraus. Hinter sich hörte sie das Geräusch von splitterndem Holz.

Sie war schon fast an ihrem Auto, als sie das Knirschen von Kies hörte. Ihre Augen weiteten sich, als sie Angela und Max einparken sah. Dann kam sie schlitternd zum Stehen. Austin trat hinter ihrem Auto hervor und versperrte ihr den Weg.

„Nein!", zischte sie.

Sie wich nach links aus und blieb erst stehen, als er eine Waffe hob und den Kopf schüttelte. Sie nahm das Ende des Schlüssels zwischen ihre Finger und schloss die Hand, um ihn zu verstecken, wobei sie das spitze Ende zur Verteidigung bereithielt. Max hatte ihr gezeigt, wie man sich mit einfachen Gegenständen verteidigen konnte. Mit einem Schlüssel konnte man jemandem ein Auge ausstechen, ihn an einer verwundbaren Stelle stechen oder ihm einen so schmerzhaften Schlag verpassen, dass man entkommen konnte.

Sie blieb wie angewurzelt stehen und hoffte, dass Max und Angela bemerken würden, dass etwas nicht stimmte. Austin musste ihre Angst gespürt haben, denn er lachte und wedelte mit der Waffe in der Luft herum, damit sie sie sehen konnten, während er auf sie zuging. Angela hielt zwar an, wendete aber den Wagen nicht. Ihr schlug das Herz bis zum Hals, als sie Dans Streifenwagen hinter Angela und Max einbiegen sah.

„Sieht so aus, als würde es eine richtige Party werden", gluckste Austin.

Sie schrie auf, als er ihren verletzten Arm packte. Mit einem Ruck zog er sie an sich. Tonya schaute zu den Autos. Max stieg langsam aus seinem Fahrzeug aus, während Angela ihren Sitz umklappte. Sie konnte sehen, wie Angela auf den Rücksitz kletterte, um die hintere Beifahrertür zu öffnen und das Fahrzeug zu verlassen.

Auch Dan war mit gezogener Waffe aus seinem Auto gestiegen. Sie zuckte überrascht zusammen, als sie Ashure auf der Beifahrerseite aussteigen sah. Austins Finger gruben sich in ihren Arm, als er sie vor sich herschob und ihr die Waffe an die Schläfe drückte.

„Lassen Sie die Waffe fallen!", befahl Dan.

„Wirklich? Glauben Sie wirklich, dass ich meine Waffe einfach fallen lasse und aufgebe? Nein, das ist genau das, was ich mir erhofft habe – ein Publikum, wie ich es noch nie zuvor hatte", verkündete Austin. Tonya erschauderte, als Austin das Ende der Waffe durch seine Lippen ersetzte. Er fuhr mit seinem Mund über ihre Schläfe und leckte sie ab. „Sie ist süß, nicht wahr, Ashure? Sie zu spüren, war –" Austin fuhr mit der Zunge über seine Lippen. „Aber jetzt, wo ich sie gekostet habe, brauche ich sie nicht mehr."

Tonya wusste, dass Austin den Abzug betätigen würde. Sie konnte die Veränderung in seinen Bewegungen spüren. Teilweise aus Wut, größtenteils aber aus Angst, rammte sie den Schlüssel, den sie zwischen ihren Fingern hielt, so fest sie konnte in seinen Körper.

Das Ende des Schlüssels bohrte sich in Austins Leistengegend. Reflexartig drückte er ab und feuerte eine Kugel ab, die in die Seite ihres Autos einschlug. Sie riss sich los, drehte sich um und schubste ihn, als er sich vor Schmerzen krümmte. Dann flüchtete sie zum hinteren Teil ihres Wagens.

Ein lauter Schuss hallte durch die Luft. Max packte sie an der Taille und zog sie hinter ihr Auto. Sie blickte zurück und sah einen dunkelroten Fleck, der sich aus einem Loch in Austins Hemd ausbreitete, das kleiner als ein Zehn-Cent-Stück war. Rückwärts und in Zeitlupe sank er zu Boden.

Max erhob sich aus seiner kauernden Position und half ihr mit seiner guten Hand auf. Sie stand wie betäubt da, während Max zur Seite trat und Ashure seinen Platz einnahm. Sie begann zu zittern, als der Schock einsetzte.

„Du bist hier", murmelte sie.

Ashure umfasste ihr Gesicht mit seinen Händen. Tränen stiegen ihr in die Augen, als sie den Kummer, die Sorge und die Liebe in seinem Gesicht sah. Sie berührte seine Wange.

„Ja", sagte er, bevor er zu Austin hinübersah. „Ich muss etwas erledigen."

Tonya nickte und trat einen Schritt zurück. Ihr stockte der Atem, als sie Wut und einen tiefen, unergründlichen Schmerz in Ashures Augen aufblitzen sah.

Der Pirat schritt auf Austin zu. Dan hatte dem Mann die Waffe aus der Hand geschlagen. Austin lag auf dem Rücken, starrte in den Himmel und sein Stöhnen wurde immer wieder von kleinen, wahnsinnigen Lachanfällen unterbrochen. Mit einem Kloß im Hals sah sie zu, wie Ashure sich bückte und Austin an seinem Hemd hochzog.

„Du *dachtest*, du würdest die Qualen des Geisterkessels kennen, Bleu. Du hättest dortbleiben sollen", zischte er.

Austin sah zu ihm auf und lachte wieder. Tonya näherte sich, sie machte sich mehr Sorgen um Ashure als darum, was mit Austin geschehen würde. Was sie betraf, so konnte der Mann in der Hölle schmoren. Die Wut und der Schmerz in Ashures Augen weckten in ihr den Wunsch, ihn zu trösten und zu beschützen.

„Leck mich", stieß Austin hervor. Blut sickerte aus seinem Mundwinkel.

„Ashure", begann Dan.

„Er ist nicht hier", murmelte Ashure.

„Was soll das heißen, er ist nicht hier?", wiederholte Dan.

Ashure ließ Austins Hemd los, und der Sterbende sank zu Boden. Ashure richtete sich auf und blickte auf den Drogensüchtigen hinunter. Tonya stellte sich neben ihn und sah erst Austin und dann Ashure an, bevor sie Dan mit einem verwirrten Blick musterte. Max schrie eine Warnung, gerade als Tonya TJ aus dem Haus auf die Veranda treten sah. Ihr Schrei vermischte sich mit dem von Max, als sie vor Ashure trat und zwei Explosionen die Luft zerrissen.

Sie zuckte zweimal zusammen, als die Kugeln ihren Körper durchbohrten, bevor sie rückwärts in Ashures Arme sank. Sie stieß einen zischenden Atemzug aus, als eine Welle unerträglicher Schmerzen sie durchfuhr, dann brach sie zusammen. Ashures Arme waren das Einzige, was sie aufrecht hielt.

Max und Dan feuerten gleichzeitig auf TJ. Tonya spürte, wie Ashure sie auf den Boden drückte. Sie wollte nicht, dass der Blick des Entsetzens in seinen Augen das Letzte war, was sie sah. Sie wollte die Liebe sehen.

„Ich liebe dich, Ashure", flüsterte sie.

„Ach, mein kleiner Sturkopf, du brichst mir das Herz", murmelte er mit zitternder Stimme und strich über ihre Wange.

„Ich werde immer bei dir sein", versprach sie keuchend.

Behutsam hob er ihre Hand an seine Lippen. „Ich liebe dich, Tonya. Ich werde dich nicht sterben lassen. Ich werde nicht –" Er verstummte, als eine Träne seine Wange hinunterlief.

Tonya sah, wie die Träne in der Luft schwebte, als ob die Zeit stehen geblieben wäre. Ihre Augenlider schlossen sich langsam, und ihr Atem wurde so schwach, dass er fast nicht mehr zu hören war. Die Welt um sie herum stand still.

KAPITEL 25

Ein Schmerz, wie ihn Ashure noch nie zuvor erlebt hatte, durchdrang ihn bis in die Seele. Die Trauer, die in ihm aufstieg, war unerträglich. War es das, was Simon gefühlt hatte, als er seine geliebte Frau verloren hatte? Das Gefühl, in zwei Hälften gerissen zu werden, war überwältigend.

Obwohl er röchelnd atmete, hatte er das Gefühl keine Luft zu bekommen. Tonya war still geworden. Ihre Wimpern lagen wie Mondsicheln auf ihrer blassen Haut. Er blickte auf die Einschusswunden hinunter. Eine hatte ihre Brust durchbohrt, die andere hatte ihren Unterleib getroffen.

Wut durchströmte ihn. Er starrte den Mann an, der auf sie geschossen hatte und schnappte erneut nach Luft. Diesmal waren weder die Schmerzen noch die Wut der Grund dafür, sondern die Tatsache, dass die Welt um ihn herum plötzlich stehengeblieben war.

Er konnte sehen, dass der Mann auf der Veranda sich umgedreht hatte und seine Waffe auf Max gerichtet war. Die Mündung der Pistole war von weißem Rauch umgeben, und eine silberne Kugel schwebte zwei Zentimeter vor der Waffe in der Luft.

Dan stand da und hatte seine Waffe auf TJ gerichtet. Er sah aus wie eine Statue. Max stand mit breiten Beinen und einem ausgestreckten Arm da. Zwei Kugeln, jeweils eine aus den Waffen der beiden Beamten, schwebten in der Luft. Angelas Gesicht, das zu einer traurigen und entsetzten Maske erstarrt war, zerrte an seinem Herzen.

Langsam blickte er auf, als er Schritte auf dem Kies hörte. Magna und zwei Männer kamen auf ihn zu. Der große, schlanke Mann mit dem blonden Haar beschleunigte seinen Schritt, als er Tonya sah.

„Wie hast du –?", stammelte Ashure.

Entsetzt legte Magna ihre Finger an die Lippen und lehnte sich gegen den großen, dunkelhaarigen Mann. Der Mann schlang seinen kräftigen Arm um ihre Taille und drückte ihr einen Kuss auf die Schläfe. Langsam ließ sie ihre Hand sinken.

„Wir kamen gestern spätabends nach Hause. Der Junge, der auf unser Haus aufpasste, hat uns gesagt, jemand hätte nach mir gesucht. Anhand seiner Beschreibung war uns klar, dass es Tonya gewesen sein musste. Ich hatte keine Ahnung, dass du hier bist, Ashure", erklärte Magna leise.

„Was zum Teufel ist hier los?", fragte der dunkelhaarige Mann.

„Nicht jetzt, Gabe. Ich muss meine Tasche aus dem Auto holen", sagte der andere Mann, der neben ihm kniete.

„Kane, du kannst ihr nicht helfen. Der Zauber, den ich gesprochen habe, wird nur ein paar Minuten anhalten", sagte Magna.

Ashure sah den Mann neben sich an. „Magna hat recht. Der Tod greift nach Tonya", murmelte er mit stockender Stimme.

Zärtlich strich er Tonja eine Haarsträhne aus dem Gesicht. Er würde tausend Jahre lang in diesem Augenblick verweilen, wenn das bedeutete, dass sie leben würde. Ein Schrei der Verleugnung stieg in seiner Kehle auf, und er warf seinen Kopf zurück und brüllte vor Wut und Schmerz.

„Du kannst sie mir nicht wegnehmen", schrie er in den Himmel. „Du kannst – sie mir – nicht wegnehmen."

„Ich kann dich zurückschicken. Es gibt nur eine Möglichkeit, Tonya zu retten, und nur eine Person weiß, wo die magischen Wesen zu finden sind, die du brauchst", sagte Magna leise, während sie sich hinkniete und ihm in die Augen sah.

„Was –?", begann er. „Die Einhörner."

Magna nickte. „Nali könnte dir helfen." Sie betrachtete Tonyas blasses Gesicht. „Ich kann ihr ein wenig Zeit verschaffen, indem ich die Zeit in ihrem Körper verlangsame, aber es wird nicht lange anhalten", sagte sie.

Ashure nickte. „Welchen Preis verlangst du? Ich werde ihn zahlen und noch mehr", erklärte er.

Magna streckte die Hand aus und berührte seine Wange. „Keinen Preis, Eure Majestät. Es ist das Mindeste, was ich für die Bewohner meiner Welt tun kann", antwortete sie sanft.

Ashure senkte dankend den Kopf, bevor er sich zu dem Mann auf der Veranda umdrehte. Vorsichtig ließ er Tonya auf den Boden sinken. Gabe war mit einer schwarzen Tasche aus dem Auto gekommen und reichte sie Kane. Ashure richtete sich auf.

„Bevor ich gehe, muss ich noch eine Sache für die Sicherheit dieser und unserer Welt tun", sagte er.

Magna nickte. Er ging auf die Veranda zu, wobei er zweimal kurz stehenblieb, um die Kugeln der Polizisten auf den Boden zu schnippen, bevor er die Stufen hinaufstieg und die Kugel, die der Mann abgefeuert hatte, ins Blumenbeet warf.

Dann entriss er dem Mann die Waffe und warf sie ebenfalls zu Boden. Er stellte sich so vor den Mann, dass er auf Augenhöhe mit ihm war, und ließ die volle Kraft der Gabe der Göttin frei. Vor ihm, in der Dunkelheit, stand Bleu LaBluff.

„Du warst schon immer leicht zu täuschen, Ashure", murmelte Bleu.

Ashure schritt um Bleu herum. Die Seele war unter seiner Kontrolle und konnte sich nicht bewegen. Bleu versuchte, sich wegzudrehen, doch es gelang ihm nicht, und er knurrte frustriert.

„Du hättest bleiben sollen, wo du warst, Bleu", warnte Ashure.

Bleu lachte. „Was kannst du mir noch antun? Ich sah eine Chance zu fliehen, also habe ich sie ergriffen. Das hat noch nie jemand getan. Es war dumm von Simon, dir das Geschenk der Göttin zu überlassen. Er hatte eine Schwäche für dich, weil du seiner Frau einen *kurzen Moment* der Freundlichkeit gezeigt hast, während ich ihnen *jahrelang* nach allen Regeln der Kunst gedient habe! Du warst ein Nichts! Das erbärmliche Ergebnis der Leidenschaft zwischen einem betrunkenen Piraten und einer gierigen Elfe", wetterte er.

„Simon hätte das Geschenk der Göttin niemals an dich weitergegeben, weil er dein wahres Ich gesehen hat", sagte Ashure.

Bleu grinste ihn an. „Etwas, das du nie sehen konntest. Dafür habe ich gesorgt. Koorgan hätte dich umgebracht, wenn Ruth nicht geflohen wäre. Wärst du nicht gewesen, wäre ich der nächste Piratenkönig geworden, so wie es mir *gebührt* hätte!", sagte er.

„Du wärst niemals der nächste Piratenkönig geworden, Bleu. Es gibt nämlich etwas, das du nicht über die Gabe der Göttin weißt", sagte Ashure mit tiefer, hypnotisierender Stimme.

„Was denn?", fragte Bleu.

Ashure beugte sich zu Bleus Ohr hinab. „Als Hüter der Seelen kann man nicht getötet werden. Deshalb wollte Nali nicht, dass die außerirdische Kreatur in meine Nähe kommt. Die alte Hexe wusste das auch. Die einzige Möglichkeit, der König der Piraten zu werden, besteht darin, das Geschenk zu erhalten, und das hätte ich dir nie und nimmer gegeben", höhnte er leise.

„Ich kenne deine Schwäche, Ashure. Ohne Liebe *wirst* du sterben, und dann landest du in der gleichen Hölle, in der ich gefangen war. Du musst die Zeremonie vollziehen, die eure Seelen miteinander vereint, aber ich habe deine Frau getötet! Jetzt hast du die Wahl: Holst du sie in den Geisterkessel, damit sie an diesem elenden Ort die Ewigkeit mit dir verbringen kann, oder lässt du sie gehen?", konterte Bleu mit einem bösartigen Lachen.

Ashure umkreiste ihn, bis sie sich wieder gegenüberstanden. „Tonya wird leben, aber du – es gibt einen Ort, der viel schlimmer ist als das Schattenreich im Geisterkessel, Bleu. Es ist ein besonderes Reich, das für Seelen wie die deine bestimmt ist. Ich hoffe, es gefällt dir dort", sagte er mit leiser Stimme, die vor Drohung triefte.

„Was? Wo? Nein, nein, nein!", schrie Bleu, als sich die Welt um sie herum veränderte.

Ashure wich zurück, als tiefschwarze Hände mit Krallen, in denen alle Ängste steckten, die Bleu je empfunden hatte, nach ihm griffen und ihn auseinanderzogen. Bleus entsetzte Schreie wurden lauter, doch nur er konnte sie hören. Die Finger krallten sich in Bleu und rissen tiefe Furchen in seine Seele, während sie ihn in die Tiefen seiner eigenen Albträume hinabzogen.

„Genieße den ewigen Schmerz", sagte Ashure, bevor er ins Licht zurücktrat.

Er drehte sich zu Magna um, die den Kopf senkte. Dann schritt er die Stufen hinunter, kniete sich neben Tonya und hob sie sanft in seine Arme.

Ashure blickte in die Augen der Meerhexe, in denen keine Schatten zu sehen waren – nur Liebe und Akzeptanz für ihren Platz im Universum. Sie würde nie Gefahr laufen, eine verlorene Seele zu werden. Dafür würden die beiden Männer sorgen, die sie schützend flankierten.

„Ich bin bereit", sagte er.

„Ich werde das Portal zur Insel der Monster öffnen. Mein Spruch wird dich zu Nali bringen. Der Zauber, mit dem ich Tonya belegt habe, wird eine Stunde anhalten. Danach kann ich dir nicht mehr helfen", warnte sie.

„Um alles andere werde ich mich kümmern", versprach er.

Sie nickte und hob ihre Hände. Er konzentrierte sich auf die mächtige Magie, die von ihrem Zauber ausging. Wenn überhaupt, war sie seit ihrer Befreiung von dem Außerirdischen noch stärker geworden. Die Magie vereinigte sich vor ihm und bildete einen wirbelnden Kreis in Regenbogenfarben, bevor sich das Zentrum öffnete und er den Eingang zu Nalis Palast vor sich sah. Er schritt vorwärts, ohne einen Blick zurückzuwerfen. Die Zeiger der Zeit hatten wieder zu ticken begonnen.

Dan stolperte vorwärts und blinzelte. Er blickte über die Schulter zu Max, der ihn benommen und verwirrt anstarrte. Hinter Max geriet Angela ins Taumeln und hielt sich an der Seite von Tonyas Auto fest.

„Wo ist sie?", fragte Angela mit zittriger Stimme.

Ein leises Stöhnen lenkte ihre Aufmerksamkeit auf die vordere Veranda. Dan stürmte vorwärts, seine Waffe auf TJ gerichtet. Er stellte seinen Fuß auf die vordere Stufe.

„Keine Bewegung", befahl Dan.

TJ hob die Hände in die Luft. „Was ist los?", fragte er mit ängstlicher und verwirrter Stimme.

„Legen Sie sich auf den Boden und legen Sie die Hände auf den Rücken. Sie haben das Recht zu schweigen …", rezitierte Dan eiskalt.

Auch Max stieg die Stufen hinauf und bedeutete Dan mit einem Nicken, dass er TJ im Auge behalten würde. „Austin ist tot. Ashure und Tonya sind weg", sagte er.

Dan nickte, steckte die Waffe in seinen Holster und legte TJ Handschellen an. „Er sollte tot sein. Ich weiß, dass wir ihn nicht verfehlt haben", murmelte er.

„Ich weiß", erwiderte Max.

Auf dem Highway ertönten Sirenen. Dan zog TJ auf die Beine, als zwei Polizeiautos in die Einfahrt fuhren. Er führte TJ die Treppe hinunter.

„Was zum Teufel ist hier los, Mann? Ich habe nicht – Scheiße! Ist er tot? Ich habe nichts getan, Mann", beschwerte sich TJ.

„Bringt ihn weg", befahl Dan, als der erste Hilfssheriff auf ihn zukam.

Er ließ TJ los und blickte zurück zu der Stelle, an der Ashure Tonya festgehalten hatte. Max stand dort und tröstete Angela. Er ging zu ihnen hinüber.

Dan konnte hören, wie der zweite Deputy einen Krankenwagen für Austin rief. Es würde eine interne Untersuchung geben. Wahrscheinlich würde er vorübergehend beurlaubt werden, bis sie abgeschlossen war. Er steckte die Hände in die Hosentaschen und betrachtete das Plattährengras. In der Ferne konnte er das Meer hören.

Dan warf einen Blick auf Max und Angela, die auf ihn zukamen, bevor er seine Aufmerksamkeit wieder der Düne zuwandte. „Was glaubt ihr, ist mit ihnen passiert?", fragte er.

Max schüttelte den Kopf. „Ich weiß es nicht", antwortete er mit rauer Stimme.

Angela hob ihr tränenverschmiertes Gesicht und sah ihn an. „Er hat sie in seine Welt mitgenommen", schniefte Angela und wischte sich mit einer Hand über die Wange. „Wenn jemand unser kleines Mädchen retten kann, dann Ashure. Ich weiß es. Ich – ich muss daran glauben."

Max schloss die Augen. Dan konnte sehen, wie sich Tränen einen Weg über die Wangen des großen Mannes bahnten. Er dachte an die wenigen Dinge, die er über Ashure erfahren hatte. Er stimmte Angela zu – wenn jemand Tonya retten konnte, dann Ashure Waves, der König der Piraten und Hüter der verlorenen Seelen.

Er sah Max an. „Das wird ein höllisch gefälschter Bericht", seufzte er.

Max öffnete seine Augen und nickte grimmig. „Dann sollten wir uns wohl besser absprechen, damit unsere Geschichten übereinstimmen", antwortete er.

KAPITEL 26

„Öffnet die Türen!", brüllte Ashure, als er durch das Portal trat, das Magna erschaffen hatte.

Die beiden Zentauren, die den Eingang von Nalis Palast bewachten, hatten eine defensive Haltung eingenommen, während weitere Wachen zum Eingang stürmten. Ashure sah die Zentauren an. Sie ließen ihre Waffen sinken, als sie Tonya blutüberströmt in seinen Armen liegen sahen. Dann drehten sie sich um, eilten zu den riesigen Doppeltüren des Palastes und öffneten sie, während er mit seiner kostbaren Last die Stufen hinaufstieg.

Ashure stürmte an ihnen vorbei in den beleuchteten Innenraum der Höhle, die vor Jahrhunderten zum Palast der Monster umgebaut worden war. Hohe Säulen stützten massive Bögen und gewölbte Decken unter den oberen Stockwerken. Der polierte schwarze Boden war mit Diamanten und anderen Halbedelsteinen übersät, die bei der Erschaffung der Insel entstanden waren. Während er durch das gewölbte Foyer schritt, hielt er verzweifelt nach Nali Ausschau.

„Nali!", rief er, und seine Stimme hallte in der riesigen Eingangshalle wider.

Er blickte nach oben, als er die kreisförmige Rotunde betrat. Nali stand in der Nähe des Balkons, der in die zweite Ebene der Höhle gehauen war. Sie unterhielt sich mit einer kleinen Gruppe von Hauselfen, die kicherten. Sie schenkte den Elfen ein freundliches, entschuldigendes Lächeln, bevor sie sich mit einem leicht missbilligenden Blick ihm zuwandte.

„Also wirklich, Ashure, es gibt keinen Grund für deinen dramatischen Auftritt. Du weißt doch, dass du immer willkommen bist", rief sie neckisch und lehnte sich über das Geländer, wobei sich ihr amüsierter Gesichtsausdruck schlagartig veränderte. „Was ist passiert?", zischte sie, als sie die blutüberströmte und bewusstlose Tonya in seinen Armen und seinen flehenden Blick sah.

„Ich brauche deine Hilfe", rief er verzweifelt.

Sie legte eine Hand auf das Balkongeländer und sprang. Lange, samtige Flügel erschienen auf ihrem Rücken und fingen ihren Fall ab. Als sie anmutig vor ihm landete, streckte sie die Hand aus und berührte sanft Tonyas Stirn.

„Wer ist sie, und wer hat ihr das angetan?", fragte sie mit leiser, stählerner Stimme.

„Ihr Name ist Tonya, und sie kommt aus dem Reich der Menschen. Sie ist die Liebe meines Lebens, Nali. Bitte – du musst mir helfen, sie zu retten", sagte er. Angst und Kummer schwangen in seiner Stimme mit.

Sie warf ihm einen scharfen Blick zu, bevor sie ihre Aufmerksamkeit wieder auf Tonyas blasses, regungsloses Gesicht richtete. „Es sieht so aus, als wäre es bereits zu spät. Sie atmet kaum noch, Ashure", murmelte sie.

Er schüttelte den Kopf. „Sie ist mit einem Zauber belegt, der die Zeit für sie verlangsamt", sagte er.

Nali holte zischend Luft und starrte ihn an. „Das ist ein sehr mächtiger Zauber. Warum hat die Hexe nicht versucht, sie zu heilen?", fragte sie.

„Die Hexe war Magna, Nali. Es waren zu viele Menschen in der Nähe, und Tonya ist schwer verletzt. Bitte, die Zeit läuft uns davon! Magna meinte, ihr Zauber würde nicht lange anhalten. Ich bin zu dir gekommen, weil ich versprochen habe, den Aufenthaltsort der Einhörner niemals preiszugeben oder dorthin zurückzukehren. Ich frage dich noch einmal: Wirst du mir helfen?", flehte er leise.

Nalis Miene wurde weicher, und sie legte ihm die Hand auf die Schulter. „Natürlich, Ashure", antwortete sie. Sie wedelte mit ihren Händen. „Gib sie mir. Es wird schneller gehen, wenn ich sie nehme", wies sie ihn an.

Schützend drückte er Tonya fester an sich und begann, den Kopf zu schütteln. Nali bedeutete ihm erneut, ihr Tonya zu übergeben, diesmal war ihr Blick hart. Seine Angst, dass Nali es sich anders überlegen könnte, kämpfte mit seiner Verzweiflung, seine große Liebe jemals wiederzusehen, wenn er zuließ, dass Nali sie ihm abnahm. Widerwillig legte er Tonya in Nalis Arme.

„Pai!", rief Nali.

Ashure wich zurück, als sich ein großer männlicher Hippogreif erhob, der in der Nähe einer großen Feuerstelle gelegen hatte. Das Geschöpf schüttelte seine massiven grau-weißen Flügel. Sein eleganter Körper ähnelte dem der edlen Rösser von der Insel der Riesen, während sein zierlicher Kopf und seine scharfen Augen Ähnlichkeit mit einem Adler hatten. Er musterte sie aufmerksam.

„Pai wird dich hinbringen", verkündete Nali.

Ashure hatte einen Kloß im Hals und nickte. Nali beugte ihre Knie, stieß sich vom Boden ab und schoss mit einer atemberaubenden Geschwindigkeit durch die Luft. Besorgt sah er ihr nach, als sie durch das Zentrum der Höhle nach oben raste. Die Decke schimmerte für den Bruchteil einer Sekunde, bevor Nali durch sie hindurchglitt und aus dem Blickfeld verschwand.

Ein Stupser gegen seine Brust lenkte seine Aufmerksamkeit wieder auf Pai. Der Hippogreif rieb seinen Schnabel an der Vorderseite seines

Hemdes, als würde er seinen Schmerz verstehen. Er streckte die Hand aus und streichelte den Kiefer des Hippogreifs.

„Wie schnell kannst du fliegen, mein Freund?", erkundigte er sich.

„Fast so schnell wie die Kaiserin, Eure Majestät", antwortete Pai.

„Ich nehme dich beim Wort, Pai", erwiderte Ashure leise.

Pai wich zurück und schüttelte den Kopf, bevor er sich hinkniete. Ashure bestieg den Hippogreif. Nachdem er sich zwischen seinen Schultern und Flügeln bequem gemacht hatte, richtete sich der Hippogreif auf und lief auf die massiven Türen zu.

Auf einen Wink von Ashures Hand hin, öffneten sich die Türen, bevor die beiden Zyklopen, die das innere Heiligtum des Palastes bewachten, sie erreichten. Die Wachen schafften es gerade noch, beiseitezuspringen. Das Geräusch von Pais scharfen Krallen auf dem polierten Boden und sein Gebrüll warnten jeden, den Weg freizumachen.

Ashure beugte sich vor und hielt sich an den dicken, langen Federn an Pais Hals fest, als er spürte, wie sich die Muskeln der Kreatur anspannten und die mächtigen Flügel zu schlagen begannen. Pai sprang von der obersten Stufe in die Luft. Unter ihnen drehten sich die Bewohner der Monsterinsel um und starrten zu ihnen hinauf, als sie über den Hafen hinwegflogen.

„Ihr solltet Euch vielleicht etwas besser festhalten, Eure Majestät. Ich weiß, dass Ihr so schnell wie möglich bei Eurer Gefährtin sein wollt", riet Pai, der seinen Kopf leicht drehte und Ashure von der Seite ansah.

„So schnell wie du fliegen kannst, Pai", stimmte er zu und umklammerte die Federn fester.

Pai nahm ihn beim Wort. Ashure senkte seinen Kopf und seine angespannten Oberschenkel umklammerten Pai, als der Hippogreif sein Tempo erhöhte.

Sie flogen durch die Wolken, über tückische Berggipfel, Täler, Bäche und Flüsse. Mit jeder Meile, die sie zurücklegten, wurde ihm bewusst, dass Tonyas Zeit immer knapper wurde. Magna hatte gesagt, dass der Zauber hoffentlich eine Stunde anhalten würde. Aber was, wenn der Zauber das nicht tat? Was, wenn er es nicht rechtzeitig zu ihr schaffte?

Die Möglichkeit, Tonya zu verlieren, war für seinen Verstand und sein Herz beinahe unerträglich. Sein Griff um Pais Hals lockerte sich, bevor er es merkte, und er begann zu rutschen, als Pai plötzlich eine scharfe Linkskurve flog. Er schüttelte den Kopf, fand seinen Halt wieder und blickte nach unten.

Unter ihnen befand sich eine riesige Wiese im Krater eines erloschenen Vulkans. Ein breiter Fluss schlängelte sich hindurch, bis das Wasser in einer Reihe von Wasserfällen Tausende von Metern über den Hang in die Tiefe stürzte. Erinnerungen an seine Jugend überfluteten ihn – der gefährliche Aufstieg zum Gipfel, wie er die Wiese entdeckt hatte und das Einhorn, das über ihm gestanden hatte, als er aufgewacht war. Damals hatte er den Vulkan erklommen, um die Wolken zu berühren, weil er sehen wollte, wo die Göttin lebte. Die Reise hatte seine Entschlossenheit auf die Probe gestellt, bis er schließlich um sein Überleben kämpfen und akzeptieren musste, dass seine Neugierde und sein Abenteuergeist ihn wahrscheinlich umbringen würden.

Und niemand hätte es damals bemerkt oder sich darum gekümmert, dachte er.

Es war eine Ironie des Schicksals, wieder an dem Ort zu sein, an dem er als junger Mann geglaubt hatte, dass er sterben würde, und dass er auch jetzt hier umkommen könnte. Jetzt verstand er, was Simon mit dem Finden seiner anderen Hälfte gemeint hatte. Er konnte nie wieder zu dem halben Leben zurückkehren, das er gelebt hatte, indem er so tat, als sei das Leben ein Spiel.

Bleu war in dieser Hinsicht scharfsinniger gewesen als er. Sein ehemaliger Freund hatte Simon länger gekannt und das Leben des Piratenkönigs studiert. Aufgrund ihrer Liebe und der Verbindung ihrer Seelen wären Simon oder seine geliebte Amadeen niemals im Geisterkessel gelandet. Tonya und er hatten die Zeremonie noch nicht vollzogen, die ihre Seelen miteinander verbinden würde. Dadurch würde er endlich vollständig werden und die Schatten in seinem

Inneren würden zur Ruhe kommen. Wenn Tonya starb, bestand die Möglichkeit, dass er sie ungewollt dazu verdammte, in dem Kessel zu schmoren, nur weil er sie liebte und sie in seiner Nähe haben wollte. Dieser Gedanke machte ihm mehr Angst als sein eigenes Schicksal in der Schattenwelt.

Er schaute nach unten, als Pai zur Landung ansetzte. Am Boden sah er Nali mit Tonya und am Waldrand kam die strahlend weiße Einhornherde in Sicht, die von einer silberhaarigen Stute angeführt wurde. Die Einhörner bildeten einen Kreis um die beiden Frauen.

„Da sind sie", zischte er Pai eindringlich zu.

Pai gluckste. „Ich habe sie in dem Moment gesehen, als wir den Gipfel passierten, Eure Majestät", erklärte der Hippogreif.

Pai breitete seine Flügel aus und flog einen Kreis, bis er weniger als hundert Meter von der Stelle entfernt war, an der Nali neben Tonya kniete. Ashure konnte sehen, wie die zarte ältere Stute ihren Kopf neigte. Er stieg ab, noch bevor Pai ganz zum Stehen gekommen war. Durch das dichte, hohe Gras rannte er auf die Herde zu. Er konnte hören, wie Nali leise mit der Stute sprach, als sich die Herde umdrehte, um ihre Anführerin Nali und Tonya zu schützen.

„Das ist Ashure", sagte Nali.

Ein lautes Wiehern ertönte von der Herde. Er schritt zwischen zwei Einhörnern hindurch, die eine Lücke für ihn gebildet hatten. Die Stute, deren Fell vom Alter silbern war, nickte mit dem Kopf.

„Ich erinnere mich an den Jungen, der sein Leben riskierte, um die Wolken zu berühren", antwortete die Stute.

„Hallo, Xyrie", grüßte Ashure respektvoll, bevor er sich Tonya zuwandte.

Er trat vor und ließ sich neben ihr auf die Knie sinken. Sie sah aus wie eine schlafende Prinzessin. Er beugte sich vor und küsste sie zärtlich auf die Lippen.

„Ich liebe dich, Tonya", flüsterte er und streichelte sanft ihre Wange. Dann sah er flehend zu Xyrie auf. „Kannst du sie heilen?"

Xyrie erschauderte. Er wusste nicht, ob das ihre Art war, nein zu sagen. Er hielt Tonyas Hand, als die Stute weiterhin schwieg.

„Geh mit Nali, Wolkenjäger", befahl Xyrie schließlich leise.

Ashure schüttelte den Kopf. Der Protest auf seinen Lippen erstarb jedoch, als Nali seine Schulter drückte. Sie ging neben ihm in die Hocke.

„Xyrie ist alt, und Tonya ist schwer verletzt. Einige der anderen werden ihr helfen müssen", murmelte sie.

„Das habe ich gehört", sagte Xyrie und schüttelte ihren Kopf, sodass ihre lange Mähne nach außen wehte.

Nali erhob sich und streckte Ashure die Hand entgegen. „Aber du bist so weise und mächtig wie immer, meine Freundin", fügte Nali leise hinzu.

„Nimm den Jungen. Es könnte eine Weile dauern", sagte Xyrie mit einem leisen Schnauben.

Ashure ließ Tonyas Hand nur widerwillig los und stand auf. Sie war totenblass, und ihr Brustkorb bewegte sich kaum. Er stolperte, als Nali seine Hand nahm und ihn wegführte. Die Herde teilte sich, um sie durchzulassen, bevor sie sich wieder um Tonya und Xyrie schloss. Pai hatte unter einem schattigen Baum am Waldrand Schutz vor der Sonne gesucht. Ashure und Nali gingen einen breiten Weg entlang, der zum Fluss führte.

„Pai würde den ganzen Tag verschlafen, wenn er könnte", meinte Nali mit einem liebevollen Lächeln.

„Er ist schon lange an deiner Seite", bemerkte Ashure.

Nali nickte. „Ja. Meine Eltern haben ihn an dem Tag meiner Geburt als meinen Beschützer auserkoren. Wir haben schon viele Abenteuer zusammen erlebt", sagte sie mit einem Seufzer.

„Nali, denkst du, dass Xyrie Tonya retten kann?", fragte er leise.

Nali blieb stehen und sah ihn an. Seine Schultern sackten nach unten, als sie ihre Hand hob, um über seine Wange zu streichen. Erneut verkrampfte sich sein Magen vor Angst, als sie nicht sofort antwortete. Sie gab ihm einen Kuss auf die andere Wange.

„Du trägst dein Herz immer noch auf der Zunge, Ashure. Ja, ich glaube, Tonya ist in den besten Händen, oder besser: Hufen. Xyrie hat mir erzählt, dass die Einhörner direkt mit der Göttin in Verbindung stehen. Ob das wahr ist oder nicht, weiß ich nicht. Ich habe gesehen, dass ihre Mähne Verletzungen heilen kann, bei denen selbst die mächtigsten Hexen nichts ausrichten können. Du hast ihre Macht selbst erlebt. Was sagt dir dein Herz?", fragte sie.

„Mein Herz bricht. Ich habe schreckliche Angst, Nali. So etwas habe ich noch nie gefühlt", gestand er.

In Nalis Augen schimmerten Tränen des Mitgefühls, und sie schlang ihre Arme um ihn. Er erwiderte ihre Umarmung und hielt sie fest, während ihn seine Gefühle übermannten. Er senkte den Kopf und atmete mehrmals tief und zitternd ein.

„Ich liebe sie so sehr, Nali. Sie ist meine andere Hälfte", stammelte er.

Nali tätschelte ihm den Rücken. „Alles wird gut, Ashure. Daran musst du ganz fest glauben", flüsterte sie.

Nach einigen Augenblicken nickte er, ließ sie los und trat zurück. Sie nahm seine Hand, und gemeinsam gingen sie hinunter zum Fluss. Ein Gefühl der Ruhe durchströmte ihn, als sie sich auf einen dicken Baumstamm setzten und schweigend in Erinnerungen schwelgten.

Tonya wird überleben. Es gibt so viel, was ich ihr noch zeigen möchte, dachte er, als eine Herde geflügelter Pferde auf der anderen Seite des Flusses landete, um zu grasen.

KAPITEL 27

Tonya fühlte sich, als würde sie an einem nebligen Tag auf dem Meer treiben. Die Welt um sie herum verschwamm immer wieder vor ihren Augen. Sie hörte Ashures Stimme, und dann fühlte sie sich, als würde sie fliegen. Kurze Zeit später kitzelte etwas Warmes und Weiches ihre Wange. Sie versuchte, sich von dem seidigen Haar zu lösen, aber ihr Körper fühlte sich an, als wäre er aus Blei.

Vielleicht ist es ein Seehund.

Der Gedanke schwebte mit einer Nebelschwade davon. Ihr nächster Gedanke war, dass sie vielleicht zur Sonne hinaufschwebte. Die Welt um sie herum nahm einen goldenen Farbton an, der sie an die ersten Sonnenstrahlen nach einem langen, kalten, tristen Winter erinnerte. Wärme hüllte sie ein und linderte die klirrende Kälte.

Ich frage mich, ob es wirklich einen Himmel gibt, überlegte sie ehrfürchtig, als sich der Nebel lichtete.

Jetzt sah es so aus, als befände sie sich in einem Planetarium, wo um sie herum eine virtuelle Realität des Universums projiziert wurde. Staunend betrachtete sie die leuchtenden Farben, die an ihr vorbeizogen. Als sie sich im Kreis drehte, fiel ihr auf, dass sie sich das

Universum nie als farbenfrohen Ort vorgestellt hatte. Sie hatte angenommen, der Weltraum wäre kalt, dunkel, düster und ein wenig wie der Tod – völlig anders als das hier.

„Das Universum enthält alle Elemente, die für das Leben notwendig sind. Das Leben ist bunt. Sollte das Universum das nicht widerspiegeln?", fragte eine amüsierte weibliche Stimme.

Tonya drehte sich zu der Besitzerin der Stimme um. Sie vermutete, dass ihr angesichts des Anblicks, der sich ihr bot, der Mund vor Schreck offenstehen musste. Sie hob eine durchsichtige Hand, um es zu überprüfen. Jawohl, ihr Mund war offen.

Eine einsame Gestalt glitt durch den Raum, als würde sie über den Laufsteg einer New Yorker Modenschau schreiten. Die Gestalt, die Person, die Halluzination oder was auch immer das Wesen war, schien definitiv weiblich zu sein.

„Warum sind die aufregendsten Geschichten immer die, die niemand glauben würde?", sagte sie seufzend.

Die Frau blieb vor ihr stehen. Tonya musterte die goldene Göttin. Das war der einzige Name, der zu ihr zu passen schien. Die Frau war komplett golden, von ihren Haaren über ihre Haut bis hin zu ihrem Kleid im griechischen Stil.

Das Gold schimmerte, als wäre es lebendig und reflektierte die Farben der Sterne, Planeten und des Nebels, die an ihnen vorbeizogen. Tonya verspürte das Bedürfnis, die Hand auszustrecken und die Frau zu berühren, doch selbst in ihrem unbewussten Zustand hatte sie genug Anstand, um zu erkennen, dass das unhöflich wäre. Dennoch sagten ihr sowohl ihr inneres Engelchen als auch das Teufelchen, dass eine einzige Berührung ihr helfen könnte, festzustellen, ob sie noch lebte oder tot war.

„Du lebst noch, Tonya", versicherte ihr die Göttin.

„Könnte es nicht sein, dass mein totes Ich nur versucht, mein lebendes Ich davon zu überzeugen? Und was kitzelt mich eigentlich ständig?", knurrte

sie verärgert und hob eine durchsichtige Hand, um sich die Wange zu reiben.

Die Göttin gluckste. *„Einhörner. Sie haben das seidigste Haar aller Geschöpfe – abgesehen von Kaninchen natürlich"*, erklärte sie.

„Einhörner? Gehören die nicht zur Kategorie Drachen und Meerjungfrauen?", entgegnete sie trocken, bevor sie sich daran erinnerte, dass Ashure gesagt hatte, dass auch diese Kreaturen wirklich existierten. *„Schon gut, war nur eine rhetorische Frage."*

„Ja, so ist es", antwortete die Göttin.

„Also, wenn ich nicht tot bin, wo bin ich dann, und wer bist du?", fragte sie zaghaft.

Die Göttin streckte die Hand aus und berührte einen vorbeiziehenden Planeten. Ihre Finger glitten durch das kosmische Gebilde und wirbelten Staub auf, bevor es sich verfestigte und weiterzog. Das Lächeln auf dem Gesicht der Frau war geheimnisvoll und triumphierend zugleich.

„Warum hast du das getan?", fragte Tonya, fasziniert.

„Manchmal braucht das Leben ein wenig Hilfe", antwortete die Frau.

„Du hast meine Frage nicht beantwortet", bemerkte Tonya.

Die Göttin lächelte erneut und sah sie an. *„Manche Fragen bleiben am besten unbeantwortet. Aber ich kann dir sagen, dass du nicht tot bist"*, sagte sie.

„Woher weißt du das?", flüsterte Tonya, und ihre Augen verfinsterten sich vor Angst.

Die goldene Frau schwebte auf Tonya zu und hob ihre Hand. *„Weil da ein gewisser Piratenkönig ist, der dich liebt und dich zu sehr braucht, um dich gehen zu lassen"*, erklärte die Göttin leise.

Bevor Tonya eine weitere Frage stellen konnte, streckte die Frau einen goldenen Finger aus und berührte ihre Brust direkt über ihrem Herzen. Tonya stieß einen lauten Schrei aus, als Licht und Wärme sie erfüllten. Ihr Körper wölbte sich nach hinten, bevor sie das Gefühl hatte zu fallen.

Der Nebel wirbelte um sie herum, hüllte sie ein und setzte sie sanft wieder auf dem Boden ab. Instinktiv hob sie die Hände, um ihre Wunde zu schützen, und fand nur glatte Haut unter ihren Fingern. Schatten bewegten sich, und sie wandte ihren Kopf von dem grellen Sonnenlicht ab, das durch ihre Augenlider brannte.

Tonyas Augenlider flatterten, als sie die Augen öffnete, und sie blinzelte einige Male, um klar zu sehen. Verwirrt runzelte sie die Stirn, als sie hohes grünes Gras und etwas erkannte, das wie Pferdehufe aussah. Langsam drehte sie den Kopf und hätte beinahe aufgeschrien, als sie nur eine Haaresbreite von ihrem Gesicht entfernt eine rosa Schnauze und weiße Tasthaare sah.

„Ein Pferd – da ist ein Pferd in meinem Gesicht", murmelte sie mit wachsender Panik. „Braves Pferdchen."

„Ich bin kein Pferd. Ich bin ein Einhorn, und mein Name ist Xyrie", antwortete das Einhorn.

Der Atem, den Tonya in ihre Lunge gezogen hatte, rauschte heraus. „Jetzt weiß ich, dass ich gestorben und im Fantasieland gelandet bin. Einhörner sprechen nicht, oder?", fragte sie zögernd, während sie versuchte, sich aufzusetzen.

Ein Kichern ertönte um sie herum. Tonya zwang sich in eine sitzende Position. Verzweifelt fuhr sie mit den Händen über ihre Brust und ihren Bauch und tastete nach den Schusswunden, die TJ ihr zugefügt hatte. Sie zog ihre Bluse hoch und untersuchte ihre Brust. Da war nichts – kein Blut, keine Narben. Selbst ihre Bluse war unbeschädigt.

„Xyrie, warum hat sie nur auf dem Kopf Haare und nicht auf der Brust? Hat sie Läuse?", fragte eine Kinderstimme.

Hastig zog Tonya ihre Bluse wieder herunter. Ihr Blick fiel auf ein junges Fohlen, das sie zwischen zwei größeren Pferden – Einhörnern, korrigierte sie sich schnell – neugierig anschaute. *Hörner, sie haben ein Horn. Einhörner haben ein Horn und sie können –*

. . .

„Ihr habt mich geheilt", platzte sie heraus und sah die beiden an.

„Mit ein wenig Hilfe, ja", erklärte die Stute namens Xyrie.

„Du kennst sie, nicht wahr? Die Göttin", hauchte sie.

„Ja", gluckste Xyrie.

„Wie – wie bin ich hierhergekommen? Ich bin in den Sieben Königreichen, oder? Wo ist Ashure? Geht es ihm gut?", fragte Tonya und stieß sich vom Boden ab, um ihre Umgebung besser sehen zu können.

„Sie stellt wirklich eine Menge Fragen", beschwerte sich das Fohlen.

Eine der Stuten drehte sich um und stupste das Fohlen an. „Geh mit Pai spielen, Loo", befahl die Stute.

„Ach, Mama, der will doch immer nur schlafen", protestierte Loo.

Verblüfft beobachtete Tonya, wie das Fohlen zu einem Wesen hinübertrabte, das im Schatten lag und wie ein riesiger Adler aussah. Ihr klappte der Mund auf, als der Adler aufstand, sich schüttelte und der Gruppe von Einhörnern einen genervten, resignierten Blick zuwarf. Sie hob ihre Hand und winkte dem Tier zu, während sie zu Xyrie zurückblickte.

„Ist das ein –?", flüsterte sie heiser.

Xyrie nickte mit ihrem zarten weißen Kopf. „Ein griesgrämiger alter Hippogreif? Natürlich, er ist schon seit einer Ewigkeit bei Nali. Komm mit mir. Ich denke, es ist an der Zeit, dass du König Ashure beruhigst", wies Xyrie sie an.

Tonya spürte, wie ihr Kopf wackelte, wie bei einer Wackelfigur, die man auf den Schreibtisch oder das Armaturenbrett seines Autos stellen konnte. Nur mit Mühe gelang es ihr, den Blick von dem Fohlen und dem Hippogreif abzuwenden und Xyrie schweigend zu folgen.

„Xyrie?", fragte sie, als sie einen breiten Weg entlanggingen.

„Ja, Tonya", antwortete die alte Stute.

„Bin ich tot?", fragte sie leise.

Die Stute blieb stehen und drehte ihren langen Hals, um Tonya anzusehen. Tonya nahm an, dass Xyrie lächelte, falls Einhörner das konnten. Sie streichelte Xyries Hals, als das Einhorn mit seiner weichen Schnauze gegen Tonyas Wange stupste.

„Warum fragst du nicht ihn?", schlug Xyrie vor und trat einen Schritt zurück.

Tonya folgte Xyries Blick. Sie schrie auf, als sie Ashure sah, der sie schweigend beobachtete, als hätte er Angst, sie könnte verschwinden. Beim Anblick der Liebe, der Angst und der Hoffnung in seinen Augen schwoll ihr Herz an.

Sie machte einen Schritt vorwärts und dann noch einen, bis sie rannte. Als sie sich auf halbem Weg begegneten, schlang sie ihre Arme um ihn und vergrub ihr Gesicht an seinem Hals. Schluchzer schüttelten ihren Körper, als sie ihn so fest umarmte, als würde sie ihn nie wieder loslassen.

„Ich hatte solche Angst", flüsterten sie beide gleichzeitig.

„Ich dachte, ich hätte dich verloren", keuchte er und drückte sie an sich.

„Das dachte ich auch", schniefte sie.

Sie lehnte sich ein wenig zurück und ließ ihre Hände an seinem Hals entlang bis zu seinen Wangen gleiten. Sie umfasste sein Gesicht und fuhr mit ihren Fingern darüber, als wolle sie sich jede Linie und jede Kurve einprägen. Als sie ihm in die Augen sah, bemerkte sie, dass die Schatten verschwunden waren.

„Die verlorene Seele", rief sie mit angsterfüllter Stimme.

„Eingefangen und an einem Ort, wo sie nie wieder entkommen wird. Die anderen sind ruhig. Ich glaube, sie fürchten, dass sie ein ähnliches

Schicksal ereilen könnte, wenn sie mir im Moment keine Ruhe gönnen", sagte er.

„Nun, ich habe eine Frau getroffen, die sie fertigmachen könnte, wenn du Hilfe brauchst", murmelte Tonya und beugte sich vor, bis sich ihre Lippen fast berührten. „Ich liebe dich, Ashure."

Er griff in ihr Haar. Als sie ihre Lippen öffnete, küsste er sie mit einer Leidenschaft, bei der sie weiche Knie bekam und ihr Körper nach mehr verlangte. Sie fuhr mit ihren Fingern durch sein Haar und küsste ihn mit der Intensität einer Frau, die wusste, dass sie eine zweite Chance im Leben und in der Liebe bekommen hatte.

„Hm, ich glaube, ich leiste Pai ein wenig Gesellschaft", meinte eine amüsierte Stimme hinter Ashure.

Ashure unterbrach den Kuss widerwillig. Er sah die Frau, die gesprochen hatte, nicht an, sondern blickte Tonya weiterhin tief in die Augen. Es dauerte ein paar Sekunden, bis er wieder zu Atem kam und sprechen konnte.

„Es könnte eine Weile dauern, Nali", sagte er schließlich.

Nalis leises Glucksen erfüllte die Luft. „Wie wäre es, wenn Pai euch einfach nach Hause bringt, wenn ihr soweit seid? Es gibt eine hübsche kleine Hütte, in der ich manchmal übernachte, wenn ich zu Besuch komme. Xyrie kann euch zeigen, wo sie ist", schlug sie vor.

„Perfekt", murmelte Ashure, der bereits den Kopf senkte, um Tonya erneut zu küssen.

Tonya hörte das Geräusch von Flügeln und ihr Haar wehte in der leichten Brise. Sie hatte keine Ahnung, wer Nali war oder wie sie nach Hause kommen sollte. Alles, was sie in diesem Moment interessierte, war, Ashure zu berühren und zu wissen, dass sie ein Leben lang zusammen sein würden. Plötzlich fragte sie sich, ob ein lebenslanges Zusammensein mit ihm ausreichte, bevor Ashures Kuss alle Gedanken aus ihrem Kopf vertrieb.

KAPITEL 28

„Hier entlang", sagte Ashure und zog sie den schmalen Pfad entlang, der durch den Wald führte.

Er grinste, als Tonya lachte und seine Hand fester umklammerte. Das Gefühl ihrer Hand in seiner und der Klang ihres Lachens erfüllten ihn mit Freude. Sie waren beide ein wenig übermütig, was er jedoch niemals zugeben würde, wenn ihn jemand fragen würde.

„Bist du sicher, dass du den Weg kennst? Ich dachte, Nali hätte gesagt, wir sollen Xyrie bitten, uns zu zeigen, wo die Hütte ist", fragte sie atemlos.

Ashure blieb stehen und sah sie an, bevor er ihre Wangen umfasste und sie leidenschaftlich küsste. Nachdem ihre Lippen sich eine Weile lang liebkost hatten, zog er sich zurück und blickte sie mit flammender Liebe in den Augen an.

„Wir sind da", sagte er.

„Woher weißt du …?" Sie verstummte, als er zur Seite trat.

Vor ihr stand eine kleine, aber schöne Hütte inmitten einer dichten Baumgruppe. Über den Steinwänden, an denen sich bunte Blumen emporrankten, befand sich ein dickes Strohdach, durch das ein Schornstein lugte. Das Dach war mit hellgrünem Moos bewachsen, und Beete mit farbenfrohen Wildblumen säumten den steinernen Weg und wuchsen wahllos in kleinen Flecken um die Hütte herum.

„Das ist ja märchenhaft", hauchte sie, bevor sie innehielt und ihn aufmerksam ansah. „Es gibt doch keine verrückten Hexen, die sich hier verstecken und uns möglicherweise angreifen, oder?", fragte sie.

Er warf den Kopf zurück und lachte. „Nein, meine Liebe, es könnten allerdings ein paar Kobolde und Zwerge auf der Lauer liegen", warnte er.

Sie spitzte die Lippen, als wollte sie seine Worte wiederholen, bevor sie den Kopf schüttelte. „Auf welcher Insel sind wir noch mal?", fragte sie.

Ashure hauchte ihr einen Kuss auf die Lippen. „Auf der Monsterinsel. Auf Nalis Königreich befindet sich eine der vielfältigsten Populationen von Kreaturen in den gesamten Sieben Königreichen", erklärte er und führte sie über die Trittsteine zur Eingangstür.

Er stieß die Tür auf und blinzelte überrascht. Mehrere kleine Hauselfen waren gerade dabei, einen kleinen Tisch zu decken, und blickten mit leuchtend grünen Augen zu ihnen auf. Sein Blick schweifte über den mit frischem Obst, Käse, Gemüse und Brot beladenen Tisch. Ein mittelgroßer Topf, in dem ein duftender Eintopf brodelte, hing an einem Ring über dem magischen Feuer. Ein Hauself arrangierte frische Blumen auf einem Schränkchen.

„Das ist wunderschön", murmelte Tonya bewundernd.

Ashure nickte. „Wie es scheint, rechnet Nali nicht damit, dass wir bald zurückkehren", antwortete er.

Sie sah ihn erschrocken an. „Woher weißt du das?", fragte sie.

Er nickte zu den Hauselfen, die in einen, wie er vermutete, magischen Schrank huschten. „Das sind einige ihrer persönlichen Assistenten", bemerkte er.

„Werden sie die ganze Zeit über hier sein?", fragte sie und rümpfte verunsichert die Nase.

Er schmunzelte. „Sie wissen, wann sie verschwinden müssen. Wir sind allein", versprach er.

Sie stieß einen langen Seufzer aus. „Gut, denn ich bin zwar gerne wild mit dir, aber ich habe nicht gerne Publikum", gab sie zu.

„Nur ein Ein-Mann-Publikum, Liebling", murmelte er.

Sie ließ ihre Hände über seinen Kopf gleiten, strich sein Haar nach hinten und fuhr dann über seine Ohren und sein Gesicht, bevor sie seine Wangen umfasste. Er beugte sich vor und begegnete ihren Lippen mit seinen. Sie ließ ihre Zunge über seine Unterlippe gleiten.

„Dann solltest du dich wohl auf etwas Unterhaltung gefasst machen", sagte sie und wackelte mit den Augenbrauen.

Er hob den Kopf und sah sie mit einem fragenden Blick an. „Unterhaltung?", fragte er.

Sie nickte und lächelte ihn verschmitzt an. „Gibt es in diesem magischen Minipalast ein Badezimmer?", fragte sie.

„Ja", murmelte er und seine Augen leuchteten vor Vorfreude.

Sie ließ ihre Hand an seinem Körper hinuntergleiten und fasste ihm in den Schritt. „Beinahe zu sterben, scheint ein intensives Bedürfnis nach einer erfrischenden Dusche und heißem Sex auszulösen", gestand sie.

Er runzelte die Stirn, als sie erwähnte, dass sie fast gestorben wäre. Es würde eine Weile dauern, bis das Bild von ihr, totenbleich und blutverschmiert, aus seinem Kopf verschwinden würde. Er hielt ihr Kinn fest und küsste sie. Ihre Lippen öffneten sich unter seinen und ihre Zungen verschlangen sich miteinander.

Eine Minute später kroch die kühlere Luft des Zimmers über sein erhitztes Fleisch, und er bemerkte, dass Tonya während ihres Kusses geschickt begonnen hatte, ihn auszuziehen. Er hob den Kopf und sah sie lüstern an. Ihre Lippen waren zu einem verträumten Lächeln verzogen.

„Sieht so aus, als würde die Unterhaltung im Badezimmer beginnen", sagte er.

～

Tonya konnte sich nicht einmal daran erinnern, dass sie sich ausgezogen hatte. Sie konnte sich auch kaum daran erinnern, Ashure beim Ausziehen geholfen zu haben! Lüstern musterte sie seinen muskulösen Körper und notierte sich im Geiste alle Stellen, denen sie mehr Zeit widmen wollte.

Der Mann hat einfach einen verdammt niedlichen Po!, dachte sie genüsslich.

Es stimmte. Ashure war nicht groß oder muskulös wie ein Wrestling-Star oder ein Bodybuilder. Nein, er war eher der schlanke und gefährliche James Bond-Typ. Seine breiten Schultern verjüngten sich zu einer schmalen Taille, und seine Hüften waren perfekt, um sich rittlings auf ihn zu setzen, während sein Hintern einfach nur köstlich war. Er war straff und leicht behaart, sodass sie nicht umhinkonnte, mit ihren Händen über seine Pobacken zu streichen und ihm einen kleinen Klaps zu geben, um zu sehen, ob sie sich so anspannten, wie sie es sich vorstellte.

„Willst du den ganzen Nachmittag meinen Hintern anglotzen oder kommt jetzt der heiße Sex, den du erwähnt hast?", erkundigte er sich neckisch.

„Ja, und ich habe nicht nur deinen Hintern angeglotzt", antwortete sie mit einem Grinsen.

Er schaute auf seinen Schwanz hinunter, der sehr steif und überglücklich war. Ein ersticktes Lachen entwich ihr, als er seine Hüften bewegte und ihn wackeln ließ. Der neckische, sinnliche Blick in seinen Augen ließ sie dahinschmelzen. Er war der perfekte Liebhaber – aufregend, lustig, verdammt sexy, und sie wusste, dass er sie liebte.

„Ich liebe dich, Ashure", sagte sie voller Rührung, als sie daran dachte, was sie beinahe verloren hätte.

Sein Gesichtsausdruck wurde weicher, und er streckte seine Hand nach ihr aus. „Lass mich dir zeigen, wie sehr ich dich liebe", erwiderte er.

Sie ließ ihre Hand in seine gleiten und keuchte überrascht auf, als er sie plötzlich herumwirbelte, sodass ihr nackter Rücken an seine Brust gepresst war. Er ließ ihre Hand los und fuhr mit seinen Händen langsam über ihren Körper, von ihren Brüsten zu ihren Hüften, was ihr ein lustvolles Stöhnen entlockte.

Das war die Bedeutung von Liebemachen. Es war mehr als nur die körperliche Befriedigung, es war die emotionale Verbindung. Sie bewegten sich wie Tänzer, seine Hände auf ihrem Körper, während sie sich an ihm rieb. Ihre langsamen Liebkosungen seines nackten Fleisches hatten etwas zutiefst Intimes an sich.

Sie drehte sich in seinen Armen, und ihre empfindlichen Brustwarzen spannten sich schmerzhaft an, als sie gegen sein grobes Brusthaar rieben. Er küsste sie leidenschaftlich, während sein Schwanz, mit der prallen Eichel und der mit Sperma bedeckten Spitze, zwischen ihre Beine glitt. Sie wiegte ihre Hüften hin und her und strich mit ihren weichen Locken an seinem Schaft entlang. Sein Atem wurde unregelmäßiger, als die empfindliche Eichel gegen ihre Weiblichkeit stieß.

Sie bewegten sich im Gleichklang und traten zurück in den sanften Strom des warmen Wassers, das wie Regen in der Dusche auf sie herabprasselte. Durch das Wasser waren ihre Körper glitschig, und die Reibung von nacktem Fleisch auf nacktem Fleisch schürte die Flamme ihrer Begierde.

Sie schloss die Augen und lehnte den Kopf zurück, damit er mit seinen Lippen an ihrem Hals entlanggleiten konnte. Sie nutzte ihre anderen Sinne, um jede Nuance des Augenblicks aufzunehmen. Seine Lippen waren warm auf ihrem feuchten Fleisch, und er hielt sie mit seinen starken Fingern besitzergreifend fest. Sie bewegte ihre Hüften im

Rhythmus mit der sinnlichen Berührung seiner Lippen, die nun für alle sichtbar eine Spur an ihrem Hals hinterließen.

Ihr lustvolles Stöhnen und das Geräusch des Regens erfüllten die Dusche. Er wusch sie mit einer nach Blumen duftenden Seife, die ihre Haut kribbeln ließ. Sie neigte den Kopf und öffnete die Augen, um zu sehen, wie er die schaumige Seife über ihre Brüste laufen ließ.

„Ashure", stöhnte sie, als er in ihre Brustwarzen kniff.

„Alles zu seiner Zeit, Liebling", versprach er.

Tonya nickte, unfähig zu sprechen, als seine Hände über ihre Brust fuhren. An der Stelle, wo eine der Kugeln sie durchbohrt hatte, hielt er inne. Ein kleiner, kaum sichtbarer herzförmiger Fleck, den sie vorhin auf der Wiese nicht bemerkt hatte, zierte ihre glatte Haut. Ein Schauer durchzuckte ihren Körper, als er mit dem Schwamm sanft über die Stelle fuhr. Er wartete, bis das Wasser die Seife weggespült hatte, bevor er einen Kuss auf die Stelle drückte.

Er fuhr weiter an ihrem Unterleib entlang, hielt an der zweiten schwachen Narbe inne und widmete ihr die gleiche zärtliche Aufmerksamkeit. Sein Blick war intensiv und so eindringlich, dass sie ihre Hände hob und mit den Fingern durch sein Haar fuhr. Sie konnte ein Stöhnen nicht unterdrücken, als er begann, ihre weichen Falten zu waschen.

„Du bist auf einem sehr – gefährlichen – Oh – oh, verdammt, ja", stöhnte sie.

Er ersetzte den Schwamm durch seine Lippen und Zähne. Ihr Atem wurde unregelmäßig, als er begann, unglaubliche Dinge mit ihrem Körper zu tun. Ihre Beine zitterten und sie wäre umgekippt, hätte sie sich nicht mit ihren Händen an seinen Schultern festgehalten.

„Verdammt", flüsterte sie, als er mit seiner Zunge über ihren geschwollenen Nippel fuhr und ihr eine Gänsehaut über den Rücken jagte.

„Da kommt noch mehr, Liebling, viel, viel mehr", versprach er.

Es war offensichtlich, dass Ashure durch seine fachkundigen Berührungen die Reaktion ihres Körpers wahrnahm – also die Art und Weise, wie ihre Vagina um den Finger, den er in ihr hatte, pulsierte. Sie seufzte, als er sie weiter quälte, während er mit dem Schwamm an ihren Beinen entlangfuhr. Ihre Hüften bewegten sich im Gleichklang mit seinen Lippen, was ihre Lust noch steigerte. Ihre Lippen öffneten sich aus Protest, als er plötzlich aufhörte und sich aufrichtete, um sie mit seinen Augen anzubeten.

Der Protest erstarb, als sie das lüsterne Feuer in seinen Augen bemerkte. Ihre Augen folgten der Bewegung seiner Zunge, als er sie über seine Oberlippe gleiten ließ. Verdammt, der Mann wusste, wie er sie mit den einfachsten Dingen anmachen konnte.

„Bin ich jetzt dran?", stöhnte sie.

„Oh nein, meine kleine Füchsin, ich muss dir noch den Rücken waschen", erwiderte er.

Ihre Augen weiteten sich, als er seinen Arm um sie legte und mit seinen Fingern über die Spalte zwischen ihren Pobacken strich. Er drückte etwas fester, und sie drehte sich mit dem Gesicht zur Duschwand. Sie hob ihre Arme und drückte ihre Hände gegen die Wand, während er sie wusch. Dann warf er den Schwamm beiseite und ihr stockte der Atem, da sie wusste, dass sie gleich richtig geliebt werden würde.

„Jetzt fängt das Vergnügen erst richtig an", raunte er ihr ins Ohr.

„Ashure!", stöhnte sie lang und laut, als sein Schwanz zwischen ihre weichen Falten glitt.

Der Klang seines Namens auf ihren Lippen war süßer Balsam für seine Ohren. Er umfasste seinen geschwollenen Schwanz und drückte mit der anderen Hand sanft gegen ihren unteren Rücken. Er biss die Zähne zusammen, als die empfindliche Eichel gegen sie stieß.

Der intensive Genuss, als ihre seidigen, weiblichen Tiefen seinen Schaft umschlossen, brachte ihn fast um den Verstand. Er erschauderte trotz des warmen Wassers, das sich über sie ergoss. Er betrachtete ihre intime Vereinigung, während er weiter in sie eindrang. Ein heiseres Stöhnen entwich ihm, als sie sich um ihn herum zusammenzog. Seine Finger gruben sich in ihre Hüften und er drang so weit wie möglich in sie ein, bevor er sich zurückzog. Die langsamen, gemessenen Stöße ließen den Druck in ihm ansteigen, und an ihrem immer lauter werdenden Wimmern konnte er erkennen, dass sie die gleiche intensive Lust empfand.

Er packte ihre Hüften und hielt sie fest, während er begann, sich schneller zu bewegen. Das primitive Bedürfnis, Tonya zu besitzen, entzündete eine Flamme in ihm, die schnell außer Kontrolle geriet. Unterbewusst war ihm klar, dass die erhöhten emotionalen Wellen, die seinen Geist und Körper durchfluteten, der Tatsache geschuldet waren, dass sie beinahe gestorben wäre. Er schloss kurz die Augen, als eine weitere Welle von Lust und Schmerz ihn durchfuhr, als sie stöhnte und ihre Hüfte leicht anhob.

Das Geräusch des Aufeinandertreffens ihrer Körper wurde schneller und lauter, während er sie nahm. Ihre Brüste wippten hin und her, als sie sich nach vorne beugte. Während er sie immer noch an ihrer rechten Hüfte festhielt, umfasste er mit der linken Hand eine ihrer Brüste. Er kniff in ihre Brustwarze und stieß gleichzeitig in sie hinein.

Ein lauter, verzweifelter Schrei brach aus ihr heraus und ihr Körper versteifte sich, als sie kam. Ashure ließ ihre Hüfte los, um auch ihre rechte Brust zu umfassen und ihren Nippel zu liebkosen. Er bedeckte ihren Körper mit seinem und stieß weiter in sie hinein, während sie auf den Wellen ihres Höhepunkts ritt.

Sie war so eng, dass er sich kaum aus ihr herausziehen konnte. Er spürte das Pulsieren ihres Kanals und die plötzliche zusätzliche Nässe durch ihren Orgasmus. Ihre Atemzüge glichen einem stockenden Keuchen, und ihre leisen Lustschreie wurden immer lauter, bis der Druck in ihm nachließ. Er stieß zu, vergrub seinen Schwanz tief in ihr und stieß ein langes, tiefes, fast gequältes Stöhnen aus, als sich sein heißer Samen in ihr ergoss.

Sie zitterte unkontrolliert, und er schlang seine Arme um sie, um sie davor zu bewahren, zu Boden zu sinken. Ashure war überrascht, dass sie beide noch stehen konnten. Er legte seine Wange an ihre Schulter und sie blieben miteinander verbunden, während das Wasser weiter auf sie herabprasselte.

„Also …", stieß sie hervor und Zufriedenheit schwang in ihrer Stimme mit, „wann bist du bereit für die zweite Runde?"

Er gluckste und drückte ihr einen Kuss auf die nasse Schulter. „Sobald ich uns abtrocknen kann", versprach er.

Ein weiterer Schauer durchfuhr sie, als sein Schwanz in ihr zuckte. Sie reagierte, indem sie ihn zusammendrückte. Er schüttelte den Kopf.

„Ach, zum Teufel damit – wer braucht schon Erholung. Runde zwei beginnt jetzt sofort", knurrte er.

„Perfekt! Diesmal werde ich dich waschen", raunte sie verheißungsvoll.

KAPITEL 29

Eine Woche später waren die ‚Flitterwochen', wie Tonya es nannte, vorbei. Sein Erster Offizier Dapier hatte die Nachricht erhalten, die Ashure geschickt hatte, und daraufhin die halbe Piratenflotte zur Insel der Monster gebracht, um die Rückkehr ihres Königs von einer weiteren edlen Mission zu feiern.

Er hatte keine Ahnung, was für absurde Geschichten Dapier sich diesmal ausgedacht hatte, aber dem Gejohle, den Rufen und dem Jubel auf den Docks nach zu urteilen, mussten sie gut sein. Die Piraten waren in Feierlaune. Er hoffte nur, dass das nicht davon herrührte, dass sie seinen privaten Schnapsvorrat geplündert hatten.

Das Poltern von Stiefeln auf dem polierten Stein warnte ihn, dass Nali Dapier verraten hatte, wo er ihn und Tonya finden könnte. Tatsächlich sah er das krause graue Haar und den zerfledderten Hut des alten Piraten zuerst, als Dapier die Treppe hinaufkam. Dem alten Mann folgten zwei bullige junge Männer, die kaum alt genug waren, um sich zu rasieren.

Neue Rekruten, stöhnte er leise, als sie den Raum betraten, in dem Tonya und er untergebracht waren.

„Ich freue mich, dass es Euch gut geht, mein König. Die Männer und ich haben uns schon gefragt, was für große Abenteuer Ihr wohl ohne uns erlebt habt. Das Leben ist etwas langweilig, seit Ihr weg seid, Kapitän. Es ist nicht dasselbe, wenn wir nicht jeden zweiten Tag fast sterben", erklärte Dapier fröhlich.

Tonya sah ihn mit einer hochgezogenen Augenbraue an. „Ashure, meint er das mit dem Beinahe-Sterben ernst?", flüsterte sie.

Ashure schnitt eine Grimasse und warf seinem oft etwas zu fröhlichen Ersten Offizier einen warnenden Blick zu, da dieser, wie üblich, ohne nachzudenken losgeplappert hatte. Er schüttelte nur resigniert den Kopf. Der pummelige alte Pirat neigte dazu, alles auszusprechen, was ihm in den Sinn kam. Wahrscheinlich würde Tonya gleich mehr über das Leben eines Piraten erfahren, als ihr lieb war.

„Na ja, nicht jeden Tag. Es gibt auch andere langweilige Dinge wie Diplomatie, gesellschaftliche Verpflichtungen, Verträge und anderweitige sinnlose Aktivitäten, die mit der Herrschaft über ein Königreich einhergehen", begann er.

„Nicht zu vergessen das Plündern, das Rauben und die Auseinandersetzungen mit den Drachen, Käpt'n", fügte Dapier hinzu, während er den beiden Männern signalisierte, die große Holztruhe in den Raum zu bringen.

„Gelegentlich vielleicht auch das. Dapier, warum bist du nicht so gut und bringst die Truhe zurück zum Schiff. Wir werden die Gegenstände hier nicht brauchen", wies Ashure ihn an.

Ashure verspürte Gewissensbisse, als er Dapiers Schmollmund sah. Offensichtlich enthielt die Truhe mehr als das, was er für Tonya bestellt hatte. Dapier tat immer seltsame Dinge – wie einen Meeraffen in seiner Kabine zu verstecken oder ein goldenes Ei zu stehlen, wenn sie die Insel der Monster besuchten.

„Ach, bleib doch noch zwei, drei Tage, Ashure. Deine Männer sind gut für meine Wirtschaft – außerdem geben sie meinen Wachen etwas Kampftraining", meinte Nali, die mit übereinander geschlagenen Knöcheln im Türrahmen lehnte.

Dapier strahlte. „Die Kaiserin hat recht, Käpt'n. Die Männer würden sich freuen, ein wenig mit den Wachen der Kaiserin zu trainieren, und es würde ihnen guttun, ihre Diebeskunst zu üben. Wenn sie gegen die Zentauren antreten, müssen sie doppelt so schnell rennen, und ein paar Rangeleien mit den Zyklopen und Minotauren würden einige der neuen Rekruten abhärten. Ich habe eine Kiste Eures besten Branntweins für die Kaiserin mitgebracht", plapperte er weiter.

„Eine Kiste – könntest du zwei daraus machen, Dapier?", schlug Nali mit einem verschmitzten Grinsen vor.

„Für Euch tue ich alles, Kaiserin", stimmte Dapier eifrig zu.

Ashure sah Dapier fassungslos an. „Einfach unglaublich", murmelte er, während Dapier munter ohne Punkt und Komma weitersprach und die Hälfte seines besten Vorrats versprach.

Tonya hakte sich bei ihm unter und grinste ihn an. „Was?", fragte sie.

„Mein Erster Offizier verschenkt nicht nur alle Freuden des Piratendaseins, sondern auch meinen besten Brandy. Bitte sag mir, dass ich nie so war", flehte Ashure scherzhaft.

„Doch, das warst du", sagte Nali mit einem Augenzwinkern.

„Oh, Käpt'n, das habe ich in Eurer Kabine gefunden, nachdem Ihr verschwunden wart. Ich habe es sicher für Euch aufbewahrt", fügte Dapier hinzu und zog ein sorgfältig in Seide eingewickeltes Päckchen aus der Innentasche seiner Jacke. „Ich dachte, Ihr möchtet es vielleicht der Königin schenken, weil es so schön ist."

Ashure nahm Dapier den in Stoff eingewickelten Gegenstand ab. Er wusste sofort, um was es sich handelte – den Zauberspiegel. Er lächelte Dapier an und nickte. Der Mann hatte wirklich ein gutes Herz.

„Danke, Dapier", murmelte er.

Dapier grinste breit. „Gern geschehen, Käpt'n. Jetzt hole ich die andere Kiste Brandy für die Kaiserin, damit Ihr sie später zurückstehlen könnt", sagte er mit einem Augenzwinkern, ohne zu bemerken, dass Nali noch immer in der Nähe stand.

„Ja, tu das", antwortete Ashure trocken.

Nali lachte und klopfte ihm auf die Schulter. „Wenn es so weitergeht, bekomme ich vielleicht sogar drei Kisten", antwortete sie frech.

Er sah zu, wie Nali den Raum verließ und den Arm um Dapiers Schultern legte. Tonya kicherte, als die Kaiserin dem alten Mann etwas ins Ohr flüsterte und dieser aufmerksam nickte. Ashure schüttelte resigniert den Kopf.

„Ich kann froh sein, wenn mir überhaupt noch eine Flasche bleibt, nachdem Nali mit ihm fertig ist", stöhnte er.

„Na ja, wie er schon sagte, du wirst sie einfach zurückstehlen müssen", erinnerte sie ihn.

Dieser Gedanke heiterte ihn auf. „Stimmt", grinste er.

Sie betrachtete den Gegenstand, den Dapier ihm gegeben hatte. „Was ist das?", fragte sie neugierig.

Er senkte den Blick und betastete das schwarze Seidentuch. „Ein Zauberspiegel", antwortete er.

„Oh, ist er wie der Spiegel in 'Die Schöne und das Biest'?", fragte sie.

Er runzelte die Stirn und schüttelte den Kopf. „Ich fürchte, die beiden kenne ich nicht. Bist du ihnen hier begegnet?", fragte er.

Sie lachte und schüttelte den Kopf. „Nein, sie sind aus meiner Welt – zumindest glaube ich das", erwiderte sie.

„Ah, das würde erklären, warum ich noch nie von ihnen gehört habe. Wie auch immer. Komm, setz dich zu mir, und ich zeige dir, wie der Spiegel funktioniert", sagte er.

Er nahm ihre Hand, ging zur Couch hinüber und setzte sich. Dann wickelte er den Spiegel behutsam aus und nahm ihn in die Hand. Mit einer Ecke der Seide polierte er das makellose Glas, um einen Fleck zu entfernen.

„Er ist wunderschön", sagte sie.

Er nickte und hielt ihn ihr hin. „Ich habe den Spiegel entdeckt, als wir einen Händler überfallen haben", gab er zu.

Sie schaute ihn besorgt an. „Du hast doch niemanden verletzt, oder?", fragte sie zögernd.

Er schmunzelte. „Nein, es war mehr ein Spiel als ein echter Überfall. So haben die Händler etwas zum Reden und die Männer eine Chance zum Prahlen. In Wirklichkeit tauschen wir die Waren aus und zahlen einen fairen Preis für alles, was wir mitnehmen. Der Händler wollte den Spiegel seiner Frau schenken. Er hat es sich dann aber doch anders überlegt, weil er befürchtete, dass er nicht ihr wahrer Herzenswunsch sein könnte, falls sie danach fragen würde. Damals dachte ich, der Bastard hätte ein ziemlich gutes Geschäft gemacht – eine Drachengoldmünze im Tausch gegen einen Handspiegel", erklärte er.

„Aber – es ist ein Zauberspiegel. Das war es doch wert", rief sie aus und drehte den Spiegel um.

„Das hat er auch gesagt, aber ich konnte ihn damals nicht zum Funktionieren bringen. Trotzdem glaubte ich nicht, dass er log, und dachte, ich könnte einem anderen unbedarften Käufer die gleiche Geschichte erzählen, also kaufte ich ihn", berichtete er.

Sie ließ den Spiegel auf ihren Schoß sinken. „Wie hast du herausgefunden, dass es tatsächlich ein Zauberspiegel ist?", fragte sie.

„Wie es scheint, muss man die richtigen Worte sagen, damit er funktioniert. Obwohl es etwas schwieriger ist, sich an sie zu erinnern, wenn man betrunken ist", gestand er.

Sie lachte. „Ja, ich kann mir vorstellen, dass das ein Problem ist. Also, wonach hast du gefragt?", neckte sie ihn.

Er nahm ihr den Spiegel wieder ab und betrachtete sein Spiegelbild. „Ich habe den Spiegel gebeten, mir meinen wahren Herzenswunsch zu zeigen, und ich habe dich gesehen", gestand er.

Sie hob ihre Hand und streichelte seine Wange. „Und das erste, was ich tat, war, dir in die Eier zu treten", meinte sie zerknirscht.

Er zog eine Grimasse bei der Erinnerung. „Allerdings. Diesen Schmerz muss ich hoffentlich nie wieder spüren", murmelte er.

Sie lachte, drehte sein Gesicht zu sich und gab ihm einen Kuss. „Ich habe deine Eier geküsst und den Schmerz wieder gutgemacht", erinnerte sie ihn.

Die Erinnerung daran entlockte ihm ein Stöhnen, bevor er den Laut mit einem leidenschaftlichen Kuss unterdrückte. Ja, sie hatte seine Eier geküsst – und gesaugt und gestreichelt und … Er unterbrach ihren Kuss und schüttelte den Kopf.

„Ich schwöre, ich könnte den Rest der Ewigkeit mit dir im Bett verbringen", stöhnte er.

Sie gluckste und legte ihre Finger auf seine Lippen. „Machst du Witze? Damit ich all die fantastischen Geschichten und Abenteuer in dieser magischen, fremden Welt verpasse? So sehr ich dich auch liebe und so gerne ich mit dir schlafe, ich möchte das Leben eines Piraten führen", verkündete sie.

Er seufzte und stimmte widerwillig zu. Sogar ein Piratenkönig brauchte Zeit zum Auftanken. Er drückte ihr einen weiteren kurzen, harten Kuss auf die Lippen.

„Du willst also eine Piratin sein, richtig?", überlegte er.

Sie nickte und hielt den Spiegel hoch. „Nachdem du mir gezeigt hast, wie dieses Ding funktioniert", erklärte sie mit einer hochgezogenen Augenbraue und einem Grinsen.

„Du musst den Spiegel nehmen, hineinschauen und sagen: ‚Oh Zauberspiegel, erfülle mir meinen Wunsch, zeige mir' – und dann sagst du ihm, was du sehen möchtest", erklärte er.

Sie holte tief Luft und hielt den Spiegel hoch. „Okay. Oh Zauberspiegel, erfülle mir meinen Wunsch, zeige mir meine Familie", bat sie feierlich.

Ashure sog erschrocken die Luft ein. Ihm war nicht klar gewesen, dass Tonya sich Sorgen um ihre Familie machte. Er hätte daran denken sollen, dass Max und Angela keine Ahnung hatten, ob Tonya überlebt hatte oder nicht.

„Oh, Ashure", flüsterte Tonya, und ihre Stimme stockte.

Im Spiegel war nun nicht mehr Tonya zu sehen, sondern Max, der auf einem Liegestuhl auf der Terrasse ihres Hauses saß. Seine Schultern hingen nach unten, und er ließ lustlos eine Bierflasche zwischen seinen breiten Knien baumeln. Vom Rand des Spiegels aus sah er, wie Angela in sein Blickfeld trat und ihm die Schulter tätschelte, bevor sie sich setzte und ihre Wange an seinen Rücken legte.

„Es bringt mich um, es nicht zu wissen, Angela", murmelte Max, hob den Kopf und blickte hinaus in den Wald.

„Ich weiß, Max. Es ist für uns alle schwer", murmelte Angela und legte ihren Arm um seine Taille. „Ich will einfach daran glauben, dass Ashure sie gerettet hat."

Max nickte, sagte aber nichts. Er hob die Bierflasche an seinen Mund. Ashure konnte einen feuchten Schimmer auf den Wangen des anderen Mannes erkennen.

„Ich wünschte, wir könnten ihnen irgendwie Bescheid geben", stieß Tonya hervor.

Er legte seinen Arm um sie, als sie eine Hand hob und über das Bild auf dem Spiegel strich. Ihr schmerzerfülltes Zischen ließ ihn zusammenzucken. Ihm drehte sich der Magen um, als er spürte, wie sich unter ihnen eine Woge der Macht auftat.

Nicht schon wieder!, dachte er bestürzt, als ihm klar wurde, was da geschah.

Tonya stieß einen gedämpften Schrei aus, ließ den Spiegel auf die Couch fallen und klammerte sich an Ashure fest, als sich ein Strudel aus wirbelnden Farben öffnete und sie hineingesogen wurden. Er schlang seine Arme um Tonya, um sie nicht zu verlieren, während sie fielen.

Kurz bevor sie aufschlugen, drehte er sich, um die Hauptlast des Aufpralls abzufangen. Ein Zischen entwich ihm, als sie mehrmals vom Boden abprallten. Er blinzelte, als er sah, wie sich die Äste der Bäume über ihnen bewegten.

„Ich kenne diesen –", begann Tonya, bevor sie den Kopf drehte, als sie eine laute, aber sehr vertraute Stimme hörte.

„Was zum Teufel?", rief Max aus.

Tonya richtete sich auf, sodass sie rittlings auf Ashures Hüfte saß und erblickte durch das Trampolinnetz Max' und Angelas verblüffte Gesichter. Sie schenkte ihnen ein kurzes Grinsen, bevor die Tränen anfingen zu laufen. Ashure hob sie sanft von seiner Brust, um sich ebenfalls aufzusetzen.

„Hey, Max!", rief sie mit tränenerstickter Stimme.

Max stand auf dem Balkon, von dem aus man den Garten überblicken konnte, und schaute benommen auf sie herab. Angela hielt seinen Arm und lachte und weinte gleichzeitig. Ashure nickte dem Paar zu.

„Sieht so aus, als wären wir auf einen Besuch zurückgekommen", sagte er.

„Jederzeit, Ashure, jederzeit", antwortete Max.

Tonya streckte ihre Hand aus und rutschte an den Rand des Trampolins, damit Ashure ihr herunterhelfen konnte. Max und Angela blieben in der Nähe, bis ihre Füße den Boden berührten. Erst als Ashure sie losließ und zurücktrat, stürmten sie vor und schlossen sie in die Arme.

„Ich kann nicht glauben, dass du am Leben bist, Schnüfflerin", sagte Max mit heiserer Stimme.

„Ich auch nicht, Max. Ich kann nicht glauben, dass wir hier sind. Ich habe keine Ahnung, wie das passiert ist, aber ich bin so froh, euch beide zu sehen", gestand sie.

„Darauf habe ich vielleicht eine Antwort", sagte Ashure reumütig.

Sie zog sich zurück und lächelte ihn an. „Ich glaube, Ashure könnte ein Bier gebrauchen, und ich eine Tasse heißen Tee. Ich habe euch so viel zu erzählen", sagte sie.

„Ich könnte auch etwas zu trinken gebrauchen – aber ein Bier diesmal, keinen heißen Tee", lachte Angela.

Zehn Minuten später saßen sie draußen auf der Terrasse. Es war kaum zu glauben, dass Ashure und sie nur ein paar Tage weg gewesen waren, während in den Sieben Königreichen über eine Woche vergangen war. Sie lächelte Ashure an und reichte ihm eine Flasche Bier, bevor sie eine Tasse mit heißem Tee auf den Terrassentisch stellte und sich neben ihn setzte.

„Wo sind MJ und Angie?", fragte Tonya.

„Sie sind noch bei meinen Eltern. Sie haben angeboten, zwei Wochen lang auf die Kinder aufzupassen, damit wir etwas Zeit für uns haben. Dad schaut sich gerne MJs Jazzband an, und Mom erteilt den Damen von der Eltern-Lehrer-Spendenaktion eine Lektion in Gemeinschaftsorganisation", antwortete Angela.

„Was ist passiert nachdem – na ja, danach?", fragte Tonya.

Max seufzte tief und lehnte sich in seinem Stuhl zurück. „Austin Evers hat es nicht geschafft. Es hat sich herausgestellt, dass er tot wahrscheinlich besser dran ist, wenn man die Reihe von Verbrechen bedenkt, die er auf seinen Tourneen begangen hat. Peter Craig hatte schon länger den Verdacht, dass Evers die Tourneen zum Transport von Drogen nutzte. Allerdings hatte er keine Beweise. Was Craig jedoch herausfand, war, dass Evers minderjährige Mädchen anlockte.

Er hat ihn gefeuert, als Evers eine in den Bus der Band brachte", sagte Max.

Ashure nickte. „Ich habe einige der Verbrechen gesehen, die er vor seinem Tod begangen hat. Ich kann euch versichern, dass er seine gerechte Strafe bekommen hat", sagte er.

„Er war ein psychotischer Arsch", erwiderte Tonya.

Max holte tief Luft und tätschelte ihre Hand. „Tonya, Evers hat angedeutet, dass er dich verletzt hat", begann er.

Sie schüttelte den Kopf. „Nur in seinen Träumen, Max. Ich bin geflohen, bevor er und dieser kleine Mistkerl, TJ, mir etwas antun konnten", beruhigte sie ihn.

Max atmete erleichtert auf. „Ja, TJ steckt in seiner eigenen Welt voller Probleme und wird für eine Weile kein freies Leben genießen können", sagte er.

„Bleibt ihr hier?", fragte Angela plötzlich.

Tonya sah Ashure an. Sie wusste, dass er nicht hierbleiben konnte. Sein Volk brauchte ihn. Ihr Blick wurde weicher, als sie Unsicherheit in seinen Augen aufblitzen sah.

„Nur für ein paar Tage", antwortete sie leise.

Ashure nahm ihre Hand. „Aber es gibt Wege, wie wir euch besuchen kommen können. Ganz in der Nähe lebt eine Hexe, die sehr geschickt darin ist, Portale zu schaffen", versprach er.

„Nun, das ist zwar keine Reise mit dem Flugzeug, aber immerhin etwas", antwortete Max widerwillig.

Angela gluckste und lehnte sich liebevoll an Max. „Du gehst sowieso nicht gerne durch die Sicherheitskontrolle", stichelte sie.

„Es gibt da eine Sache, die ich gerne tun würde, während wir hier sind", sagte Tonya und biss sich auf die Lippe.

„Und zwar?", fragte Max.

Tonya betrachtete den großen Mann, der ihr gegenübersaß. Sie sah die grauen Strähnen in seinem kurzen schwarzen Haar, die neuen Falten um seine Augen und seinen Mund und die Lesebrille, die an dem Band um seinen Hals hing. Er war immer noch ihr Max, der Mann, der sie nie aufgegeben hatte.

„Ashure hat mich gebeten, ihn zu heiraten. Ich dachte, wir könnten die Zeremonie am Strand von Yachats abhalten, bevor wir in seine Welt zurückkehren. Ich möchte, dass meine Familie dabei ist", sagte sie.

Max seufzte und nickte, während Angela sich von ihrem Stuhl erhob und Tonya und Ashure umarmte. Tonya lachte und wischte sich verlegen die Tränen von den Wangen.

„Wir werden eine weitere Zeremonie abhalten, sobald wir in meine Welt zurückgekehrt sind. Ich werde dafür sorgen, dass ihr auch daran teilnehmen könnt", versprach Ashure.

„Du meinst, wir werden in eine andere Welt reisen können?", keuchte Angela und trat zurück, um sich neben Max' Stuhl zu stellen.

„Es ist nicht so weit, wie du vielleicht denkst", beruhigte Ashure sie.

Max und Angela sahen sich einen Moment lang schweigend an, bevor sie beide nickten. „Natürlich werden wir dabei sein, Schnüfflerin, bei beiden Zeremonien und danach", versprach Max mit fester Stimme.

Angela begann zu lachen und schüttelte den Kopf. „MJ und Angie haben immer gesagt, sie hätten die coolste Schwester des Universums. Ich glaube, da hatten sie recht", sinnierte sie.

Am nächsten Abend nahm Ashure Tonyas Hand, als sie dem Aufzug nach oben fuhren. Heute Abend war wahrscheinlich für eine Weile das letzte Mal die Gelegenheit, dies zu tun, und er wusste, dass die Zeit drängte. Tonya drückte seine Hand, als die Türen aufgingen. Bunte

Girlanden, Luftballons und Plüschtiere füllten die Gänge des Shriner's Kinderkrankenhauses.

Sie bogen links ab und folgten den Schildern an der Wand bis zum letzten Zimmer auf der linken Seite. Er drückte das Stoffeinhorn in seiner Hand fester an sich. Tonya hob ihre freie Hand und klopfte an die teilweise geschlossene Tür, bevor sie sie aufstieß. Auf dem Fernseher lief eine Zeichentrickserie, ein Mann saß auf dem Stuhl darunter und starrte blind ins Leere. Hinter dem Sichtschutzvorhang konnten sie die leise Stimme einer Frau hören, die eine Geschichte vorlas.

Ramon DeSantis blinzelte überrascht, als er Ashure und Tonya sah. Er sprach mit der Frau und erhob sich von seinem Stuhl. Als er auf sie zukam, schlurfte er wie ein doppelt so alter Mann. Tonya umklammerte seine Hand fester, als sie den Schmerz in Ramons Augen sah und eine Welle des Mitgefühls über sie hinwegschwappte.

„Ashure, ich habe nicht damit gerechnet, dich hier zu sehen. Um ehrlich zu sein, habe ich nicht damit gerechnet, dich überhaupt jemals wiederzusehen", sagte Ramon mit einem schwachen Lächeln.

„Wir sind hier, um Rebecca Anne zu besuchen", erklärte Ashure.

Das Leuchten in Ramons Augen verblasste. „Es geht ihr nicht gut. Sie haben ihr Medikamente gegen die Schmerzen gegeben", antwortete er.

Tonya streckte die Hand aus und berührte Ramons Arm aus Mitgefühl. „Können wir zu ihr?", fragte sie.

Ramon zögerte, bevor er nickte. „Ja, ich möchte euch auch meine Frau Alisa vorstellen", sagte er.

Sie folgten Ramon in das Zimmer. In dem viel zu groß wirkenden Bett lag ein zierliches kleines Mädchen. Sie blinzelte sie schläfrig an. In ihren Armen und unter ihrer Nase befanden sich Schläuche. Ihre durchscheinende Haut war mit Verbänden von früheren Infusionen übersät. Ihr kleiner Kopf war rasiert, an den dünnen Augenbrauen konnte Ashure jedoch erkennen, dass das kleine Mädchen dichtes, dunkelbraunes Haar wie ihre Mutter und ihr Vater gehabt haben musste.

„Hallo", grüßte die Frau und stand auf.

„Hallo, ich bin Tonya Maitland und das ist Ashure Waves. Ich hoffe, es stört Sie nicht, dass wir Rebecca Anne besuchen", sagte Tonya.

Alisa schenkte ihnen ein müdes Lächeln. „Nein, natürlich nicht. Rebecca Anne liebt es, neue Leute kennenzulernen, nicht wahr, Süße?", antwortete sie.

„Alisa weiß über dich Bescheid – oder zumindest, dass du eine der Personen warst, die ich beschatten sollte. Wir haben keine Geheimnisse voreinander", erklärte Ramon.

„Das ist gut. Weiß sie auch –?", fragte er mit einer hochgezogenen Augenbraue und einer Handbewegung vor seinem Körper.

„So weit war ich mit meiner Erklärung noch nicht", gab Ramon zögernd zu.

„Ramon, was ist hier los?", fragte Alisa besorgt.

Ashure sah, wie Alisa Rebecca Annes Hand ergriff. Er sah Angst in den müden Augen der Frau aufblitzen. Tonya streckte die Hand aus und berührte Alisas Arm.

„Wir möchten etwas für Rebecca Anne tun", sagte Tonya leise.

„Daddy, ist das Einhorn für mich?", fragte Rebecca Anne plötzlich.

Ashure lächelte und nickte. „Ja, Kleine. Wir haben dir ein magisches Einhorn aus einer fernen Welt mitgebracht", sagte er und reichte Rebecca Anne das kleine weiße Einhorn.

Rebecca Anne drückte das Einhorn an ihre Brust. „Ich liebe Einhörner", sagte sie mit einem leisen Seufzer, bevor sie mit plötzlich klaren Augen zu ihm aufblickte. „Und ich mag Piratenmärchen. Kannst du mir eine Geschichte erzählen, bitte?"

◇

Eine Stunde später seufzte Tonya und lehnte sich an Ashure, als sich die Fahrstuhltüren schlossen. Sie stieß ein gedämpftes Kichern an seiner Schulter aus, als sie sein Lachen spürte. Sie schüttelte wehmütig den Kopf.

„Weißt du, das wäre die Geschichte des Jahrhunderts, wenn ich sie veröffentlichen könnte", sagte sie.

„Die Zauberkraft des Einhorns wird nur ein paar Tage in dieser Welt anhalten, bevor sie verschwindet", sagte er. „Wenn es möglich wäre, würde ich alle Kinder heilen."

Sie trat vor ihn und umarmte ihn fest. „Ich weiß, aber du hast getan, was du konntest. Das ist alles, was zählt", erinnerte sie ihn.

„Die Ärzte werden morgen die Welt nicht mehr verstehen", sagte er und dachte an das kleine Mädchen, dessen Kopf voller kurzer, dunkelbrauner Locken gewesen war, als sie ihr Zimmer verlassen hatten.

„Deshalb werden Ramon und Alisa dank der Drachenmünze, die du ihnen als Starthilfe gegeben hast, weit wegziehen", sagte sie.

Er nickte. „Sie brauchten dringend Hilfe. Du hast die Todesfalle, die Ramon fährt, nicht gesehen! Fast genauso schlimm wie deine", bemerkte er mit einem Schaudern, bevor er wieder nüchtern wurde.

Sie wandte sich ihm zu, ihre Augen waren voller Liebe angesichts seines Mitgefühls. Er streichelte ihre Wange und schenkte ihr ein wehmütiges Lächeln. Eines Tages würden sie Kinder haben, und er würde ihnen Geschichten erzählen, so wie er es heute Abend bei Rebecca Anne getan hatte.

„Woran denkst du?", fragte sie.

„All die Abenteuer, die wir zusammen erleben werden, damit wir sie eines Tages unseren eigenen Kindern erzählen können", gab er zu.

„Oh! Ich denke, wir sollten erst einmal heiraten – und sehr lange Flitterwochen machen –, bevor wir an Kinder denken", schlug sie lachend vor.

„Da stimme ich voll und ganz zu", erwiderte er. „Mir gefällt die Idee von langen Flitterwochen."

EPILOG

Die Insel der Piraten – Die Sieben Königreiche

Sechs Monate später

„Dieser Ort ist abgefahren!", kreischte Angie begeistert und tänzelte auf Nali zu. Dragos Tochter Roo folgte ihr lachend.

„Nali muss die geflügelten Pferde mitgebracht haben", sagte Ashure.

Tonya lachte und schüttelte den Kopf. „Nein, Nali hat ein Meeraffenbaby auf der Schulter. Meine kleine Schwester liebt die kleinen Dinger", sagte sie und sah sich in dem vollen Raum um.

Ashure schnitt eine Grimasse. „Schreckliche Kreaturen, wenn du mich fragst. Sie lieben es, Unfug zu treiben, und haben schon mehr als eines meiner Schiffe in Schutt und Asche gelegt", sagte er, bevor sich seine Miene aufhellte. „Andererseits ist es recht unterhaltsam, wenn sie auf andere losgelassen werden."

Tonya stupste Ashure mit dem Ellbogen an. „Sei nett. Ruth hat mir erzählt, was du auf den Docks angestellt hast. Sie hat sogar gesagt, dass einer auf ihrer Hochzeit war", murmelte sie.

Ashure zupfte lässig die Rüschenärmel zurecht, die unter dem königsblauen Mantel hervorlugten. Er hatte ihn ein paar Stunden zuvor zu ihrer Hochzeit getragen. Die Feierlichkeiten würden mindestens eine Woche dauern – wenn seine Geduld es zuließ.

Die Insel der Piraten hatte sich mit Besuchern von nah und fern gefüllt, die schon vor Tagen zu Tonyas und seiner Hochzeit und den anschließenden Feierlichkeiten angereist waren. Ashure ließ seinen Blick über die Menge schweifen. Koorgan und Ruth von der Insel der Riesen waren gekommen, um vor der Hochzeit noch ein paar geschäftliche Angelegenheiten zu regeln. Sie unterhielten sich gerade mit Drago und Carly. Sein Blick blieb an Max und Angela hängen. Tonyas Adoptiveltern hatten alles mit Fassung getragen, und Tonyas jüngere Geschwister hatten erklärt, dass sie nie wieder nach Hause wollten. Max unterhielt sich gerade mit Mike und Marina – wahrscheinlich darüber, was in Yachats geschehen war –, während Angela den kleinen Sohn des Paares sanft in den Armen wiegte.

„Dolores und James waren anfangs etwas überwältigt, aber ich glaube, jetzt amüsieren sie sich", flüsterte sie und schmiegte sich an ihn.

„Ja. Orion und Jenny scheinen deine Großeltern beruhigt zu haben", stimmte er zu.

„Und wie es aussieht, hat MJ ein paar neue ‚coole' Freunde gefunden", sagte sie und deutete auf ihren jüngeren Bruder.

Seit gestern war MJ mit den Jungs von Orion und Drago unterwegs. Im Moment scharten sie sich um MJ und die Spielekonsole, die er mitgebracht hatte. Ashure nickte Ross Galloway zu, als er und Gem die Große Halle betraten. Ross hob zur Begrüßung seinen Bierkrug.

Ashure hörte, wie Tonya überrascht nach Luft schnappte, als eine äußerst besonnene, elegante Frau, flankiert von zwei Männern, Ross und Gem in den Raum folgte. „Wieso wusste ich nicht, dass Magna, Gabe und Kane kommen?", rief sie aus.

„Ich wollte es dir sagen. Magna war besorgt, dass es Probleme geben könnte", sagte er.

„Nun, hoffentlich nicht. Ich bin froh, dass sie gekommen ist", meinte sie.

„Ich auch – und die anderen auch. Alle Königreiche scheinen inzwischen anzuerkennen, dass wir Magna viel zu verdanken haben", versicherte er ihr.

„Das ist gut", erwiderte sie mit einem zufriedenen Seufzer. „Danke für die wunderbare Hochzeit. Wobei ich genauso glücklich gewesen wäre, wenn wir am Strand gefeiert hätten, so wie beim ersten Mal", murmelte sie.

Er legte seinen Arm um ihre Taille, zog sie an sich und küsste ihre Stirn. Sein Blick verfinsterte sich, als er bemerkte, dass ihn mehrere Augenpaare hinter Tonya schelmisch anstarrten. Er löste sich von ihr und ließ seinen vernichtenden Blick durch den Raum schweifen, bis er den Mann fand, den er suchte.

Koorgan fasste sich an die Stirn und warf den Kopf mit einem dröhnenden Lachen zurück, das den ganzen Raum erschütterte. Der verdammte Riese hatte mindestens ein Dutzend von Nalis Meeraffen im Raum freigelassen. Ashure rümpfte angewidert die Nase, als Nali vor ihn trat.

„Mein Festsaal ist mit deinen Kreaturen übersät, Nali", erklärte er.

Sie nickte. „Ich weiß. Kann ich dich einen Moment sprechen?", raunte sie ihm ins Ohr.

„Natürlich. Tonya –", begann er zu sagen.

„Schieß los. Ich würde mich gerne mit Magna unterhalten", drängte sie.

Ashure winkte mit der Hand in Richtung einer Tür, die hinter einem Wandteppich kaum zu erkennen war. Nali hob die Hand und bedeutete dem Meeräffchen auf ihrer Schulter, auf den Arm eines dekorativen Wandleuchters zu springen. Ashure öffnete die Tür und wartete, bis sie hindurchgegangen war, bevor er ihr folgte. Schweigend gingen sie in ein gemütliches Wohnzimmer am Ende des Flurs.

Wieder öffnete er ihr die Tür, bevor er sie hinter sich schloss, zu einer kleinen Bar ging und zwei Gläser Bourbon einschenkte. Er betrachtete Nali, die vor dem Kamin stehengeblieben war, einen Moment lang, bevor er zu ihr ging und ihr eines der Gläser reichte. Er hob sein Glas zu einem Toast.

„Auf Dapier, weil er nicht den ganzen Bourbon gefunden und ihn zusammen mit meinem Brandy verschenkt hat", sagte er.

Ein amüsiertes Lächeln umspielte ihre Lippen, und sie hob ihr Glas und stieß mit ihm an. „Auf Dapier", murmelte sie.

Er ließ sein Glas sinken und musterte sie erneut. „Was ist los?", fragte er.

Sie blickte ihn an und seufzte, als sie sich in einen der Polstersessel vor dem Kamin setzte.

„Du kennst mich zu gut", beschwerte sie sich.

Er stieß ein kurzes Lachen aus und nickte. „Ja, allerdings", stimmte er zu.

„Erinnerst du dich an unsere Spekulationen, dass mindestens zwei der außerirdischen Kreaturen noch existieren könnten", fragte sie.

Ashure runzelte die Stirn und setzte sich auf den Stuhl neben sie. „Ist es wahr?", fragte er.

Sie nickte. „Ja. Einer, vielleicht auch beide, sind auf der Insel der Monster. Heute Morgen wurde ein verletzter Seehirsch unweit des Palastes am Strand angespült. Er wurde von einem von ihnen bewohnt", erklärte sie.

„Was habt ihr mit ihm gemacht?", fragte er und setzte sich nach vorne.

Einen Moment lang glitzerten Tränen in ihren Augen, bevor sie sie wegblinzelte. „Der Hirsch ist unter Kontrolle. Der Außerirdische kann in seinem Inneren nicht viel ausrichten, nicht so wie bei Magna oder Gems Cousin. Ich habe meine treusten Gargoyles mit seiner

Bewachung betraut. Der Außerirdische kann ihren Stein nicht durchdringen", sagte sie.

„Wir müssen es den anderen sagen. Und dann suchen wir jeden Zentimeter der Insel nach dem anderen ab und vernichten sie ein für alle Mal", sagte er und stand auf.

Nali erhob sich ebenfalls. „Nein. Die Monsterinsel ist anders als die anderen Inseln, Ashure, das weißt du doch. Für jeden anderen – dich eingeschlossen – wäre es unmöglich, zwischen dem Außerirdischen und einem Monster zu unterscheiden. Ich muss das allein machen", sagte sie.

Ashure schüttelte den Kopf. „Nali –", protestierte er.

Sie legte ihre Hand auf seinen Arm. „In bestimmten Formen kann die Kreatur meine Haut nicht durchdringen, Ashure", erinnerte sie ihn.

Er knirschte frustriert mit den Zähnen. „Warum erzählst du es mir überhaupt, wenn ich dir nicht helfen darf?", knurrte er.

„Weil, falls ich verletzt werden sollte oder die Kreatur es irgendwie schafft, von meinem Körper Besitz zu ergreifen, es nur eine Person gibt, die weiß, wohin sie mich bringen kann, Ashure. Und das bist du", erklärte sie.

Er schluckte, als er begriff, was sie meinte. Er atmete tief ein und nickte verstehend. Nach allem, was Tonya über ihr Erlebnis mit Xyrie erzählt hatte, hatten die Einhörner eine direkte Verbindung zur Göttin selbst.

„Woher soll ich wissen, ob du mich brauchst?", stieß er hervor.

Sie griff in die kleine Tasche an der Vorderseite ihrer schwarzen Weste und zog ein Armband aus feinem, seidigem Einhornhaar heraus. An dem Armband waren drei durchsichtige Glasperlen aufgefädelt. Sie stellte ihr Getränk auf dem Tisch ab und gab ihm ein Zeichen, sein Handgelenk zu heben.

„Wenn möglich, werde ich Pai schicken. Falls er nicht kommen kann und ich Hilfe brauche, werden sich alle drei Perlen rot färben. Komm nicht, wenn nicht alle drei rot sind", mahnte sie eindringlich.

Er blickte auf das Armband hinunter und runzelte die Stirn, als es sich wie von Zauberhand um sein Handgelenk legte. „Warum muss ich auf alle drei warten?", fragte er.

„Ich will mir selbst eine Chance geben, ihn zu vernichten. Ich darf einmal versagen, sogar zweimal, aber ich werde auf keinen Fall ein drittes Mal versagen", schwor sie.

„Du warst schon immer stur", schimpfte er abwesend und betrachtete das Armband an seinem Handgelenk.

Sie kicherte leise. „Das sagt der Mann, der auf einen Berg geklettert ist, um zu sehen, ob er die Wolken berühren kann", erwiderte sie zärtlich.

„Du kannst dich auf mich verlassen", versprach er.

„Ich weiß", sagte sie, hob ihr Glas und stieß erneut mit ihm an. „Auf dich und Tonya."

Als er später am Abend im Bett lag, spielte er abwesend mit dem Einhornarmband, das Nali ihm geschenkt hatte. Er lächelte, als Tonya sich neben ihn kuschelte. Er streckte seinen Arm aus, damit sie sich an ihn schmiegen konnte.

„Machst du dir immer noch Sorgen um Nali?", fragte sie.

Er nickte. „Wobei ich glaube, wenn sich jemand Sorgen machen sollte, dann sind es die Außerirdischen. Nali ist furchteinflößend, wenn sie gut gelaunt ist; sie kann verheerend sein, wenn sie schlecht gelaunt ist. Und nichts bringt sie so schnell auf die Palme wie eine Bedrohung für die Monster, über die sie herrscht", murmelte er.

Tonya kicherte und fuhr mit ihren Fingern über das Haar auf seiner Brust. „Das kann ich mir vorstellen. Ich war auch ziemlich beeindruckt von einem verärgerten Piratenkönig", bemerkte sie.

Plötzlich drehte er sich auf die Seite und schaute liebevoll auf sie hinab. „Ich liebe dich", sagte er und beugte sich zu ihr, um sie zu küssen.

Kurz bevor ihre Lippen sich berührten, stieß sie ein unwirsches Schnauben aus. Er sah sie erstaunt an, bevor er bemerkte, dass sie über seine Schulter auf den Baldachin über ihnen blickte. Er drehte sich um und fluchte laut. Mehrere schelmische Augenpaare blickten ihm entgegen und eine Reihe von kleinen, spitzzahnigen Grinsen blitzten in der Dunkelheit auf.

„Ich hasse diesen verdammten Riesen", knurrte er.

Er zog die Decke über ihre Köpfe, als die Meeraffen sich auf sie stürzten. Sein Ärger verflog jedoch schnell, als Tonya kicherte und schützend seine Leistengegend bedeckte.

„Ich muss die Familienjuwelen beschützen, damit wir Max und Angela eines Tages Enkelkinder schenken können", stichelte sie.

„Bei der Göttin, ich hasse diese Meeraffen", stöhnte er.

Nachdem der letzte Meeraffe vom Bett gehuscht war, rollte sie sich auf ihn. „Denk nur an all die Geschichten, die du unseren Kindern erzählen kannst", murmelte sie an seinen Lippen.

Er ließ die Decke los und schob seine Hände unter ihr Nachthemd. „Ich glaube nicht, dass du willst, dass ich diese Geschichte erzähle", versprach er.

Ashure streckte eine Hand zur Seite aus, wackelte mit den Fingern und öffnete ein kleines Loch zu dem Zimmer unter ihnen. Koorgans gedämpfter Schrei drang zu ihnen herauf, und Ashure lächelte zufrieden, als die Meeraffen durch die Öffnung unter dem Bett huschten. Nachdem er das Loch geschlossen hatte, konzentrierte er sich wieder auf Tonya, die abenteuerlustige Sirene aus einer anderen Welt, die seine Seele geheilt und ihm seinen Herzenswunsch erfüllt hatte. Sie liebte ihn – mit allem, was dazugehörte.

Vielen Dank fürs Lesen! Der nächste Teil dieser Serie ist:

Die Zuneigung des Monsters
Die Sieben Königreiche 8

Nali würde alles tun, um die Monster in ihrer Obhut zu schützen. Als einer ihrer Seehirsche schwer verletzt an Land gespült wird, weiß sie, dass das letzte außerirdische Wesen es in ihr Reich geschafft hat. Auf ihrer Suche nach dem Außerirdischen macht sie eine unerwartete Entdeckung – noch ein Besucher ist auf der Insel. Doch dieser kommt von der Erde!

Asahi Tanaka findet sich in einer seltsamen, aber unheimlich vertrauten Welt wieder. Sein Großvater hat ihm früher Geschichten über das geheimnisvolle und magische Reich erzählt, in dem Monster lebten – eine magische Welt, die seine Familie zerstört hatte. Sein Durst nach Antworten führt ihn weiter, als er je erwartet hätte – direkt in die Arme des sagenumwobenen Monsters, von dem ihm sein Großvater einst erzählte.

Doch nicht nur die Insel der Monster ist in Gefahr. Gemeinsam stellen sich Nali und Asahi dem Kampf gegen einen Außerirdischen, der entschlossen ist, die Kaiserin der Monster zu erobern – und die Sieben Königreiche zu zerstören. Wird die Magie, die zwischen den beiden Kriegern aus verschiedenen Welten entflammt, ausreichen, um die Gefahr zu bannen, oder sind sie und die Sieben Königreiche dem Untergang geweiht?

WEITERE BÜCHER UND INFORMATIONEN

Wenn dir diese Geschichte von mir (S.E. Smith) gefallen hat, kannst du mir gerne eine Bewertung hinterlassen!

Die Serie

Science-Fiction / Liebesroman

Die Allianz

Als zum ersten Mal Besucher aus dem All auf der Erde landeten, versank der Planet im Chaos. Eigentlich wollten die Trivators die Erde in die Allianz der Sternensysteme einführen, doch jetzt müssen sie die Kontrolle über die Erde übernehmen, um zu verhindern, dass die Menschen sie aus Angst zerstören, und um sie vor außerirdischen Militanten zu schützen. Sie haben jedoch nicht damit gerechnet, welchen Einfluss die Menschen auf die Trivators haben, angefangen mit einer Familie aus drei Schwestern...

Hunters Entscheidung (Buch 1)

Razors Herz (Buch 2)

Daggers Hoffnung (Buch 3)

Sabers Herausforderung (Buch 4)

Destins Halt (Buch 5)

Drachenfürsten von Valdier

Alles begann mit einem König, der schwer verletzt auf der Erde notlandete. Zufällig entdeckte er eine Spezies, die seine eigene retten würde.

Abbys Entführung (Buch 1)

Caras Gefangenschaft (Buch 2)

Trishas Verfolgung (Buch 3)

Überfall auf Ariel (Buch 4)

Aus Liebe zu Tia (Buch 4.1)

Carmen in Bedrängnis (Buch 5)

Pauls Verfolgung (Buch 6)

Die Krieger von Sarafin

Die St. Claire Familie mag vielleicht etwas albern wirken, aber sie sind nicht zu unterschätzen. Diese Katzenwandler-Aliens, wissen nicht, was ihnen blüht!

Riley, die Auserwählte (Buch 1)

Vipers Kühne Gefährtin (Buch 2)

Paranormal / Fantasy / Romantik

Die Sieben Königreiche

Vor langer Zeit kam eine seltsame Wesenheit in die Sieben Königreiche, um sie zu erobern und sich von ihrer Lebenskraft zu ernähren. Sie fand einen Wirt und bekämpfte sie jahrhundertelang in ihrem Körper, während um sie herum Zerstörung und Verwüstung herrschten. Unsere Geschichte beginnt, wenn das Ende naht und ein Portal geöffnet wird…

Der Drachenschatz (Buch 1)

Die Gemahlin des Meerkönigs (Buch 2)

Die Berührung der Hexe (Buch 3)

Die Erlösung der Meerhexe (Buch 4)

Ruth und der König der Riesen (Buch 5)

Die Zaubermuschel (Buch 6)

Der Wunsch des Piraten (Buch 7)

Bald auch auf Deutsch

Curizan Warrior Series

Die Kurizaner hüten ein Geheimnis, selbst vor denen, die ihnen am nächsten stehen. Doch nicht einmal sie sind immun gegen die Anziehungskraft einer kaum bekannten Spezies des isolierten Planeten namens Erde.

Marastin Dow Warriors Series

Die Marastin Dow werden wegen ihrer Rücksichtslosigkeit verschmäht und gefürchtet, doch nicht alle wollen ein Leben voller Morde. Einige warten nur auf den richtigen Moment, um zu fliehen…

Dragonlings of Valdier Novellas

Die Kinder der Valdier-, Sarafin- und Kurizaner-Fürsten bringen sich einfach immer wieder in Schwierigkeiten! Es gibt nichts Witzigeres als magische Kinder, die sich verwandeln können und nichts ist herzerwärmender als eine echte Familie.

Cosmos' Gateway Series

Cosmos hat zwischen seinem Labor und den Prime-Kriegern ein Portal geschaffen. Entdecke neue Welten, neue Spezies und haarsträubende Abenteuer, wenn Geheimnisse gelüftet und Brücken überquert werden.

Lords of Kassis Series

Alles begann mit einer willkürlichen Entführung und einem blinden Passagier und dennoch wussten die Kassisaner schon lange, dass die Menschen kommen würden. Es steht mehr als nur das Schicksal einer Welt auf dem Spiel und die Zeit ist nicht immer linear...

Zion Warriors Series

Zeitreisen, epische Heldentaten und grenzenlose Liebe. Science-Fiction-Abenteuer mit Herz und Seele, Humor und einer furchterregenden Entdeckung...

Science Fiction / Paranormal / Fantasy / Romantik

Magic, New Mexico Series

In New Mexico befindet sich eine Kleinstadt namens Magic, eine... ungewöhnlich Stadt, gelinde ausgedrückt. Ohne Anfang und Ende, über Genres, Autoren und Universen hinweg verbinden sich Komik und Drama zu einer fesselnden Geschichte!

Paranormal / Fantasy / Romantik

Spirit Pass Series

Zwei Zeiten sind physisch miteinander verbunden. Folge den Geschichten der Zeitreisenden. Diese Western sind wirklich wild!

Second Chance Series

Welten für sich, in denen eine Frau sich an ihren eigenen Tod erinnert. Diese Bücher sind feurig und geheimnisvoll und werden dir dein Herz stehlen.

More Than Human Series

Vor langer Zeit herrschte auf der Erde Krieg zwischen Wandlern und Menschen. Die Menschen verloren und wissen heute, dass sie aussterben werden, wenn nicht etwas unternommen wird…

The Fairy Tale Series

Deine Lieblingsmärchen einmal ganz anders erzählt!

Epische Science Fiction / Action Abenteuer

Project Gliese 581G Series

Ein internationales Team verlässt die Erde, um ein geheimnisvolles Objekt in unserem Sonnensystem zu untersuchen, das eindeutig von einem außerirdischen Wesen gemacht wurde. Manchmal sind wir neugieriger, als gut für uns ist. Entdecke neue Welten und Konflikte in einem Science-Fiction-Abenteuer, das dein neues Lieblingsbuch werden könnte!

New Adult / Junge Erwachsene

Breaking Free Series

Makayla stiehlt das Segelboot ihres Großvaters und bricht zu einer Reise auf, die alles auf die Probe stellt, was sie jemals über sich selbst geglaubt hat.

The Dust Series

Ein Komet schlägt auf der Erde ein und Dust muss feststellen, dass die Welt, wie er sie kannte, nicht mehr existiert. Doch nicht nur die Erde hat sich verändert, sondern auch Dust…

ÜBER DIE AUTORIN

S.E. Smith wird als *New York Times und USA TODAY Bestsellerautorin* für Science-Fiction-, Liebes-, Fantasy-, übersinnliche und zeitgenössische Romane für Erwachsene, Jugendliche und Kinder *international gefeiert*. Sie schreibt gerne in verschiedenen Genres, die ihre Leser in neue Welten entführen.

Du kannst dir meine anderen Bücher ansehen und dich für den Newsletter anmelden, um von meinen neuesten Veröffentlichungen zu erfahren:

http://sesmithfl.com
http://sesmithya.com

oder sieh dir die folgenden Links an:

http://sesmithfl.com/?s=newsletter
https://www.facebook.com/se.smith.5
https://twitter.com/sesmithfl
http://www.pinterest.com/sesmithfl/
http://sesmithfl.com/blog/
http://www.sesmithromance.com/forum/

www.ingramcontent.com/pod-product-compliance
Lightning Source LLC
Chambersburg PA
CBHW071530260626
47170CB00002B/581